U0504560

# 鲒埼亭文集选注

（清）全祖望　原著

黄云眉　选注

创于1897　商务印书馆

The Commercial Press

2018年·北京

**图书在版编目（CIP）数据**

鲒埼亭文集选注 ／（清）全祖望原著；黄云眉选注.
— 北京：商务印书馆，2018
ISBN 978-7-100-15968-5

I. ①鲒… II. ①全… ②黄… III. ①古典文学—作
品综合集—中国—清代 IV. ①I214.92

中国版本图书馆CIP数据核字（2018）第054517号

权利保留，侵权必究。

**鲒埼亭文集选注**

（清）全祖望 原著

黄云眉 选注

商 务 印 书 馆 出 版
（北京王府井大街36号 邮政编码 100710）
商 务 印 书 馆 发 行
三 河 市 尚 艺 印 装 有 限 公 司 印 刷
ISBN 978 - 7 - 100 - 15968 - 5

2018年8月第1版 开本 640×960 1/16
2018年8月第1次印刷 印张 30 1/2

定价：80.00元

# 前　言

## 一、全祖望的略史

全祖望，字绍衣，号谢山。鄞县人。生于清康熙四十四年（一七〇五），卒于清乾隆二十年（一七五五）。

祖望四岁就塾，父名书，亲课以四子书诸经，便能粗解章句。稍长，兼读《通鉴》、《通考》诸书。

康熙五十七年（一七一八），祖望年十四，从里中董正国读书于张氏的三馀草堂。正国是一位最持崖岸的老先生，同学们都不敢亲近，独祖望常常提出经史上的诸问题和正国争论，正国说："这是我门下的俊人。可惜我已老，不能看到他的大成了！"

是年，补博士弟子。谒学宫，看到乡贤名宦诸祠中有着谢三宾、张杰的神主，便发怒把它们投入泮池里，说："这些人是反覆卖主的乱贼，怎能让他们玷污宫墙！"

十六岁，应乡试，拿着自己所作的古文去见黄宗羲的弟子查慎行，慎行很器重他，称他为刘原父一流人。

二十五岁，督学王兰生，选祖望充贡。次年，入京师，上一札子给方苞，对方苞所著的《丧礼或问》，提出不同的意见，苞很感到惊异，祖望的声誉也就从此大起来了。

二十八岁，顺天乡试中式，内阁学士临川李绂看到祖望的行卷，许为深宁、东发以后的一人。

　　祖望应春试下第，将归，李绂固留祖望应词科，工部尚书仁和赵殿最荐之。绂所居是在宣武门南首的一所故相国的房子。房子的西首，有一室叫紫藤轩，住着南昌万承苍，祖望住在东首的一室。三人在那里，或讲学，或考据史事，或分韵赋诗，葱汤麦饭，互为主宾。那时应词科的人，还未尽集，李绂对祖望说："大江南北人才，差不多都是你所熟悉的，请你为我列举之。"祖望便援笔写上四十余人，并各举所长，甲精于经，乙通于史，丙工于古文或诗或骈偶之学。绂看了叹着说："假使朝廷能恢复前代通榜的制度，你真是无愧退之啊！"（韩愈有《与祠部陆员外书》，荐侯喜、侯云长、刘述古、韦群玉、沈杞、张弘、尉迟汾、李绅、张后余、李翊等，见《昌黎集》卷一七）

　　乾隆元年（一七三六），祖望三十二岁，再应春试，始成进士，入庶常馆。初见江阴杨名时，名时称祖望读书之博，同时鼓励他从事于有用的学问，祖望惶恐地说："祖望怎敢言博！像东莱、止斋的学问，朱子还要议他们，何况祖望！"名时说："你能见到这点，便已进步了。"

　　是年，祖望和李绂共借读《永乐大典》，把那些欲见而不可得见的书，分"经"、"史"、"志乘"、"氏族"、"艺文"为五类，每日各读完二十卷，并于其中佣钞了不少仅有的书。

　　那时张廷玉当国，和李绂不相能，而祖望和绂最相契合，廷玉因并恶祖望。怕祖望又选上了词科，便特奏："凡经保举而已成进士、入词林的人，不必再参加鸿博之试。"于是识者预料祖望的馆职也不会久了。果然，次年散馆，置祖望于最下等，归班以知县用。祖望不乐，因归里。而和祖望同应词科的钱塘厉鹗，以违式报罢；山阴胡天游，以次年补试时，鼻衄大作，也报罢。所以祖望友人杭世骏叹着说："是科征士中，吾石友三人，皆据天下之最，太鸿之诗，稚威之古文，绍衣之考证，近代罕有伦比，皆不得在词馆，岂非命哉！"

　　三年，祖望三十四岁，丁父忧；四年，三十五岁，又丁母忧。既毕葬，闻李绂主试江南；因往金陵见绂。绂以病故，神形困悴，对祖望絮语谆谆而没有条理；但仍为祖望商讨古人出处的道理。祖望呈诗五首，末首说："生平坐笑陶彭泽，岂有牵丝百里才，秫未成醪身早去，先几何待督邮来！"从此不再打算做官了。而祖望此时还只三十七岁，生计渐成问题，有时连饔飧也不能给。

十三年秋，祖望往主蕺山书院讲席，一月以后，学者云集，学舍至不能容。但以郡守对他有些失礼的地方，便拂然辞职归里。次年，学者五百余人，在那里寄食以待开讲，祖望终坚决不就。

十五年春，祖望害了重病，一目忽眚。归安姚世钰说祖望"不善持志，理会古人事不了，又理会今人事，怎能不害病！"

十七年，往广东，主端溪书院讲席。旧病复发。次年归里。又次年，往扬州马氏畬经堂养病，那里有一个叫朱重庆的人，即所谓"东城狂士"者，照顾祖望很殷勤，每日来看祖望的病，不少间断。（见焦循《雕菰楼集》卷一八《书〈鲒埼亭集〉后》）十一月归家。

二十年，子昭德病殁，祖望因过于悲恸，自己的病也愈不可支。到了七月，这位辛勤一生的学者，便溘然与世长别了！年仅五十一。家人出所藏书万卷，才易得二百金购备葬具。

以上为全祖望一生历史的概述，是我根据祖望《文集》中《万承苍墓碑铭》、《赵昱诔》、《董正国墓版文》、《查慎行墓表》、《杨名时行述》、钱肃乐《崇祀录跋》和《诗集》中的一些自注文，并参考祖望弟子董秉纯的《年谱》而缀成的。其在《清史稿》和《清史稿》以前各书所有的全祖望传文中，乃至若干关于祖望部分历史的记载中，都还找不出比上文更为重要的资料，所以这里不再胪引。

## 二、全祖望的著述

全祖望的著述，根据《文集外编》董秉纯题词的话，是有三十余种，而在今日可以看到和可以知道的，不过二十余种。其散佚的稿，连秉纯也不能举了。唯祖望重要的著述，差不多都有了刻本。兹简单地介绍如下：

《鲒埼亭文集》三十八卷　有余姚史梦蛟校刻本。按《年谱》说，祖望临殁，以《文集》五十卷寄给扬州马氏丛书楼，后归祖望友人杭世骏。此本原稿虽然从杭氏得来，却少了十二卷，徐时栋曾记其事。（《烟屿楼集》）

《经史问答》十卷　这是祖望解答弟子董秉纯等经史疑问的总集。阮氏说此书"实足以继古贤，启后学，与顾亭林《日知录》相埒"。（阮氏《经史问答序》，亦见《揅经室二集》）有史梦蛟重校本。原刻本出杭州万氏。

《鲒埼亭文集外编》五十卷　根据《目录》后的《跋》语，此书为董秉纯所编，同门蒋学镛重加审定，而文辞删润过多，故此书文辞仍以董本为主，篇卷次第，则依蒋本。但《跋》语漏去姓名，无从知道刊者为谁，钱泰吉《曝书杂记》已这样说，张之洞《书目答问》，也只说别一人刻。《四部丛刊》所据即此本。

《鲒埼亭诗集》十卷　有慈溪郑尔龄刻本。《四部丛刊》所据，为无锡孙氏小渌天所藏旧钞本。又《遗诗》一卷，为光绪端溪书院所刻。

《句余土音》二卷　这是祖望和诗社同志搜存"枌社掌故"的诗集。按祖望序，是诸同志诗的合集；此书为董秉纯所编，仍是《别集》。有张氏适园刻本。陈铭海曾为之补注，成《句余土音补注》六卷，为吴兴刘氏嘉业堂所刻。

《读易别录》　收入鲍氏《知不足斋丛书》。

《汉书地理志稽疑》六卷　有歙人朱文翰刻本。粤雅堂本、《二十五史补编》本，所据即此本。《四明丛书》本，则为粤雅堂本据王氏钞本校刻者。朱序以鄣郡一条为例，证明此书考证的精到，甚确。

《宋元学案》一百卷　这是祖望续补黄宗羲、百家父子编纂未成的书。续补的分量，约十之六七。体例比《明儒学案》为完整，态度也更客观。此书为王梓生、冯云濠，根据宗羲后人补本，及卢镐、蒋学镛等所藏祖望的底稿，相互参订而成。初刊者为冯云濠，不久，其版被毁，由何绍基集资重刊。

《七校水经注》 有无锡薛氏刻本。祖望借读《永乐大典》，仅及平韵，《水经注》收入上声水字，已在一万一千卷以外，故此书不曾据《大典》参校异同（董沛《例言》），但此书"剖别《经》注，改易次第，采诸家之长，补原文之佚"（薛福成《序》语，亦见《庸盦外编》），经七校而后成，工力的深厚，可以想见。

《三笺困学纪闻》 祖望于乾隆六年（一七四一）成此书，七年便有金氏刻本。一般认为祖望所笺，实在阎若璩、何焯二家之上，故余姚翁元圻注《困学纪闻》尽录入之。

以上十种书的刻本，都是较流行的。

祖望辑《续甬上耆旧诗》七十卷，《国朝甬上耆旧诗》四十卷，见《外编题词》。《年谱》则作一百六十卷。蒋学镛《樗庵存稿》、《续耆旧集题词》作八十卷。《题词》曾说到祖望辑此书时，"遍求之里中故家及诸人后嗣，或闶不肯出者，至为之长跪以请之"。这种恭敬桑梓，发扬幽潜的精神，多么令人激动！但我还没有看到此书的刻本。其余如《公车征士录》，最先刻，也未见（《外编》有祖望《自序》。唐鉴《国朝学案小识》作《丙辰公车征士小录》）。而《天一阁碑目》（《外编》有记）、《读史通表》、《历朝人物亲表录》（《外编》有自序），及《沧田录》、《四明族望表》、《双湖志》、《四明洞天旧闻》、《年华录》（此书名，见孙殿起《贩书偶记》卷一五〇）等书有没有刻本或稿本，更无从悬测。不过分量都不大，重要性也较差了。

阮元说："经学、史才、词科三者，得一足以传，而鄞县全谢山先生兼之。"又说："吾观象山、慈湖诸说，如海上神山，虽极高妙，而顷刻可成；万（指斯大、斯同等）、全之学，则如百尺楼台，实从地起，其功非积年工力不可。"（《经史问答序》）可见全祖望是一个对经学、史学、文学都支付了大量劳动的卓绝的学者。他的大部分著述，能博得当时和后人广泛的好评，应该不是偶然的事。

全祖望的学问是多方面的，但他不像清代其他有些学者一样，为学问而学问。他的学问有它的总的方向，那就是通过他对经学、史学、文学的大量劳动，来发见、继承、光大中国前代具有一定价值的学术遗产，特别是来发见、继承、光大中国传统的优秀的民族品质和民族精神。所以全祖望的学问，又是统一的，不可分离的。

我在这里准备向读者介绍的全祖望的学问，是仅仅限于全祖望的文学，即限于祖望《文集》的一部分作品，但可以说是祖望心血集中的部分，也可以说是祖望学问集中的部分。而祖望的学问，既有它的总的方向，又有它各部分之间内在的统一性和不可分离性，那么，先把祖望全部分的著述作一简单的介绍，对于读者了解祖望文学，肯定是会有所帮助的。

### 三、全祖望的时代和全祖望文学主要部分 —— 表彰明季忠义的关系

全祖望文学的主要部分，是《文集》中大量的表彰明季忠义的文章。要不要肯定这些文章在文献上的重要性，实际上也就是要不要肯定明代末年民族保卫战争在历史上的必要性。这就不能不关系到我们今日应当如何对待历史上的民族矛盾的问题。我们不能否认我国是各族人民共同缔造的国家。正因为如此，今日党的民族政策是完全正确的。但是，对待历史上的民族矛盾问题，则应根据历史发展的观点，做出实事求是、恰如其分的处理。毫无疑问，站在大汉族主义的立场上，过分夸大汉族以外的各族的落后性，过分夸大他们在经济上与文化上的消极作用是错误的。但同时我们也不能否认，当历史上一个较落后的民族的统治阶级，向一个较进步的民族进行侵略战争的时候，被侵略的民族起来抵抗，进行自卫，不仅在战争的性质上是正义的，而且在客观上还具有保卫先进经济基础及先进文化的进步意义。因此，如果不肯定这种民族保卫战争，也同样是错误的。从这样一种认识出发，我们就不能不肯定明代末年民族保卫战争在历史上的必要性，自然也就不能不肯定全祖望文学的主要部分 —— 表彰明季忠义

的文章在文献上的重要性。

明代末年的抗清战争，不仅具有上面提到的这种进步意义，并且比别个时代的民族保卫战争还具有一种新的进步意义。这主要是指在明中叶以来到明末为止这一时期的经济状况，有了新的因素，即在旧的封建社会中产生了新的资本主义萌芽的因素。因而从文化学术上的成就来看，这一时期也放射出了过去未有的光彩，如方以智的《物理小识》及其他著作，在当时所能达到的自然科学的较高水平上，阐发了不少接近唯物主义的理论，而黄宗羲的《明夷待访录》，则更大胆地提出了含有强烈的民主主义因素的政治见解。所以，在社会性质的关键问题上，我们说明末的抗清战争，比别个时代还具有新的进步意义，这应是无可置疑的了。

明代末年抗清战争的力量，主要是汉族人民的力量。而战争的领导人物，则大部分是东南沿海资本主义萌芽迹象最显著的江浙，尤其是浙江的地主阶级或者兼营工商业的地主阶级的代表。诚然，在当时的历史条件下，他们的民族意识不可能没有一定的大汉族主义的因素，但是，我们绝不可以因此就否定他们所领导的抗清战争的历史进步性。应当看到，抗清战争是极其复杂和艰难的，不仅要向满族统治者和汉族投降派结合的新政权展开斗争，还得向南明政权中占据优势的汉族投降派展开斗争（这种斗争实际上就是甲申以前东林党和阉党斗争的继续）。显然，这两种以反对异族统治者侵略为目的的斗争，都是有利于历史的发展，而不是阻碍历史发展的。可以认为，这是我们在分析明末的抗清斗争时所应该坚持的历史的辩证的观点。

抗清战争是失败了，但抗清战争的精神并没有随之被消灭。这从清代康、雍、乾三朝统治者对待汉族知识分子的各式各样的政策上可以清楚地看到。现在，请进而述全祖望的时代和全祖望文学主要部分——表彰明季忠义的关系：

清代康、雍、乾三朝，可以说是清代统治者一贯企图压制消灭汉族知识分子的民族意识和民族气节的时代，他们的修各种官书，特

别是大规模地修《明史》，修《四库全书》，以及连续不断的文字
狱，都是清代统治者用威胁利诱，双管齐下的手段，来实现这种企
图的证明。全祖望所处的时代，恰恰是这个难乎其为知识分子的时
代。而在这个时代里的江浙，尤其是祖望故里所在的浙江的知识分
子，感到特别为难。清代统治者，为了庄廷鑨，吕留良、汪景祺、查
嗣庭等文字狱的迭兴，对浙江知识分子的歧视是加深了。到了高宗晚
年，这种歧视，已发展到最后阶段。汉族知识分子，和汉族文献的
命运，普遍陷入悲惨之境。自乾隆三十九年（一七七四）至四十八
年（一七八三）间，文字狱多至数十起，而和这些连续不断的文字狱
伴随而来的，就是大量的所谓违碍文字的销毁。不消说，其中最悲惨
的，依然是世宗早已斥为"风俗浇漓，人怀不逞"（《东华录·雍正七
年五月谕》）的浙江。浙江奏缴应毁的书，独过他省，十年之间，竟
至一万三千八百六十二部之多（《咫进斋禁书总目》卷首），造成了浙
江的文献空前的不可弥补的损失。

　　清代统治者的这种对汉族知识分子的统治政策及其企图，都是身
经康、雍、乾三朝，而又籍隶浙江的全祖望所耳闻目睹，并且能十分
深切地理解到的。那么，为个人安全计，祖望应该十分警惕地和当时
已经大量产生（主要因于这种统治政策）的考证学者一样，绝口不谈
政治，整天伴随着尘封蠹蚀的故纸，搞他的考证工作。像他所优为的
《七校》、《三笺》之书的纯考证工作，尽管对于当时的一般的浙江知
识分子来说还难免吃惊担慌，而他个人，总可以赢得魂梦不扰。何况
考证的气氛，跟着这种统治政策的加紧施行而愈趋浓厚的情况下，像
祖望的无逊于当时第一流考证学者水平的《七校》、《三笺》及其他考
证文章，谁都知道是可以弋取高名而有余的。可是祖望没有这样做。
他的一生心血的集中点，不在于《七校》、《三笺》，而在于描塑并歌
颂那些抗清组织中前赴后继的杰出人物，即所谓表彰明季忠义的文
章。这种文章，在当时，尤其在当时的浙江，显然是会招致不测的。

　　固然，我们可以这样说：高宗朝的修《四库全书》，和高宗对汉

人著作的那种苛刻的挑剔，是在祖望死了快近二十年之后；而圣祖朝的修《明史》，只是统治者笼络那些不入科举之縠的明代遗老的一种手段。祖望的表彰忠义，也只是《明史》的一种补充工作，或者是稗野的纠正工作。他没有借此攻击新朝，相反地，他可以把表彰故国忠义，说成为新朝服务，因而祖望的表彰忠义的文章，不会招致或加深统治者的歧视。但我们应该知道，清代的修《明史》，一方面企图笼络遗老，一方面也企图在《明史》编纂过程中，侦察这些遗老们对新朝的态度；同时也是清代统治者企图压制消灭汉族知识分子的民族意识和民族气节的开端。表彰故国忠义，虽然也可以为新朝建立和巩固所谓君臣关系，但这种表彰，实际上有一定限度，过多的表彰，会使新朝吊伐的旗帜，减少光彩；而来自异族的统治主，对这种表彰的看法，自然更不同了。

　　我过去写过一篇《〈明史〉编纂考》的文章，其中有一段话，说明了清代统治者的修《明史》，尊重公论是表面，箝制公论是实质。而特别使史臣感到含毫惶惑的，是明清之际抗清战争的史料的取舍。本来这些战争的史料的取舍，应该决定于《明史》本身 —— 内容或体制的客观要求，而按其实际，此类较宝贵的史料，大部分都在统治者从民族偏见出发的忌讳下，遭到抛弃或割裂了。《明史》的表彰忠义是很不够的，而《明史》的不能成为信史，这确是一个主要的因素。全祖望虽然没有参加修《明史》的工作，但当高宗践位之初，祖望新成进士，曾移书六通于明史馆，作了若干的建议（《移明史馆帖子》一至六）。在那些建议中，我以为最主要的，是把不仕新朝的隐逸列入忠义的意见。这种意见，在实际没有笔削之权的史臣，可以断言是不会予以接受的。新朝修史，表彰胜国忠义，可以说成为新朝服务，隐逸又何居乎？但在祖望，则确是有他的一种意图。他以为扩大忠义范围，更可以从汉人的民族意识和民族气节上，反映出明季抗清力量的不可轻侮，而这种力量的反映，是可以替将来的反清力量的形成，起着鼓吹作用的。

准上所述，全祖望的表彰明季忠义，包括另一形式的忠义——隐逸在内的工作，既不可能通过清代统治者箝制下的《明史》来进行，那就不能不依赖祖望自己的努力来进行了。祖望进行这种表彰工作，为他所最注意的有两件事：第一，克服资料搜集的困难。祖望《墨阳集序》说："吾乡故国遗民之作，大率皆有内外二集，其内集，则秘不以示人者也。转盼百年，消磨于鼠牙鱼腹之中，虽外集亦十九不传，况内集乎？"又《杲堂诗文续钞序》说："残明甬上诸遗民，述作极盛，然其所流布于世者，或转非其得意之作，故多有内集。……百年以来，雪摧霜剥，日以陵夷。"由于忌讳而消磨陵夷，像内集之类的访问的困难，只是百年以来搜集明季忠义资料上困难的一种。如果祖望不能克服资料搜集的各种困难，表彰工作，是没法做，当然更是没法做好的。第二，避免文字表面的触忤。祖望除了用分散写，不集中写的方式，即不写专书，单写碑传之类的文章的方式，以表示他的表彰工作，没有一定的目标外；还可以在他的各篇文章中，概括出如下的解释：（一）不掺入华夷之见，单从君臣关系上，说明胜国忠义，也是兴朝应该亟予表彰的对象；（二）把元遗臣，说成和明遗臣一样；（三）对兴朝说，往往把忠义事迹，归结为精卫填海，夸父逐日的愚诚；（四）强调一隅的顽抗，无害于同轨毕附，采薇的苦节，无害于应天顺人；（五）认为皇朝再世宽大，吠尧之嫌，尽在蠲除，忌讳是不必有的事；（六）缩小表彰的作用，往往把它说成为《明史》的补充，稗野的纠正。祖望的这些解释是必要的。没有这些解释为之掩护，根本就谈不到进行这种表彰工作。

然而我以为：在祖望的时代，祖望这样做，还是有它的危险性的。首先，雄狠多猜的高宗，看到祖望大量的表彰明季忠义的文章，可能会透过祖望的解释的烟雾，发现祖望文章的实际的意图。其次，祖望一生伉直，臧否人物，少所假借。既不齿钱谦益于人数；又对伪装的理学名家李光地，悍然揭露其所谓三案（卖友，夺情，以外妇之子承祧）的劣迹；而撰《萧山毛检讨别传》，肆笔讥弹，铺张至数千言，严元照所谓"自修史立传之外，古来未有专作一文以攻讦人之过恶者"（评阅《外编》语）章学诚也以为攻之太过（见《文史通义·浙东学术》），则祖望开罪的人，必然不在少数，万一让吴之荣其人（庄廷𬭛狱的举发者），看到祖望这样壮烈悲痛，洒遍热血的文章，难道不会把它们说成和庄廷𬭛的《明史》一样，而作为自己的起复之资吗？因此，我以为祖望表彰忠义的文章，其终于不遭危险，主要还不在于祖望自己的解释，而在于祖望的文集遗稿，董秉纯向杭世骏索之再三而不应，沉沦既久，才躲过了一个文字灾祸的最可怕的时期，这是一种莫大的侥幸。如果祖望的文集，能在高宗未死以前，公然流布人间，则毁版非绝不可能的事，而董秉纯所谓可为长恸者，恐在此不在彼了。那么，祖望虽然作了这些必要的解释，他的敢于表彰明季忠义，无疑，还是由于他的高度的爱故国爱民族的感情的积极鞭策。

祖望的表彰文章，影响了晚清一部分革命者的反清情绪，也就是说，在晚清反清力量的形成上，起了一定的鼓吹作用，这不仅过去已有些人这样说，我们在今日也是可以这样说的。但可能又有人认为，祖望的表彰明季忠义，在晚清反清力量上所发生的影响，不过是客观效果，而不能说是祖望主观意图的实现。祖望壮年成进士，入词林，同时还续娶了一位满宫的女儿（袁枚《随园诗话》卷六：谢山年三十六，娶满洲学士春台之女，逾年举子。按《年谱》，祖望前娶张孺人。三十岁，续娶曹孺人于京师，不是三十六岁），虽然后来不再图仕进，但到底没有把清廷的俸禄，当作貌貌之肉。他是一个清代士大夫，既不可能和当时人民的反清运动相结合，而又生当清代盛时，上不及挽落日，下不及迎晨曦，似乎可以说，他对清代统治者的愤恨没有存在的可能。然而我认为，只要我们不否认清代康、雍、乾三朝，是清代统治者一贯企图压制消灭汉族知识分子的民族意识和民族气节的时代，我们也就不能说，这个时代的汉族知识分子的民族意识和民族气节，已全都烟消灰灭。高宗晚年数十起的文字狱，虽然一部分出于统治者及其帮凶们的苛刻的挑剔，但也不能说全都是莫须有的狱。一部分的汉族知识分子，尤其是浙江知识分子，是会把他们的反清情绪形之于文字的。那么，像一生淡漠于仕进，而独汲汲于表彰明季忠义的浙江知识分子全祖望，偏说他对清代统治者没有愤恨，这样的看人，不是太表面、太片面了吗？因此，我在这里还是要强调我的意见，祖望这些表彰文章的客观效果，应该说是祖望主观意图的实现。并且我认为，祖望这些文章的思想性，这些文章的现实意义，恰恰是体现在祖望的这种意图上，以及这种意图的实现上。如果把它们的作用，局限于《明史》的补充，稗野的纠正，便会减少、甚至抹杀了它们的现实意义的成分。

以上说明全祖望文学的主要部分，即表彰明季忠义部分的优秀作品，居然能通过祖望的这个可怕的时代，完成了他的对故国对民族的任务，而没有和其他大量的作品，一样遭到秦火的灾祸，这是一件值得我们庆幸的事。

最后，还得附带说明一下：

在民族斗争过程中，阶级斗争往往服从于民族斗争的需要。这主要表现在爱故国爱民族的人民一方。李定国等的从农民起义转入抗清战争及其在战争中的光辉业绩，就是最显著的例子。但民族斗争的领导人物，他们虽然可以在民族斗争上，表现出高度的牺牲精神；但由于阶级的局限性，他们对农民起义，依然是敌视的。他们把农民起义当作"犯上作乱"，称为"流贼""流寇"。他们认为"犯上作乱"，对国家危害的严重，不次于异族的侵略；甚至认为不安内不能攘外，把镇压农民起义放在民族保卫战争的前面或主要地位。所以他们认为：为抵抗异族侵略而牺牲，是忠义；为镇压人民的"犯上作乱"而牺牲，也是"忠义"。在历史上，所谓忠义列传，除了那些在统治阶级内部矛盾尖锐到不能不易姓的关头上，甘心为故君舍生的忠义外，大部分就是为这两种斗争而牺牲的人物。这种站在地主阶级立场的看法，自抗金的岳飞，以至抗清的史可法，都没有例外。而全祖望对待忠义的看法，基本上也是没有两样的。在他的张肯堂《神道碑》及朱大典、李长祥等《事状》中，都说到镇压农民起义的业绩；而二千余言的大典《事状》，述镇压事竟至八百言之多。又在林时对《事状》中，也反映了对李自成的仇视，如叙时对晚年观剧踣地事说：

> 一日，至湖上圣功寺巷中，公眼已花，不辨场上所演何曲，但见有冕旒而前者，或曰："此流贼破京师也。"公即狂号，自篮舆撞身下，踣地晕厥，流血满面，伶人亦共流涕，观者迸散，是日为之罢剧。嗣是公不复出，掩关呦呦而已。

可见祖望的表彰明季忠义，虽然主要是以民族保卫战争为范围，但也包括镇压农民起义在内。这是祖望地主阶级本质的反映，也是祖望受当时历史条件限制的结果。所以，我们对祖望也不能独加苛责。不过，我们如果能指出，由于祖望的阶级局限性，他只能片面地表彰抗清战争的领导人物士大夫的忠义，而难能认识人民以阶级斗争服从民族斗争需要的更可贵的民族品质和民族精神，在抗清战争中所起的重大作用，这对于明代末年民族保卫战争的整个力量的估计是有好处的。

## 四、全祖望文学的特征

全祖望文学的主要部分，即表彰明季忠义部分的作品，我在上节已介绍了一个大概。实际上，也等于介绍了祖望其他的文学作品的大概。我说过祖望学问的总的方向，是在发见、继承、光大中国前代具有一定价值的学术遗产，特别是在发见、继承、光大中国传统的优秀的民族品质和民族精神。祖望大部分的文学作品是属于后者，而表彰明季忠义，是后者的主要部分。我既把祖望文学的主要部分的现实意义，作了必要的分析，则祖望其他的文学作品，也就可以类推了。

本节主要在说明全祖望文学的特征。首先，我们要清楚，祖望这种文学的特征，不是祖望个人的特征，而是浙东学者共有的特征，祖望不过表现得更突出而已。

我们可以肯定，祖望是一个经学、史学、文学都具有高度水平的学者。但我们知道，当时浙东学术的风气本来是这样：不管这三种学问，在某些学者的水平上彼此不同，或者个人的水平上也彼此不同，而作为浙东学者一般的要求，即对每一种学问，都得有一个实际内容的要求来说，他们会很自然地把这三种学问陶冶在一起，同时也会很自然地使他们的史学的表现，比之经学、文学显得更突出。在他们的经学、文学上，都体现了他们的史学的最基本的精神，不离开实际的生活政治，而为生活政治服务。在这种风气的激荡下，于是浙东史学，便成为中国史学一面鲜明的旗帜。这是清初以来浙东学术上的一个特征。祖望就是这种学术风气激荡下产生的一个学者。虽然他的学问水平，比之一般浙东学者为高，而他的学问的特征，还是和浙东学术上的特征分不开的。

再进一步说，创造这种浙东学术风气的人，为余姚黄宗羲，而祖望，则一般认为是宗羲的私淑者。宗羲学问的广度与深度，固非祖望所能企及，而祖望的步趋宗羲，实过于万氏兄弟。斯大最专于经学，斯同最专于史学，而致力文学则较差；祖望除经学、史学外，对文学也一样致力，所以祖望的学问，和宗羲学问的风貌，最为相似。祖望说宗羲"以濂洛之统，综会诸家：横渠之礼教，康节之数学，东莱之文献，艮斋、止斋之经术，水心之文章，莫不旁推交通，连珠合璧，自来儒林所未有也"。(《梨洲先生神道碑文》)这是宗羲统经史文为一的学问的风貌，也就是祖望替宗羲学问做了一个毫不夸大的总结。宗羲讲学于越中，于甬上，于海宁，大江南北，从者骈集；而光明俊伟的高弟，多出于甬上，这些高弟，又都率其子姓以从，像汉人所谓门生者（参阅《梨洲先生神道碑文》、《万循初墓志铭》、《陈南皋墓志铭》、《甬上证人书院记》），因而通过宗羲统经史文为一的崇实黜浮的指导，浙东学术，蔚然成为一种前此未有的新风气。祖望虽然未得为宗羲徒，也不及和甬上诸高弟相揖让其间，而甬上证人书院的所谓门生，当时存者尚多，祖望可以和他们证明宗羲学问的渊源；这样再通过祖望自己毕生的刻苦钻研，便成为宗羲学问的唯一私淑者。所以我们还可以说，祖望的学问，虽然是在浙东学术风气激荡下产生的，而由于他的成就之大，却倒过来又成为这种风气的激荡的主要力量。

当然，我们说浙东学术的统经史文为一，不等于说浙东学术，只有经史文的混合体，而没有它们的独立地位和独立作用。我们说浙东史学的显得更突出，也不等于说浙东学术，只有史学的作用大，经学、文学的作用小；这三种学问，都有它们的独立地位和独立作用，我们只是说这三种学问，通过它们的互相贯串，互相补充，可以使它们的独立作用发挥得更大，而史学在这方面表现得较突出罢了。这三种学问的能互相贯串，互相补充，是由于它们都有一个实际的内容为它们的基础；而要有实际的内容，这三种学问，都离不开实际的生活政治。因而作为一个名副其实的浙东学者来说，他对学问的态度不能不是客观的，否则便会使他的学问和实际脱节。例如，浙东经学，自黄宗羲以后，一般都能做到"宗陆而不悖于朱"（章学诚《浙东学术》中语）。就祖望来说，除了在《宋元学案》上可以看出他对朱、陆的态度外，还可以在他和李绂、方苞的关系上看出这种态度。他和宗陆的李绂最相契合，但和宗朱的方苞的关系也不差；李、方两人，不但在经学上有矛盾，在文学上也有矛盾（见钱大昕《潜研堂文集》卷三一《跋方望溪文》），而祖望和两人周旋，都能给以公允的评价，并且说他们"退而未尝不相许"（方、李两《神道碑铭》）。祖望这种客观的态度，是他治学问的基本态度，也是浙东学者治学问的基本态度。有了这种客观的态度，才能崇实黜浮，才能统经史文为一，才能使经史文的独立作用发挥得更大。

搞清楚了浙东学术的特征，然后来谈全祖望文学的特征，则可以避免一些不必有的隔阂。

以下请专述全祖望文学的特征:

祖望的文学,从浙东学术的角度来看,自然包含着经学、特别是史学的成分在内,而光从文学的角度来看,它又恰恰是祖望的文学,而不是祖望的经学和史学,这就是祖望文学的特征。祖望的文学,和黄宗羲的文学的类型最相似,我认为以宗羲的文学理论,来说明祖望文学的特征,是最适当的。

宗羲告高斗魁说:"读书当从《六经》而后《史》、《汉》,而后韩、欧诸大家,浸灌之久,由是而发为诗文,始为正路,舍是则旁蹊曲径矣。"(《高旦中墓志铭》)而他给高弟李邺嗣撰《五十寿序》,也有"以经术为渊源,以迁、固、欧、曾为波澜"的话(《寿李杲堂五十序》),这是宗羲给学者以文学修养程序上的一个指示,也是浙东文学所以成为浙东文学的一个说明。然而这里要注意的:这个指示,是宗羲要人们在经学、史学及唐宋文学相当长期的浸灌中,创造出自己文学的面目,而不是叫你模仿别人的面目,如唐、宋诸家的面目,乃至迁、固、《史》、《汉》的面目。宗羲又说:

> 夫文章不论何代,取而读之,其中另有出色寻常经营所不到者,必传文也。徒工词语,嚼蜡了无余味者,必不可传者也。昌黎唯陈言之务去,士衡怵他人之我先,亦谓学浅意短,伸纸摇笔,定有庸众人思路共集之处,故唯深湛之思,贯串之学,而后可以去之怵之。(见同上)

可见文章中,凡是出色寻常经营所不到者,即所谓独创性的见解,必须通过深湛之思,贯串之学,然后才能获得;则无疑,这种深湛之思,贯串之学,又必须通过各种学问相当长期的浸灌,然后才能获得。徒工词语,是不会得到人们的重视的。这是宗羲指示的文学修养的一面。文学修养的另一面,则可以从宗羲选明文的标准上,得到一个更重要的指示。他的选文标准,是"不名一辙,唯视其一往深情,从而捃摭之。巨家鸿笔，以浮浅受黜，稀名短句，以幽远见收"。而他所持的理由，是：

> 今古之情无尽，而一人之情，有至有不至。凡情之至者，其
> 文未有不至者也。则天地间街谈巷语，邪许呻吟，无一非文；而
> 游女田夫，波臣戍客，无一非文人也。

当然，一个距今已三百年的封建社会的学者，不可能意识到今日的所谓阶级感情；但他在政治上已能发挥"原君"那样进步的见解，则在文学上，能提出不管文学的形式怎样，作者的身份怎样，凡能反映真实感情的文章，便是好文章，反之便不是好文章的同样进步的见解，可以说不是偶然的了。综合宗羲的文学修养的两种指示，即我所谓宗羲的文学理论。宗羲的文集，谈文学的很多，大都不离开上述两种意见。宗羲的这些透辟的文学理论，在祖望的《文集》里，是不容易找到的。但这些文学理论的精神，祖望的文章，却体现得最为亲切。

祖望的文章，没有唐、宋诸家及迁、固、《史》、《汉》等文章的一定的门面，所用的藻采，也像随手拾得，并非有心组织；而一往情深，具有高度的感染力量，和说服力量，这是我对祖望文学形式和内容的一个总的肯定。

祖望的表彰明季忠义，所以能使三百年后的读者，还可以活生生地看到，这些英雄们在当时每个阶段中风号雨泣的艰苦斗争的情况，而引起他们无比的激动，是由于他能把这些英雄们的各式各样的形象和性格，作了极其深刻而又恰如其分的描塑。例如：他表彰一样为故国为民族捐躯的人物，就有若干不同的类型：钱肃乐、张煌言等和王翊、华夏等不同；王翊、华夏等又和施邦玠、魏耕等不同；而夏子龙、周元懋等的纵酒自残，更是另一套的沉痛表现；女英雄华夫人、沈隐等的慷慨就死，祖望则并以一种所谓特笔，即和过去传统的一般

书法不同的书法来表彰他们。此外，他所表彰的忠义人物的不同的类型：如陆宇爔、祁班孙等，以及守张肯堂墓的汝应元，劫取王翊头的江汉等，本身都是忠义人物，而并以为忠义人物冒死服务的肝胆，表现为任侠者一流；作《舆人》、《皂人》、《丐人传》的六狂生之一毛聚奎，作《捉鬼传》的周元初，本身都是忠义人物，而并以写嬉笑怒骂的文章，表现为愤世者一流。其在遗民，也可以分为几种类型：如黄宗羲、顾炎武等，是建立以致用为目标的新学术风气的大师；傅山、刘献廷等，是不可笼络的振奇人物；黄宗炎、邵以贯、李邺嗣等，是一意孤往的畸士。然而他们的不甘肥遁，隐然有落日重回之想，是一致的（谭献说，刘献廷犹有鲁连、田横之想，见《复堂日记》卷一），所以也可以包括在忠义人物之内。以上这些人物的不同的形象和性格，祖望都能使它们跃然于纸上，可见祖望的表彰忠义文章的艺术成就是卓越的。他确是把中国传统的优秀的民族品质和民族精神，从参加或支持明季抗清战争的英雄们的身上洗晒出来了。

最后，在这里需要加以补充的，是祖望表彰明季忠义的态度客观和精力集中的具体说明：

祖望治学问的客观态度，我已在上面提到过了。祖望表彰明季忠义，纯从爱故国爱民族的观点出发，没有一点恩怨之见，横亘其间，他对这些人物的态度，和他的治学问的态度是一致的。祖望的文章，虽然只写正面人物，而他对反面人物的深恶痛绝，我们可以从他写正面人物的文章中看到。（例如谢三宾欲害六狂生为王之仁所辱事，并见于《钱肃乐神道碑铭》、《董志宁神道表》、《陆宇爔墓碑铭》、《倪懋熹坟版文》、《华氏忠烈合状》等文；而他的赚取帛书告变事，并见于《华氏忠烈合状》、《杨氏四忠双烈合状》、《李长祥行状》、《屠董二君子合状》、《王评事状》、《访寒厓艸堂记》等文）可是他的《七贤传》，对周昌晋两弟昌会、昌时，邵辅忠两子似欧、似雍，姚宗文的两从子胤昌、宇昌，及陈辅子自舜等的志节，并不因他们的父兄之慝而有所贬损，最后还附以祖望所不齿于人数的谢三宾的四孙：为辅、为霖、为宪、为衡等的曲躬读书，以行动扭转清议的事（《外编·题马士英传》，说马士英有良子曰马锡，《明史》不宜失之），可见祖望的臧否人物，态度十分客观，蒋学镛说祖望论撰里中先正之作，隐有抑扬的话（见钱泰吉《曝书杂记》），是不足信的。

祖望集中精力于表彰明季忠义，我也在上面提到过了。这里是要把祖望的反对应酬文字，作为他的精力集中的具体说明。祖望不满于韩愈、陆游、叶适等的应酬文字（《文说》），也对黄宗羲的晚年文字表示不满，认为宗羲晚年文字，"一则渐近崦嵫，精力不如壮时，一则多应亲朋门旧之请，以谀墓掩真色"（《奉九沙先生论刻〈南雷全集〉书》）。过去的任何一个作家，要完全避去应酬文字是不可能的。宗羲不是自己说过"凡彼应酬，仆不敢闻"吗？（《戒应酬之文》）而仍未能避免，引起祖望的不满。祖望自己说"应酬文字，十九束阁"（《钱艻庭七十序》），说"十九束阁"，可见祖望对应酬文字的厌恶，但既说十九，则少数的应酬文字还是有的。惟祖望能时时提起警惕，能时时以"养之如婴儿，卫之如处女"（《文说》）的方法来控制自己，所以他终于能集中他的精力于表彰工作，以及和一代文献有关的重要记载。在祖望的《文集》里，那种不重要的聊尔的作品，确是不容易找到的。但祖望表彰明季忠义的文章，以及记载一代作家如姜宸英、查慎行、方苞、李绂、何焯、厉鹗等人的言论行动的文章，就形式来说，大部分和其他文集中的应酬文字一样。我们如果不能把祖望文章，和应酬文字区别开来，也就很难作出祖望文学真正的评价。

关于祖望文学的特征的说明，姑止于此。

现在再谈一谈祖望文章的缺点：

有没有人对祖望文章表示不满呢？有，并且不在少数。如严元照评祖望的文章说："谢山非不能文者；然其于文也，苟而已矣，柳子厚所谓以轻心掉之者。"萧穆同意这种看法，加了一个按语说："今细按之，实亦未能免此。"（《敬孚类稿》卷七《跋严修能评阅〈鲒埼亭集〉》）谭献评全祖望的文章说："全于浙东文学，雍、乾间颇为职志，其实粗识藩篱而已。《鲒埼亭集外编》，于明末诸忠节，虽叙述不中律度，亦为不废之作。辨证遗闻，以理势求之，多可信者。他文则芜矣。"（《复堂日记》卷一）他们为什么会说祖望文章，是轻心掉之者，或者说它不中律度呢？我以为应该和宗羲的文章联系着来看：谭献《读〈南雷文定〉》说："黄先生文，无馤饤之篇，有馤饤之句。固知早饮香名，以华藻入，亦熟处难忘。必以伪体目之，则妄！叙事诸篇，《鲒埼亭集》所师法，而殊有稗习，不如先生之简净。《后集》清深尤胜！"这是谭献评《黄集》兼评《全集》的话，和上面评《全集》的话对照一下，可以知道谭献的看法，是代表那些讲究唐、宋、《史》、《汉》门面的文人的看法，不过还不敢同意目宗羲的文章为伪体而已。他们不知道宗羲和祖望的文章，主要在有一个丰富精采的内容，在有独创性的见解，在有真实的感情的反映；而它们的艺术，是应该在唐、宋、《史》、《汉》的门面以外去寻索的。所以宗羲说："文非学者所务，学者固未有不能文者。今见其脱略门面，与欧、曾、《史》、《汉》不相似，便谓之不文，此正不可与于斯文者也。"（《李杲堂文钞序》）严、谭对祖望文章的批评，恰恰是从宗羲所谓脱略门面上提出来的，因而这种批评，可以说是一种不中肯綮的批评。自然，其间也不是没有可取的意见。我觉得宗羲的文章中，确有一些习用而不很贴切，或者几乎是多余的辞汇；而祖望又把这些辞汇，不自觉地都搬到自己的文章中来，这可能就是谭献所谓馤饤之句，也可能就是严元照批评祖望文章以轻心掉之的一部分。如果祖望能把这些辞汇再锻炼一下，无疑会使祖望文章的整个风貌为之改观。而它们的感染力量，和说服力量，也无疑会跟着加强。但即使如此，我怕满怀门面之见的严、谭，对那种和宗羲一样不讲究门面的祖望文章，依然会觉得格格不相人的。

又祖望的诗，李慈铭称它"直抒胸臆，语皆有物。其题目小注，多关掌故。于南宋、残明时，搜集幽佚，尤足以广见闻"（《越缦堂日记》第三十一册）。可见和祖望的文章，有互相证发之处。读者可以参阅。惟慈铭说他"学山谷而不甚工",则未尽然。祖望自己说他所心醉的诗家,当代莫如施闰章(《莺脰山房诗集序》),前代莫如柳宗元、梅尧臣、姜夔(《春凫集序》),大概所取在深情孤诣一派。慈铭说他学山谷的话,尚待商榷,这里以不涉本书范围从略。

## 五、选注《鲒埼亭文集》的一些交代

全祖望《鲒埼亭文集》三十八卷,计文三百八十篇。其中墓志传状最多,墓志十七卷,传状四卷,占全书二分之一强。《鲒埼亭文集外编》五十卷,计文八百二十篇。其中墓志五卷,传状四卷,不及全书五分之一,是不是为了忌讳而有所毁损,无从断言。但合《内》、《外编》八十八卷计之,则祖望写人物的文章,已至三十卷,过了全集三分之一,不能不算多了。何况和这些人物历史有关的文章,在《集》中还可以俯拾即是。这说明《鲒埼亭文集》中的墓志传状,不能和一般文集中的墓志传状,等量齐观。前者是中国历史不可缺少的重要文献,后者则大部分是弃之不足惜的应酬文字而已。本编所选的文章一百八十四篇,主要就是祖望所写的在实质上和一般应酬文字完全不同的墓志传状。墓志五十八篇,传状三十五篇,合九十三篇,占全书三分之二(以字数计),以其为本编主要部分,姑目之为上编。其他九十一篇为下编。下编大部分也是和这些人物历史有关的文章。为了帮助读者对祖望文学、同时对浙东文学的进步性,获得更多的了解,凡祖望所写的一些包含祖望文学理论的文章,也尽可能选入下编。因此,本编分量虽然只当原籍《内》、《外编》四分之一(以字数计),而祖望文学的主要部分,已差不多一网尽之了。当然,这不等于说,我们对其他四分之三的文章,可以视同剩余,它们依然可以从我们不同的要求上,获得它们应得的不同的评价。

全祖望的文章,一般是可以琅琅讽诵的;但由于不很避免藻采,对部分的读者来说,仍有加以一些注释的必要。所以碰到那些一般辞书上不易检得，或者可以检得而一般不常用，以及含义两可不易扣紧本文的辞汇；碰到那些光举字谥、籍贯、官职以代替其人而为一般所不能一望了然的其人的姓名，本编并加以简单明白的注释。部分的成语和典故，也包括在内。但不一定每篇都有此必要。

我们知道注书有时会比著书更困难，一句习用的成语，一个习用的典故，往往翻遍群籍，依然找不到它的原始出处。本编注文，虽然都不是间接地从辞书乃至类书上找来，可以减少一些不必有的错误；但不可能保证原始材料上就没有错误，更不可能保证本编注文所根据的已都是原始材料。尽其在我，疑者阙之，注释者的态度，只能如此。希望读者指正！

我们又知道过去作家，除了写骈文不可能不临文獭祭外，一般作家的驱遣史实，尤其是熟悉的史实，往往以单凭记忆之故，不自觉地招致了一些类似间的错误。祖望的文章，也未能免此。如称"子昂高蹈"的人，是韩愈不是李白，说丙吉非死病的人，是夏侯胜不是张安世，目其人"森森如千丈松"，是指和峤不是指温峤，而祖望所举的都是后者之类，这不能不说是祖望的偶然失检。但毕竟是毛疵细故。我们主张写文章，要恪恭将事，尽可能做到没有毛疵细故；同时，我们也反对以毛疵细故，贬损甚至抹杀作者一生的卓越的成就。

本编所据《鲒埼亭集》刻本，系余姚史梦蛟所校刻者。钱泰吉于杭州书肆得此刻本，说间有墨笔铺案云云（《曝书杂记》），则泰吉所得史刻本，曾有人以墨笔录蒋学铺校语于其上，当然更可珍贵。此本惜不可再得。《外编》系参校董、蒋两钞本刻成。目录下注蒋增二字，为蒋学铺审定董本时所增的文章，凡五十六篇，本编选入《江浙两大狱记》等七篇。《内》、《外编》并为精校本，省却本编校阅工夫不少。又据祖望与卢玉溪《请借钞续表忠记书》，主张该记"少有当避忌处"，可以援"近世魏征君冰叔、黄征君梨洲诸《集》"的"空行阙字"的例子，不必有"嫌讳之虑"的话，可能祖望《文集》中的空行阙字，也是祖望自己留下来的。本编就其可补者，在注释中补之；不能补者阙之。空阙面目，仍依旧刻。至于严元照《内》、《外编》评阅本，我没有看到；有部分意见，在萧穆《敬孚类稿》中。大抵不脱批点家口吻，读者可以参阅。

余姚黄云眉
一九五八年

# 目　录

## 上　编

## 下　编

上编

# 明兵部尚书兼东阁大学士赠太保谥忠襄孙公（嘉绩）神道碑铭

　　有明三百年，天下称世家者，莫如姚江孙氏。其官则阁学而下，六部、三法司、七寺、翰、詹、坊、局、科、道以及五府等官无不备也；而其人则忠孝、政事、风节、文章亦无不备。盖自忠烈公递传至忠襄公，而明与之俱亡。

　　忠襄公讳嘉绩，字硕肤，烛湖先生应时之后，烛湖，宋乾、淳间硕儒也。忠烈公燧之五世孙，尚宝司卿墀之玄孙，上林苑丞缘之曾孙，大学士文恭公如游之孙，工部郎中樽之子。公少嗜读书，先世自月峰尚书喜储藏，四部甲于姚江，至是尽归于公，按其首尾而读之，不以膏粱废攻苦。及冠，应以门资得官，公不欲也。成崇祯丁丑进士，授南京工部主事。时嘉兴徐忠襄公石麒为应天府丞，公从之，分别当路君子小人流品及庙堂诸文献，调为北京兵部主事。

　　戊寅，大兵薄都城，傅城闭垒，莫能测其进止，公曰："此不难知，当俟后队至即南下耳，曷乘其未集而急攻之？"杨嗣昌曰："彼已倾国而入，安有继耶？"又三日，大兵果挟西戎六万，由青山口入，即日拔营而南。于是以公知兵，不次进职方郎中。是役也，总督卢公象昇与奄人高起潜分办东西二路，督臣主战，奄人主和，公论是督臣，嗣昌是奄人，故督臣死战，不予恩恤，而奄人叙功求世荫，公愤甚，疏格之，奄人大恨。适上幸观德殿阅军器，起潜能辨其良楛称旨，乘间谮公下狱。时漳浦黄忠烈公亦得罪，上以嗣昌故欲杀之，先

拜杖而后下狱，其家人以橐饘至，俱遭阻遏。公彻已服用，奉之甚
谨。稍间，从而受《易》，世所称漳浦《三易洞玑》之学，莫有知者，
公兀兀听之。会诸生涂仲吉上书救忠烈，上益震怒，移忠烈于厂狱，
其狱中相与往来者，尽掠治之。公与黄文焕、陈天定、文震亨、杨
廷麟、刘履丁、董养河、田诏皆被责诘。或谓当巽词以求免，公曰：
"吾得为夏侯胜之黄霸<sup>①</sup>足矣，何必讳乎！"闻者以为名言。宜兴<sup>②</sup>再
相，请清狱，尚书徐忠襄公遂出公，归而买地筑室，将隐矣。乙酉，
赧王<sup>③</sup>起，为九江道佥事，未上而南京亡。

　　先是公之同里吏科都给事中熊公汝霖，闻大兵将至杭，奔告潞
王，欲发罗木营兵拒之，潞王已议迎降，不听。熊公归，见刘忠正公
宗周而泣，刘公叹曰："吾已绝粒待死，诸公倘有能为田氏即墨之守
者，天下事未可知也。顾悠悠之辈，其谁足语者？君其勉之！"熊公
归而商于公，然计无所出。姚之知县王曰俞已弃官去。其司教王元如
迎降，遂署知县，发役夫，治驰道，以其不勉，抶之，役夫哗，反殴
元如，众遂攘攘不可止。公方遣家人侦衢巷间，闻之，遽率健儿，鸣
金鼓，突入县署擒元如，斩以徇。公以宰相家儿举事，百姓从之者如
云，乃急邀熊公出治军，分为两营，公主左，熊公主右，时闰六月初
九日也。浙东列郡，人情正在惶扰间，所至窃窃偶语，特观望莫敢先
发，而公以中流之一壶<sup>④</sup>激而行之，遂皆响应，公遣急足，西告会稽，
东告鄞。次日，会稽章公正宸以郑公遵谦等应之，又次日，鄞钱公肃
乐应之，又次日，慈溪沈公宸荃应之，又次日，绍之属县皆应之，天
台以东无不应者。乃迎监国鲁王于天台。诸军会于江上。张公国维指
公言曰："此真五世相韩之子弟也。"王加公都察院右佥都御史，督师

----

　　① 黄霸：汉黄霸受《尚书》于同在狱中的夏侯胜，见《汉书》本传，孙嘉绩也受《易》
于狱中的黄道周，故以黄霸自比。

　　② 宜兴：指明崇祯时宰辅周延儒。

　　③ 赧王：即福王。

　　④ 中流之一壶：《鹖冠子·学问篇》："中河失船，一壶千金。"壶，南人叫作腰舟，佩
之可以济水。壶非值钱物，但当中流失船时，它便成了唯一的生命支持品。

瓜里。

时诸军分汛瓜里者，公与熊公、章公、钱公、沈公、太仆前分守宁绍台道于公，江上人呼为六家军，而公营于瓜里之龙王堂前。公至江上，荐故吏科林公时对，请为监军，荐前进士王公正中，以御史知余姚县事，又请许其募乡兵以助防守；荐诸生屠献宸，以职方参军务；荐章钦臣为大将，使治火器，江上人呼为火攻营。同里黄公宗羲以义兵数百人从，公荐之为御史。

公于烈庙时虽以知兵起，然将略实非所长，江上所仗庇者，惟方国安、王之仁，顾悍甚，于是有分饷分地之议，公等无所得军赋。之仁之军视国安稍弱，其子鸣谦留守定海，思所以张之，乃招张国柱军以为助，国柱遂劫鸣谦入内地，大掠余姚，越中震恐，朝议欲封为伯以安之。公与宗羲等议，以国柱凶暴，既不能讨，诚不可无官爵以羁縻之，但列之五等，则有功者其何以加？请署为将军。时皆服公之守正。国柱虽去，遂据定海为巢窟，鸣谦反为所制。之仁从此怀内顾之忧，无心复战。前此江上物论，谓之仁稍愈于国安，至是大坏于鸣谦之手。公悒悒日甚，已而王加公兵部右侍郎兼都御史，督师如故。

公又言故御史姜垛及其弟垓之贤，近闻其避地天台，乞主上特敕召之。垛知事不可为，以疾辞不至，垓亦从公幕而不受官。会闻黄忠烈公自闽出兵，不克而死，公恸哭曰："先生竟先我去乎！"阮大铖嗾方国安疏纠东林余蘖，公与林公时对、沈公履祥等并豫焉。公遂乞休，不许。公之令钦臣治火器也，制作甚精，既力陈西渡之策，方、王不与同心。至是师日老，饷日竭，宗羲言于公曰："愿得以此军独出，必得当以报公。"公喜，命钦臣汰其不中步伐者，熊公亦简军中精锐合之，得三千人，以正中副之。于是公定议，由海道西渡取海宁、海盐一带，而扬声由盛岭出军，请给监军等官敕印。钱公肃乐闻之曰："孙公殆有成算，必非由此间攻其有备者也。"五月，王加公兵部尚书兼东阁大学士，督师如故。

公以老营驻龙王堂前，而宗羲等潜师出潭山，会太仆陈公潜夫军议取沿海诸县，尚宝司卿朱公大定、平吴将军陈公万良、职方查公继佐等，皆来听命，浙西震动。公嵩目望之，俟捷音至，欲令郑公遵谦等夹攻杭城，而国安七条沙之军已溃，列成四窜。公急还会稽，则王已登舟而去，乃亦航海入翁洲以观变。时公已疽发于背，至翁洲疾笃，问从者曰："此何地也？"从者曰："道隆观也。"公叹曰："吾闻建炎时宋高宗至此，金人以刃砍柱，血流如雨，金人惊仆，而宋提领张公裕以大舶击之，今五百年矣。"因唏嘘泣下。二十四日赋绝命词，钱公已先在翁，来视疾，和公诗，相向哭。公谓子延龄曰："倘闻王所在，宜急从之！"语毕而卒。生于万历甲辰九月十四日，得年四十三岁。配陈氏，封夫人。

　　延龄藁葬公于芦花岙。钱公具疏为公请恤于闽，而闽又破。明年，王复出师长垣，延龄从之，以遗言奏，赠公太保，赐祭九坛，谥忠襄。以延龄为右佥都御史，夺情，巡抚闽南。钱公草制曰："尔父唱黄钟之孤管，以存一线，有大功于国，尔尚克继之，尔年少中丞哉！"王次健跳，延龄进兵部侍郎，中途遇大兵，家属俱被执，延龄独奉其太夫人及妹免。王次翁洲，延龄进户部尚书。初公少应童子试，其师梦公簪花以第一人出，丁丑计偕，县令梁佳植梦亦如之，公亦频梦与古之大魁者游，私自喜孙氏于科名无不备，所少者此耳，或以己承其乏，其后不验。迨公之葬，适在明初状元张信墓南，以为异事。予谓《周官》六梦①，良多征应，然如此梦，则鬼神之陋者。以公之所竖立如此，区区科第，曾何足道，而况子冢木之邻比足以重公乎？必欲比拟，其必求之文丞相、陈参政之科第而后可，余子非其匹也。翁洲既成域外，公家亦梗，康熙乙丑，始复为内地。延龄子讷渡海求公墓，不可得，方恸哭，忽有一老人扶杖至，问所以，则曰："吾故公苍头也，吾识之。"导以往，扶归姚江，改葬于烛湖，盖不作

---

　　①《周官》六梦：《周礼·春官》有占梦一职，以日月星辰占六梦的吉凶。六梦，即正梦、噩梦、思梦、寤梦、喜梦、惧梦。见《周礼·春官》。

寒食者四十年矣。公所著有《五世传赞》、《存直录》，其诗文不尽传。

　　呜呼，世之论是举者，皆谓画江之始，不当以军旅大枋，拱手而予之方、王，以是为孙、熊诸公咎。予谓公等固未必知兵，然以当时之匆匆，亦不能不资一二宿将以为卫，不料其狼狈至此也。方国安纵恣无状，盖已有年，至是突然以客军来，本难位置；若王之仁则浙东故镇，一切营兵卫军，皆其旧辖，公等欲不予之得乎？且以颜太师之忠，输一著于贺兰进明[①]，而卒隳其业，郑畋之忠，困于李昌言而不展[②]，王庶之忠，亦不足以制曲端[③]，事势有无可如何者，忠臣义士求谅于天而已。而况天心既去，虽以诸葛孔明、姜伯约之才之力，不能有济，而何论其余者？至于江上诸公事迹，其脱略莫甚于公。予见钱公肃乐《集》中有为公辨诬疏，虽存其目而失其文，不知时人所诬者何事？钱公所辨何语？诸家作公传志，皆寥寥少考索。予以乾隆丁巳拜公墓下，孙氏后人争来问公遗事，因请予为埏道之文，以补诸家之阙。见闻荒落，不足以称孝慈惓惓之意，良自愧已。

　　其铭曰：

　　圣朝受命，百国来同，稽山甲楯，讵足成功？奋臂一呼，浙东云连，虽然爝火[④]，残喘所延。以酬高庙，以报烈皇，以见忠烈，世臣有光。芦花寒月，夜色漫漫，公尸虽返，公魂未还。

---

　　① 颜太师、贺兰进明：唐颜真卿既克魏郡，军声大振。以史思明遣游弈兵绝平原救军，写信给北海太守贺兰进明并力共御。进明率步骑五千渡河，屯平原城，真卿每事和他商量，而且把河北招讨使的官让给进明，军权就稍移于进明了。后来进明败于信都，有诏抵罪，真卿又纵之使赴行在。见殷亮《颜鲁公行状》及《通鉴》卷二百十七、《新唐书·颜真卿传》。本文所谓"一著之输"，疑指把河北招讨使的官让给进明的事。

　　② 郑畋、李昌言：唐僖宗中和元年，郑畋击败王璠军，威动京师，诏来诸镇兵，传檄天下。以邠、延、夏州兵屯东渭桥。再进司空。那时行军司马李昌言屯兴平，求为南面都统，引兵趋府，畋不意被袭，只得好言勉昌言守其地，委军而去。见《新唐书·郑畋传》。

　　③ 王庶、曲端：宋王庶为龙图阁内待制，节制陕西六路军马。授曲端吉州团练使，充节制司都统制。端不欲属庶，金人攻陕西，庶日促端进兵，不听。庶劳端军，几为所杀。见《宋史·曲端传》。

　　④ 爝火：爝火，小火。这里用《庄子·逍遥游》"日月出矣而爝火不息"的意思，喻清政权建立后监国鲁王的微弱的势力。

# 明故兵部尚书兼东阁大学士赠太保吏部尚书谥忠介钱公（肃乐）神道第二碑铭

世祖章皇帝定鼎二年，五月，江南内附。六月，浙江内附。闰月，明故刑部员外郎钱公肃乐起兵于鄞。

大兵之下浙也，同知宁波府事朱之葵、通判孔闻语迎降，贝勒即令之葵知府事，以闻语同知府事。公方居忧，在东吴丙舍中喀血，闻信恸哭，绝粒誓死，诸弟已为之治身后事。鄞之贡生董公志宁首倡谋义，聚诸生于学宫，王公家勤、张公梦锡、华公夏、陆公宇爆、毛公聚奎和之，遍谒诸乡老而莫敢应，即所云六狂生者也。初十日，之葵输粮于贝勒，至姚江，姚之故九江道佥事孙公嘉绩、故吏科都给事中熊公汝霖已起兵，之葵以道断回鄞。公于是夜舆疾至城东观变。是日，孙公以书来鄞，约其门下士故吏科都给事中林公时对为之后继，次日，林公谋之诸乡老，终莫敢应，六狂生皇皇计无所出。宇爆故与公同研席相善，途中闻公已至，大喜，挽公入城，途遇志宁，遂定谋发使，以十二日集绅士于城隍庙，诸乡老相继集，之葵闻语亦驰至。时诸人皆未有定意，离席降价，迎此二人；而公遽碎其刺，拂衣而起，百姓聚观者数千人，欢声动地。有戴尔惠者，布衣也。大呼曰："何不竟奉钱公起事！"观者齐声应之，举手互相招，拥公入巡按署中。俄顷，海防道二营兵暨城守兵，皆不戒而至，遂以墨缞① 视师。

---

① 墨缞：是加黑色于丧服的意思。丧服被于胸前的叫缞，亦作衰；戴于首的叫绖。《左传》僖公三十三年，"子墨缞绖"，子是指晋襄公，那时文公死而未葬，襄公加黑色于丧服，以从戎御秦，是一种变礼。钱肃乐也是在居丧时起兵御清，故这里用了墨缞的事。

之葵乞哀于百姓，百姓为之请，乃释之。

故总兵王之仁在定海，已纳款，得贝勒令，仍旧任。鄞之故太仆谢三宾，家富耦国，方西行见贝勒归，害公所为，乃贻书之仁，谓："涓涓讪讪①，出自庸妄六狂生，而一'稚绅'和之，将军以所部来，斩此七人，事即定矣，某当以千金为寿。"公时年未四十，故有稚绅之诮。会公亦遣客倪懋熹，以书告之仁，劝其来归。之仁两答书，约以十五日至鄞；而密语懋熹，令具燕犒，三宾不知也，方以为杀公在旦夕。届期，之仁至城东，请诸乡老大会于演武场。坐定，之仁出三宾书靴中，对众朗诵，三宾遽起欲夺其书，之仁变色，因问公曰："是当杀以祭纛否？"语未毕，长刀夹三宾而下，三宾哀号跪阶下，请输万金以充饷，乃释之。

于是沈公宸荃、冯公元飏，亦起于慈。自鄞、慈合兵，声势响应。之仁既以关内镇兵至，而关外黄斌卿，亦遣将以翁洲镇兵至，张名振亦以石浦镇兵至，知慈溪县王玉藻、知定海县朱懋华、知奉化县顾之俊、新授知鄞县袁州佐、知象山县姜圻，皆以兵饷来会。宁守乏人，以通判罗梦章行守事，而太常庄公元辰助登陴焉。

公以是月十八日奉笺迎请鲁王监国。二十八日再奉笺劝进。七月十一日会师西兴。王途中加公太仆寺少卿，既至，再加右佥都御史，分汛瓜沥。公四疏辞新命，兼力言爵赏宜慎，不可蹈郝王覆辙，滥予名器。因固请以原御署事，并辞诸弟侄从军之授爵者。

十月，枢辅张公国维，约诸军以初八日始，连战十日，公与诸军斩馘皆有功，而第七战尤捷。是役也，前锋钟鼎新用火攻，首击杀绯衣大将一；诸将吕宗忠等各斩数十级；俞国荣等直抵张湾，取其军械以归。时浙西诸府州并起义兵，苏、松、嘉、湖列营数百，而浙东又建国，杭州，孤悬危甚，以兵急攻平湖，平湖之主兵者为屠翰林象美，

---

　　① 涓涓讪讪：涓涓是专权争势以患其上的样子，讪讪是背公营私的样子。《诗·小雅·小旻》："噏噏呰呰，亦孔之哀。"这里是以犯上作乱的意思，形容六狂生对清政权有所不利的反抗行动。

书生不晓军事，公请以兵由海道急援之，不听。说者谓监国初起江上，适有浙西首尾相应之势，若用公言，则大兵进退两顾，杭州不复能守，可迳渡三吴以窥白下，而坐失此会，此足以见圣朝之得天命也。

未几而分地分饷之议起：故总兵方国安自浙西来，军最盛，之仁次之，号为正兵，诸义兵倚毗焉，而皆无远略，国安尤暴横，于是议取浙东之正饷以予正兵，而义兵取给于富室乐输之饷，谓之义饷，识者已知其无成，交争之不能得。未几，正兵并取义饷，而义兵遂无所取给，司饷者不能应。公所派为鄞、奉二县义饷，国安檄二县不必支应，盖以为之仁地也。于是公屡疏入告，王不能诘，但以阁臣张公国维叙公十捷功，再加右副都御史。公疏言："臣郡臣邑，因臣起义兵，桑梓膏血一空，曾莫之救，而今日迁官，明日加级，是臣无恻隐之心也。沈宸荃、陈潜夫之才略机谋，方端士之勇，官阶并出臣下，而臣反受赏，是臣无羞恶之心也。臣部将钟鼎新等，斩级禽囚之事，皆出其力，臣以未得取杭，不欲为请殊擢，而臣自受之，是臣无辞让之心也。臣少见史册所载，冒荣苟禄，恶之若仇，而臣自蹈之，是臣无是非之心也。"又言："臣近者十道并举，冀杭城可复，闻主上起行中廷，盼望捷音，不能安坐，而臣终不能绝流而渡，臣今不能入杭，誓不再受一官。"王不许，而闽中颁诏之议又起：时唐王即位闽中，以诏来，张公国维、熊公汝霖，以唐、鲁皆系宗藩，非有亲疏之分，同举义兵，非有先后之分，今日之事，成功者帝，若一称臣于唐，恐江上诸将，皆须听命于闽，则王之号令不行，因议却之；朱公大典与公议，以大敌在前，而同姓先争，岂能成中兴之业？即权宜称皇太侄以报命，未为不可，若我师渡浙江，向金陵，大号非闽人所能夺也。于是议大不合。原诸公之论，各有所见，皆未可非，但当和衷以求其平，而方、王诸帅，忌朱与公，遂谓公不受副都之命，为怀贰心于闽，公不得已郁郁受官，而饷仍不至。王以内臣客凤仪、李国辅兼制军饷，公力言中官不可任外事，于是诸藩既恶公，而内臣又从中梗之，公兵至四十日无饷，然感激公忠义，相依不散，至行乞于道，卒无叛者。于是公连疏乞饷数十上，而饷终不至。太仆寺卿陈公潜夫之起兵也，以家财养军，及财竭，支四百金之饷于饷臣而不得。公言潜夫破家为国，今听其军之饿死而不恤，何以鼓各营？因为潜夫请饷，并力言军费之当均。王是公言，而无若方、王何。公疏言："国有十亡而无一存，民有十死而无一生：翘车①四出，无一应命，一也；宪臣刘宗周之死，关系甚巨，谥赠荫恤，未协舆情，敕部改正，迟久未上，二也；张国俊以戚畹倚强藩，权侔人主，三也；诸臣以国俊故，相继进言，主上以为不必，几于防口，四也；新进鼓舌摇唇，罔识体统，五也；反覆之徒，借推戴以呈身，观望之徒，冒荐举而入幕，六也；楚藩江干开诏，欲息同姓之争，李长祥面加斥辱，凌蔑至此，七也；咫尺江波，烽烟不息，而褒衣博带，满目太平，燕笑漏舟之中，回翔焚栋之下，八也；所与托国者，强半宏光故臣，鸮音不改，九也。此犹枝叶也，请言根本：七月雨水不时，漂庐舍以千百，以水死；卤潮冲入，西成失望，以饥死；壮者殒锋镝，弱者疲转输，以战死；绛票赤纸，日不暇给，以供应死；东南泽国，倚舟为命，今士卒争舟，小民束手，以无艺死；入乡抄掠，鸡犬不遗，以财死；富民即曰应输，非有罪于官也，而拘系之，有甘心雉经者，以刑死；沿门供亿，滔污横行，以辱死；劣衿恶棍，罗织乡里以为生涯，以忧死。今也竭小民之膏血，不足供藩镇之一吸，继也合藩镇之兵马，不足卫小民之一发，凛凛乎将以发死。由前九亡，并此而十，臣不知所税驾矣。"时国俊外仗方、王，内与客、李二奄比，而马、阮在方军，遥相呼应，见公疏皆恨甚。国俊遂饱兼金，引三宾以礼部尚书直东阁，相与共挤公。王加公兵部右侍郎，再疏力辞不受。

　　会传闽中遣大学士黄鸣骏来浙，欲尽科八府之粮以去，闽中故无是举，乃马士英、阮大铖交拘二国之言，公致笺于鸣骏，以公义动

---

　　① 翘车：翘车，指聘车。古代聘士，既以车迎之，又以弓招之。《左传》庄公二十年引《逸诗》："翘翘车乘，招我以弓。"

之，即此可以见公之未尝有私于闽，而诸帅之谤不止。孙公督师西出，将由莒山渡，而扬声由江口，林公时对方监其军，商之于公；公复书，谓宜防阴平之诡道，不当专备江口，且孙公军营似亦不当在盛岭瓜沥龙塘诸地。时公惧马、阮之为患也，于是公以无饷，与孙公嘉绩连名，请以兵归开远伯吴凯，不许。寻以谍言王师将自海道来，乃移公守沥海。公既终无所得饷，疏言臣兵不得不散，但臣以举义而来，大仇未复，终不敢归安庐墓。散兵之日，愿率家丁数人，从军自效。王温旨慰留，而诸将益蜚语，以为公将弃军逃入闽。先是闽诏之颁浙也，并赐倡义诸臣敕命，加以官爵，公尝奉表称谢，遂为诸帅口实，甚且有令壮士劫取公首者。公于是弃军，拜表即行，言臣从今披发入山，永与世辞，主上请加踪迹，断不入闽以遭殄灭。遂之温州避人。王得疏大骇，知公不可留，乃降旨令往海上，同藩臣黄斌卿、镇臣张名振，共取道崇明以复三吴，时方有由舟山窥吴之计也。斌卿以舟迎公入翁洲，王加公吏部尚书兼理户部事，公辞不受，是为丙戌之五月，不三旬而江上破。

公之解兵也，闽中有使召之，公以江上之嫌不赴；及江上破，公由海道入闽，请急提兵出关，不可退入广东，并陈越中十弊以为戒，闽中优诏答之，以右副都御史召，公疏言故大学士孙公嘉绩之忠，为之请恤，而闽中又破。

公避难于福清，辗转文石海坛之间，与诸弟无所得米则食麦，无所得麦则食薯，其后并无所得薯，则食薯之枯者，拾青茅以当薪，常夜涉绝谷，足尽裂，乃祝发以免物色。然其题壁云："一下猛想时，身世不知何处？数声钟磬里，归途还在这边。"识者以为非缁流也，乃稍稍有从公问学者，公赖其脩脯以自给。已而闻郑彩扈监国至鹭门，来往诸岛间，祃牙①举事。丁亥六月，王至琅江，公入觐，王大

---

①　祃牙：师祭叫祃。《礼记·王制》："祃于所征之地。"但其礼已亡。后代出师时祭牙旗叫祃牙。牙旗是军前大旗，军中听号令，就在这牙旗的下面。

喜，时文臣在王侧者，只熊公汝霖，而孙公嘉绩之子延龄，年尚少，马公思理，位虽在熊上，然非越中旧从也。彩推马公、熊公直阁，而己署兵部，公至，以公自代，公泣陈无功，请以侍郎署部事，不许。公疏言："兵部之设，所以统理群帅，归其权于朝廷，今虽未能尽复旧制，然当申明约束，使臣得行其法，不相凌辱可乎？国家多难，大帅往往掩败为功，以致日坏，江干王之仁报捷诸书，其余习也。臣愿海上诸臣，持勿欺二字以事主上可乎？臣在化南，有感臣忠义，愿携资来投者，有愿夺降臣家财以充饷者，聚之可数百人，臣亦不敢私以自卫。藩臣入关，当驱臣兵为先锋，但愿诸将稍存部臣体统，一切争兵并船，不相加遗，以为朝廷羞可乎？叙功之举，往往及官而不及兵，谁肯致死，臣请凡兵有能获级夺马者，竟授守把等官可乎？"又言："近奉明旨，江上之师，病在不归于一，今宜以建国公彩为元戎，登坛锡命，平夷闽安荡湖诸镇，此建国之左右手，令其选择偏裨，或为先锋，或为殿后，合而为一，弗令异同如邺下九节度之师；其次则编定什伍，弗令杂然而进，杂然而退，孟浪以战。"并得旨允行。又疏言："主上允臣前疏，委任建国，则兵出于一矣，复命建国合挑各营之兵，选其健者，诸自今以往，一切封拜，暂行停止，特悬一印令于众曰，有能为建国所挑之兵为先锋立功者，不论守把等官，竟与挂印，如此则奇杰之人至矣。或谓各藩以私钱养其私兵，孰肯令其挑之以去，则即令各藩自挑敢死善战之兵，各为一营，各悬一印，令曰有能将本营所挑之兵立功者，竟与挂印，可耶否耶？"王以为然。于是兵威顿振，连下兴化、福清、连江、长乐、罗源三十余城。侍郎林汝翥、都尉史林垒，皆起兵。郭三才以大兵援闽，亦来降，遂围福州，而浙东山寨亦各起兵遥应。前此六狂生家居者，谋取宁绍台诸府，与公兵为犄角之势，复为三宾所告而死。公又疏荐故太仆寺卿刘沂春，初仕苕中不纳款，继归闽中不□□，广东粮道吴钟峦素行之忠义方直，乞特敕召用，得旨，沂春右副都御史，钟峦通政使，二人犹不起，公贻书以君父之义感之，二人始翻然就道，而闽中遗臣无不出。

又因福州之败，请恤宗臣统镨等、诸将叶仪等以鼓忠义，王是之。

王之初至闽也，招讨郑成功待以寄公之礼而不称臣，仍称隆武三年，盖修浙中颁诏之怨也。至是公颁明年戊子监国三年历，海上遂有二朔。然公尝有书与成功，奖其忠义，勉以恢复，故成功不以为忤，于是王大愧叹，始知公前此江上之议，出于平心，非贰于闽。尝谓公曰："先生所上奏疏，予皆贮藏之，灯下时时览焉。"

明年，王次闽安，公请立史官纪事。寻晋公大学士，疏辞者四，面辞者三，终不许。郑彩之下诸城邑也，自以八闽可指顾定，是时诸将称大营者六：自彩而下，平夷侯周鹤芝、同安伯杨耿、闽安伯周瑞、义兴侯郑遵谦、荡湖伯阮进、定远伯郑联，兵力亦无以大相过，皆恶彩之专，顾彩益横。及害熊、郑二公，而逆节大著，故公力辞相位。既不得请，每日系艎于驾舟之次，票拟章奏，即于其中接见宾客。票拟封进，牵船别去，匡坐读书。其所票拟，亦不过上疏乞官部覆细小之事，大者则彩主之，虽王亦不得而问也。公每入见，即流涕不止，曰："朝衣拭泪，昔人所讥，臣不能禁！"王亦为之潸然。彩初与公颇相睦，自熊公死，并疑公。时督相刘公中藻起兵福安，攻福宁，城将陷，总兵涂登华欲降而未决，谓人曰："岂有海上天子，舟中国公？"公贻之书，谓："将军不闻宋末乎？二王不在海上，文、陆不在舟中乎？后世卒以宋祚归之，而况不为宋末者乎？"登华乃诣彩降。彩欲使其私人守之，刘公不可，彩掠其地。公与刘公书，不直彩，面书为彩逻者所得，彩恨甚，以为公树外援以图之。朝见之次，故诵公书中语以动公，公忧愤交至。而彩自是亦知为诸藩所恶，不复协力，逍遥海上。

连江失守，公闻之，以头触枕祈死，血疾大动，遂绝食，王赐药，亦不复进。六月初五，卒于琅江。遗言以故员外郎章服入殓。讣闻，王震悼，辍朝三日，赐祭九坛，王亲制文祭之。赠太保吏部尚书，谥忠介。荫一子尚宝司丞。公生于万历丁未正月望日，得年四十有二。夫人董氏以是年四月卒。子曰兆恭，尚宝司丞；曰翘恭，先亡。公嫂陈氏，侄克恭，皆死岛上，殡子琅琦。自公入海，其家被籍，而夫人之父光远破家为公输饷，参幕府事，公既入海，光远自缢而死。公卒后，第四弟御史肃图、第五弟检讨肃范，挈兆恭依刘公子福宁，城陷，肃范死之，肃图以兆恭走翁洲。庚寅六月，兆恭亦卒，公遂绝。又七年，第九弟推官司肃典，亦以义死于鄞。又一年，第七弟职方肃遴亡命佯狂，死于昆山。父子兄弟翁婿，相继死国，良可恸也！而曩所谓六狂生者，董公志宁、王公家勤、华公夏，以戊子谋翻城应翁洲不克，家勤、夏死之，志宁逃入翁洲，辛卯城陷死之。张公梦锡在山寨，庚寅寨破，死之。陆公宇燝以癸卯谋应海上逮死。惟毛公聚奎，亦累被逮，亡命得免。

公讳肃乐，字虞孙，一字希声，学者称为止亭先生。浙之宁波府鄞县芍药沚人。钱氏于鄞为右姓，七世祖以侍郎管广西布政使夔最有名。曾祖凤午，封礼部主事。祖若赓，知临江府，万历直臣，以忤江陵几死者也。父益忠，瑞安训导，赠副都御史。大夫人杨氏，继傅氏。临江在狱中，公年九岁寄呈所作帖括文，临江喜曰："飓虞翁有孙矣！"故字曰虞孙。登崇祯丁丑进士，释褐，知太仓州事，尝谓人曰："吾不敢得罪天地，自揣归家之日，量口炊米，裁身置屋，如斯而已。"州有母诉其子者，公挞之，其母请置之死，公曰："汝止一子，杀之，将以他人为子，未必胜所生也，且悔之矣！"语未毕，母子抱哭而出。有兄弟讼者，公曰："汝以小忿伤天性，吾挞一人，则汝结怨且终身矣。可退思三日来。"及期，兄弟惭愧请罪。吴中素难治，群不逞之徒，结社成聚，辅以博棍盐枭，肆行无忌，又多仗庇有力之门以为护符，而黠吏阴阳其间，凶徒结党杀人，焚其尸，或以尸诬置之他人家以陷之，公痛治之，其风遂息。推官周之夔逢迎乌程[1]，发难于太仓折色[2]，思以牵连起党祸，以公在事中，之夔终无以难也。

---

① 乌程：指明崇祯时宰辅温体仁。

② 太仓折色：田粮以米麦为本色，折价征银为折色，明代折色开始于洪武七年。见《明史·食货志》二。周之夔借军储一事，控告太仓知州刘主斗，说他紊乱漕规，并牵连张溥、张采，以起党祸。见眉史氏《复社纪略》。这里说钱肃乐在太仓知州任内，之夔借太仓折色一事，企图为党祸发难，并不见《明史·肃乐传》及黄宗羲《钱忠介公传》，未知何据？俟再考。

每乡，令其耆老会同保长，公举善恶注册，善者以朱榜旌赏之，恶者以白榜捕责之。常思行义仓法，庚辰岁稔，言于大吏，令民亩输米升，得数万石，次年大旱，借此以赈。是岁又苦蝗，即以余米赏民之捕蝗者。素病咯血，以旱，徒步祷烈日中，鹠瘵骨立，民环而泣曰："侯病甚矣！其姑返。"公曰："无岁将无民，又焉用我！"相对而哭，皆失声。是役也，公病，以此几不起。公状貌最文弱，见者易之，而大义所在，守之甚刚。常熟□侍郎□□①林居，延揽天下士多归门下，闻公名，因百方招致之，公卒不往。□□晚节披猖，始知公之先见。太仓巨室有子坐罪，知公不可以私干，乃求武进吴公钟峦言之，以其为公房考也，公卒不可，竟取其子罪之。时公以初至，不甚与荐绅接，盖素知吴中荐绅，多以苞苴把持有司也。荐绅以此望公，既而始知公之公。其署昆山也，方大旱，昆民揭竿劫粟，围朱太守大受第，而太仓亦告变，公急以兵诛其渠，而严饬巨室之闭籴者，不三日而两地皆安堵。其署崇明也，以兵击杀海盗魁三人，擒二人，始知公之才略。善得士，如归庄、宋龙、陆世仪、盛敬，其后皆以名节树立于易代之际。以考最迁刑部员外郎。丁瑞安艰家居。国难已亟，时时从邸报中悲愤时事，虽在倚庐而每饭不忘，多见之于诗。

初公之少也，尝梦日堕其手，公以手扶之，稍稍上而卒不支，日渐小渐晦，卒随臂而下，心窃异之，私以语其外舅董光远。及在海上，相传唐王在大帽山，一日，公梦兄弟四五人大临尽哀，醒而疑之，未几则北来赧王之讣也。盖公之忠义，出于性成，故神明与天通，而寤寐之间先为呈告。甲申之难，闻紫荆关总兵丁孟荣死闯贼，为之立传；又闻醴陵尉邱继武死献贼，贻书湖广大吏表章之；福州之陷，闻齐巽起兵，赋诗自慰，流涟节烈，不啻口出。

呜呼！公之在江上也，厄于方、王，公去江上，不旋踵而列戍崩溃，方、王同归于尽；公之在海上也，厄于郑氏，公死海上，未卒哭

---

① 常熟□侍郎□□：指钱谦益。

而闽土尽失，郑彩亦见摧于延平<sup>①</sup>以死，则甚矣，庸妄人之害国以自害也。虽然，浙东列郡并起事，事败之后，独吾乡山寨海槎，相寻不息，诸义士甘湛族之祸，敢于逆天而弗顾，卒延翁洲之祚，至辛亥而始斩，则公之感人者深矣。

公殡琅江者六年，福清叶文忠公之孙尚宝进晟谋为葬之海宁，故职方姚翼明时披缁海上，尤力助之，乃乞地于黄檗山僧隆琦而修埏道焉。平彝侯周鹤芝、定西侯张名振，与诸义士故仪部纪许国等皆襄事。故大学士长乐刘公沂春为之碑，都御史华亭徐公孚远为之诔，诸义士为置墓田，别有《葬录》纪其事。其后总督陈经征海，道出墓下，亲往致祭，人比之钟会祭孔明之墓。隆琦亦异僧，既葬公，弃中土居日本焉。

公所著有《正气堂集》、《越中集》、《南征集》，共若干卷，乱后不完，今存者十之五，予编次为二十卷。公死几三十年，仲弟肃图始举子以为公后，曰浚恭。惟公乙酉以后之事，见于碑诔者，皆互有缺略，圣祖修《明史》，史臣为公立传，据诸家之言，亦不详也。越九十五载，浚恭年已七十，欲修墓于黄檗，乃乞予详节公文集中诸事迹，合之侍御所作《家传》，并诸野史之异同，参伍考稽，以为公《神道第二碑铭》。其铭曰：

真人御世兮，六宇偃兵，孤臣空怀故国兮，终何所成。浙有方王兮闽有郑，天降魔君兮莫之能争。公魂西逝兮钱江，公魂南去兮琅江，来归旧宅兮甬江，导以义旗兮堂堂。前扬波兮后重水，看寒芒兮箕尾，可怜孤儿七十兮赋《大招》，公归来兮听吾诔。

附文存：（旧寄万编修九沙札）

忠介事实之详，宜莫如其弟退山先生之文，然亦有遗且误者：如《急援平湖义兵》疏，乃江上第一好著，时不能行，不

---

① 延平：指郑成功。明桂王封成功为延平郡王。

待次年之夏，知其无能为矣。诸侍皆不载，并退山亦失之。江上颁诏之争，张、熊、朱、钱分为二，而忠介以此遂为悍帅口实，此最有关系者。诸传皆不载，并退山亦失之。江上有兵部侍郎之命，再辞不受，既至翁洲，有吏、户二部尚书之命，退山皆失之。若披缁于闽，则《刘氏神道碑》中及《林太常传》皆有之，而退山似讳其事，不知此不必讳也。鹭门确系郑彩先举兵，而以戎政召公，退山以为彩因公言而起兵，今详考诸家野史、与刘《碑》徐《诔》以正之。又公之入阁，马公思理尚在，退山以为马卒而后公继之，舛矣。尊谕令某博考以正前人之失，某亦何敢，但是文于参稽颇详审云。

# 明故权兵部尚书兼翰林院侍讲学士鄞张公（煌言）神道碑铭

世祖章皇帝之下江南也，浙东拒命，虽一岁遽定，而山海之间告警者尚累年。吾宁之首事者为钱、沈二公，其间相继殉节者四十余人，而最后死者为尚书张公。

方钱忠介公之集师也，移檄会诸乡老，俱未到，独公先至，忠介相见，且喜且泣。既举事，即遣公迎监国鲁王于天台，王授公为行人。至会稽，赐进士，加翰林院编修，兼官如故。入典制诰，出筹军旅。公虽与忠介共事，而持议颇不尽同。闽中颁诏之使至，议开读礼，张公国维与熊公汝霖为一议，朱公大典与忠介为一议，公出揭以为当如张公之言，因请自充报使入闽，以释二国之嫌，王从之。及自闽还，累有建白，不见用。

江干之破也，公泛海入翁洲，道逢富平将军张名振扈王入闽，公从之。既至，招讨使郑成功以前颁诏之隙，修寓公之敬于王而不为用。公劝名振还石浦，招散亡以谋再举，乃偕还。王加公右佥都御史。时威卤侯黄斌卿守翁洲，名振以石浦之军与为犄角。明年，松江提督吴胜兆请以所部来归，斌卿心不欲往，而故都御史沈公廷扬、御史冯公京第与公并劝名振应之，遂监其军以行。至崇明，大风覆舟，沈公死之。公与名振等皆被执。有百夫长者识公，导之使走，乃得至公之故壬午房考知诸暨县钱氏。七日间道，复归翁洲。时忠介已奉王出师于闽，浙东之山寨，亦群起遥应之，公乃集义从于上虞之平冈。

山寨之起也，因粮于民，民始以其为故国也，共饷之；而其后遂行抄掠，民苦之。其不以横暴累民者，只李公长祥东山寨，王公翊大兰山寨，与公而三，履亩输赋，余无及焉。

庚寅，闽师溃，诸将以王保翁洲。名振当国，召公以所部入卫，加公兵部右侍郎兼官如故。辛卯，浙之提督田雄、总兵张杰、海道王尔禄，并以书招公，公峻词拒之。是秋，大兵下翁洲，名振奉王亲捣吴淞，以牵制舟山之师，拉公同行。翁洲陷，公扈王再入闽，次鹭门。时郑成功军甚盛，既不肯奉王，诸藩畏之，亦莫敢奉王，而公独以名振之军为王卫，时时激发诸藩，使为王致贡。然公极推成功之忠，尝曰："招讨始终为唐，真纯臣也。"成功闻之，亦曰："侍郎始终为鲁，岂与吾异趋哉！"故成功与公所奉不同，而其交甚睦。

癸巳冬，复间行入吴淞，寻招军于天台，次于翁洲。明年军于吴淞，会名振之师入长江，趋丹阳，掠丹徒，登金山，望石头城，遥祭孝陵，三军恸哭失声，烽火逮江宁。时上游故有宿约，而失期不至，左次崇明。甲午，再入长江，掠瓜州，侵仪真，抵燕子矶，而所期终不至，复东下驻翁洲。是役也，故诚意伯刘孔昭亦以军会。或曰："孔昭南都之乱臣也，公何以不绝之？"公曰："孔昭罪与马、阮等，然马、阮再卖浙东，而孔昭以操江亲兵栖迟海上者，盖累年矣，则其心尚有可原。倘疾之已甚，使为马、阮浙东之续，将何补乎？"闻者服之。是年，名振卒，遗言以所部付公。自公平冈入卫之后，部下不满三百，至是始盛。

乙未，成功贻书于公，谋大举。丙申，公军于天台。是冬，军于闽之秦川。丁酉，大兵迁翁洲之民，公还军翁洲。时王已去监国号，通表滇中。戊戌，滇中遣使加公兵部左侍郎兼翰林院学士。江督郎廷佐以书招公，公峻词拒之。是年七月，成功以师会公北行，仍推公为监军，泊舟羊山。羊山多羊，见人驯扰不避，然不可杀，杀之则风涛立至。至是军士不信，杀而烹之，方熟而祸作，碎船百余，义阳王溺焉，复还军翁洲治舟。明年五月，成功会公于天台，悉师以行，游军至于鄞之东鄙。师次崇沙，公曰："崇沙，江海之门户也，有悬洲可守，不若先定之以为老营。倘有疏虞，进退可依也。"不听，而公请以所部为前军，向瓜州。时大兵于金、焦间以铁锁横江，所谓滚江龙者也。谭家洲岸皆西洋大碯雷镦，而公孤军出入其间。成功遣水师提督罗蕴章以所部助公，又令善泅水者断滚江龙，而支军进夺谭家洲碯。相约滚江龙既断，则公即进踞上流，夺其木城以夹击之。滚江龙虽断，然舟多应碯而没，不得前。公登舵楼，焚香祝天，飞火夹船而堕，遂以十七舟竟渡。公渡，而谭家洲守碯者亦走，木城俱溃，操江都御史朱衣祚被禽。明日，成功始至城中，出战不利。提督管效忠走攻城克之。议师所向，成功欲直趋江宁，公请先取镇江。成功恐江宁之来援也，公曰："吾但以偏师水道薄观音门，彼将自守不暇，何援之为！"成功即请公行。未至仪真五十里，士民迎降。六月二十七日，成功来告镇江之捷，公兼程昼夜进，次日抵观音门，而致书成功，请以步卒陆行赴白下。时江督郎廷佐惧甚，不意成功卒以水道来。大兵之征黔者凯旋，闻信，倍道而至，请同守城，于是严备已具。七月朔，公哨卒七人，乘虚入江浦。初四日，成功水师方至。次日，公所遣别将，以芜湖降书至。成功有芜湖为江楚所往来之道，请公往扼之。公颇以成公年少恃勇为忧，欲留军中，与之共下江宁而后发。辞之不得，乃至芜湖相度形势：一军出溧阳以窥广德；一军镇池州以遏上流之援；一军拔和州以图采石；一军入宁国以逼东道休、歙诸城。大江南北，相率来归。其已下者：徽州、宁国、太平、池州四府；广德、和、无为三州；当涂、芜湖、繁昌、宣城、宁国、南宁、南陵、太平、旌德、贵池、铜陵、东流、建德、青阳、石埭、泾、巢、含山、舒城、庐江、高淳、溧水、溧阳、建平二十四县。初公之至芜也，军不满千，船不满百，但以大义感召人心，而公师所至，禁止抄掠，父老争出持牛酒犒师，扶杖炷香，望见衣冠，涕泗交下，以为十五年来所未见。濒江小艇，载果蔬来贸易者如织，公军人以舡板援之而上，江滨因呼为船板张公之军。

公所至城邑，入谒先圣。遗臣故老赴见者，角巾抗礼，抚慰恳至。守令则青衣待罪，考其政绩而去留之。远方豪杰，延问策画，勉以同仇，多有订师期而去者，日不暇给。于是徽州降使方上谒，而江宁之败问至。初公贻成功书，以师老易生他变，宜遣诸将分取句容、丹阳诸城邑。如白下出援，则首尾夹击之；如其自守，则坚壁以待。倘四面克复，收兵日至，白下在掌中矣。成功以累捷，又闻江北如破竹，谓城可旦夕下，虽有遣水师提督罗蕴章招抚会之命而未行，但命八十三营牵连立屯，安设云梯地雷，并造木栅。而苏松总兵梁化凤等以马步兵相继至，浙之驻防兵亦来援，长驱入城，莫之遏者。前锋将余新锐而轻士卒，樵苏四出，营垒一空，化凤谍知之，以轻骑袭破前屯，擒新以去。成功仓卒移帐，质明军灶未就，大兵倾城而出，诸营瓦解。成功之良将甘辉，亦以马蹶被擒，死之，军遂大溃。初议取崇沙，甘辉之言与公合，及议过苏常援兵，辉言亦与公合，而成功皆不听，以致败。公之闻信也，以为虽败，未必遽登舟；虽登舟，未必遽扬帆；虽扬帆，亦必入镇江以图再举。故弹压列城，秘不使诸将知，而更贻成功书，以为胜负兵家之常，乞益百艘以相助。不知成功并撤镇江之师，竟入海。

先是镇江之捷，漕督以师援江宁，中道溺死，松帅马逢知密以书请降，其自巡抚而下，皆欲出走，故公劝成功持久以观变。既不得请，江督郎廷佐等复以书招公，公峻词拒之。廷佐乃发舟师以扼公归路，期必得公而后已。公与诸将议，以下流已梗，而九江一带，尚未知我之败。我麾下已万余，前此豪杰来见者又多成约，不如直趋鄱阳，招集故杨、万诸家子弟，以号召江楚。八月七日次铜陵，与大兵之援白下者遇，公奋击败之，沉其四舟。是夕，大兵以不利引而东下，砲声轰然，而公军误以为来劫营，遂溃。

或劝公入焦湖，慈溪义士魏耕遮道说公，以为焦湖入冬水涸，不可驻军，而英、霍山寨诸营尚多，耕皆识其魁，请入说之，使迎公。乃焚舟登陆，士卒愿从者尚数百人。十七日入霍山寨，已受抚不纳，乃次英山。甫度东溪岭而追至，士卒纷窜，相依止一童一卒，迷失道，赂土人为导，变服夜行。天明而踪迹者多，导脱身去，又以赂解散诸踪迹者，然而茫然不知所之。念有故人卖药于安庆之高河，复赂一土人导以往。至则故人适他出，而其友有识公者，盖亦以观变，从江上来至安庆者也。遂导公由枞阳出江，渡黄溢，抵东流之张滩，陆行建德祁门山中。公方病疟，力疾零丁至休宁，买棹入严陵，又恐浙人之多识之也，改而山行，自东阳、义乌出天台。公之在途中也，海上人未知所向，或曰："抗节死安庆。"或曰："殒英霍山寨中。"或曰："为浮屠矣。"父老多北向泣下者。及闻公至，妇女皆加额，壶浆迎之。人谓是役也，以视文丞相空坑之逃，其险十倍过之。而其归，则郭令公之再至河中也。遂驻节天台，树纛鸣角，故部渐集。成功闻公还，亦喜，遣兵来助公。

公巡视天台海上，有长亭乡者，多田而苦潮，乃募诸义民筑塘以捍之，至今犹蒙其利。乃遣人告败于滇中，且引咎。滇中赐公专敕慰问，加官尚书，兼官加故。明年移师林门，寻军于桃渚。时大兵两道入海讨成功，皆失利，而成功以丧败之余，虽有桑榆之捷，不足自振，乃思取台湾以休士，公闻之不喜。

辛丑，引军入闽，次于沙关。成功已抵澎湖，公遣幕客罗子木以书挽成功，谓："军有进寸，无退尺，今入台，则将来两岛，恐并不可守，是孤天下之望也。"成功不听。成功虽东下，而大兵尚忌之，惧其招煽沿海之民，于是有迁界之役。沿海之民不愿迁，大兵以威胁之，犹迟延不发，公顿足叹曰："弃此十万生灵而争红夷乎！"乃复以书招成功，谓可乘此机以取闽南，成功卒不能用。公遗书故侍郎王公忠孝、都御史沈公荃期、徐公孚远、监军曹公从龙，劝其力挽成功而卒不克。公孤军徘徊两岛，要其刘琨、祖逖之志，未尝一日忘也。而滇中事急，公复遣子木入台，苦口责成功以出师，成功方得台，不能行。公乃遣职方郎中吴钼挟帛书，间道入郧阳山中，欲说十三家之军，使之挠楚以救滇，十三家已衰敝，不敢出师。壬寅，滇中遂陷，成功亦卒于台。公哭曰："已矣！吾无望矣！"复还军林门。

会闽南诸遗老以成功卒，谋复奉鲁王监国，贻书来商，公又喜，即以书约故尚书卢公若腾而下，劝以大举。又拟上诏书一道。又以书约成功子经，劝以亚子锦囊三矢①之业。于是公厉兵束装以待闽中之问。

是年，浙督赵公廷臣，与中朝所遣安抚使，各以书招公，公复安抚书，大略言："不佞所以百折不回者，上则欲匡扶宗社，下则欲保捍桑梓。乃因国事之靡宁，而致民生之愈蹙，十余年来，海上刍荛糗糒之供，楼橹舟航之费，敲骨吸髓，可为恻然！况复重之以迁徙，讫以流离，哀我人斯，亦已劳止！今执事既以保兵息民为言，则莫若尽复滨海之民，即以滨海之赋畀我。在贵朝既捐弃地以收人心，在不佞亦暂息争端以俟天命，当与执事从容羊陆②之交，别求生聚教训之区于十洲三岛间。而沿海借我外兵以御他盗，是珠厓虽弃，休息宜然，朝鲜自存，艰负如故。特恐执事之疑且畏耳，则请与幕府约，但使残黎朝还故土，不佞即当夕持高帆，不重困此一方也。"又复督府书："执事新朝佐命，仆明室孤臣，区区之诚，言尽于此。"闽南消息既杳，郑经偷安海外，公悒悒日甚。壬寅冬十一月，鲁王薨于台。公哭曰："孤臣之栖栖有待，徒苦部下相依不去者，以吾主上也，今更何所待乎？"癸卯，遣使祭告于王。甲辰六月，遂散军，居南田之悬岙。悬岙在海中，荒瘠无人。山南有汉港，可通舟楫，而其北为峭壁，公结茅焉。从者惟故参军罗于木，门生王居敬，侍者杨冠玉，将卒数人，舟子一人。

初公之航海也，仓卒不得尽室以行，有司系累其家以入告，世祖

---

① 亚子锦囊三矢：亚子是唐庄宗李存勖小字。父克用临终时以三矢给存勖，嘱他不要忘梁及燕契丹的仇恨，存勖受而藏于庙。用兵时，请其矢，盛以锦囊，负而前驱；胜利了，仍把矢纳于庙。见《新五代史·伶官传》。

② 羊陆：晋羊祜与吴陆抗领军守境，各保分界，送酒送药，两不相疑。见《晋书·羊祜传》及《三国志·吴书·陆抗传》注。

以公有父，弗籍其家，即令公父以书谕公。公复书曰："愿大人有儿如李通①，弗为徐庶，儿他日不惮作赵苞②以自赎。"公父亦潜寄语曰："汝弗以我为虑也。"壬辰，公父以天年终。鄞人李邺嗣任其后事。大吏又强公之夫人及子以书招公，公不发书焚之。己亥，始籍公家，然犹令镇江将军善抚公夫人及子而弗囚也。呜呼，世祖之所以待公者如此，盖亦自来亡国大夫所未有，而公百死不移，不遂其志不已，其亦悲夫！于是浙之提督张杰，惧公终为患，期必得公而后已。公之诸将孔元章、符瑞源等皆内附。已而募得公之故校，使居翁洲之补陀为僧以伺公。会公告籴之舟至，以其为故校，且已为僧，不之忌也。故校出刀以胁之，其将赴水死，又击杀数人，最后者乃告之曰："虽然，公不可得也。公蓄双猿以候动静，舟在十里之外，则猿鸣木杪，公得为备矣。"故校乃以夜半出山之背，攀藤而入，暗中执公并子木、冠玉、舟子三人，七月十七日也。十九日，公至宁，杰以轿迎之，方巾葛衣而入，至公署，叹曰："此沈文恭故第也，而今为马厩乎？"杰以客礼廷之，举酒属曰："迟公久矣！"公曰："父死不能葬，国亡不能救，今日之举，速死而已。"数日，送公于杭，出宁城门，再拜叹曰："某不肖，有孤故乡父老二十年来之望！"杰遣官护行。有防守卒史丙者，坐公船首，中夜，忽唱苏子卿牧羊曲以相感动，公披衣起曰："汝亦有心人哉，吾志已定，尔无虑也。"扣舷和之，声朗朗然，歌罢，酌酒慰劳之。而公之渡江也，得无名氏诗于船中，有云："此行莫作黄冠想，静听先生《正气歌》。"公笑曰："此王炎午③之后身也。"浙督赵公寄公狱中，而供帐甚隆，许其故时部曲之内附者，皆得来慰问，有官吏愿见者，亦弗禁。公终日南面坐，拱手不起，见者

---

① 李通：李通佐刘秀起兵，通父守及通家，并被王莽所杀。见《后汉书》本传。张煌言以李通自比，是向父表示不再顾家的意思。

② 赵苞：汉赵苞迁辽西太守，迎母及妻子到官所，为鲜卑所劫，挟以攻郡，苞不顾其母，击破之，苞母及妻子被杀。苞葬母毕，呕血死。见《后汉书》本传。这是张煌言向父说明，他宁将来以一死谢父之死，目的仍在表示不顾其家的意思。

③ 王炎午：宋文天祥被执赴大都，王炎午作文生祭他以速其死。见《新元史》本传。

以为天神。杭人争赂守者入见，或求书，公亦应之。呜呼，制府之贤，良在张弘范<sup>①</sup>之上，然非仁祖如天之大度，则褒忠之礼，亦莫敢施；非公之忠，亦无以邀仁祖之惓惓也。九月初七日，公赴市，遥望凤凰山一带曰："好山色！"赋《绝命词》，挺立受刑。子木等三人殉焉。

公讳煌言，字元箸，别号苍水，浙之宁波府鄞县西北厢人也，父刑部员外郎圭章，祖应斗，曾祖尹忠。太夫人赵氏，感异梦而生公。公神骨清削劲挺，生而跅弛不羁。喜呼卢，无以偿博逋，则私斥卖其生产。刑部怒，先宗伯公之中孙穆翁雅有藻鉴，曰："此异人也！"乃以己田售之，得金三百两，为清其逋，而劝以折节读书。思陵以天下多故，令诸生于试经义后试射，诸生从事者新，莫能中，公执弓抽矢，三发三中。举崇祯壬午乡试。感愤国事，欲请缨者累矣，而卒以此死。

公初以争颁诏事，与同里杨侍卿文瓒忤，遂不复面。及戊子，侍御一门死节，公哭之恸曰："负吾良友！"所亲有失节者，公从海上贻之书曰："汝善自卫，勿谓鞭长不及汝，吾当以飞剑斩汝。"公之初入海也，尝遭风失维，飘至荒岛，绝食。梦一金甲神告之曰："赠君千年鹿，迟十九年还我。"次早果得一鹿，苍色，人食一脔，积食不饿。及被执，又梦金甲神来招之，盖十九年矣。雅精壬遁<sup>②</sup>之学，己亥之渡东溪也，占得四课空陷，方大惊而兵至。桑舟未返，即以金甲之梦占之，大凶，方呼居敬告之而兵至。公生于万历庚申六月初九日，得年四十有五。娶董氏，子万祺，并先公三日戮于镇江。女一，即归予族祖穆翁为子妇，予族母也。初杭有举人朱璧者，抗词作保状，以百口保万祺母子不得，今以再从子鸿福为公后。公之未死也，尝赋诗，欲葬湖上岳忠武王、于忠肃公二墓之间。于是鄞人故御史纪五昌捐金，令公甥朱相玉购公首，而杭人张文嘉、沈横书等殓之。有

---

① 张弘范：元张弘范获宋丞相文天祥于五坡岭，使拜，不屈，弘范待以客礼，送至京师。见《新元史》本传。

② 壬遁：壬指六壬，遁指遁甲，也就是六甲，并是古代占法。

朱锡九、锡兰、锡旂、锡昌兄弟者，豫为公买地经纪之，而鄞人万斯大等葬之南屏之阴，从公志也。姚江黄公宗羲为之《铭》，子木等三人附焉。至今七十余年，每逢春秋佳日，游人多以炙鸡絮酒酹公墓下者，而吾乡亦以公忌日祭之。

罗子木者名纶，以字行，溧阳人也。己亥，公在江上，子木挟策上谒，公以其少年而负奇气，有清河李萼①之目，欲留之幕中，以父老辞。及公之芜关，子木之族父蕴章故在成功军中，引见成功。江宁之败也，子木涕泣顿首，固请成功无遽去而不能得，成功因强子木奉父泛海。子木至海上，不欲参成功军事，旋奉父北行，将赴公营，卒与大兵遇，格斗，子木坠水得救起，而其父被缚去。子木辗转闽南，思出奇计以救父，逾时不得音问，呕血几死。复赴公营，公勉以立功即为报仇，遂相依不去以死。冠玉鄞人，制府以其年少将脱之，固请从死。王居敬者字畏斋，一字采薇，黄岩人也。公被执，居敬以计得脱，其后为僧名超逴，颇能言公遗事，亦不负公者。而前此诱执公之故校，得以功授千户，奉大帅使巡海岛，猝遇公之旧将，愤其害公，执而杀之。予尝谓以解军而后，已将以悬乑为首阳，向非张杰生事徼功，公似可以无死；然是时公犹未五十，非甘心黄冠以老者也。若留公至十年以往，三藩之祸，公决非肯晏然坐视者，而谓中土能忘情于公乎？此文山之所以不见保于梦炎②也。且天下无惜死之忠臣，剖肝绝腹，正所以全归也。

公丙戌以前文字，皆无存者，今所存者，有《奇零草》，甲辰六月以前之作也；《水槎集》，其杂文也；《北征录》，己亥纪事之编也；

---

① 清河李萼：唐安禄山之乱，赵人李萼客清河，年二十余，为清河借兵于颜真卿，说真卿联合平原清河两郡的力量来御贼，真卿信其言，卒借兵给他。见新旧《唐书·颜真卿传》及《通鉴》卷二百十七。又柳宗元《岳州圣安寺无姓和尚碑阴记》，有"赵郡李萼，辩博人也"云，即指此人。本文罗纶，也以少年挟策谒煌言，身份正相同，故云"有清河李萼之目"。

② 梦炎：即降元的留梦炎。王积翁欲和宋官谢昌元等十人，请释文天祥为道士，梦炎不从，说："若天祥出，号召江南，将置我们十人于何地！"见《宋史·文天祥传》。

《采薇吟》，则散军以后之作，而蒙难诸诗附焉。共八卷。公既爱防守卒史丙之义，遂日呼与语，因得藏公之集。有宜兴人徐尧章者，从丙购之，曰："公之真迹，吾日夕焚香拜之，不可以付君。"尧章乃抄以归。

呜呼！吾乡死事诸公，公为最后，而所成亦最伟，然世人但知夸公之忠诚，而予更服公之经略，故涉历山海之间，且耕且屯，而民乐输赋；招抚江北三十余城而市不易肆；小住猴城，而陂塘之利传之无穷。惟其深仁以成遗爱，斯在古人中，诸葛孔明渭南之师，不过尔尔。诸葛有荆益之凭借，所以得成三分之业，而公无所资，终于赍志以死，则天也。

尝有盗公之衣者，部下禽而献之，公曰："衣在我为我暖，在尔为尔暖，其暖一也。"即以其衣赐之，其大度如之。

姚江黄公之《志》，其叙公北征稍详，而前后多所挂漏。至于公之官阶终尚书，浙督赵色曾以其印上之；而高氏《雪交亭集》以为阁学，黄氏《墓志》以为侍郎，皆不合，《翁洲新志》则谓公于己丑已官尚书，亦不合。若杭人吴农祥所作公《传》，尤诞妄不足取信。予乃考公《集》中诸事迹，合之野史所纪，并得之先族母之所传者，别为碑铭一篇。

或曰："公子万祺在镇江，故尝有侍婢，举一子，守者怜其忠嗣，私为育之。"然今无考矣。

其铭曰：

天柱不可一木撑，地维不可一丝擎，岂不知不可，聊以抒丹诚。亦复支吾十九龄，啼鹃带血归南屏[①]，他年补史者，其视我《碑铭》。

附文存：（旧寄万编修九沙札）

　　黄先生作苍翁《志》，但据《北征录》为蓝本，大段疏漏，

---

① 啼鹃带血归南屏：这句是喻张煌言的就义杭州。杭州西湖南有南屏山。

不止误以尚书为侍郎也。如江上争颁诏一案，是苍翁始终为王脉络；中间又能转移郑氏，使化其旧隙为我合力，是苍翁最大作用，晚年欲再奉王起事，及力必不逮而后散军，是苍翁始终为王结果。此乃十九年中三大节目也，而黄先生皆不及之。《答王安抚书》，前半如谢叠山之却聘，后半如陈参政文龙请漳泉三府以存宋祀之旨，皆不应不录，而王之薨在壬寅冬十一月，可以考证。□□别有考。尊谕令某别撰碑文一首，某文岂敢续黄先生之后，然考证遗事，所不敢辞。谨呈上。

# 明太傅吏部尚书文渊阁大学士华亭张公（肯堂）神道碑铭

顺治八年辛卯九月，大兵破翁洲，太博阁部留守华亭张公阖门死之。大兵入其家，至所谓雪交亭下，见遗骸二十有七：有悬梁间者；亦有绝缳而坠者；其中珥貂束带佩玉者则公也；庑下亦有冠服俨然者，则公之门下仪部吴江苏君兆人也；有以兵死者，则诸部将也；亦有浮尸水面者。大兵为之惊愕，却步叹息，迁延而退，命扃其门。鄞之诸生闻性道，时在随征府倅乔体钵幕中，闻而亟往视之，思为之殡，顾满城鼎沸，无所得棺。公之故将汝都督应元，已为僧补陀，公前此曾托孤者也。翌日入城，谒帅府乞葬故主，诸大将皆怒曰："汝主久抗天命，以拒天兵，汝其余孽也。方窜伏不暇，敢来葬此骨耶！"命驱出斩之。应元曰："山僧本戴头而来[①]，得葬故主，当归就僇，乞假命一日耳。"提督金砺悯之，乃曰："是出家人，姑贳之。"于是应元舁公尸出城，性道与定之诸生谢归昌，及补陀僧心莲等，募乡民舁公眷属及宾从等尸出城。然卒无所得棺，乃以火化之，贮以三大瓮：其一，贮公骨；其一贮公四姬一妇一女孙诸婢骨；其一，贮仪部以下骨，葬于补陀之茶山。茶山者，应元所筑宝称庵以避人者也。时公尚有一孙茂滋，遗命勿死以全宗祀，以俘入鄞，次年十月始得放

---

[①] 戴头而来：唐段秀实至郭晞门下说："吾戴吾头来矣！"这是表示他不怕死而来的意思。见柳宗元《段太尉逸事状》。

还。茂滋将负公骨以归，应元以道梗，令先载木主归，祔瘗先茔，而徐俟后期。未几，茂滋亦卒，公无后，应元乃不复归公骨，而身居宝称庵以奉公墓。未几，应元亦卒，宝称庵圮，公墓遂没于榛莽间。雍正丙午，予游补陀，诸僧导予游故迹，予概弗往，而先登茶山，求公埋骨之地，尚有一石题曰张相国墓。隐秀庵僧百成，予宗人也，谓予曰：“子既肃拜公墓，曷为文以纪之？其丽牲①之石，吾当谋之以为山中之重。”呜呼，荒山野冢，非有石麟辟邪②翁仲之仪也，非有墓田丙舍之寄也，然则百成之惓惓于此，其亦重可感也！予乃博考唐鲁二王野乘，参之《明史》，折衷于茂滋所述，论定其异同以为公碑。

按公讳肯堂，字载宁，别号鲵渊，南直隶松江府华亭人也。天启乙丑进士，释褐，知大名之濬县。流寇方充斥河南彰德等府，烽火相望，与大名只隔一河。公练民兵，沿河立堡、团、甲御寇，寇至，举礮击之，莫敢渡者。大名守卢公象昇以为能，令滨河诸县皆仿之，因尽行其法于畿南，其后所谓天雄军者也。以考最擢御史。

崇祯八年，流贼陷凤阳，皇陵震惊，公疏劾阁臣，且条上灭贼方略有五。寻出按福建。时抚军沈公犹龙，亦松产，良吏也。公与之同心，剿抚海寇，闽氛稍辑。力荐徐公世明之廉，卒为安抚。还朝，掌河南道。疏言：“监司营竞纷纭，意所欲就，则保留久任，意所欲避，则易地借才。今岁燕秦，明岁闽粤，道路往返，动以数千，程限稽迟，多逾数月，故有一番之更移者，必多一番之扰害。”帝是之。十二年，疏言：“裁练之法，当以屯实练：如欲求练总，练备之官，先于卫所世弁求之，而即属以清核本屯之任；欲得兵卒，宜即于卫所官军余子中选，而即令补其久虚之伍；欲求兵饷，宜尽查各卫所军产原额复之，而即课以开垦之事。举一练务，即可复一屯职，选一新兵，即可还一旧饷，河北山东地相错，一方奏效，余可迎刃办也。”

① 丽牲之石：丽牲之石，犹言系牲之碑。见《礼记·祭义》。
② 辟邪：汉时墓旁石兽名。南阳县北有宗资碑，碑旁有两石兽，镌其膊，一叫天禄，一叫辟邪。宗资，南阳人，桓帝时任汝南太守。见《后汉书·灵帝纪》注及《党锢传》。

章下所司。当是时，亡国之政，莫甚于练饷，而屯田虽有二抚，不过虚语，使能以公言实力行之，可救其弊，而为时已晚，终不能用。杨嗣昌出督师，逮熊文灿，公知嗣昌之必仍用抚也，疏言："文灿丧师辱国，今辅臣出，贼又必以抚乞怜，伺间而动。请著为例：自今有为抚议者，议出编氓行伍，以奸细反间论；议出道将绅衿，以通贼论；议出督抚镇帅，以误国论。"疏入，嗣昌果大愠，奉旨诘责。十四年，言"嗣昌受事且二年，贼势日横，宜解其权"。诏未报而嗣昌已死。是冬，公言："今讨贼之人甚多，巡抚之外，更有抚治，总督之上，又有督师，位号虽殊，事权无别。今楚自报捷，豫自报败，甚至南阳失守，祸中宗藩，督师职掌安在！试问今督师者，将居中而运，以发从指示为功乎？抑分贼而办，以焦头烂额为事乎？今为秦保二督者，将兼领提封，相为犄角之势乎？抑遇贼即剿，专提出境之师乎？今为抚者，将一禀督师之令，进退惟其指挥乎？抑兼视贼之急可以择利乎？凡此肯綮，中枢冥冥而决，诸臣愦愦而任，至失地丧师，中枢纠督抚以自解，督抚又互相委以谢愆，而疆事不可问矣！"下所司详议。

　　于时天子忧劳殊甚，颇成操切之治，大吏稍不当意，辄置于理。而荒残之地，逋税至数十万，征输愈迫，流亡愈多。适大祲，二京、山东、西、河南、陕西等处人相食，大吏以饷匮乏故，令有司催科如故。公疏言："天灾可畏，宜行宽大之政。今任茧丝<sup>①</sup>之吏，以求必不可得之粮，弱者转死沟壑，强者啸聚山林，是驱之为盗也。长官一切以法从事，囹圄盈满，而盗不可除；其不为盗者，皆以饿致奄奄，何以御盗？宜下肆赦之条，捐逋欠，招流亡，赦过误，开自新，庶几可以挽回天意。"会召旧辅周延儒入京，公面陈要务，延儒是公言，捐粮五百余万，清冤狱以千计，皆公之力。十六年，疏请休复向来言事

————————

　　① 茧丝之吏：敛税于民，和抽丝于茧一样。茧丝之吏，犹言敛税的官。见《国语·晋语》。

诸臣，谓"诸臣率意敷陈，罪止成于狂戆，在圣明薄从降罚，法姑予以困横；然夷考诸臣所言，或议征求宜缓，或陈刑狱宜宽，或纠行间功罪之淆，或争朝端名节之重，或纠巨奸于气焰方张之日，或诋近侍于威权思窃之时，一腔忠爱，天日临之，偶尔摧折，便作逐臣，虽盛世原无弃人，何官不可自效，然使之回翔下位，何如竟予赐环。"得旨俞允。于是原降科臣李清等皆得召用。自公掌道，凡所敷陈，不堕同时门户诡激之习，皆其可见之施行者。

是年升大理寺丞，寻以都御史抚福建。时调闽师赴登，需饷七万，公陛辞面奏，言恐力难猝任，于是大学士黄公景昉助公，请分其半于粤。初下车，平漳南大盗。总兵郑芝龙，旧以作乱海上受抚，官至大将，颇倚巢窟跋扈。芝龙招大盗五十余人，报公欲为标下用，公曰："剿盗，元戎职也。未有朝命而擅受降，则不可。"以疏告于朝，得严旨悉斩之，芝龙以此恨公。南中称制，遣部将周蕃帅师助防江，玺书奖谕。汀州贼阎王猪婆营盘踞帘子洞，南赣巡抚李永茂告急，公亲征之，招抚数百人，令知宁化县于华玉率以勤王。诏复用闽督学郭之奇为翰林，且予超擢，公力言其非面止。

南中失守，芝龙弟鸿逵奉唐王至，公具启迎之，王复书，以"两京沦没，陵寝暴露，怀枕戈复仇之志而无其地，流离蹈海，几作波臣，惟天南一片地，先生保障以待中兴，高皇在天之灵，实式凭之"！书至，急以书约漳浦黄尚书道周。尚书故自浙入闽驰至，芝龙意颇犹豫，而以其弟鸿逵所迎，勉就约。六月监国。七月称制。晋公副枢，再晋总宪。公面陈恢复大计，因言"江干之祸，皆由罪辅马士英，又加以弃主而逃，今闻其在浙，法所不赦"。故唐王登极诏中，即发其罪。士英叩关自理，七疏皆不纳，而芝龙力为之请，诏令其恢复杭州始申雪，于是士英竟不得入，芝龙益恨。王锐意中兴，顾后曾氏以知书，又前同在高墙①中，食淡攻苦相怜，颇参预外事。王临朝，

---

① 高墙：是明代禁锢宗室的处所。

则后垂帘座后共听政。公疏言："本朝高文二后，皆有圣善之德，助成王业，然皆宫闱之中，嘿为赞助。若垂帘之制，非圣世所宜，不可以示远人。"疏入，曾后恚，王遂疏焉。说者谓唐王在烈庙时有英察之称，而溺于内爱如此，有以知其不能成大功也。芝龙无意恢复，亦恶公之日以亲征劝王，思黜之。犹以翌戴功晋太子少师，官冢宰，仍兼宪长，而以其私人为巡抚，夺其兵；又令总理留务造器转饷，八月，又遣监临秋试，盖外之也。寻诏以冢宰专掌院事，而以铨事属之曾公樱。

丙戌正月，公累疏请兵，诏加公少保兼户部工部尚书，总制北征，虽奉旨赐剑，抚镇以下许便宜从事，而不过空言。时公孙茂滋家居，方遣汝应元归省之，而吴淞兵起，夏文忠公允彝、陈公子龙为之魁。汝应元者，雄俊人也。以公命奉茂滋发家财助军。闽中授应元御旗牌总兵官。已而兵败，徐公孚远浮海赴公，而茂滋亦与应元至，为公言吴淞虽事不克，而败卒犹保聚相观望，徜有招之者，可一呼而集。公乃请王自亲征由浙东，而己以舟师由海道抵吴淞，招诸军为犄角，所谓水师之议也。曹文忠公学佺力赞之，谓徼天之幸，在此一举，乃捐饷一万以速其行，且言当乘风疾发。公请以徐公孚远、朱公永祐、赵公玉成参其军，皆故吴淞诸军领袖也。周公之夔，则故苏推官，旧与东林有隙者，至是家居起兵，报国甚勇，且熟于海道，故公亦用之。而以平海将军周鹤芝为前军，定洋将军辛一根为中军，楼船将军林习为后军。诏晋公大学士，行有日矣，芝龙密疏止之。以郭必昌将步卒先公发，而令公待命岛上。必昌受命，遂不出三关一步，而公以数舟入海，徘徊岛上者半载，朝事不复相闻，邮筒亦隔绝。六月，复下督师之命，军资器械并饷三万，已为芝龙所取，公自募得六千人。七月，闻王亲出师延平，且幸赣州，方引领望消息，而芝龙引大兵入，追王及之。公痛哭，誓不欲生。时公屯鹭门，其旁为东石，即芝龙所居也。会鹤芝军至，劝公以为"封疆之臣，封疆失则死之；今公奉北伐之命，非封疆臣也，不如振旅以为后图"。公乃入其军。鹤芝亦以盗起海上至大将，然其人忠顺，非芝龙比，故公之出师，欲以为先锋。时鹤芝为杨耿所纠，公请宥而用之。及芝龙之降，以书招鹤芝计事，鹤芝会之，道遇公，公止之，鹤芝不信。既至，知其决降，遂与公谋出师破海口诸城。大兵势盛，鹤芝度不能抗，由闽入浙。有周洪益者，荡湖伯阮进部将也，劫公于路，踉当入翁洲。翁之总兵官黄斌卿者，无远略，虽外致隆礼，馆公于参将故署，而公所言弗用也。但谋据翁，厚自封殖，以偷安海外。鹤芝议乞日本师，已有成约，盖鹤芝故与日本国王善故也。斌卿沮之，鹤芝怒，入闽。斌卿乃自遣其弟孝卿副安昌王以行，日本不见鹤芝，师卒不出。

公不得志，栽花种竹于圃中，作《寓生居记》以见志。其词曰：

张子以视师之役，航海就黄侯虎痴于翁，侯馆余参戎之署，中有旧池台焉。张子葺治之，逾两春秋，稍成绪。忽自咎曰："余何人也！兹何时也！不养运甓之神，而反躬灌园之事，余其有狂疾哉！"偶读《本草》，寓生之木一名续断，则又怃然叹曰："有是哉，是木之类余也！夫是木之植本也，不土而滋，有似于丈夫之志四方；其附物也，匪胶而固，有似于君子之交，有是哉，是木之类余也！虽然，是木之自托其生也甚微，而利天下之生也甚溥，余安能比于斯木哉？余也生世寡谐，而姓名时为人指，以故不能为有用之用，如梗楠栝柏之大显于时；而又不能为无用之用，如拥肿拳曲之诡覆其短。以至戴鳌三倾①，爨曦再昃，疆孤撑而群撼之，蝥先登而下射之②。浸假而朝宁之上，荆棘生焉，余因为沟断③；浸假而弃置之余，风波作焉，余因为梗飘；浸

---

① 戴鳌三倾：这是用《列子·汤问》巨鳌戴山的神话，喻明崇祯帝及福王、唐王的覆国。
② 蝥先登而下射之：蝥即蝥弧。郑伐许，颍考叔取郑伯的蝥弧以先登，子都自下射之。见《左传》隐公十一年。这里用以比郑芝龙的忌功。
③ 沟断：弃在沟中的断木。《庄子·天地》："百年之木，破为牺尊，青黄而文之，其断在沟中。比牺尊于沟中之断，则美恶有间矣，其于失性一也。"韩愈《题木居士诗》，"为神讵比沟中断"，沟断即沟中断的简词。

假而师旅之命，汤火蹈焉，余因为槎泛。斯时身萍世絮，命叶愁山，直委此七尺，以几幸于死之得所，而吾事毕矣。宁计海上有岛，岛中有庐，庐傍有圃，又有地主如黄侯，舍盖公堂[1]、下孺子榻[2]乎？夫既适然遇之，则亦适然寓之而已。闻之三宿桑下[3]，竺乾氏所诃，而郭林宗逆旅一宿，无间焚扫。予尝校其意趣，以为竺先生似伯夷，盖视天下无寓非累，而是处欲祛之者也；郭先生似柳下惠，盖视天下无寓非适，而是处欲安之者也。今余将空无生之累，以就有道[4]之安，则文山之牵舟住岸，其视易京郿坞[5]，将孰险孰夷耶？彼共荣悴于同臭之根，而保贞萎于特生之干，亦若是则已矣。若夫死不徒死，必有补于纲常，生不徒生，必有裨于名教，如兹木之佐俞扁[6]而起膏肓，则余方以此自期，世亦以此相责，非兹言所能概也。然而感慨系之矣！"

又《贻姚江黄都御史宗羲书》曰："铜槃之役，仆恶敢后，顾飘梗随流，安假黄鹄之一羽？"皆指斌卿之擅命，不肯与诸军协力，而思据弹丸以老也。无何而张名振等奉鲁王至，公力劝斌卿奉迎，不听，诸军问罪于翁，斌卿累败，乃求救于公，公为之上章待罪，请使之改心事君，名振等不可，斌卿遂死。

王入翁，以公为大学士辅政，公虚所居邸以为王宫。时从王至者，太保沈阁部宸荃，以公耆德宿望，让为首揆。宸荃以疾请休，公

---

① 舍盖公堂：汉曹参相齐，以厚币聘善治黄老言的胶西盖公，问治道，避正堂以舍盖公。见《汉书·曹参传》。

② 下孺子榻：按下陈蕃之榻者有两人：官乐安太守时，为郡人周璆置一榻，去则悬之。见《后汉书·陈蕃传》。官豫章太守时，为郡人徐稚设一榻，去则悬之。见同书《徐稚传》。

③ 三宿桑下：浮屠不三宿桑下，是不欲久生恩爱的意思。见《后汉书·襄楷传》。

④ 有道：此有道即指郭泰。以泰曾被举有道不就，人称郭有道。

⑤ 易京郿坞：汉末公孙瓒徙镇易县，在那里造了很多的营垒楼观，称为易京。见《后汉书·公孙瓒传》。又董卓筑坞于郿，积谷可支三十年，说"事成，雄踞天下；不成，守此足以毕老"。见同书《董卓传》。

⑥ 俞扁：俞即俞跗，黄帝时良医；扁即扁鹊。

独相，加太傅。张名振之杀王朝先也，公力解之而不能得，国事尽归名振，公亦不得有所豫。每飞书发使，不如意者十九，则愤恨不食，咄咄终日，然老成持正，中外倚之。翁人有欲纳女于王者，公闻其已尝许嫁于人，疏谏王遽却之。筑雪交亭于邸中，夹以一梅一梨，开花则两头相接。尝叹谓苏兆人、汝应元曰："此吾止水也。"[①]兆人对曰："公死，兆人必不独生。"公抚其孙茂滋，顾应元曰："下官一线之托，其在君呼！"应元曰："诺。"于是应元披缁赴补陀，而兆人始终从公。又二年而大兵至。张名振奉王捣吴淞，思以牵制大兵，而以公为留守。公遣荡湖伯阮进邀击大洋，风反师燔，大兵直抵城下。安洋将军刘世勋固守，力竭城陷。先一夕，少保礼部尚书吴公稚山至，作《永诀词》："虚名廿载误尘寰，晚节空愁学圃间。难赋《归来》如靖节，聊歌《正气》续文山。君恩未报徒长恨，臣道无亏在克艰。留与千秋青史笔，衣冠二字莫轻删。"因集家属曰："无为人辱！"及晨，诸姬方氏、周氏、毕氏，冢妇沈氏，即茂滋母也，女孙茂漪，俱先投缳。诸姬姜氏投水，毕姬先登，姜姬止之曰："死亦当以序，莫匆匆也。"公曰："善！"乃以序而上，及诸仆妇诸婢之从死者。公谓茂滋曰："汝不可死，其速去！然得全与否，非吾所能必也。"公投缳，梁尘甫动，家人报苏仪部缢庑下矣，公亟呼酒往酹之曰："君少待，我复入缳。"九月初二日也。茂滋狂号欲共死，中军将林志灿、林桂掖之行，甫出门而乱兵集。茂滋脱去，志灿、桂等以格斗死，守备吴士俊家人张俊、彭欢，皆绝胫死。茂滋寻被执，其得生也，赖应元与鄞诸生陆宇燝、前户部董守谕董德侔、崇明诸生宋龙、大名前乡贡进士萧伯闇、闽刘凤翥、定海诸生范兆芝等救之以免，详见茂滋所著《余生录》。盖自天兵南下，所向不血刃，其以一郡抗命者，曰赣曰金华，其以一县抗命者曰江阴，至翁洲不过孤岛如黑子，而竟相支拄，多所

---

① 止水：《庄子·德充符》有"人莫鉴于流水而鉴于止水"的话，这里的止水，只是死所的意思。

夷伤，至使诸将皆以为南下所未有，于二京殆有光焉。则元老之所以报国者，良无愧矣。

呜呼，公以经世之才，牵丝①则为循吏，入台省则为名谏臣，抚军则为贤节度，顾皆不久其任，未得展其用，乃遭丧乱，先翼戴于闽中，事犹或可为也，而厄于悍帅，及己丑以后，延残息耳。方肃鲁定西平西荡湖虎争之际，公卿危于朝露，赖以至诚宿望，调护其间，试读《寓生亭记》，令人黯然神伤，零丁惶恐之情形，如在目前。其云死不徒死，则止水之先谶也。补陀为大士道场，顾儒者所弗信，得公之骨葬焉，海岛为有光矣。而制府闻公有绝命词手迹，悬赏募之，一老兵得以献，制府赏之，其人不受，曰："以慰公昭忠之意耳，非羡公金也。"闻者贤之。

公生平以用世为学，不以词章自见，及萧寥岛上，始稍有述作以遣日，而高雅有承平之遗风。惜兵革之后，所存无百一。而雪交亭自乱后，公所植一梅一梨独无恙，浙东诸遗民，如黄公宗羲接其种于姚江，高公宇泰接其种于甬上，至今二郡皆有雪交亭。

其铭曰：

小白华峰，睡香翩翩兮，海印池边，玉盘盂如船兮，缟衣素簪，足清欢兮；遥望雪交，南枝团团兮；公乎骖箕②，游此间兮；百年过者，曰，是唐宰相鲁公之阡兮。

---

① 牵丝：谢灵运《初去郡诗》："牵丝及元兴，解龟在景平"，李善《文选注》："牵丝，初仕"，但没有说明初仕郡为什么叫牵丝，张铣《注》，说是牵王如丝之言而仕，这是据《礼记·缁衣》孔子所说"王言如丝，其出如纶"的话，说明奉天子命出仕州郡的意思。

② 骖箕：是说张肯堂的死。骖箕犹骑箕。骑箕是骑箕尾的简词。箕尾，星名。《庄子·大宗师》："傅说乘东维，骑箕尾而比于列星。"

# 明户部右侍郎都察院右佥都御史赠户部尚书崇明沈公（廷扬）神道碑铭

崇明沈编修文镐，予同年友也。以予曾观旧柱下之史，属纂其先司农公神道之文，惟公精忠大节，足与日月争光，而于吾乡尤有遗爱，所不敢辞；况编修为公群从孙枝，能以表章先烈是念，尤可尚也。

按公讳廷扬，字季明，一字五梅，自少喜为有用之学，不屑章句。由苏州府崇明县学诸生入太学。崇祯九年丙子，河道累决，漕运艰阻，不以时至，思陵患之。公应诏上书言海运可复，思宗召见，公言“元时百年俱海运，从太仓刘家河放洋，计半月可抵天津。虽风波之险，不无损失，先臣邱浚考《元史》历年运到米数，除所损失，费尚省于内运。臣生长海上，访问水手，颇知其道，但不若从淮上截漕，竟出淮河口入海放洋尤便，臣以为可行”。因上《海运书》五卷、思宗下户部覆奏，户部诸臣无知水道者，奏言“元时故尝海运，每岁风波飘荡，累有沈溺，则人米俱失。国初轸念民命，故开浚会通河故道，改从内运。今一旦欲复海运，则必另造船只，召募水手，费用既多，未易猝办，一旦风涛不测，伤人失米，谁任其咎！”思宗不以为然，凡三覆议，而户部终莫敢任之者。于是户部言：“臣等书生，未谙海道，不敢妄议，廷扬以为可行，莫若竟委之督运，令其自雇舟楫，召募役夫，令漕抚量拨漕粮试行之，果然有效，则海运可复也。”思宗以为然。于是以公试户部主事，一切船只水手，皆自行办理，诏漕抚以漕米二万石予之。公奉命出，相视山东胶州与南岸相对者为庙湾，公以庙湾六船，由淮河口出，七昼夜抵天津，驰疏以闻，而遣其家人致笺于户部。户部诸臣惊曰："前日已奏汝主人就道，奈何尚在！"家人笑曰："运船抵津矣。"思陵大喜，而户部诸臣尚疑之，以为海道艰难，安有七日即至之理？廷扬饶于财，恐自东省买米以充数耳。不数日而漕抚所奏公拨米开洋日期，暨津抚所奏公登岸日期，皆与公所奏合。思宗出以示群臣曰："朕固知其无伪也。"于是定议：每岁春秋二运，增米至二十万石，春运以三月，归以四月；秋运以九月，归以十月。隆冬盛夏，则避风涛不出。船只水手之费，仍委公任之，而以运到之日给其费，如内漕之半。公历官主事、员外郎、郎中，督运凡七年，癸未，加内府光禄寺少卿，仍督运驻扎登州。

初大兵之下松山也，绕出洪承畴军后，围之急，十三镇援兵俱不得前，城中饷绝，道已断，思陵召公议之。公请行，自天津口出，经山海关左，达鸭绿江，半月抵松山，军中皆呼万岁。公还，松山竟以援绝而破。时论以为初被围时，若分十三镇之半，从公循海而东，前后夹援，或有济，而惜乎莫有见及之者。甲申正月，流贼事急，京师粮储告匮，公言于户部尚书倪公元璐曰："事急矣，请以大部檄借漕粮二十万石从海运，不可复拘常期，侥天之幸，得达京师，或可以济。"倪公然之，公以户部檄驰至淮，漕抚路公振飞然之，顾漕运甫发，而三月十九日之报至，路公驰使追还。

赧王称制，诏公以原官督饷，馈江北诸军。公疏言："臣历年海运，有舟百艘，皆高大完好，系自造，中可容兵二百人。所招水手，亦皆熟知水道，便捷善斗，堪充水师。但曩时止及于运米，故每舟不过三十人，今海运已停，如招集水师，加以简练，沿江上下习战，臣愿统之，则二万人之众，足成一军，亦长江之卫也。"疏上不报。时廷臣或请由海道出师北伐，公闻叹曰："诚使是策得用，吾愿为前军以启路。"皆不行。但遣公运米十万以饷吴三桂。而刘泽清在淮上，欲得公舟，公曰："须俟朝命乃可"，泽清纵兵夺之。时漕抚田仰，亦时相之私人也，军务一切不问，淮上瓦解。公以部下归崇明。呜呼，唐德宗之自奉天归也，不有韩晋公[1]，几于再致大变，是虽李、浑[2]诸元老所无能为也。以公之才，亦几几乎晋公之流辈，而天亦厌明，不佑其成。宋南渡之不振甚矣，然海陵大举，尚有胶西李宝之师以挠之，使乙酉之议得行，南牧之兵，宁无返顾！而明亦自绝于天，群策总屈而不施。

大兵下江南，公航海入浙。监国加以侍郎，兼右佥都御史，总督浙直，欲令公由海道以窥三吴。时田仰为相，忌公，公乃之翁洲，欲以翁洲将黄斌卿之兵入吴。闽中亦授公总督。时诸军无饷，竞以剽掠为事，至于系累男妇，索钱取赎，肆行淫纵，浙东之张国柱、陈梧为尤甚。公谓斌卿曰：“师以恢复为名，今所为如此，是贼也，将军其戒之！”斌卿曰：“公言是也，惟军中乏食，不得不取之民间，今将何以足食？”公乃为定履亩劝输之法，而军士不敢复钞掠。斌卿故无大略，其后卒以不迎奉监国被诛，而翁洲之人颇念之，以其军稍有纪律，民无所扰，则皆公一言之力也。丁亥，松江提督吴胜兆送款于翁洲，斌卿犹豫不欲应之，公曰：“事机之来，间不容发，奈何坐而失之！”定西侯张名振慨然请行，邀公为导，公曰：“兵至，必以崇明为驻扎地，禁打粮，然后可。”名振许之，至崇明而食尽。名振重违前约，乃趋寿生洲打粮，泊舟鹿苑，五更飓风大作，舟自相击，军士溺死者过半，大兵逆之岸上，大呼剃发者不死，名振与张都御史煌言、冯都御史京第，皆杂降卒中逸去。公叹曰：“风波如此，其天意耶！我当以一死报国，然无名而死则不可。”乃谓大兵曰：“我都御史也，汝辈可解我之南京。”大兵以舟护之，至江宁，四月十四日事也。经略洪承畴以松山之役，与公有旧，然不敢见，使人说公曰：“公但剃发，当有大用。”公曰：“谁使汝来者？”曰：“洪经略也。”公曰：

---

① 韩晋公：即唐韩滉。

② 李浑：唐李晟、浑瑊。

"经略以松山之难死，先帝赐祭十三坛，建祠都下，安得尚有其人！此唐子①也。"承畴知公不可屈，乃行刑。部下赞画职方主事沈始元、总兵官蔡德、游击蔡耀、戴启、施荣、刘金城、翁彪、朱斌、林树、守备毕从义、陈邦定，及公从子甲，皆死之。而公之亲兵六百人，斩于娄门，无一降者，时以比田横之士焉。公之死问至翁洲，哭声如雷，立祠祀之。

生于万历某年某月某日。曾祖某，祖某，父某。娶某氏。子某。葬于某乡之原。

予读诸家所作公《传》，其事多不核：如公之应诏请复海运在丙子，其后督运七年，而耆人温氏作公《传》，以为倪公元璐在户部时，则是辛巳以后事，其误一也；公于甲申春至淮，欲运米入京，漕抚为路公振飞，而鄞人董氏作公《传》以为田仰，不知田之持节在赧王时，其误二也；松江之役在丁亥，而淞人杨氏移之至庚寅、辛卯之间，则其时江南已大定矣，其误三也。温氏又谓公上书时，已官舍人，不知其为诸生也。生乎百年之后，以言旧事，所见异词，所闻异词，所传闻又异词②，不及今考正之，将何所待哉？编修曰善，请更为之铭。其词曰：

鸭绿之运，不救松山之危，直沽之运，不救太仓之饥。盲风狂崇，吴淞失期，到头一死，降臣忸怩！吁嗟乎，天实为之，谓之何其！翁洲之枝北向，崇沙之鹊南飞。

---

① 唐子：唐子语出《庄子·徐无鬼》，本解作失亡之子。这里是说洪经略早死了，现在的洪经略，必是逃亡者冒充的洪经略。

② 所见异词，所闻异词，所传闻又异词：语出《春秋公羊传》隐公元年。

# 明故兵部右侍郎兼都察院右佥都御史王公（翊）墓碑

　　呜呼，是为残明浙东督师大兰洞主王公之墓。予考古今历代官制，未有所谓洞主者，有之，自萧梁之末所称新吴洞主余孝顷辈是也。其时值侯景之乱，诸遗臣起兵者，倚山立寨，居民因以洞主呼之，史臣亦因而书之，要之非朝廷之称也。明之亡也，浙东山寨大起，于是复有洞主之称，其后或降或窜，不能尽详，惟诸死节者姓氏彪炳人间，而王公之死为尤烈。

　　公讳翊，字完勋，别号笃庵，浙之宁波府慈溪县人也。曾祖某，祖某，父某，至公始迁姚江。公五岁而孤，少不喜理家事，其弟翃，且耕且读以助之，补诸生。好言兵，见天下方多难，思以功名自见。未几，国变继至，画江之役，王公正中以御史仍知余姚县事，集姚之乡兵，从孙、熊二公于江上，上疏荐公为职方，尽以军事付之。已而正中与同官黄公宗羲连营，将由龛山西渡，而江上破，黄公引其残卒入四明，思结寨自守以观变，居民杂击之，寨不得立。时公方走海滨招兵，谋与黄公合，大兵购之急，囚公之弟翃以招公，公不顾，乃杀之，公亦不顾。军既集，闻黄公军破，驰入山中语父老曰："前此以诸将横扰居民，遂至激变，今吾军来，足为是山之卫，而无所扰。父老念故国，其许我乎！"居民许之，遂结寨于大兰。大兰者，四明山之西北境也。唐时裘甫作乱，尝以之为巢穴，其地阽不可登，宋时皆置寨设兵以防守，至是而公据之。其与之同事者，慈溪王公江也。

威卤侯黄斌卿守翁洲，宁之义士董志宁、华夏等谋引其兵，会山寨之军以起事，来告公，使会李公长祥军共定浙东，公许之，刻期相应，而为人所首，事遂溃，宁城戒严，志宁脱走，夏死，斌卿舟师泊城下，不得要领而去。大兵急捣大兰，公摄军避之，丁亥十二月事也。戊子正月，公以军还。三月破上虞，杀其署县事者。时浙东山寨相继起，故御史李公长祥军上虞之东山，故翰林张公煌言军上虞之平冈，故都督章公钦臣军会稽之南镇；其余则萧山石仲芳、会稽王化龙、陈天枢、台州俞国望、金汤，奉化吴奎明、袁应彪，浙西之湖州柏襄甫等亦应之，至于小寨支军以百数。然诸营招集无赖之徒，不能不从事于钞掠，惟李公、张公与公三寨不扰民，而李、张二军单弱，不如公所部之雄。于是大兵欲平山寨，以公为的，提督合宁、绍、台三府之军，由四明之清贤岭而入，公合诸寨军屯于丁山以待之，久而弛，大兵猝至，公败，丧其卒四百人。是役也，有孙说者，不知何许人，来救公，中流矢死，直立不仆。大兵不能久驻山中，公得复振。与冯公京第合军守杜岙，以岩险为关，军容整肃。提督乃调浙西之兵，下教亦选四明山民之团练者以为前导，破公于杜岙关口，长驱直入，公亦获其别部邵不伦，而以四百人走天台，乞天台洞主俞国望之兵，沿道召集流亡，一月复至万余人。间道入杜岙，击破团练，大兵失团练，遂亦出山，公复振。己丑春，又破上虞，浙东震动。公军既盛，设为五营五司。五营以主军，公统之，五司以主饷，王公江任之。视山中田可耕者，且耕且屯，而其余则履亩而税，无横征。富室则量为劝输，下户安堵如故。异时虽有巡方之访缉，徒为故事，公直按有罪者而决之，无枉者。于是四明四面二百八十峰之民，其租赋，不之官而之公。其讼狱，不之官而之公，其耳目消息，皆不之官而之公。浙东列城昼闭，胥吏不复下乡，汛兵远伏以相眺望，而不复近山。浙东长吏，甚至有私通书于公以相讲解者。公以沿海方有事，欲以是军观变而应之。时闽中正征师于浙，以公之故，浙师不敢尽出。

是夏，公自上虞出徇奉化，大兵方攻公塘洞主吴奎明，破之。奎明奔至河泊所，追将及之，猝遇公兵而战，大兵失利。六月，监国至健跳，公发使奔问官守，并致贡。王遣使拜公河南道御史。时黄公宗羲以副都御史从行，上言："诸营文则自称侍郎都御史，武则自称将军都督，不肯居三品以下，主上嘉其慕义，亦因而命之，惟王翊不自张大，而兵又最多，今品级悬绝，非所以奖翊，且无以临诸营也。"大学士刘公沂春、尚书吴公钟峦，皆以为然，而定西侯张名振方当国，持之不肯下。初诸营迎表，皆由名振以达，独公不然，名振不乐曰："俟王道长来，吾当为主上言之。"是秋，公朝于王，晋右金都御史。公曰："吾岂受定西指麾哉！"当是时，王以翁洲为行在，石浦健跳为畿辅，弹丸黑子之区，金汤尽焉，而大兵所以不遽下者，以山寨欲乘其后。所以畏山寨者，不在诸营而在公。或谓大兵诸帅曰："此皆丧职之徒所啸聚耳，苟招之以高官，可解散也。"会稽严我公知之，请于大帅，愿充使，大帅为之请于朝，遂以都御史充招抚，令遍历浙东西诸山寨以抵翁洲。公部下左都督黄中道言于公曰："田横烹郦生，是耶非耶？"公曰："当是时而烹之，亦姑以泄其愤耳。"中道曰："田横不烹郦生于说降之时而款之，其志屈矣，固愿降矣，齐之士心已摇，岂可复鼓！其后始烹之，不已晚乎！"公曰："君言正合吾意。"于是发使请我公入山，欲烹之，我公不敢直入，先以使来，中道遂醢之，分于诸营，我公夜遁。自大兵南向，一纸所至，多俯首听命者，惟阁部朱大典尝烹招抚于金华，至是而挫于公。

　　庚寅三月，公朝于王所[①]，再晋兵部右侍郎，兼官如故。八月破新昌，拔虎山。时大兵定计下翁洲，以为不洗山寨，无以塞内顾，乃大举。将军金砺由奉化，提督田雄由余姚，会于大兰。军帐弥漫三十里，游骑四出，仍用团练兵为导。诸寨多逆请降，或四窜，公累战不能抗，以亲兵入翁洲。公固与定西不相能，不乐居翁洲。辛卯秋，闻

---

　　① 公朝于王所：按《春秋》僖公二十八年，有"公朝于王所"语，那时周襄王在践土，不在京师，故称王所。鲁王建国，以翁洲为行在，也不是京师，故本文可以不加改动而移用其语。

大兵三道下翁洲，公曰："事急矣！请复入山，集散亡以为援。"七月，遂还山中，诸将死殆尽，旁皇故寨，山中父老劝令招兵输林臼溪之间，乃出奉化。二十四日，有大星坠于故寨，野鸡皆鸣，父老忧之。是日也，公将由奉化出天台，至北溪，为团练兵所执，同行者，公之参军蒋士铨也。公神色自如，赋诗不辍。二十五日入奉化，二十八日抵宁，八月初一日赴定海，以大兵将下翁洲，群帅皆赴定海也。海道王尔禄延之入见，请观绝命词，公援笔书之，书毕，以笔摘其面而出。每日从容束帻，掠鬓修容，谓兵士曰："使汝曹得见汉官威仪①也。"十二日，总督陈锦讯之，公坐地上曰："无多言，成败利钝，皆天也。"十四日行刑，群帅愤其积年倔强，聚而射之，或中肩，或中颊，或中胁，公不稍动，如贯植木。洞胸者三，尚不仆，刲额截耳，终不仆，乃斧其首而下之，始仆。而从公者二人，其一曰石必正，扬州人，一曰明知，余姚人，皆不肯跪；掠之使跪，则跪而向公，并死公旁。大兵见之有泣下者。公生于天启丙辰②二月初六日，得年三十有六。一女，许嫁黄公宗羲子百家，时年十三，以例没入勋贵家，遂为杭州将军部下参领所养。参领怜其忠臣之女，抚之如生，女亦相亲依如父。及参领欲为择配，女出不意自刭，参领大惊，葬之临平山中。于是以公首枭示宁城西关门。鄞之故观察陆公宇燝、故都督江公汉，以奇计窃得，藏之陆氏书柜中，袭之以锦，其家人亦弗之知也。康熙癸卯，观察以海上事牵连赴逮，其家被籍，有司见书柜中故纸断烂陈因，弃之而去。既去，观察之女屏当书柜，得一锦函，发之则人头也。观察之弟宇爆哭曰："此侍郎之首也，而得不为有司所录，其天也夫！"时去公死之时盖十二年，乃束蒲为身，而葬之城北

---

① 汉官威仪：王莽死，更始将北都洛阳，以刘秀行司隶校尉。三辅吏士东来迎更始，见诸将冠服，不像样子，都为发笑。后来看到司隶僚属，欢喜着说："不图今日复见汉官威仪！"见《后汉书·光武帝纪》。这里的汉官威仪，是对满官而言，有两用的意义。

② 天启丙辰：按天启无丙辰，但有丙寅。丙寅为天启六年，至顺治八年辛卯，只有二十六岁，和三十六岁的话不合。若以万历四十四年的丙辰算起，至顺治八年辛卯，正为三十六岁。故这里天启应改为万历。

马公桥下。蒋士铨者字右良，嘉善人也。诸生。在公军中三年，山寨之破，他人多散去，独士铨以死从，八月初五日，先公受刑，赋绝命词，公在狱为文祭之。

　　呜呼，予尝游大兰一带，良属岩关，然在浙东天尽之处，即令大兵不以一矢相加遗，岂能有所成？故以四明为桃源，庶乎其可，欲以四明为斟鄩、斟灌①，此无惑世人之笑其愚也。然当时残明正朔，犹延海上，而诸寨为之内主，资粮屝屦②，遥相援接，则以四明为安平之即墨③，虽有所不能，而以四明梗平海之师，不为无助，故黄公宗羲以为忠臣义士之志，竭海水不足较其浅深者此也。百年以来，遗事凋残，公魂耿耿，谅犹在丹山赤水之间，而荒城埋骨之区，莫有知者，是后死者之责也。爰因观察之子经异之请，为之立石墓上而系以铭。其词曰：

　　成则东汉下江之元臣兮，败则为后梁鄩州之枯髅顽石，呜呼，以当野哭。

---

　　① 斟鄩、斟灌：斟鄩、斟灌，是夏后相所依的同姓之国。寒浞使浇灭二国，并杀后相。夏遗臣靡，收二国的遗民，灭寒浞而立后相子少康，中兴夏业。见《左传》襄公四年。所以这里把斟鄩、斟灌当作恢复故国的基地。

　　② 资粮屝屦：屝是草屦。《左传》僖公四年："若出于陈、郑之间，共其资粮屝屦，其可也。"

　　③ 安平之即墨：安平是齐安平君田单，即墨是田单据以恢复齐七十余城的基地。见《史记·田单传》。

# 明故太师定西侯张公（名振）墓碑

予家先族母张孺人，为苍水尚书女，先族父以是避地居黄岩。康熙庚子，先族母以展墓归，予时年十六，从之问旧事。族母曰："吾父与定西侯同事久，每言其志节之可哀，而谤口之多屈。"且曰："定西墓在芦花岙，汝他日可为之谋片石焉。"予曰诺。蹉跎二十余年，未之践也。乾隆戊午，始克为之参稽诸野史之异同以成定论，使异日考翁洲遗事者，得有所折衷焉。

定西讳名振，字侯服，南直隶应天府江宁县人也。少伉爽有大略，壮游京师，东厂太监曹化淳延之为上客。时奄人中，惟化淳以王安门下故，与东林亲，公亦遂得与复社诸公通声息。熊公开元之廷杖也，公阴属杖者得不死，而公实未尝识面也。崇祯癸未，授台州石浦游击。乙酉，南都破，安抚使至浙东，公独不受命。已而监国起事，加公富平将军。时肃卤伯黄斌卿以闽中之命守翁洲，翁洲与石浦相犄角，斌卿因与公为姻，荐之闽中。时闽浙方争，而二军兼受闽浙之命，议由海道窥崇明，扰三吴，以为钱唐之援。未行，钱唐师溃，方国安欲以监国降，监国脱走，至石浦之南田。公弃石浦，扈王欲保翁洲。会叛将张国柱以军攻翁洲，斌卿求救于公，公破之，因劝斌卿纳王，而斌卿不从，公计无所出。适永胜伯郑彩至，以其军共扈王入闽，王晋封公定西伯。公见闽中诸将林立，请归浙中，招故部以壮其军。及还，而石浦已入本朝，乃之翁洲依斌卿。斌卿见公之以孤军依之也，稍侮之。丁亥，松江帅吴胜兆来归，请一军为援，愿以所部合力向南都，斌卿犹豫不欲应，公方有自远于翁洲之志，因请以其军赴约，而故都御史沈公廷扬等争劝之，公遂整军抵崇明，遇飓风，尽丧其军，沈公死之，公得逸，复入翁洲，而其弟及甥皆死，斌卿以公之无军也，益侮之。公乃招故部营于南田，而黄、张之隙始大构。（此据黄丈宗羲、董丈守谕、高丈宇泰所纪皆然，则黄曲张直显然矣。黄之罪莫大于拒监国，而《舟山志》以为黄欲应吴，张窃其旗先往，则诬甚矣）

初公之救斌卿也，部将阮进最有功，斌卿不德公，而说进使叛公，及公北发，进以不习三吴水道不从，南入闽，招军颇盛。王既晋封公定西侯，亦封进荡吴伯。至是公由南田复健跳，以书招进，进复与公合。时闽中地尽失，诸将以王复入浙，公与进迎王次于健跳，斌卿不至。大兵围健跳，进使人告籴于斌卿，又不得，于是公与诸将议，海上诸岛惟翁洲稍大，而斌卿负固，不若共讨而诛之，则王可驻军。乃传檄讨斌卿，斌卿见诸军大集，度不能抗，乃上表待罪，请迎王以自赎。公许之，而进卒击杀斌卿，沉之于海。斌卿颇能以小惠结士心，故其死也，多惜之者，甚至诉其死之屈，以为公夺其地而诱杀之。然斌卿一拒监国于丙戌，微公弃地扈从，则监国闽中之二年不可得延，再拒于己丑，微公合军诛讨，则翁洲之二年不可得延，此事迹之显然者，而乃据愚民之口以混黑白，其亦昧矣。监国既居翁洲，晋公太师，当国。庚寅，公杀平西伯王朝先。朝先本斌卿将，公与进招之，预平翁洲之功，公颇忌之，遂袭杀焉，朝先骁勇，翁洲人仗之，及死，部将遂多降于本朝，请为乡导，以攻翁洲。予尝谓公之杀斌卿为有功，而其以非罪杀朝先，则有过，此则不能以相掩者也。

辛卯秋，大兵下翁洲，公以蛟关天险，海上诸军，熟于风信，足以相拒，必不能猝渡；乃留阮进守横水洋，以弟左都督名扬、副安洋将军刘世勋守城，而自以兵奉王捣吴淞以牵制之。或谓公曰："物议谓公借此避敌矣。"公曰："吾老母妻子诸弟皆在城，吾岂有他心哉？"军遂发，而进以反风失势战死，世勋、名扬力守，急呼公还，救未至，城陷，公之太夫人范氏、夫人马氏，名扬偕其弟及妾，阖门举火自焚死，参谋军事顺天顾明楫亦豫焉。公闻信恸哭曰："臣误国误家，死不足赎。"欲投于海，王与诸将救之而止。乃复扈王次于鹭门。癸巳，公以军入长江，直抵金、焦，遥望石头城，拜祭孝陵，题诗恸哭。甲午，复以军入长江，掠瓜、仪深入，侵江宁之观音门。时以上游有蜡书，请为内应，故公再举，而所约卒不至，乃还，复屯军南田。是年，公卒。遗言，令以所部归张公苍水，悉以后事付之。论者以为陶谦之在豫州<sup>①</sup>，不是过也。苍水为葬之芦花岙。初翁洲之破也，沈公宸荃在公军，咎公恃险轻出以致败，不数月，沈公泊舟南日山，失维不知所之，或以为公本奉王以逃，而覆沈公以弭谤；然公一门俱在危城，而但奉王以逃，固无是理，至沈公之死，亦何以定其为公要之。公之累蹶累起，以死奉王，其精忠不可诬，而恃险轻出，则亦天意为之，不可以成败逐雷同之口。至于当国之后，多病其专；谅为事之所有，然以公有丙戌、己丑两度之大功，吴淞、翁洲阖门之大节，卒之再入大江以求申其志，则其专命擅杀，与夫恃险轻出之罪，吾固不必为之讳，而以为贤于黄斌卿万万矣。今之作翁洲志乘者，曲笔于斌卿，而深文于公，混祀斌卿于辛卯死事诸公之首，而公兄弟反不豫，何其谬戾一至于此耶！予故序公之事，镵之墓上，固非但毕吾族母之志也。更为之哀词曰：

翁洲石浦，仿佛于残宋之厓山<sup>②</sup>，公魂不死，长留此间。功过不掩，曲笔宜删，芦花寒月，如闻哀泪之潺潺。

---

①　陶谦之在豫州：按"在"当作"于"。豫州指刘备。徐州牧陶谦，表刘备为豫州刺史。谦病笃，对别驾糜竺说，"非刘备不能安徐州"。见《三国志·蜀书·先主传》。陶谦把徐州归刘备，正如张名振死时遗言以所部归张煌言相类。

②　残宋之厓山：厓山或作崖山，是张世杰最后支持南宋政权的地点。

# 明兵科都给事中董公（志宁）神道表

公讳志宁，字幼安，浙之宁波府鄞县人也。

远祖之邵居奉化。宋建炎中，与李脩、任戬起义兵以拒金，得千余人，三战于泉口，金人不能入而退，故明州残破，而奉化独全。事定，口不言功。其后蔡文懿公幼学言之于朝，赠三人官，皆修武郎，而三家子孙并大其门。之邵之孙，仁声、仁泽、仁霖，先后成进士。仁声官至殿学。三传而为恭礼，明洪武辛未进士，以养母隐居黄杨岙中，公之八世祖也。曾祖镳，祖宰。父僎，万历丁酉举人之副。

公由诸生食饩，贡太学。少以名节自励。乙酉六月，大兵长驱入浙，公遍谒同里荐绅，劝以起兵，闻者皆笑以为狂。独刑部员外郎钱公是之，顾其事莫能集。闰六月初八日，余姚兵起，明日，会稽亦应之，又明日，鄞人始会议，然犹相顾莫敢主者。最后钱公力疾至，请独任之。而故大仆卿谢三宾家富耦国，新从江上迎降归，恶闻其事。定海总兵王之仁，亦以迎降得仍旧任者也。三宾私遗之书曰："潾潾讻讻，思拚头颅以披猖于一掷者，皆出自庸妄者之口。将军以所部来斩六狂生，事即解矣。仆请以千金为寿。"六狂生者，陆公宇爆、张公梦锡、华公夏、王公家勤、毛公聚奎，而公其首也。会之仁中悔，致书钱公请自效。翌日，帅所部至，大会鄞人于演武场，三宾不知也。扬扬来赴，以为杀六狂生，命在漏刻。坐定，之仁于袖中出其书，朗诵责之，三宾戟手前夺其书。之仁怒，麾军士令斩其首，以祭纛。三宾叩头乞哀，请出家财充饷乃止，一军股栗。

监国次于会稽，授公大理寺评事，视师瓜里。而三宾亦至会稽，以赂结戚畹张氏，由散寮骤跻东阁，且假劝输义饷之名，乾没里中军需，公恶之，弃官归。甫一年，江师衄，三宾复降。逾年而有五君子之祸。

是时浙地尽归版图，只舟山石浦未下，大兵亦置之不以为意；而航海之军至长垣，连陷闽海州县，且逼福州，于是大兵之备浙者，颇抽以备闽。残明遗老，始稍稍于浙东山中结寨拒命，而李公长祥、王公翊两军为主盟。公与华、王诸公计，以王公军下宁波，而已翻城应之，因连李公军以下绍兴，监国故疆可复也。华、王诸公皆喜。冯公京第闻之，请以舟山之军来会。刻日部署已定，复为三宾所谍之，发其事，四出搜捕，五君子皆遇害。公独逃之舟山得脱。

鸣呼，大朝为天命所眷，江南半壁且不支，何有于浙东？浙东一道且不支，何有于宁波？诸公之耿耿未下者，虽云故国故君之感，其如天意何。然而稽古在昔，终不能不比之厓山一辈人物，况又出自祭酒布衣，此其所以益难也。

监国既至舟山，迁公兵科都给事中。时时奉使入内地，联络山寨诸军，以为海上策应，山寨亦感其孤忠，资粮扉屦，不戒而集。辛卯，舟山失守，公自刎死。其时以鄞人同殉者，杨吏部思任、戴工部仲谋也。监国始于绍兴，终于舟山，其后漂泊海中，无能为矣。公以倡义首事，卒以一死谢之，可谓与鲁存亡者也。遗骸在海上，陆公宇燝捐金募人致之，以礼葬于城北马公桥下。先一日，梦公曰："吾刖一足奈何？"启视，果失右趾，大惊，束蒲补之。说者以为文山之见梦于发绳也。公初娶徐氏，继娶罗氏。子二：士骏、士骧。

方公初入舟山时，天朝捕其妻子，有义仆文周匿之，赴官受拷，垂死不言，得免。华公在囚中，作《泗水鼎乐府》，纪同难事，首褒之。其后罗孺人闻公赴，仰药而卒。而士骏兄弟育于高公宇泰家。及长，卒承先志，蹈海不返。文周悼公祀之绝也，遂以缟素蔬茹终身。一门节烈之盛，实古今所希有云。

　　惟先曾王父兄弟于公最厚，尝言公状貌挺露，术者谓公必居风宪，不知其为忠臣相也。而王太常水功曰："幼安正命翁洲，遂与张太傅、吴少保诸元老雁行，是亦何贵如之矣。"

　　雍正庚戌，公之从孙清越乞余表墓，乃再拜而诠次之，盖去公之卒八十年。

　　其铭曰：

　　以六狂生之特而不死兮，天祐之以倡江上之诸军，以五君子之徒而不死兮，天脱之以备海上之孤臣。卒正命于九死之余兮，天许之以成炎兴①之完人。呜呼，给事，是为建炎义士之孙。

---

　　① 炎兴：蜀汉亡国时的年号。

# 明淮扬监军道佥事谥节愍鄞王公（缵爵）神道碑铭

　　乙酉，王师南下，破扬州。阁部史公之死也，或传其已渡江而东，故其后英霍山寨，犹冒其名；或曰突围出城，死于野寺，莫能明也。幕府监司王公之死亦然。是时仆从星散，或传其已縋城逃之淮北者，故是时家中犹望其还，见于其姻家董户部德偁之诗。阁部之死于南城也，以史德威之目见而后信之；王公之死也，以应参军廷吉自军中归寄其遗言而后信之。呜呼，士君子断头死国，而其事犹在明昧之间，令人疑信相参，良久而始得其真也，岂不悲夫！

　　公讳缵爵，字佑伸，鄞工部尚书庄简公佐之孙也。父某，荫生。公亦以庄简身后恩得官，甲申，试知溧水，已而补应天府通判。时则郏王方登祚，马、阮哆张用事，公无所见，故请赴阁部军前自效。乃以同知扬州府监军，而阁部亦内困于谗口，外则诸镇不用命，待死而已。寻晋公按察佥事持节。阁部怜公，一日谓曰："时事可知矣，君徒死于此，何益？吾当送君还留都，以为后图。"公曰："下官世受国恩，愿从明公死，不从马、阮生也。"阁部改容谢之。时知江都县周公志畏，亦鄞人也，与公誓共死，登陴分守，城破陷于兵。

　　呜呼，公志在死，即留都亦何尝不可死，海岸之从容，足为孝陵弓剑[①]之光，正不必谓定偕马、阮偷生也。而公所以不肯者，不欲负

---

　　① 孝陵弓剑：见桥山弓剑注。

阁部耳，不负阁部，岂肯负国，斯其不愧为庄简之孙，而有光于故国之乔木者，不已重哉！

圣祖仁皇帝诏修《明史》，已为公立《附传》于阁部卷中，顾犹称其故官，予以应氏所言，参之嘉禾《高氏忠节录》，乃知其已为监司也。公之大节，岂在阶列之崇卑，而榷史则不可以荒朝之命而没之。

公一女，适董户部德偁于允珂，贤而孝，通翰墨。当公生死讹传之日，昕夕泣血，望父而死。一子兆夅，有异才，以公之殉于扬也，不忍家居食先畴，终身踟蹰蜀冈邗沟之上，遂以野死，君子哀之。兆夅诗尤工，里中钱退山、董晓山，关中孙豹人皆推之，予求之扬，竟无传者。公之从孙丙乞铭公墓，予故牵连附志之。其铭词曰：

嗤彼石头，不如广陵，愿从明公死，不从马、阮生，先公可作，葆兹家声。

# 明故都察院右副都御史东王公（江）神道阙铭

　　古今来节士遭逢人伦之变，进退俱难者，盖多有之。赵苞势不能复顾其母，只应以一死自谢，终为恨事。徐庶之从魏，先儒不以为非，然夷考之，则庶竟仕魏，无乃违其初心，岂方寸卒不自主耶？姜维自负远志，长往不顾，亦未为得。独周虓入秦[①]，始终不可屈节，一奔汉中，再徙朔方，可谓烈哉！至吾乡王都御史而益奇。

　　浙东之偾事也，同里王公翊，与公结寨四明山中。先是画江而守，二公连名上书监国，请募沿海义勇，勤王自效，师甫集而王航海，二公遂顿兵四明之杜岙，以为海上声援。海上之人呼之曰东西王以别之。西王公主兵，东王公主饷。当是时，浙东之师云起，由宁、绍以至台、处，所谓山寨者相望也，既以不练之兵乌合，复无所得饷，四出劫掠，居民苦之。御史李公长祥在东山，翰林张公煌言在平冈，且耕且屯，最为居民所安，而孤弱不能成军。独西王公招兵最盛，而公善理饷计，山中屯粮所收不足，亲往民家计其产，用什一为劝输，以忠孝感动之，有额外扰民一粟者必诛。又时遣人入内地，结连遗老，致其扉屦之助，故杜岙一军之强，甲于他寨。侍郎冯公京第、御史张公梦锡，遂合军来守大兰。公总司三营之饷，浙东列城，畏之如老罴当道，而胥吏不复下乡催租，于是山中之民益乐输。监国

_____

　　① 周虓入秦：晋周虓因母妻被获降秦，但始终不受官，见符坚，箕踞而坐，呼之为氐贼，卒死于太原。见《晋书》本传。

之居舟山，非此一军，莫能安也。

庚寅，大兵决计下舟山，先廓清山寨以绝其援，两军由余姚、奉化会于大兰，而游骑分道四驰，冯、张二公死之，西王公避入海，公亦走，大帅劫公太夫人以招之，公乃尽剃其发，以浮屠服至杭。时大帅方议劳来故国遗臣，得公喜甚，盛为馆帐如幕府而防闲之。未几，太夫人以天年终，公忽买一妾，昵之甚，于是夫人晨夜勃蹊诟誶，公乃控之吏而出之，夫人亦攘臂登车，历数公隐微之过而去，邻人骇焉。一日公游湖上，防守者以其妾在不疑，而公竟不知所往，乃知向者特以术脱其妻也。

公既脱，携其夫人复入海，朝监国于金门，张名振请为监军。甲午，引师入大江，抵燕子矶，望祭孝陵，题诗恸哭而还。乙未，名振卒，海师复下舟山，张公煌言驻军焉。时有沈调伦者复起四明山中来迎公，乃赴之，山中人闻公至，壶浆以迎者如蝟。浙东大帅方以舟山为急，闻公至，谓山寨且复为舟山犄角，急攻之，公中流矢卒。公卒而舟山复破。

公讳江，字长升，原籍绍兴府余姚县，迁慈溪县之叶岙。曾祖某，祖某，父某。娶李氏。公少蹇于制举，其起兵时，尚未为诸生也。呜呼，岂料公之所树立一至此哉！初授户部主事，改户科都给事中，迁都察院右佥都御史，晋右副都御史。公之卒也，部卒窃其尸归葬叶岙。

同时李公长祥，散兵隐山中，江督郎公廷佐于浙东物色得之，亦盛以礼致焉，居之白下，其实羁之也。李公亦买一姬，朝夕酣歌恒舞，穷尽荒乐，郎公稍稍薄之，谓其怀于此土，谅无他矣。一夕行遁，大索卒不可得。李公踪迹颇与公不谋而合，而公末年更多起兵一节，则几过之矣。

公之事，已详于黄氏《四明山寨记》。吾友郑性令予为其神道之文，乃即据黄氏所纪而删补之。

其铭词曰：

神龙见首，必护其尾，有时蠖屈，终于鹏徙。纵见其尾，孰见其髓？吁嗟王公，死而后已。亦有侍御，斯人敝屣。

# 明故大仆寺少卿眉仙冯公（元飚）神道阙铭

公讳元飚，字沛祖，别号眉仙，浙之宁波府慈溪县人也。太常卿若愚子，工部司务季兆孙，封布政使燝曾孙。太常子三：长元飏，右佥都御史巡抚天津；次元飙，兵部尚书；而公最少。冯氏于慈溪代为冠冕家，而津抚兄弟尤以盛名见重于世，时有大小冯君之目。浙东自沈、朱二阁臣而后，声息不与东林相接，至大小冯君出，而操东林之柄，士子欲自附于清流，但得大小冯君一言，则虽以硕儒如蕺山漳浦，亦无异论。公于其时步趋二兄之侧，所闻所见，莫非奇节伟行，而公不甚自暴白也。

崇祯壬午，以顺天贡士，待试春闱，时寇祸亟，思宗倚任尚书与户部倪公，调兵调食，委以心膂，而猜疑未化，谓尚书在中枢，其兄又为畿甸开府，未必能尽洁身苞苴之外，思有以尝之。一日已晚，忽有人叩尚书邸求见，尚书以事宄，顾左右请三相公出见之，谓公也。公出，则其人以三千金求一边帅缺，公怒，标而出之[1]，以告尚书。尚书喜曰："真吾弟也。"次晨，尚书入朝，思陵迎笑而语曰："卿家三相公，真卿弟也。"尚书骇愕，乃知昨夜之以三千金来者，上所遣也。津抚闻之亦大惊，而于是三相公之名，继大小冯君起。

是科，公以五经成进士。时尚书为国理枢务，日忧日瘁，又内惧思陵猜疑之迹，遂成沈疾，思陵疑其伪托，久而知之，乃得假归，而

---

① 标而出之：标当作摽。《孟子·万章》："摽使者出诸大门之外。"

谤之者终以为避祸而去。津抚进南迁之策，既不得达，京师遂陷。津抚誓师讨贼，监司内叛，自拔南归，江左清议，亦颇以临难不死加责备。于是大小冯君，相见于杭，执手流涕，共约赴南都，请复仇自效，而赧王方翻逆案，东林党人概置不用。甲申九月，津抚与尚书，十日之中，相继以郁郁死。尚书临终谓公曰："吾无以慰伯兄未遂之志矣，汝其勉之！"公号咷曰："敢不为国尽死！"公以丙戌之春赴南都，授兵部主事。已而靖南伯黄得功出讨左兵，请监其军，乃改上江兵备佥事，持节视芜湖军，芜湖告捷，而大兵渡江，赧王蒙难，公跳身①至钱塘，则潞王迎降，乃归慈水。会沈公宸荃起兵，公大喜，告于两兄之灵而行，江干进公太仆寺少卿。公输家财以充饷，而江干又破，公归哭于两兄之墓曰："国事今已矣，赖宗社之灵，或可以一线支，两兄其冥助之。不然，弟当蹈海而死，更不得展拜先墓矣。"遂赴翁洲。时翁洲为威卤侯黄斌卿所守，公至，问以监国消息，则曰，"前数日已入闽"，公呼天长恸。公以贵介子弟，少未尝遭困苦，至是骤加忧愤，神气俱索，终日望海咄咄，不数旬而亦病，病甚，不肯进药，斌卿往视之，公张目曰："下官累世并受国恩，而先伯仲尤为国家元老，先伯仲耿耿之志，未遂而死，将以望之下官，而今又死，天也。"言讫而瞑。

　　呜呼，以予所闻公兄弟三人之生平而论之：津抚老成忠谨则有余，而稍嫌才短，尚书才足办事，而或言其过于博大，然要之皆正人也。津抚之不死于津，与尚书之闻变而未死，其意原欲以有为，乃南都讳言讨贼，于是二公悔当日之不死，而卒以死自明，此则心迹之昭然者也。然使二公少更濡迟，以及画江之日，则必出而有为。其出也，究之亦归一死，则前日之志得伸，而天下后世无异词。故论者惜二公之死稍晚，而予反嫌二公之死稍遽，试观公以甫经释褐之进士，流离海外，视死如归，夫孰非二公之志也哉！

---

①　跳身：跳即逃。《史记·高祖本纪》："汉王跳。"《集解》："徐广曰音逃。"

公生于万历乙卯十一月二十一日，得年三十二岁。夫人某氏。子某。自公殁后，翁洲遂成域外。又四十余年而始得归葬先茔之次，又四十余年而予为之铭。其词曰：

东林党人大小冯，有志未遂长负恫，谁其竟之三相公，野棠犹映棣萼红。

# 明故按察副使监军赣庵陆公（宇爆）墓碑铭

　　少读南雷黄氏《文案》，最爱其《陆周明先生墓志》，其纪先生葬姚江王侍郎首文甚奇，顾于先生大节，尚有所未尽。近来著述家但以黄《志》为底本，不知当时之讳忌固多也。今已年运而往，吠尧之嫌，尽在蠲除，不及是时大阐幽德，将与桑海劫灰，同归脱落。先生之子经异亦老矣，每垂涕乞予文，乃更为墓碑一通以补其阙。

　　先生当南都覆没时，恸哭学宫，适董公幼安至，相抱而号，因聚谋为起兵计。会张公云生、华公吉甫、王公卤一、毛公象来，不戒而集，董公出载书于袖中，先生遂连名署纸尾。顾遍谒诸荐绅，莫有以为是者，计无所出。先生沈吟良久曰："是惟钱刑部虞孙可语，但彼以喀血逾年，不应客，吾当排闼见之。"乃往，直入卧内告焉。钱公呕强起曰："不敢辞。"先生曰："决乎？"钱公曰："决矣！"不告其家，遂行。召募数日，事终不就。会闻绍兴兵起，诸荐绅始稍稍集，虚左席以让钱公，而夫己氏<sup>①</sup>者，方从江上迎降归，欲败其事，贻书定海镇将，有请杀六狂生以靖乱之语，详见予所作《董公幼安碑志》中。当时六狂生皆窭儒，独先生以贵公子毁家输饷，夫己氏尤欲杀之，不料其计之不行也。先生贻之以书曰："昔德祐之季，谢昌元赞赵孟传诱杀袁进士以卖国，执事之家风也。今幸总戎不为孟传，遂使执事不得收昌元效顺之功，以是知卖国之智，亦不能保其万全也。"

---

　　① 夫己氏：指谢三宾。

夫己氏得书，咋吞而已。监国次于会稽，授先生监纪同知，俄进按察副使，仍监军。时马士英亦逃至越，匿方国安军中，先生陈士英十大罪，乞枭其首以谢江左同朝，王詹事思任、庄给事元辰皆助先生言，不报。黄侍御宗羲亦廷争之，卒格于国安而止。先生叹曰："即此已不堪立国矣！"遂弃官归，而士英果挟国安以争金华，江上军事为之崩裂。诸军航海，先生为冯、王二侍郎募兵于榆林，已而皆破。于是六狂生者相继死其四，而先生之志不灰。

翁洲之破也，先生捐金与谍者，令访死事消息，乃得闻张阁部之孙以俘至，亟治橐饘入狱视之，语其弟宇燝使为脱系。董公幼安之丧在海上，先生致而葬之。己亥之役，苍水以孤军入江北，先生为之飞书发使，其家初亦不知，但见其喜形于色，私相语曰："殆有好音。"闻其败也，当食失箸。是时苍水在海上，遥仗先生为内主。壬寅，降卒以先生之事告，捕至钱唐，先生已病，用奇计出狱门，抵馆而卒。呜呼，先生虽世臣子，然自甲申以前，未尝一日有位于朝，而必自外于维新之化，濡首没顶以从之，亦可怪也。

先生讳宇燝，字周明，别署赣庵，浙之鄞县人。赠太仆少卿大漳孙，右都御史世科子。生于万历戊申十月初二日，卒于康熙癸卯四月十二日，得年五十六岁。弟宇燝，为上私谥曰节介。娶周氏，再娶崔氏。子二：经异、经周。女一，适经师万先生斯大。祔葬于城西右都墓旁。先生所唱酬者，周顺德襄云、王博士水功，矢诗不多，沉痛悲楚，合为一卷曰《霜声集》。先生既以此落其家，遗言诸子虽贫，无得妄求宦达，闻者哀之。

其铭曰：

莫辞百炼，不磨者金，莫畏九死，不移者心。又恶知夫西崦之日，潮落渊深，彼一腔血，与之陆沈！力竭气索，化于邓林[1]，试游墓道，如闻杜宇之哀吟。

---

[1] 化于邓林：这是用《山海经·海外北经》、《大荒北经》及《淮南子·地形训》等所记的夸父逐日影，道中渴死，弃其杖化为邓林的神话，喻陆宇燝的尽瘁故国。

# 故仪部韦庵李公（枬）阡表

顺治丁亥，吾乡有五君子之祸，其时故家遗老，盖多豫其谋者。及为夫己氏①所告，五君子被絷，夫己氏谓其客曰："盈城士大夫雠我矣，当一网尽之！"于是复使其客上变。次年人日，所名捕百余人，而鄞故都御史高公斗枢、故仪部李公枬为之渠，大讯于杭。然里中诸义士尚多，相与捐数万金救之，其难得解。方事之殷，同狱思留身以有为者，不能不为逊词以对簿，独高、李二公誓死嘿不出一语，既得出，高公叹曰："幸脱虎口之中，非始愿所及也。"论者亦谓当此大厄，强项不屈，而卒得不死，以为大庆。而李公曰："吾前此不欲陷黑阱耳，今得见白日而死可矣。"于是闭气绝粒，数日，猝死之。家人问遗言，张目不答。高公叹曰："吾愧之也夫！"时戊子二月十七日也。得年六十有二。

李公讳枬，字宗海，一字韦庵，鄞人，前兵部尚书谥忠毅橒之从弟也。崇正（祯）丁丑进士，释褐，知广东潮阳县，有惠政。时思宗课吏急，特旨颁下四条：曰修城隍；具器械；广积储；练士卒。公课以最。暇日重修韩吏部、文丞相诸祠，更筑亭于东山以为觞咏之地，署曰"水许"，取坡公水则许我之旨也。尤喜得士，潮之生徒争师之。陈文忠公子壮，广之南海县人也，为公座主，亦遣其子上庸师之。直指使者荐于朝，思宗召见，赐以白金，且用为给事中御史。会畿辅

---
① 夫己氏：指谢三宾。

被兵，守令多死，宜兴当国，请以诸觐吏有干力者暂承其乏。或曰："首揆恐觐吏入台省，发其阴私，故外之。"公得永清县。永清再被兵，村落萧然，居民流转，公还定安集，食不下咽，读公所作《入境诗》，皆比之元结《舂陵》<sup>①</sup>之遗。在官十月，宜兴获罪，公等皆召还。再入对，议用为给事中，而三月十九日之变作，间关南归。福王之立，贵阳<sup>②</sup>当国，政以贿成，遣人从公索赂不得，乃令浙之直指任大成疏纠公，欲入之六等爰书<sup>③</sup>，以事无所据而止。公曰："吾求谅于先帝已耳。"卧家不出，逾年而江上师起，以荐召为仪部主事，寻复归，又二年而及难。呜呼，公当可以无死之际，亦岂不欲徘徊事变以为后图；其所惧者，再辱其身以辱国，故决计求死以免王炎午之惓惓，其可不谓之志士也哉！

公之死也，有子文胄，亦因蛟关马枥，六十余日不相闻。有女文玉，已孀居，倾家为父，而前御史禾人曹溶方在杭，为助殓事，同里万泰以其丧归，及文胄得脱，而公柩至矣。家人出公狱中所衣袅，其毛寸落，血痕狼藉。是秋文胄再下府狱，竟得不死。其后风节甚高，浙东称为杲堂先生者也。葬公于东皋之省岙。安人邵氏祔。文玉年二十，其夫溺于江，恸哭三日，跃身入水，尸从江面浮出。既丧父，削发为比邱，甬上称为梵净师者也。又八十年，公曾孙世法，勒石墓上，而予为之次其略。

---

① 元结《舂陵》：唐元结任道州刺史，道州乱后，户口减十一，元结作《舂陵行》，代诉人民不胜赋税的痛苦。以道州是舂陵故地，故名其诗曰《舂陵行》。见《元次山文集》四。

② 贵阳：指马士英。

③ 六等爰书：明福王时，定北都从李自成诸臣罪：一等应磔，二等应斩秋决，三等应绞议赎，四等应戍议赎，五等应徒议赎，六等应杖议赎，每等各若干人，叫作六等爰书。见《弘光实录钞》三。

# 明钱八将军（肃绣）墓表

故太保阁学忠介钱公，有同七世祖弟肃绣，字文卿，世所称钱八将军者也。钱氏为吾乡望族，世用簪缨礼乐著，无以勇力见者。太保尤孱弱，而文卿独力扼虎，射命中，饮酒可数斗，饮愈醉，胆愈壮，仰天振缨，意气横举。

太保起兵，其同产弟从军者四人，从子一人，又族弟二人曰肃文、肃度，忽于众中见文卿仗策请自效，太保以其恃勇，恐至蹉跌遏之，不许列名，文卿变姓名，注藉诸将幕下。及太保亲誓师，见之骇曰："汝必欲随征耶！"江上出战，文卿为先茅，浮白大呼，挺矛直前，尝中利刃，肠出不及纳，一手揽之，一手榷斗不止，卒连斫二人仆地，始得还营，一军皆惊，而文卿意气自若。其时太保军中多魁士，如江子云、王征南皆百夫之特[1]，而文卿以兄弟尤勤于护卫，几如魏武之有许褚[2]也。顾太保时时愤诸营滥邀爵赏，为偏、裨树恩泽，故文卿在行间，积功甚多，而官止参将。

呜呼，吾读诸史，北齐之彭乐，唐之郭琪，皆临阵肠出，以为何勇悍若此，近则攻台湾时，蓝理亦以此得大用，而文卿以一书生同此

---

[1] 百夫之特：称杰出的人。《诗·秦风·黄鸟》："维此奄息，百夫之特。"奄息是殉秦穆公死的三良之一。

[2] 许褚：魏太祖徇淮汝，许褚率众来归，太祖一见便说："此吾樊哙也。"军中以褚力大如虎而痴，每叫他为虎痴。护卫太祖，不离左右，因而太祖得常免于难。见《三国志·魏书·许褚传》。

奇勇，则几几乎过之。乃仅效其长于爝火之一隅，兵解以后，穷老桑麻之间，掩关不敢轻出，惟恐为霸陵之尉<sup>①</sup>所呵，而日饮无何，郁郁以死，身死之后，世亦无复知之者，悲夫！

文卿事太保甚谨。是时淡巴菰初出，然荐绅士人无用之者，文卿一见好之，太保见而怒鞭之，文卿惶恐，扶服谢过，太保抚之而止。呜呼，斯其所以为忠义之子弟也耶！太保嗣子浚恭，以予铭其家先德之备也，请并为文卿表之。其铭曰：

扼毒龙，斩赤豹，万户侯，安足道！乃数奇，投海峤，老失职，嗟不吊，我铭之，表忠孝。

---

① 霸陵之尉：汉李广夜归至霸陵亭，霸陵尉方醉，呵止广宿亭下，不得行。见《史记·李将军传》。

# 明故都督江公（汉）墓碑铭

　　钱忠介公之起事也，幕下列将，较盛于张、熊、孙、沈诸家，故其中多健者，而忠介所恃，莫如江都督子云。

　　都督讳汉，其原籍为南直隶徽州府休宁县。曾祖某，祖某，父某。黄山巨室推江氏，而多以商籍入浙，都督由是家钱塘。膂力雄捷，视瞻瑰伟，居然将种也。相传都督之生，太夫人梦有金甲神临之，故都督生而不凡，亦颇以此自奇。丙戌，挈家而东，诣忠介军门请自效，忠介大奇之，拔置诸偏、裨之上，授以都督佥事总兵官。

　　忠介故未尝习军旅，在江上，每日戎服登舟，鸣鼓放船，都督指麾既毕，则画诺焉。及浮海至长垣，再出师，七闽震动，楼船几下福州，都督之功为多。冯侍郎京第之乞师日本也，愿得都督同行，忠介遣之，既归曰："东师必不出也。"闻者不信，争叩之，对曰："他日请念。"已而日本果愆约。忠介既卒，都督彷徨无所之，而太夫人尚在鄞，乃变姓名来归，因定居焉。日与诸遗民赋诗，以写其磊砢，每语及忠介，则泪淋淋下。

　　辛卯，姚江王督师枭首城西门，陆副使宇爅谋窜取之，访于督师之故卒，其人曰："非得江都督，事不谐。"副使亟以情告，都督曰："请以中秋日待我城下。"时都督家居，幅巾深衣，不执弓矢。届期，忽红笠披短后衣缚袴，挟健儿数十，扬扬而出，家人骇之，而城禁方严，都督径登之，守者以为关东新将也，趋叩头，惟谨，既见所枭首，忽怒目视曰："是吾仇也，亦有今日乎！"拔刀击之，首堕城下，遂循雉堞周行，纵览濠水，守者随之廪廪<sup>①</sup>，而副使已拾首去。是日也，城外方竞渡，游人目炫无见者。都督之出奇应变，大略如此。

都督既居鄞，无以自给，种蔬为业，诸遗民竭蹶周之。四壁无长物，惟余忠介所赠宝刀一具而已。病亟，先赠公往视之，都督咄咄曰："金甲神不灵耶？"先赠公曰："神或即钱、王二公之谶也。"都督叹曰："然则吾何望矣！"于邑而瞑。都督生于某年月日，卒于某年月日。葬于某乡某原。

其铭曰：

桓桓神勇，布衣从戎，故人其谁，宰相鲁公。鲁公既死，朱鸟哀号，谁怜蕉萃，为赋《大招》。

① 廪廪：犹言懔懔。

# 明锦衣徐公（启睿）墓柱铭

　　公姓徐氏，讳启睿，字圣思，浙江宁波府鄞县人也。曾祖某，祖某，父某。娶某氏。

　　公少负才任气，喜为侠烈之行。眉如棱，目如矬，尤嗜击剑，卧起常佩之。旁通琴书篆刻陆博诸技，而篆刻最精，然不肯以艺名。既补诸生，累试于布政司不售，时对酒当歌，辄叹曰："天生徐公，胡乃老之草间，而使敌寇交讧也！"则拔剑起舞，谩骂座上贵人，以剑拟之，贵人皆膝席莫敢忤视，或跳而去，于是遂相戒远之。然每规人之过，辄苦口泣下，其方正又如此。

　　既久郁郁，一日忽埋故佩剑，椎酒床，裂琴衣，削发师事径山浮屠雪峤，则又闲静寡言，粥粥如真道者。释名洪节，字近公，闭关延庆寺中，锢其门，饮食俱自窦入，其孺人亦受佛法。甲申之难，哭七日夜不绝声，既而曰："江南半壁，我高皇帝龙兴地，建武之业①，犹可望也。"则又闭关如初。逾年，南都再陷，则破关出，掘故所埋剑，夹以双斧，冠鹖冠，衣绿锦衣，大声如雷，趋钱督师营。道出周太守元懋家，适元懋忌日，公横刀长揖曰："介胄之士，不复为尊先人作拜②，顾须饮我酒。"酒至，则连举三斗迳去。督师故与公同社，亟引

---

① 建武之业：东汉以后，以建武为年号者颇多。这是指光武年号。建武之业，犹言中兴之业。

② 介胄之士不拜：汉文帝劳军至细柳营，将军周亚夫持着兵器揖帝说："介胄之士不拜，请以军礼见。"见《史记·绛侯周勃世家》。

见于监国，因问所需何官方得称手？对曰："臣请以布衣居肃乐幕，入参帷幄，出捍军旅，不必官也。"监国奇之，授以锦衣卫指挥，不拜，自称白衣参军。

时江上诸营首鼠，互相观望，则又骂曰："今日焚舟前进，或可一逞，逍遥坐老以自困乎？"每江上耀兵，则出立矢石间以先众，诸营目笑焉。一日晨起，则佩剑集其麾下百夫，屠牛飨之，谕以大义，百夫亦唯唯而泣，径自东岸渡江，直薄西岸。大兵以为游骑，不以为意，亦遣裨将御之，则奋剑直前，掩杀过半。城上乃亟出锐师为继，且戒曰："观其帅甚奇，必生致之！"于是大兵蜂涌而至，长围四合，且战且拥，而公忽陷泥淖中，遂被执。谕之降，则谩骂，大兵怒，刳其腹，实以草，悬之江门。监国闻之震悼，令以原官加赠都督，其子世袭指挥，而招魂以葬之。百夫见公之死，亦无降者。

公之出也，督师力止之曰："军行必无后继，徒入虎口，无益也。"对曰："信陵君欲以宾客赴秦军，岂能若秦何，亦各申其志也。吾将触斗而死，以愧诸营之赋《清人》①者。"至是督师以诗哭之曰："呜呼，果见其出而不见其入也！"②

初公闻辽沈日蹙，两河内溃，叹息以为国必亡，则自雕一私印曰"复明"，至是竟死。而雪峤之开堂于径山也，从之者三千人，顾未有付法者，最后得江西黄公端伯曰："可矣"，即付之，是后又寂然；及公至，请曰："某亦或端伯之亚也。"雪峤相对而笑，亦付之，时称为双瓣香③，说者叹雪峤之为冰鉴也。

---

① 赋《清人》：春秋时，郑文公恶高克，使将清邑的兵，御狄于境。高克逍遥河上，文公久而不召，众因自动散归，郑人赋《清人》的诗以刺其事。这里是说徐启睿明知道出兵无功，只是欲以自己的杀敌死国，使逍遥坐老的诸营，有所愧恧而奋发罢了。

② 果见其出而不见其入也：秦使袭郑，蹇叔哭着向孟明视说："孟子，吾见师之出而不见其入也！"见《左传》僖公三十三年。即为此语所本。

③ 双瓣香：香形似瓜瓣，故曰瓣香。佛氏诸方开堂，至第三瓣香，推原得法所自，则说此一瓣香，敬为某人云云，故陈师道《观兖文忠公家六一堂图书诗》，有"向来一瓣香，敬为曾南丰"之句。而这里的称为"双瓣香"主要在说明这两个受法于雪峤的人，徐启睿和黄端伯，都是具有血性的殉国的烈丈夫；得一不易，何况得双，以见雪峤也是一个有心人，他的付法，不是漫然者。黄端伯殉国，《明史》有传。

　　呜呼！公之志则烈矣！然吾见督师《集》中，有《和圣思军中思亲诗》，则其时公尚有亲也。君父良难兼顾，但公以环堵书生，未尝受国家恩命，而必弃其亲以从君，斯亦不无小过。是时如彤庵、簟溪苍水、嘿农楚石及管江诸杜，皆以笃老之亲，因抗节而有所不顾，揆之圣贤之处此，未必其然，斯论世者所当知也。然而大节如诸公，要不可泯没。公之死几百年，同里万君承勋感公之节，为之勒石，而征文于予，乃为之铭。其辞曰：

　　包胥之忠，夸甫①之愚，兼斯二者，是以捐躯。古称触斗，多属空言，践之自我，死不受怜。至今江门，澄云如练，时有素车，空中飞电。

---

　　① 夸甫：即夸父。

# 明建宁兵备道佥事鄞倪公（懋熹）圹版文

　　倪氏自宋已居鄞，顾不甚达，至元末，以资雄于时，因为方国珍所连缀，参其军事。入明三百年，仍未达，及钱忠介公军起，倪氏子弟从之者，一为懋熹，字仲晦，即佥事也；一为元楷，字端卿，即后官评事者也。佥事殉于闽中，而评事亦有大节，顾百年以来，文献以忌讳脱落，即其后人亦不甚了了。佥事之曾孙海，以同里董君孙符所作《志》，来乞予表墓，予安敢辞。

　　方乙酉之夏，浙东内附，定海总兵王之仁者，缴敕印，贝勒令其仍故任。会鄞人拥忠介举事，降臣谢三宾恶之，贿千金于之仁，令其以兵来杀诸首事者，忠介亦欲贻书之仁而难其使，公请行，遂以忠介书往。甫至，定人汹汹言，昨有陈秀才者，上笺大将军诋其降，而大将军杀之，闻者股栗。俄而三宾之使继至，公神色不动。有顷，之仁召公曰："君此来，大有胆！"公曰："大将军世受国恩，贤兄常侍，攀髯①死国，天下所具瞻，志士皆知其养晦而动也。方今人心思汉，东海锁钥在大将军，次之则翁洲黄将军、石浦张将军，左提右挈，须有盟主，大将军之任也。"之仁遽摇手曰："好为之！且无泄。"于是令其子鸣谦饭公于东阁，而别召谢使入见，所以待之略同，亦具报书，但

---

　　① 攀髯：攀髯是攀龙的髯。汉方士公孙卿，说黄帝铸鼎成，有龙垂胡髯下迎黄帝，群臣后宫跟着上天的七十余人，余小臣不得上，因都持着龙髯云云，见《史记·封禅书》。这里是用以喻宦官王之心从崇祯帝死国的事；但也有说之心是降李自成后被拷死的。见《明史·方正化传》。

曰以十五日至鄞共议之。谢使出，乃遣公归。之仁曰："语钱公，当具犒师之礼。"公出，喜曰："吾事谐矣！"或曰，"何以知之？"公曰："必谐。"翌日，之士至，果胁三宾出兵饷万金与忠介。忠介劳公曰："此李抱真之招王武俊[①]也，而君以三寸舌成之，功过之矣。"

及画江守定，以公为职方，参瓜里军。唐、鲁争颁诏之礼，越使陈谦入闽而死，闽使陆清源入浙亦死，议募一能者，乃以公往，果称旨。闽中留之，令以金事分守建宁。时郑芝龙尽取闽中兵饷，归于所屯之东石，道标故有兵千人，至是一空，公捐俸为饷以募兵。大兵攻建宁，出斗，力不支，一军尽没，其从者十八人，仅脱其一，丙戌八月十一日也。距生于万历戊申四月十二日，年三十九。事定，其家以衣冠葬公于某乡之某原。而评事与公同起江上，事去归家，不肯剃发，遂被怨家所告论死。评事慷慨坐囹中，与华公过宜、李公昭武，高歌木公不屈魔鬼一曲，声撼狱壁。时评事尚有母在堂，用奇计，遣人以酒入狱饮评事，至大醉熟睡，因尽剃其发，醒而觅其发，已秃矣，痛苦欲自裁，旁人以母命止之，得免。叹曰："吾竟不得与仲晦白首同归[②]也！"盖后公四十年而卒。其荼苦艰贞，亦足与公配。今评事已无后，予附书之公《志》中者，以其布衣报国，生死虽不同，而志则同也。

金事一字煜生，曾祖景晋，连江县丞，祖正宪，贡生，父忠相，金事。娶陈氏，继室以舒氏。子五，孙七，曾孙八。所著有《易说》。

呜呼，倪氏于明，虽衣冠芳雅，而逊于杨、张、屠、陆诸家则已多，乃国亡之后，其见录于《文山幕府列传》者，有二人焉，足以重其族望矣。海之妇，予族姊，先侍御公女孙也，婺甚，予谓之曰："忠节之家，虽贫，足乐，幸勿玷此家风也，其勉之矣！"

---

① 李抱真之招王武俊：唐朱滔以兵围贝州应朱泚，李抱真遣客说王武俊合兵击滔，武俊犹豫未决，抱真因以数骑亲往说武俊，武俊感泣，约为兄弟。次日，便合兵大破滔。见《新唐书·李抱真传》。

② 白首同归：潘岳《金谷集》诗："投分寄石友，白首同所归。"后孙秀以旧恨收石崇、潘岳送市，岳对崇说，可谓"白首同所归"。

# 张太傅守墓僧无凡（汝应元）塔志铭

无凡姓汝氏，名应元，字善长，明南直隶华亭人，故太傅张公麾下总兵官都督同知也。

少读书，通文笔，颀大魁硕，有勇干，善料事，以家贫事同里张公肯堂，时年尚未二十，张公一见异之曰："此非隶役中人。"张公抚军福建，无凡在幕府，最荷委任，往来海上，指麾诸将以捕盗，积功至都司佥书，然尚侍军未上也。

乙酉四月，以张公孙茂滋同归松江而南中亡，夏考功允彝倡义，时吴淞总兵吴志葵故出夏门下，以麾下应之，荐绅则沈尚书犹龙、陈给事子龙、李舍人待问，皆松之望也。无凡遽以便宜尽发张氏家丁，出家财，为支军一队，与志葵合。或骇之曰："此大事，何匆匆！"无凡笑曰："我公志也。"于是夏陈诸公相纳以袍笏，列拜无凡于营前，且曰，"斯四十年领袖东林之钱尚书[1]所不肯为"，而无凡名大震。

志葵师败，无凡护茂滋浮海入闽，隆武知之大喜，即授御旗牌总兵，官都督同知。福州军政，司之郑氏，张公虽太宰，不得有所展布。隆武议亲证，以张公任水师，率麾下从，裼牙将发，郑氏以其私人郭必昌代之。已而郑氏降，隆武出走，张公浮海至舟山依黄斌卿。适监国鲁王方失浙东，叩关求援，斌卿不纳，张公力争不听，无凡曰："斌卿意叵测，应元请使死士刺之，夺其军以迎监国。"张公曰：

---

① 钱尚书：指钱谦益。

"危道也，汝姑止。"张名振之应松江也，都督亦踊跃欲赴，张公曰："事未可知，吾今不可一日离汝。"盖自张公散军入海，漂泊蛎滩鳌背之间，濒于危者不一，皆无凡扈持之。尝抚茂滋谓之曰："我大臣宜死国，下官一线之寄，其在君乎？幸无忘！"无凡曰："谨受命！"忽一日大风雨，呼之，则已空阁不之所往，张公大惊，如失手足。次日，有补陀僧入城曰："昨有一伟男子来腰间佩剑，犹带血痕，忽膜拜不可止，亟求剃度，麾之不去，不知何许人也？"张公家人闻之，亟归告公曰："此必吾家应元也。"已而以书谢公曰："公完发所以报国，应元削发所以报公，息壤之约，弗敢忘也。"自是遂为僧于补陀之茶山，所谓宝称庵者。释名行诚，而字无凡。

辛卯，舟山破，张公以二十七人死之，独命茂滋出亡。无凡遽入舟山，则已失茂滋所在，乃诣辕门求葬故主，诸帅欲斩之，有一帅故佞佛，怜其僧也，好语解之曰："汝亦义士，然此骨非汝所得葬也，不畏死耶？"无凡曰："愿葬故主而死，虽死不恨。"其帅乃曰："吾今许汝葬，葬毕来此！"曰，"诺！"乃归殓张公并诸骨为一大冢瘗之，径诣辕门，诸帅皆惊异，乃命安置太白山中。无凡既不得自由，密遣人四出诇茂滋，闻其羁鄞狱中，乃令同院僧之出入帅府者，为前许葬之帅言："无凡精晓禅理，可语也。"其帅大喜，遽延与语，相得甚欢，则乘间为言："茂滋忠臣裔，可矜，且孺子无足虑，请往视焉。"许之。无凡乃请之当事，求出茂滋，不得，以合山行众请之，又不得，请以身代，又不得；会鄞之义士陆宇爔等，以合门四十余口保之，而闽中刘贡士凤翥亦为言之，茂滋乃得出。无凡又为力请，竟得放归华亭。数年，茂滋病卒，无凡遂终身守张公之墓，老死于补陀中。其铭曰：

都督晚年，颇遭诬屈，谓其居山，尚交张杰，悬吞之役，实所决裂，呜呼稗官，一何失实，不负鲸渊，忍负苍水？宫山之言，了非曲讳，岂期《思旧》<sup>①</sup>，铸此疵累？敢曰大儒，遂无误毁！

_____

① 思旧：指黄宗羲的《思旧录》。

# 明管江杜秀才（懋俊）窆石志

　　秀才姓杜氏，讳懋俊，字英侯，浙之宁波府鄞县人也。世居县东之管江。嘉靖中，有官山东按察副使名思者，其族祖也。自言出于少陵次子宗武之后，故又称管江曰花溪。仍世富厚，食指百口，而秀才最以仗义闻于时。

　　鄞江自钱湖而东，负大海，韩岭、邹溪、尖埼诸道，与管江皆相错，围以重山，堑以深沟，擅鱼盐竹木之利，民居殷阜，而亦以岩险自为风气。宋元时，置巡司于大嵩以防察之。明初汤信公 [①] 视海，以为未足，乃于大嵩筑城，设兵控扼，隶定海卫，置烽堠，贮仓庾，管江一带，始为安土。明季流寇鼎沸中原，海隅不逞之徒亦乘间起，秀才忧之，乃谋于其叔兆茈，请颁土团之法于有司，遂以兵法部勒族人，分队瞭野，击柝行夜，闾党为之安堵，而沿海诸村无不仿而行之者。丙戌，浙东不守，诸遗民章皇山泽间，犹思再举，秀才慨然叹曰："国家养士三百年，而今日反颜易节者，大半进贤冠人物也。草野书生，安得军师国邑之寄为一洒之！"于是秀才忽若病痫者，独坐一楼，援笔不少置，或朗吟，或笑，或痛哭竟日夕。家人骇甚，从壁罅窃窥之，则案无他物，惟陶庵黄进士《臣事君以忠》闱义，墨之朱之，累累不绝。

　　施公子宗炌者，故都督翰子，其先世亦居管江，时适有五君子之

---

① 汤信公：明初汤和封信国公。

难，公子豫焉。以家财募死士，秀才闻而大喜，乃招姜山之徒助之，几及三千。公子邀王评事家勤入管江，刻期举事，约以冯御史京第军至城东，则秀才引军助之。而金峨山中有卖炭赵翁者，或言其精星象，谙兵法，秀才则亲往致之，置军中，奉以为师。未抵期三日，评事来奔，以事泄告，城中逻者亦踵之，秀才枭逻者首，据山立寨，鸣鼓起事，而急遣评事先入海。秀才意以城中虽已有备，然计海师早晚必薄城，则势未能分，故且部署军士为入海计，城中兵果不出。而定海镇将常得功豫遣舟师扼海口，分军直抵管江，评事中途被执。山寨颇厄塞，据险而斗，三日，矢石雨集，夷伤殆尽，寨陷，秀才犹以家丁力战，头目中矢如蝟，重伤倚墙而毙，尸屹立不仆者数日。公子纵火自焚。兆莪被缚，砍其首十二刀而后坠。事定，管江之血如渠。而卖炭赵翁者，或见其烟焰中飞去。

时秀才之父尚在堂，有司籍之，山中人怜其义，匿其亲属不以闻。未几，其父卒，其妻亦卒。其二子宪琦、宪堇，育于陆高士宇燝家，抚之如己子，董高士晓山教之读书。范孝子洪震为之治葬，置墓田以赡其祀。宪琦甚有志行，自以父死国难，缟素不近酒肉，有妻不娶，宇燝等以大谊责之，始婚，未几病卒。宪堇已早夭，秀才遂无后。兆莪宇承芝，宗炌字仲茂，时称为管江三烈士。而赵翁辛卯壬辰间，犹以其术往来海上，后亦死。

呜呼，予尝过杜氏之居，流览当年战场，其间居民果优勇，一呼云集，自视无前，然此特山泽间习气，亦不特湖东也。秀才读书多矣，徒以庙社之感，顿忘其力之不足，而仗此辈以挥鲁阳之戈，不亦愚乎？抑亦聊以一掷也？

杜氏之宗，在管江者，至今犹盛，然皆莫知表章秀才者，而陆高士子曰经旦，频请予志其遗兆，予故不辞而铭之。其辞曰：

由管江而东为童谷，是为吾先人再世避地之区。其于秀才之事，盖所目击而唏嘘。呜呼，崩云裂瀑，如闻英爽之踟蹰。平陵黄犊，剩兹残墟。

# 雪窦山人（魏耕）圹版文

雪窦山人魏耕者，原名璧，字楚白，甲申后改名，又别名甦，慈溪人也。世胄，顾少失业，学为衣工于苕上。然能读书，有富家奇其才客之，寻以赘婿居焉，因成诸生，国亡弃去。

先生所交皆当世贤豪义侠，志图大事，与于苕上起兵之役，事败亡命走江湖，妻子满狱弗恤也。久之事解，乃与归安钱缵曾居苕溪，闭户为诗，酷嗜李供奉。长洲陈三岛尤心契之。东归游会稽，有张近道者，好黄老管商之术，以王霸自命，见诗人则唾之曰，"雕虫之徒也！"而其里人朱士稚，与先生论诗极倾倒，近道见之亦辄痛骂不置。然三人者交相得，因此并交缵曾、三岛称莫逆。先生又因此与祈忠敏公子理孙、班孙兄弟善，得尽读淡生堂藏书，诗日益工。然先生于酒色有沉癖，一日之间，非酒不甘，非妓不寝，礼法之士深恶之，惟祁氏兄弟竭力资给之。每先生至，辄为置酒呼妓，而朱、张数子左右之。

久之，先生又遣死士致书延平，谓海道甚易，南风三日可直抵京口。己亥，延平如其言，几下金陵，已而退军，先生复遮道留张尚书，请入焦湖以图再举，不克。是役也，江南半壁震动，既而闻其谋出于先生，于是逻者益急，缵曾以兼金贿吏得稍解。癸卯，有孔孟文者，从延平军来，有所求于缵曾不餍，并怨先生，以其蜡书首之。先生方馆于祁氏，逻者猝至，被执至钱塘，与缵曾俱不屈以死。妻子尽没。班孙亦是遣戍。初诸子之破产结客也，士稚首以是倾家，近道救之得出狱，而近道竟以此渡江，遇盗而死。己亥之役，三岛亦以忧愤而死，真所谓白首同归者矣。呜呼，诸子并负不世之志，而遭逢丧乱，相继以不良死，则百六之厄[①]也。

先生既死，山阴李达、杨迁经营其丧甚力，亦以是遣戍，而钱塘孙治卒购得先生骨，葬之南屏，其后改葬于灵隐石人峰下，改题曰长白山人之墓。

鄞人墓在湖上者，杨职方文琼同以是年死，而次年张尚书苍水亦葬焉，时呼曰三忠之墓。

先生之居于苕上，为晋时二沈高士故山，故有息贤堂，因名其集曰《息贤堂集》，自言其前身乃刘公幹也。粤人□□□不可一世，独心折先生之诗，尝曰"平生梁雪窦，是我最知音，一自斯人死，三年不鼓琴"是矣。□□盖尝再从先生，寓鄞，其风格颇相近云。

杨职方之墓在孤山。

① 百六之厄：《易传》，凡四千六百十七岁为一元，初入元百六岁为阳九，有厄。九七五三数，皆阳数。一元之中，五阳四阴，阳旱阴水。故百六之厄，也就是阳九之厄。详《汉书·律历志》及注。但一般说百六之厄，不是或者不只是指旱灾而言，而是指国家的否运而言。

# 明施公子（邦玠）墓碣铭

思宗以文武大臣多不足用，思得勋臣戚臣与同休戚，尝曰："此究属吾家世臣也。"甲申之变，戚臣尚有刘新乐、张惠安、巩都尉，而勋臣无之，李国桢降贼受拷死，其家行赂于南都，置之殉节之列，耻矣。南都则赵之龙、刘孔昭，朋附奸臣以亡其国，之龙首迎附，孔昭遁去。自是而闽而浙而粤而滇，只沐黔公耳。呜呼，明勋臣之无后也，中山、开平所为饮泣于九原者也。而吾于勋臣之微者，乃得数人：如宁武周都督遇吉、扬州刘都督肇基，皆以袭爵起家者，然两公已积功至大将，其死宜也；保定刘指挥忠嗣、金山侯指挥承祖、李指挥唐禧、福州胡指挥上琛，以末秩而死事，难矣。然诸公已列世爵者也。吾乡施公子邦玠，则诸生耳，是尤难矣。

公子字仲茂，浙之鄞县人。施氏自明□□中予袭宁波卫指挥，数传至都督佥事翰总戎开府，施氏始大，即公子之父也。都督虽以甲胄起家，而有儒将风，诗笔书法皆绝工，公子承家学，文事武备兼习之。既补诸生，思以科名自见，故于应袭世爵，悬而未赴。当是时，甬上世家极盛，荐绅子弟，迭相酬酢，公子于其中，所谓碧梧翠竹 [①]者也。国难既作，思执干戈以卫社稷，乃悔曰："吾未袭爵，无可以号召人者。"钱忠介公师起，毁家输饷，忠介言之监国，许以左班从

---

① 碧梧翠竹：喻子弟挺秀貌。韩愈《殿中少监马君墓志》："退见少傅，翠竹碧梧，鸾鹄停峙，能守其叶者也。"碧梧翠竹语本此。

优换授部曹，以病未上，而江上破，益郁郁不得志。会华职方夏谋引海上师取浙东，公子知之，谓王评事家勤曰："吾招集城东豪杰几三千人，管江诸杜为之魁，其饷吾一人可任也，以之辅职方可乎？"评事大喜，乃共议以职方主中甄，评事与公子主东甄，慈溪冯氏主西甄。先一日为夫己氏所发，城中大索，公子时在管江，评事来奔，侦事者亦至，公子枭其首，以兵拒命。管江弹丸地，然山谷岩险，遂得负嵎。三日力竭，公子拔先世所遗佩刀自刎曰："吾不负此刀也！"公子死而无子，都督遂绝。

慈溪郑副使平子，都督婿也，密遣人取其尸，葬之都督大墓旁，命子孙世祀之。副使之子高州太守梁，太守子贡生性，至今弗替。予过郑氏，见壁上悬宝刀，性曰："此公子所殉也，吾以百金从老兵赎之。"言未既，流涕汍澜，因乞予表其墓。呜呼，国亡爵绝，昌平之陵①且不祀，而公子有弥甥为之主，亦已幸矣。

铭曰：

上公出降，彻侯内附，庙社之羞，不徒门户。峨峨公子，攘臂求死，一雪此耻，总戎有子。

---

① 昌平之陵：明崇祯帝葬于昌平州田贵妃墓。葬之者为昌平州吏目赵一桂。详《逸史·赵一桂传》。清兵入京师，才用帝礼改葬。

# 明娄秀才（文焕）窆石志

桑海之际，吾乡以书生见者最多奇节，如所云六狂生，五君子，三义士，皆布衣也。当时多以嫌讳弗敢传，年来已再世遭逢天子宽大，屡下明诏，于是烈士之遗行，稍稍得出，而予谬以文章推于乡里，诸公之碑表，多以见属。吾友万承勋，一日以娄秀才事来乞铭，谓于今将修《府志》，须君表墓之文，使秉笔者有所据，予曷敢辞。

秀才世居海上，江东之破也，秀才正衣巾，哭谢先圣庙及祖祠，遍诣亲知与诀，家人环哭而止之不可，则兀立海滨之沙上，俄顷海潮大至，浮之而去，家人为具棺衾，议以《大招》之礼葬之。越数日，海滨渔者忽见一尸，随潮荡漾而来，视之即秀才也，颜色如生。相与奔告舁归殓之，莫不惊以为神。张将军名振守石浦，闻之来临哭焉。呜呼，忠孝者，天地之元气，旁魄而不朽者也。白马素车，扬波重水，盖千载如一日。其长往也，虽感之以女媭宋玉之诚而不返，其来归也，则亦不可度思①，斯其所以为不测也。不然，渺然七尺之躯，天吴②之呵护，未必如是其严也。秀才少有大志，文章远出流辈，落落不群，或为夸里中邵编修景尧及第之荣以祝之，秀才笑曰："千里生民之业而但尔乎！"于是其横舍中师友闻之，皆大惊。忧时之乱，慨然有请缨之志，至是竟死。

---

① 不可度思：思，助词。
② 天吴：天吴，水伯。八首人面，八足八尾，皆青黄。见《山海经·海外东经》。

秀才名文焕，字长明，浙之宁波府象山县人。曾祖某，祖某，父某。妻某氏。子某。葬于某处。更为之词以挽之。其词曰：

痛星移而物换兮，誓将从彭咸之所居[①]，彭咸劝予以首邱兮，返碧血于故庐，短碑三尺，怒潮所嘘，我铭可传，何藉其余。

---

① 誓将从彭咸之所居："将从彭咸之所居"，是《离骚》末句。彭咸，殷贤大夫，谏其君不听，投水死。

# 祁六公子（班孙）墓碣铭

　　顺治二年，江南内附，贝勒遣将东渡，驻营萧然山下，遣使以貂参聘遗老，凡六人：其一为故大学士胶州高文忠公，时方寓山阴也；其一为故左都御史刘忠正公；其一为故右佥都御史巡抚苏松祁忠敏公，皆死节；其一为故大理寺丞章公，求死不得，乃起兵，寻行遁去；而二人者竟降，亦卒不得用，于是别称为四忠。

　　祁六公子者，讳班孙，字奕喜，小字季郎，忠敏第二子也。其兄曰理孙，字奕庆，以大功兄弟次其行，故世皆呼曰祁五、祁六两公子。初忠敏夫人商氏，尝梦老衲入室，生公子，美姿容，白如瓠，而双足重跰，颇恶劣，日堪行数百里，又时时喜踟跦。娶朱氏，故少师滇黔制府忠定公燮元女孙，都督后府都事兆宣女也。忠敏死未二旬，东江兵起，恩恤诸忠，而忠敏赠兵部尚书，理孙赐任。

　　祁氏群从之长曰鸿孙者，故尝与忠敏同讲学于蕺山，至是将兵江上，思以申忠敏之志，而公子兄弟罄家饷之。事去，公子之妇翁戒之曰："勿更从事于焦原矣！"不听。祁氏自夷度先生以来，藏书甲于大江以南，其诸子尤豪，喜结客，讲求食经，四方簪履，望以为膏粱之极选，不胫而集。及公子兄弟自任以故国之乔木，而屠沽市贩之流，亦兼收并蓄。家居山阴之梅墅，其园亭在寓山，柳车①踵至，登

---

　　① 柳车：柳车即广柳车，古代丧车名，见《史记·季布传》注。后代则多指那种载亡命之徒于其中以遮蔽耳目的车。

其堂，复壁大隧，莫能诘也。慈溪布衣魏耕者，狂走四方，思得一当以为亳社之桑榆<sup>①</sup>，公子兄弟则与之誓天称莫逆。魏耕之谈兵也，有奇癖，非酒不甘，非妓不饮，礼法之士莫许也。公子兄弟独以忠义故曲奉之。时其至，则盛陈越酒，呼若耶溪娃以荐之，又发淡生堂壬遁剑术之书以示之，又遍约同里诸遗民如朱士稚、张宗道辈以疏附之。壬寅，或告变于浙之幕府，刊章四道捕魏耕，有首者曰："若上乃其妇家，而山阴之梅墅，乃其死友所啸聚。"大帅亟发兵，果得之，缚公子兄弟去。既讞，兄弟争承，祁氏之客谋曰："二人并命，不更惨欤？"乃纳赂而宥其兄。公子遣戍辽左。其后理孙竟以痛弟郁郁而死，而祁氏为之衰破，然君子则曰是固忠敏之子也。当是时，禁网尚疏，宁古塔将军得赂则弛约束，丁巳，公子脱身遁归。已而里社中渐物色之，乃祝发于吴之尧峰，寻主毗陵马鞍山寺，所称咒林明大师者也。荐绅先生皆相传曰，是何浮屠，但喜议论古今，不谈佛法，每及先朝，则掩面哭，然终莫有知之者。尝偶于曲篆座<sup>②</sup>上，摩其足而叹曰："使我困此间者，汝也。"癸丑十一月十一日，忽沐浴曳杖绕堂曰："我将西归。"入暮，跏趺垂眉，久之，既又张目久之，始卒。发其箧，所著有《东行风俗记》、《紫芝轩集》，且得其遗教欲归祔，乃知为山阴祁公子自关外来者，于是得归葬。

公子性终好奇，其东归也，留一妾焉，及披缁时，亦累东游。东人或与之谈禅，受其法称弟子。尝曰："宁古塔磨姑，足称天下第一，吾妾所居篱下出者，又为宁古塔第一，令人思之不置。"东人至今诵其风流。孺人朱氏者工诗，其来归也，与君姑商夫人、姒张氏、小姑湘君，时相唱和。商夫人字冢妇曰楚缥，字介妇曰赵璧，以志闺门之盛。公子被难，孺人尚盛年，朱氏哀其茕独，以姪从之，遂抚为女，孤灯缊帐，历数十年，未尝一出厅屏也。其所抚之女，后归杭之

① 亳社之桑榆：犹言支持明社最后的地点，和上言"残宋之厓山"一样。
② 曲篆座：坐禅的床。

赵氏，是为吾友谷林征士之母。谷林兄弟聚书之精，其渊源颇得之外家。谷林之子一清，每为予言公子大节，有光于忠敏矣，而骆丞行遁之踪，世多未谂，请为文以表之，聊据所闻志之，使勒之墓前。

呜呼，自公子兄弟死，淡生堂书星散，岂特梅墅一门之衰，抑亦江东文献大厄运也！

其铭曰：

呜呼，是为邓林之石，不磨不泐，杜鹃过之，有味焉食！我歌《大招》，旌兹幽宅。

# 忍辱道人（朱金芝）些词

　　道人姓朱氏，讳金芝，字汉生，乱后别署道人，浙之宁波府鄞县人也。朱氏以好古世其家，城南所称五岳轩书画库者，鼎彝金石，无所不备，而道人更喜讲学，漳浦黄公授徒大涤洞天，道人从之游。漳浦之学，兼综名理象数诸家，其所谓《三易洞玑》者尤邃，故道人于学极博，而亦以《易》为专门，复社诸公争引重之。至其挥洒翰墨，则先生所传之余技也。

　　甲申，道人方在北都，遭逢大难，削发南遁，流滞陪都，又遇兵祸。截江之役，道人以隔绝不得豫，遂往来英霍诸山寨及太湖军中，盖几死者数矣。时故乡诸公力为海上扶残疆，道人不知也。董推官若思者，其亲家，道人以书邀之，令游吴楚间以观事会，而推官答以海上之局，劝道人归赴同仇，道人始返里门。甫至，而推官死于告变之手，道人不为怵，好事益甚，未几亦牵连被捕，亡命深山。久之暗然襆被长往，有叩以所之者，则曰："吾将排阊阖，故先访三闾。"[1] 自是踪迹遂绝。其兄弟求之，消息杳然。或曰："道人直抵辰沅，客中湘王[2]幕，中湘殉节，不知所终"；或云："曾入滇中，崎岖扈从，卒死王事"；或云："投郧阳山中为道士。"究之不可得而详也。

　　呜呼，漳浦门下死事，如刘太仆振之、姚太仆奇允、华职方夏、

---

　　① 吾将排阊阖，故先访三闾：按屈原《离骚》有"吾令帝阍开关兮，倚阊阖而望予"之句，所以这里说"吾将排阊阖，故先访三闾"。三闾大夫，是屈原所任的官。

　　② 中湘王：明何腾蛟入湘潭，以不降清被杀，永明王赠中湘王。

王评事家勤，皆语浙产；其从死于南中，赵职方士超、赖中书惟谨、蔡秀才春溶，则皆闽产；毛通判玉洁、吴训导士绣，则皆楚产；其困守遗民之节以死，如彭观察士望、涂上舍仲吉，亦皆楚产；叶侍郎廷秀则闽产；董户部守谕、何秀才瑞图、吕秀才叔伦，则皆浙产，尚有为闻见之所未备者。道人之耿耿不下，其亦如谢皋父所云死无所藉手以见信公①，而为此恝绝之行乎！死于兵耶？死于饿耶？死于缁黄耶？要之不愧于师门，其仁一也。

道人所著有《竹溪小记》、《赈荒议》、《湘帆集》、《练川倡和集》、《登楼集》、《汝南怀古集》、《玉笙篇》、《弹铗篇》、《许可篇》、《素心草》、《潋溪留别草》、《八音草》。其有关于大节者，曰《恸余吟》，则北中所作也；曰《闻变诗》，则纪乙酉丙戌事也；曰《哭冯诗》，则挽簟溪侍郎作也。余尚有《捣衣》、《落叶》、《闻砧》等诗笺共二十余种，多佚不传。

道人无子，孺人某氏，以穷死。其从弟曰廷试、曰钛，皆有高节，为道人葬衣巾，而以孺人祔之。今五岳轩已衰圮，图书散荡，朱氏子孙无能言道人之大节者。

呜呼，茫茫桑海，季汉月表之不作，志士之埋没，盖亦多矣！予以其族孙德言之请，为之志。

其《大招》之词曰：

天南迢迢，渺孤魂些。滇王竹侯，零落无存些。汨罗于邑，空吐吞些，只余江蓠，犹映芳孙些。杜鹃哀鸣，促羁人些，瘴云如墨，莫判朝昏些。故乡之乐，曷云可怀些，湖山湛湛，净尘霾些。墓堂洁治，双阙崔嵬些，宰木纷披，具百材些。域中莱妇，目断夜台些，我词酹君，倘归来些！

---

① 信公：即文天祥。

# 梨洲先生（黄宗羲）神道碑文

康熙三十四年，岁在乙亥，七月初三日，姚江黄公卒，其子百家为之《行略》，以求埏道之文于门生郑高州梁，而不果作，既又属之朱检讨彝尊，亦未就，迄今四十余年无墓碑。然予读《行略》，中固嗛嗛多未尽者，盖当时尚不免有所嫌讳也。公之理学文章，圣祖仁皇帝知之，固当炳炳百世；特是公生平事实甚繁，世之称之者，不过曰始为党锢，后为遗逸，而中间陵谷崎岖，起军、乞师、从亡诸大案，有为史氏所不详者。今已再易世，又幸逢圣天子荡然尽除文字之忌，使不亟为表章，且日就湮晦，乃因公孙千人之请，捃摭公遗书，参以《行略》，为文一通，使归勒之丽牲之石，并以为上史局之张本。公之卒也，及门私谥之曰文孝，予谓私谥非古，乃温公所不欲加之横渠者，恐非公意，故弗称；而公所历残明之官则不必隐。近观《明史》，于乙酉后诸臣，未尝不援炎兴之例大书也。

公讳宗羲，字太冲，海内称为梨洲先生。浙江绍兴府余姚县黄竹浦人也。忠端公尊素长子。太夫人姚氏。其王父以上世系，详见《忠端公墓铭》中。公垂髫读书，即不琐守章句。年十四，补诸生，随学京邸，忠端公课以举业，公弗甚留意也。每夜分，秉烛观书，不及经艺。忠端公为杨、左同志，逆奄势日张，诸公昕夕过从，屏左右论时事，或密封急至，独公侍侧，益得尽知朝局清流浊流之分。忠端公死诏狱，门户鼢鼬，而公奉养王父以孝闻，夜读书毕，呜呜然哭，顾不令太夫人知也。庄烈即位，公年十九，袖长锥，草疏入京颂冤。至则逆奄已磔，有诏死奄难者，赠官三品，予祭葬，祖父如所赠官，荫子。公既谢恩，即疏请诛曹钦程、李实。忠端之削籍，由钦程奉奄旨论劾，李实则成丙寅之祸者也。得旨，刑部作速究问。五月，会讯许显纯、崔应元，公对簿，出所袖锥锥显纯，流血蔽体。显纯自诉为孝定皇后外甥，律有议亲之条，公谓显纯与奄构难，忠良尽死其手，当与谋逆同科。夫谋逆，则以亲王高煦尚不免诛，况皇后之外亲？卒论二人斩（《行略》误以为论二人决，不待时，今据《逆案》），妻子流徙。公又殴应元胸，拔其须，归而祭之忠端公神主前。又与吴江周延祚、光山夏承，共锥牢子叶咨、颜文仲，应时而毙。时钦程已入逆案；六月，李实辨原疏不自己出，忠贤取其印信空本，令李永贞填之，故墨在朱上；又阴致三千金于公，求弗质。公即奏之，谓"实当今日犹能贿赂公行，其所辨岂足信"？复于对簿时以锥锥之。然丙寅之祸，确由永贞填写空本，故永贞论死，而实末减。狱竟，偕同难诸子弟设祭于诏狱中门，哭声如雷，闻于禁中。庄烈知而叹曰："忠臣孤子，甚恻朕怀！"既归，治忠端公葬事毕，肆力于学。

忠端公之被逮也，谓公曰："学者不可不通知史事，可读《献征录》。"公遂自《明十三朝实录》，上溯《二十一史》，靡不究心，而归宿于诸《经》。既治《经》，则旁求之九流百家，于书无所不窥者。愤科举之学，锢人生平，思所以变之。既尽发家藏书读之，不足，则抄之同里世学楼钮氏、淡生堂祁氏，南中则千顷斋黄氏，吴中则绛云楼□[①]氏，穷年搜讨。游屐所至，遍历通衢委巷，搜鬻故书，薄暮，一童肩负而返，乘夜丹铅，次日复出，率以为常。是时山阴刘忠介公倡道蕺山，忠端公遗命，令公从之游。而越中承海门周氏[②]之绪余，援儒入释，石梁陶氏奭龄为之魁，传其学者沈国模、管宗圣、史孝咸、王朝式辈，鼓动狂澜，翕然从之，姚江之绪，至是大坏，忠介

---

① 绛云楼□氏：绛云楼为钱谦益藏书处。
② 海门周氏：指周汝登。

忧之，未有以为计也。公之及门，年尚少，奋然起曰："是何言与！"
乃约吴越中高材生六十余人，共侍讲席，力摧其说，恶言不及于耳。
故蕺山弟子，如祁章诸公，皆以名德重，而四友御侮之助，莫如公
者。蕺山之学，专言心性，而漳浦黄忠烈公兼及象数，当是时，拟之
程邵两家。公曰："是开物成务之学也。"乃出其所穷律历诸家相疏
证，亦多不谋而合。一时老宿闻公名者，竞延致之相折衷：经学，则
何太仆天玉；史学则□侍郎□□[1]，莫不倾筐倒庋而返。因建续抄堂子
南雷，思承东发[2]之绪。阁学文文肃公尝见公行卷，曰："是当以大著
作名世者！"都御史方公孩未亦曰："是真古文种子也。"有弟宗炎，
字晦木，宗会字泽望，并负异才，公自教之，不数年，皆大有声，于
是儒林有东浙三黄之目。

方奄党之锢也，东林桴鼓复盛，慈溪冯都御史元飏兄弟，浙东领
袖也。月旦之评，待公而定。而逾时中官复用事，于是逆案中人，弹
冠共冀然灰，在廷诸臣，或荐霍维华，或荐吕纯如，或请复涿州[3]冠
带。阳羡[4]出山，已特起马士英为凤督，以为援阮大铖之渐，即东林中
人，如常熟[5]亦以退闲日久，思相附合。独南中太学诸生，居然以东都
清议自持，出而扼之。乃以大铖观望南中，作《南都防乱揭》。宜兴陈
公子贞慧、宁国沈征君寿民、贵池吴秀才应箕、芜湖沈上舍士柱，共
议以东林子弟推无锡顾端文公之孙杲居首，天启被难诸家，推公居首，
其余以次列名，大铖恨之刺骨，戊寅秋七月事也。荐绅则金坛周仪部
镳实主之。说者谓庄烈帝十七年中善政，莫大于坚持逆案之定力，而
太学清议，亦足以寒奸人之胆，使人主闻之，其防闲愈固，则是《揭》
之功不为不巨。壬午入京，阳羡欲荐公以为中书舍人，力辞不就。一

---

① 史学则□侍郎□□：指钱谦益。
② 东发：宋黄震著《日钞》百卷，今存九十五卷。震学出于朱熹，论证经义，却不坚持
门户之见。黄宗羲治学，也有这种精神，所以建续钞堂于南雷，思承东发之绪。
③ 涿州：指明天启时宰辅冯铨。
④ 阳羡：也指周延儒，宜兴原为阳羡地。
⑤ 常熟：指钱谦益。

日游市中，闻铎声，曰："非吉声也"，遽南下，已而大兵果入口。甲申难作，大铖骤起南中，遂案《揭》中一百四十人姓氏欲尽杀之。时公方之南中上书阙下而祸作。公里中有奄党首纠刘忠介公并及其三大弟子，则祁都御史彪佳、章给事正宸与公也。祁章尚列名仕籍，而公以朝不坐燕不与之身，挂于弹事，闻者骇之。继而里中奄党徐大化佴官光禄丞者复疏纠，遂与杲并逮。太夫人叹曰："章妻滂母<sup>①</sup>，乃萃吾一身耶！"贞慧亦逮至，镳论死，寿民、应箕、士柱亡命，而桐城左氏兄弟入宁南军，晋阳之甲，虽良玉自为避流贼计，然大铖以为《揭》中人所为也。公等惴惴不保，驾帖尚未出，而大兵至，得免。

南中归命，公踉跄归浙东，则刘公已死节，门弟子多殉之者。而孙公嘉绩、熊公汝霖，以一旅之师，画江而守；公纠合黄竹浦子弟数百人，随诸军于江上，江上人呼之曰世忠营。公请援李泌客从<sup>②</sup>之义，以布衣参军，不许，授职方；寻以柯公夏卿与孙公等交举荐，改监察御史，仍兼职方。方、王跋扈，诸乱兵因之。总兵陈梧自嘉兴之乍浦，浮海之余姚，大掠，王职方正中方行县事，集民兵击杀之，乱兵大噪。有欲罢正中以安诸营者，公曰："借丧乱以济其私，致干众怒，是贼也。正中守土，即当为国保民，何罪之有！"监国是之。寻以公所作《监国鲁元年大统历》，颁之浙东。马士英在方国安营，欲入朝，朝臣皆言其当杀，熊公汝霖恐其挟国安以为患也，好言曰："此非杀士英时也，宜使其立功自赎耳。"公曰："诸臣力不能杀耳，春秋之孔子，岂能加于陈恒，但不得谓其不当杀也。"熊公谢焉。又遗书王之仁曰："诸公何不沉舟决战，由赭山直趋浙西，而日于江山放船鸣

_____

① 章妻滂母：汉王章上封事，言王凤不可用，为凤所陷，下狱死。见《汉书》本传。宗羲父尊素，也以屡劾魏忠贤，为忠贤所陷，下狱死，故宗羲母以章妻自比。汉灵帝建宁二年，大诛党人，范滂自诣狱。滂母与诀，说："汝今得与李杜齐名，死亦何恨，既有令名，复求寿考，可兼得乎？"滂跪受教，再拜而辞。见《后汉书》本传。宗羲也以党人被逮，故宗羲母又以滂母自比。

② 李泌客从：唐肃宗欲拜李泌为右相，泌固辞，愿以客从，说："陛下待以宾友，则贵于宰相矣，何必屈其志？"见《邺侯家传》。

鼓，攻其有备，盖意在自守也。蕞尔三府，以供十万之众，北兵即不发一矢，一年之后，恐不能支，何守之为！"又曰："崇明江海之门户，曷以兵扰之，亦足分江上之势。"闻者皆是公言而不能用。张国柱之浮海至也，诸营大震，廷议欲封以伯，公言于孙公嘉绩曰："如此则益横矣，何以待后，请署为将军。"从之。公当抢攘之际，持议岳岳，悍帅亦慑于义，不敢有加。自公力陈西渡之策，惟熊公尝再以所部西行，攻下海盐，军弱不能前进而返。至是孙公嘉绩以所部火攻营卒尽付公，公与王正中合军得三千人。正中者，之仁从子也。其人以忠义自奋，公深结之，使之仁不以私意挠军事，故孙、熊、钱、沈诸督师皆不得支饷，而正中与公二营独不乏食。查职方继佐军乱，披发走公营，襄于床下，公呼其兵，责而定之，因为继佐治舟，使同西行，遂渡海札潭山，烽火遍浙西。太仆寺卿陈潜夫以军同行，而尚宝司卿朱大定、兵部主事吴乃武等皆来会师，议由海宁以取海盐，因入太湖招吴中豪杰。百里之内，牛酒日至，军容甚整，直抵乍浦，公约崇德义士孙奭等为内应，会大兵已纂严不得前，于是复议再举，而江上已溃。（按是役也，正中实以败归，公为正中《墓表》，不无溢美，予考正之，不敢失其实也）公遽归，入四明山，结寨自固，余兵愿从者尚五百余人。公驻军杖锡寺，微服潜出，欲访监国消息，为扈从计，戒部下善与山民相结，部下不能尽遵节制，山民畏祸，潜焚其寨，部将茅翰、汪涵死之，公无所归。于是姚江迹捕之檄累下，公以子弟走入剡中。己丑，闻监国在海上，乃与都御史方端士赴之，晋左佥都御史，再晋左副都御史。时方发使拜山寨诸营官爵，公言："诸营之强，莫如王翊，其乃心王室，亦莫如翊；诸营文臣辄自称都御史侍郎，武臣自称都督，其不自张大，亦莫如翊。宜优其爵，使之总领诸营，以捍海上。"朝臣皆以为然，定西侯张名振弗善也。俄而大兵围健跳，城中危甚，置靴刀以待命，荡湖①救至得免。时诸帅之悍，

---

① 荡湖：指荡湖伯阮进。

甚于方、王，文臣稍异同其间，立致祸，如熊公汝霖以非命死，刘公中藻以失援死，钱公肃乐以忧死。公既失兵，日与尚书吴公钟峦坐船中，正襟讲学，暇则注《授时》、《泰西》、《回回》三历而已。公之从亡也，太夫人尚居故里，而中朝诏下，以胜国遗臣不顺命者，录其家口以闻，公闻而叹曰："主上以忠臣之后侍我，我所以栖栖不忍去也。今方寸乱矣，吾不能为姜伯约①矣。"乃陈情监国得请，变姓名间行归家。公之归也，吴公掉三板船送之二十里外，呜咽涛中。是年，监国由健跳至翁洲，复召公副冯公京第乞师日本，抵长埼，不得请，公为赋《式微》②之章以感将士。（是冯公第二次乞师事）公既自桑海中来，杜门匿景，东迁西徙，靡有宁居，而是时大帅治浙东，凡得名籍与海上有连者，即行剿除，公于海上位在列卿，江湖侠客多来投止，而冯侍郎京第等结寨杜岙，即公旧部，风波震撼，齮龁日至。当事以冯王二侍郎与公名并悬象魏③，又有上变于大帅者，以公为首，而公犹挟帛书，欲招婺中镇将以南援。时方搜剿沿海诸寨之窃伏，与海上相首尾者，山寨诸公相继死。公弟宗炎，首以冯侍郎交通有状被缚，刑有日矣，公潜至鄞，以计脱之。辛卯夏秋之交，公遣间使入海告警，令为之备而不克。甲午，定西侯间使至，被执于天台，又连捕公。丙申，慈水寨主沈尔绪祸作，亦以公为首。其得以不死者，皆有天幸，而公不为之慑也。熊公汝霖夫人将逮入燕，公为调护而脱之。其后海氛渐灭，公无复望，乃奉太夫人返里门，于是始毕力于著述，而四方请业之士渐至矣。

公尝自谓受业蕺山时，颇喜为气节斩斩一流，又不免牵缠科举之习，所得尚浅，患难之余，始多深造，于是胸中窒碍为之尽释，而追

———

① 姜伯约：姜维诣诸葛亮，与母相失，后得母书，令求当归。维说："良田百顷，不在一亩，但有远志，不在当归也。"见《三国志》本传注引《孙盛杂记》。当归远志，并是药名寓意，姜维表示不再归母；而宗羲则恐其母被录，陈情归家，所以说不能为姜伯约了。

② 赋《式微》：这是以黎侯之臣，赋《式微》以劝黎侯归的意思，激发将士不可苟安一隅。

③ 名悬象魏：象魏是宫门外公布法令的处所。名悬象魏，犹言已在"名捕"之列。

恨为过时之学，盖公不以少年之功自足也。问学者既多，丁未，复举
证人书院之会于越中，以申蕺山之绪。已而东之鄞，西之海宁，皆请
主讲，大江南北，从者骈集，守令亦或与会，已而抚军张公以下，皆
请公开讲，公不得已应之，而非其志也。公谓明人讲学，袭《语录》
之糟粕，不以《六经》为根柢，束书而从事于游谈，故受业者必先穷
经，经术所以经世，方不为迂儒之学，故兼令读史。又谓读书不多，
无以证斯理之变化，多而不求于心，则为俗学。故凡受公之教者，不
堕讲学之流弊。公以濂洛之统，综会诸家，横渠之礼教，康节之数
学，东莱之文献，艮斋、止斋①之经制，水心②之文章，莫不旁推交
通，连珠合璧，自来儒林所未有也。

　　康熙戊午，诏征博学鸿儒，掌院学士叶公方蔼先以诗寄公，从臾
就道，公次其韵，勉其承庄渠魏氏之绝学，而告以不出之意。叶公商
于公门人陈庶常锡嘏，曰："是将使先生为叠山九灵③之杀身也！"而
叶公已面奏御前，锡嘏闻之大惊，再往辞，叶公乃止。未几，又有诏
以叶公与同院学士徐公元文监修《明史》，徐公以为公非能召使就试
者，然或可聘之修史，乃与前大理评事兴化李公□④同征，诏督抚以
礼敦遣。公以母既耄期，己亦老病为辞。叶公知必不可致，因请诏下
浙中督抚，抄公所著书关史事者送入京。徐公延公子百家参史局，又
征鄞万处士斯同、万明经言同修，皆公门人也。公以书答徐公，戏之
曰："昔闻首阳山二老，托孤于尚父，遂得三年食薇，颜色不坏，今
吾遣子从公，可以置我矣。"是时圣祖仁皇帝纯心正学，表章儒术，
不遗余力，大臣亦多躬行君子，庙堂之上，钟吕相宣⑤，顾皆以不能

----

　　① 艮斋、止斋：艮斋，谢谔；止斋，陈傅良，并宋儒。

　　② 水心：宋叶适。

　　③ 叠山九灵：宋谢枋得，人称叠山先生。宋亡不仕，魏天祐强之北上，不食死。见《宋
史》本传。元戴良，号九灵山人。明太祖洪武十五年，召至京师，要他做官，以老疾固辞忤
旨。次年四月自杀。《明史》、《新元史》并有传。

　　④ 兴化李公□：指李清。

　　⑤ 钟吕相宣：钟代表阳律，吕代表阴律，这是以乐律之和，喻朝臣之一心一德。

致公为恨，左都御史魏公象枢曰："吾生平愿见面不得者三人：夏峰、梨洲、二曲也。"工部尚书汤公斌曰："黄先生论学，如大禹导水导山，脉络分明，吾党之斗杓也。"刑部侍郎郑公重曰："今南望有姚江，西望有二曲，足以昭道术之盛。"兵部侍郎许公三礼，前知海宁，从受《三易洞玑》，及官京师，尚岁贻书问学。庚午，刑部尚书徐公乾学，因侍直，上访及遗献，复以公对，且言曾经臣弟元文奏荐，老不能来，此外更无其伦。上曰："可召之京，朕不授以事，如欲归，当遣官送之。"徐公对以笃老，恐无来意，上因叹得人之难如此。呜呼，公为胜国遗臣，盖濒九死之余，乃卒以大儒耆年，受知当宁，又终保完节，不可谓非贞元之运护之矣。

公于戊辰冬，已自营生圹于忠端墓旁，中置石床，不用棺椁，子弟疑之，公作《葬制或问》一篇，援赵邠卿、陈希夷例[①]，戒身后无得违命。公自以身遭国家之变，期于速朽，而不欲显言其故也。公虽年逾八十，著书不辍。乙亥之秋，寝疾数日而殁。遗命一被一褥，即以所服角巾深衣殓。得年八十有六。遂不棺而葬。妻叶氏，封淑人，广西按察使宪祖女也。三子：长百药，娶李氏，继娶柳氏；次正谊，娶孙氏，阁部忠襄公嘉绩孙女、户部尚书延龄女，继虞氏；次百家，聘王氏，侍郎翊女，未笄殉节，娶孙氏。百药、正谊，皆先公卒。女三：长适朱朴；次适刘忠介公孙茂林，忠端被逮，忠介送之，豫订为姻者也；次适朱沆。孙男六，千人其季也。孙女四。

公所著有《明儒学案》六十二卷，有明三百年儒林之薮也。经术则《易学象数论》六卷，力辨《河洛方位图》说之非，而遍及诸家，以其依附于《易》似是而非者为内编，以其显背于《易》而拟作者为外编。《授书随笔》一卷，则淮安阎征君若璩问尚书而告之者。《春秋

---

① 援赵邠卿、陈希夷例：汉赵岐先自筑寿藏，告其子说："我死之日，聚沙为床，布簟白衣，散发其上，覆以单被，即日便下，下讫便掩。"见《后汉书》本传。宋陈抟未死前，也命弟子贾德昇，于张超谷凿石为室，以藏其体。见《宋史》本传。这两人并是死后不用棺椁的例。

日食历》一卷，辨卫朴所言之谬。《律吕新义》二卷，公少时尝取余杭竹管肉好停匀者，断之为十二律，与四清声试之，因广其说者也。又以蕺山有《论语》、《大学》、《中庸诸解》，独少孟子，乃疏为《孟子师说》四卷。史学则公尝欲重修《宋史》而未就，仅存《丛目补遗》三卷。辑《明史案》二百四十四卷，有《赣州失事》一卷，《绍武争立纪》一卷，《四明山寨纪》一卷，《海外恸哭纪》一卷，《日本乞师纪》一卷，《舟山兴废》一卷，《沙定洲纪乱》一卷，《赐姓本末》一卷，又有《汰存录》一卷，纠夏考功《幸存录》者也。历学则公少有神悟，及在海岛，古松流水，布算簌簌，尝言“勾股之术，乃周公商高之遗，而后人失之，使西人得以窃其传”。有《授时历故》一卷，《大统历推法》一卷，《授时历假如》一卷，《西历》、《回历假如》各一卷外，尚有《气运算法》、《勾股图说》、《开方命算》、《测圜要义》诸书共若干卷。（行略尚有《元珠密语》，其实非公所作）其后梅征君文鼎，本《周髀》言，历世惊以为不传之秘，而不知公实开之。文集则《南雷文案》十卷，《外集》一卷，《吾悔集》四卷，《撰杖集》四卷，《蜀山集》四卷，《子刘子行状》二卷，《诗历》四卷，忠端祠中《神弦曲》一卷。后又公为《南雷文定》凡五集，晚年又定为《南雷文约》，今合之得四十卷。《明夷待访录》二卷，《留书》一卷，则佐王之略，昆山顾先生炎武见而叹曰：“三代之治可复也！”《思旧录》二卷，追溯山阳旧侣①，而其中多庇史之文。公又选明三百年之文为《明文案》，其后广为《明文海》，共四百八十二卷，自言多与《十朝国史》相弹驳参正者；而别属李隐君邺嗣为《明诗案》，隐君之书，未成而卒。晚年于《明儒学案》外，又辑《宋儒学案》、《元儒学案》，以志七百年来儒苑门户；于《明文案》外，又辑《续宋文鉴》、《元文抄》，以补吕苏二家之阙，尚未成编而卒。又以蔡正甫之书不传，作《今水经》。其余《四明山

---

① 山阳旧侣：指已死的旧友。向秀和嵇康、吕安为友，嵇、吕以事被法，秀过山阳旧居，闻邻人笛声寥亮，感而作《思旧赋》。见《文选》向秀《思旧赋序》。

志》、《台宕纪游》、《匡庐游录》、《姚江逸诗》、《姚江文略》、《姚江琐事》、《补唐诗人传》、《病榻随笔》、《黄氏宗谱》、《黄氏丧制》，及自著《年谱》诸书，共若干卷。公之论文，以为"唐以前句短，唐以后句长，唐以前字华，唐以后字质，唐以前如高山深谷，唐以后如平原旷野，故自唐以后为一大变；然而文之美恶不与焉，其所变者词而已，其所不可变者，虽千古如一日也。"此足以扫尽近人规模字句之陋。故公之文不名一家。晚年忽爱谢皋羽之文，以其所处之地同也。

公虽不赴征书，而史局大案，必咨于公，《本纪》则削去诚意伯撒座之说，以太祖实奉韩氏者也。《历志》出于吴检讨任臣之手，总裁千里贻书，乞公审正而后定。其论《宋史》别立《道学传》为元儒之陋，《明史》不当仍其例，时朱检讨彝尊方有此议，汤公斌出公书以示众，遂去之。其于讲学诸公，辨康斋无与弟讼田之事，白沙无张盖出都之事，一洗昔人之诬。党祸则谓郑鄤杖母[1]之非真，寇祸则谓洪承畴杀贼之多诞。至于死忠之籍，尤多确核，如奄难则丁乾学以牖死，甲申，则陈纯德以俘戮死，南中之难，则张捷、扬维垣以逃窜死，史局依之，资笔削焉。地志亦多取公《今水经》为考证，盖自汉唐以来大儒，惟刘向著述，强半登于班史，如《三统历》入《历志》，《鸿范传》入《五行志》，《七略》入《艺文志》，其所续《史记》，散入诸传，《列女传》虽未录，亦为范史所祖述，而公于二千年后，起而继之。

公多碑版之文，其于国难诸公，表章尤力，至遗老之以军持自晦者，久之或嗣法上堂，公曰："是不甘为异姓之臣者，反甘为异姓之子也。"故其所许者，只吾乡周囊云一人。公弟宗会，晚年亦好佛，公为之反覆言其不可，盖公于异端之学，虽其有托而逃者，犹不肯少宽焉。

初在南京社会，归德侯朝宗每食必以妓侑，公曰："朝宗之尊人尚书尚在狱中，而燕乐至此乎！吾辈不言，是损友也。"或曰："朝宗赋

---

[1] 郑鄤杖母：按郑鄤因杖母罪被杀，是一件明末的大冤狱。现在他的《峚阳集》已印行，证明了他的被杖母罪名，完全出于温体仁的陷害。

性，不耐寂寞。"公曰："夫人而不耐寂寞，则亦何所不至矣。"时皆叹为名言。及选明文，或谓朝宗不当复豫其中，公曰："姚孝锡尝仕金，遗山终置之南冠①之例，不以为金人者，原其心也。夫朝宗亦若是矣。"乃知公之论人严而未尝不恕也。绍兴知府李铎以乡饮大宾请，公曰："吾辞圣天子之召，以老病也，贪其养而为宾，可哉！"卒辞之。

公晚年益好聚书，所抄自鄞之天一阁范氏、歙之丛桂堂郑氏、禾中倦圃曹氏，最后则吴之传是楼徐氏，然尝戒学者曰："当以书明心，无玩物丧志也。"当事之豫于听讲者，则曰："诸公爱民尽职，即时习之学也。"

身后故庐，一水一火，遗书荡然，诸孙仅以耕读自给。乾隆丙辰，千人来京师，语及先泽，为怅然久之。

今大理寺卿休宁汪公灏，郑高州门生也。督学浙中，为置祀田以守其墓。高州之子性，又立祠于家，春秋仲丁，祭以少牢，而茸其遗书于祠中，因属予曰："先人既没，知黄氏之学者，吾子而已。"

予乃为之铭曰：

鲁国而儒者一人②，矧其为甘陵之党籍，厓海之孤臣！寒芒熠熠，南雷之村，更亿万年，吾铭不泯。

附文存：

> 公有《日本乞师纪》，但载冯侍郎奉使始末，而于己无豫，诸家亦未有言公曾东行者。乃《避地赋》则有曰："历长埼与萨斯玛兮，方粉饰夫隆平，招商人以书舶兮，七昱缘于东京，予既恶其汰侈兮，日者亦言帝杀夫青龙，返斾而西行兮，胡为乎泥中。"则是公尝偕冯以行而后讳之，顾略见其事于《赋》，予以问公孙千人，亦愕然不知也。事经百年，始考得之。

----

① 南冠：南冠即楚冠，楚囚冠南冠，表示不忘其故国，见《左传》成公九年。这里是仍把姚孝锡当作故国遗臣的意思。

② 鲁国而儒者一人：庄子对鲁哀公说："以鲁国而儒者一人耳，可谓多乎？"见《庄子·田子方》。

# 亭林先生（顾炎武）神道表

顾氏世为江东四姓之一，五代时由吴郡徙徐州，南宋时迁海门，已而复归于吴，遂为昆山县之花浦村人。其达者，始自明正德间曰工科给事中广东按察使司佥事溁，及刑科给事中济。刑科生兵部侍郎章志，侍郎生左赞善绍芳及国子生绍芾，赞善生官荫生同应，同应之仲子曰绛，即先生也。绍芾生同吉，早卒，聘王氏，未婚守节，以先生为之后。

先生字曰宁人，乙酉改名炎武，亦或自署曰蒋山佣，学者称为亭林先生。少落落有大志，不与人苟同，耿介绝俗。其双瞳子中白而边黑，见者异之。最与里中归庄相善，共游复社，相传有归奇顾怪之目。

于书无所不窥，尤留心经世之学。其时四国多虞，太息天下乏材以至败坏，自崇祯己卯后，历览《二十一史》、《十三朝实录》、天下图经、前辈文编说部，以至公移邸抄之类，有关于民生之利害者随录之。旁推互证，务质之今日所可行，而不为泥古之空言，曰《天下郡国利病书》；然犹未敢自信，其后周流西北且二十年，遍行边塞亭障，无不了了而始成。其别有一编曰《肇域志》，则考索利病之余，合图经而成者。予观宋乾淳诸老，以经世自命者，莫如薛艮斋，而王道夫倪石林继之，叶水心尤精悍，然当南北分裂，闻而得之者多于见，若陈同甫则皆欺人无实之大言，故永嘉永康之学，皆未甚粹，未有若先生之探原竟委，言言可以见之施行，又一禀于王道而不少参以功利之说者也。

最精韵学，能据遗经以正六朝唐人之失，据唐人以正宋人之失，欲追复三代以来之音，分部正帙，而究其所以不同，以知古今音学之变，其自吴才老而下，廓如也，则有曰《音学五书》。性喜金石之文，到处即搜访，谓其在汉唐以前者，足与古经相参考，唐以后者，亦足与诸史相证明，盖自欧、赵、洪、王①后，未有若先生之精者，则有曰《金石文字记》。晚益笃志《六经》，谓古今安得别有所谓理学者，经学即理学也。自有舍经学以言理学者，而邪说以起，不知舍经学，则其所谓理学者禅学也。故其本朱子之说，参之以慈溪黄东发《日钞》，所以归咎于上蔡、横浦、象山者甚峻，于同时诸公，虽以苦节推百泉、二曲，以经世之学推梨洲，而论学则皆不合。其书曰《下学指南》。或疑其言太过，是固非吾辈所敢遽定，然其谓经学即理学，则名言也。而《日知录》三十卷，尤为先生终身精诣之书，凡经史之粹言具在焉。盖先生书尚多，予不悉详，但详其平生学业之所最重者。

初太安人王氏之守节也，养先生于襁保中。太安人最孝，尝断指以疗君姑之疾。崇祯九年，直指王一鹗请旌于朝，报可。乙酉之夏，太安人六十，避兵常熟之郊，谓先生曰："我虽妇人哉，然受国恩矣，果有大故，我则死之。"于是先生方应昆山令杨永言之辟，与嘉定诸生吴其沆及归庄，共起兵奉故郧抚王永祚，以从夏文忠公于吴，江东授公兵部司务。事既不克，永言行遁去，其沆死之，先生与庄幸得脱，而太安人遂不食卒，遗言后人莫事二姓。次年，闽中使至，以职方郎召，欲与族父延安推官咸正赴之，念太安人尚未葬，不果。次年，几豫吴胜兆之祸，更欲赴海上，道梗不前。

先生虽世籍江南，顾其姿禀颇不类吴会人，以是不为乡里所喜，而先生亦甚厌裙屐浮华之习。尝言："古之疑众者，行伪而坚②，今之

---

① 欧、赵、洪、王：欧阳修有《集古录跋尾》，赵明诚有《金石录》，洪适有《隶释》、《隶续》，王俅有《啸堂集古录》，都是讲究金石的书。

② 行伪而坚：按"伪"原作"僻"。孔子以鲁国的闻人少正卯有大恶五而诛之，"行僻而坚"是五大恶之一，并见《孔子家谱》、《荀子·宥坐》、《说苑·政理》。

疑众者，行伪而脆，了不足恃。"既抱故国之戚，焦原毒浪，日无宁晷。庚寅，有怨家欲陷之，乃变衣冠作商贾，游京口，又游禾中。次年，之旧都拜谒孝陵，癸巳再谒，是冬又谒而图焉。次年，遂侨居神烈山下，遍游沿江一带，以观旧都畿辅之胜。顾氏有三世仆曰陆恩，见先生日出游，家中落，叛投里豪。丁酉，先生四谒孝陵归，持之急，乃欲告先生通海，先生亟往禽之，数其罪，湛之水。仆婿复投里豪，以千金贿太守，求杀先生，不系讼曹，而即系之奴之家，危甚。狱日急，有为先生求救于□□者，□□欲先生自称门下而后许之，其人知先生必不可，而惧失□□之援，乃私自书一刺以与之，先生闻之，急索刺还，不得列揭于通衢以自白。□□亦笑曰："宁人之卞也！"曲周路舍人泽溥者，故相文贞公振飞子也。侨居洞庭之东山，设兵备使者，乃为诉之，始得移讯松江而事解。于是先生浩然有去志，五谒孝陵，始东行，垦田于章丘之长白山下以自给。戊戌，遍游北都诸畿甸，直抵山海关外，以观大东。归至昌平，拜谒长陵以下，图而记之。次年再谒。既而念江南山水有未尽者，复归，六谒孝陵。东游直至会稽。次年，复北谒思陵。由太原大同以入关中，直至榆林。是年，浙中史祸作，先生之故人吴潘二子①死之，先生又幸而脱。甲辰，四谒思陵。事毕，垦田于雁门之北，五台之东。初先生之居东也，以其地湿，不欲久留，每言马伏波田畴，皆从塞上立业，欲居代北。尝曰："使吾泽中有牛羊千，则江南不足怀也。"然又苦其地寒，乃但经营创始，使门人辈司之，而身出游。丁未，之淮上。次年，自山东入京师。莱之黄氏，有奴告其主所作诗者，多株连，自以为得，乃以吴人陈济生所辑《忠义录》，指为先生所作，首之，书中有名者三百余人。先生在京闻之，驰赴山东自请勘，讼系半年，富平李因笃自京师为告急于有力者，亲至历下解之，狱始白。复入京师，

---

① 吴潘二子：庄氏刻《明书》，把吴炎、潘柽章列在参阅者的姓名中。庄氏祸作，吴潘也论死。见《亭林文集》卷五《书吴潘二子事》。

五谒思陵。自是还往河北诸边塞者几十年。丁巳，六谒思陵，始卜居陕之华阴。

初先生遍观四方，其心耿耿未下，谓"秦人慕经学，重处士，持清议，实他邦所少；而华阴绾毂关河之口，虽足不出户，而能见天下之人，闻天下之事，一旦有警，入山守险，不过十里之遥，若志在四方，则一出关门，亦有建瓴之便。"乃定居焉。王征君山史筑斋延之。先生置五十亩田于华下供晨夕，而东西开垦所入，别贮之以备有事。又饵沙苑蒺藜而甘之曰："啖此久，不肉不蓍可也。"

凡先生之游，以二马二骡，载书自随。所至阨塞，即呼老兵退卒，询其曲折，或与平日所闻不合，则即坊肆中发书而对勘之。或径行平原大野，无足留意，则于鞍上默诵诸经注疏，偶有遗忘，则即坊肆中发书而熟复之。

方大学士孝感熊分之自任史事也，以书招先生为助，答曰："愿以一死谢公，最下则逃之世外。"孝感惧而止。戊午大科，诏下，诸公争欲致之，先生豫令诸门人之在京者辞曰："刀绳具在，无速我死！"次年大修《明史》，诸公又欲特荐之，贻书叶学士讱庵，请以身殉得免。或曰："先生盍亦听人一荐，荐而不出，其名愈高矣。"先生笑曰："此所谓钓名者也。今夫妇人之失所天也，从一而终，之死靡慝，其心岂欲见知于人？若曰盍亦令人强委禽焉，而力拒之以明节，则吾未之闻矣。"华下诸生请讲学，谢之曰："近日二曲亦徒以讲学故得名，遂招逼迫，几致凶死，虽曰威武不屈，然而名之为累，则已甚矣！又况东林覆辙，有进于此者乎？"有求文者，告之曰："文不关于经术政理之大，不足为也。韩文公起八代衰，若但作《原道》、《谏佛骨表》、《平淮西碑》、《张中丞传后》诸篇，而一切谀墓之文不作，岂不诚山斗乎！今犹未也。"其论为学，则曰："诸君关学之余也。横渠蓝田之教，以礼为先，孔子尝言博我以文，约之以礼，而刘康公亦云，民受天地之中以生，所谓命也，是以有动作礼义威仪之则以定命，然则君子为学，舍礼何由？近来讲学之师，专以聚徒立帜为心，而其教不肃，方将赋《茅鸱》<sup>①</sup>之不暇，何问其余！"

寻以乙未春出关，观伊洛，历嵩少，曰："五岳游其四矣。"会年饥，不欲久留，渡河至代北，复还华下。

先生既负用世之略，不得一遂，而所至每小试之，垦田度地，累致千金，故随寓即饶足。徐尚书乾学兄弟，甥也，当其未遇，先生振其乏。至是鼎贵，为东南人士宗，四方从之者如云，累书迎先生南归，愿以别业居之，且为买田以养，皆不至。或叩之，答曰："昔岁孤生，飘摇风雨，今兹亲串，崛起云霄，思归尼父之辕，恐近伯鸾之灶<sup>②</sup>；且天仍梦梦，世尚滔滔，犹吾大夫<sup>③</sup>，未见君子，徘徊渭川，以毕余年足矣。"

庚申，其安人卒于昆山，寄诗挽之而已。次年，卒于华阴，无子，徐尚书为立从孙洪慎以承其祀。年六十九。门人奉丧归葬昆山之千墩。高弟吴江潘耒，收其遗书，序而行之，又别辑《亭林诗文集》十卷，而《日知录》最盛传。历年渐远，读先生之书者虽多，而能言其大节者已罕，且有不知而妄为立传者，以先生为长洲人，可哂也。

徐尚书之冢孙涵持节粤中，数千里贻书，以表见属，予沈吟久之。及读王高士不庵之言曰："宁人身负沈痛，思大揭其亲之志于天下，奔走流离，老而无子，其幽隐莫发，数十年靡诉之衷，曾不得快然一吐，而使后起少年，推以多闻博学，其辱已甚，安得不掉首故乡，甘于客死！噫，可痛也！"斯言也，其足以表先生之墓矣夫。其铭曰：

先生兀兀，佐王之学，云雷经纶，以屯被缚。<sup>④</sup>渺然高风，寥天一鹤，重泉拜母，庶无愧怍。

---

①《茅鸱》：《茅鸱》是一篇刺不敬的逸诗，见《左传》襄公二十八年。

②恐近伯鸾之灶：这是用《东观汉记》梁鸿不因人热灭灶更炊的故事，喻不愿依靠亲串生活的意思。

③犹吾大夫：是春秋时陈文子所说的"犹吾大夫崔子也"这句话的简词。崔杼弑齐君，陈文子离齐至他邦，所看到的都和崔杼一样，因而重复地说了这句话。见《论语·公冶长》。

④云雷经纶，以屯被缚：这是说顾炎武遭艰难，未得施展他的经纶，语本《易·屯》卦文，而义有出入。

# 二曲先生（李容）窆石文

　　慈溪郑义门西游，拜于二曲先生之墓，曰："吾不及登其门也夫！"因愿为之碑其墓而属予以文。予曰："夫不有丰川诸高弟之作乎？"义门曰："吾以为未尽也。异日国史，将取征焉，子其更为之。"惟予岂足以知先生之学，而义门之眷眷，则固古人之意，不敢辞。

　　按先生姓李氏，讳容<sup>①</sup>，字中孚，其别署曰二曲土室病夫，学者因称之为二曲先生，西安之盩厔县人也。其先世无达者，父可从，字信吾，烈士也。以壮武从军为材官。崇祯壬午，督师汪公乔年讨贼，信吾从监纪孙兆禄以行，时贼势已大张，官军累败。信吾临发，抉一齿，与其妇彭孺人曰："战危事，如不捷，吾当委骨沙场，子其善教儿矣！"中途三寄书，以先生为念。当是时，先生甫十有六岁，家贫甚。督师竟败，死之，监纪亦死之；信吾卫监纪不克，亦死之。五十余人尽没。彭孺人闻报，欲以身殉，先生哭曰："母殉父固宜，然儿亦必殉母，如是则父且绝矣。"彭孺人制泪抚之，然而无以为生。其亲族谓孺人曰："可令儿为佣，得直以养。"或曰："令其给事县廷。"孺人不可，令先生从师受学，而脩脯不具，师皆谢之。彭孺人曰："经书固在，亦何必师！"时先生已粗解文字，而孺人能言忠孝节义以督之，母子相依，或一日不再食，或连日不举火，恬如也。但闻其

---

　　① 讳容：按容本作颙，颙字中孚，名字义相应。（见《易·观》卦与《中孚》卦）因刻书时避清仁宗颙炎的讳，才改颙为容。

教先生甚远大，里巷间闻而哂之。乃先生果能自拔于流俗，以昌明关学为己任。家无书，俱从人借之。其自经史子集至二氏之书无不观，然非以资博览，其所自得，不滞于训诂文义，旷然见其会通。

其论学曰："天下之大根本，人心而已矣。天下之大肯綮，提醒天下之人心而已矣。是故天下之治乱，由人心之邪正，人心之邪正，由学术之晦明。"尝曰："古今名儒倡道者，或以主敬穷理为宗旨，或以先立乎大为宗旨，或以心之精神，或以自然，或以复性，或以致良知，或以随处体认，或以正脩，愚则以悔过自新为宗旨，盖下愚之与圣人，本无以异，但气质蔽之，物欲诱之，积而为过，此其道在悔，知悔必改，改之必尽。夫尽，则吾之本原已复，复则圣矣。曷言乎自新？复其本原之谓也。悔过者不于其身，于其心，于其心则必于其念之动者求之，故《易》曰'知几其神'，而夫子以为'颜子其庶几'，以其有不善必知，知必改也。颜子所以能之者，由于心斋静极而明，则知过矣。上士之于过，知其皆由于吾心，则直向其根源划除之，故其为力易。中材稍难矣，然要之以静坐观心为入手，静坐乃能知过，知过乃能悔过，悔过乃能改过以自新。"其论朱陆二家之学曰："学者当先观象山、慈湖、阳明、白沙①之书，阐明心性，直指本初，熟读之，则可以洞斯道之大源；然后取二程、朱子以及康斋、敬轩、泾野、整庵②之书，玩索以尽践履之功，收摄保任，由工夫以合本体，下学上达，内外本末，一以贯之。至于诸儒之说，醇驳相间，去短集长，当善读之。不然，醇厚者乏通慧，颖悟者杂竺乾，不问是朱是陆，皆未能于道有得也。"于是关中士子，争向先生问学。关学自横渠而后，三原③泾野、少墟，④累作累替，至先生而复盛。

当事慕先生名，踵门求见，力辞不得，则一见之，终不报谒，

---

① 白沙：陈献章。

② 康斋、敬轩、泾野、整庵：吴与弼、薛瑄、吕枏、罗钦顺。

③ 三原：王恕。

④ 少墟：冯从吾。

曰："庶人不可入公府也。"再至，并不复见。有馈遗者，虽十反亦不受。或曰："交道接礼，孟子不鄙，先生得无已甚！"答曰："我辈百不能学孟子，即此一事，稍不守孟子家法，正自无害。"当事请主关中讲院，先生方谋为冯恭定公设俎豆，勉就之，既而悔曰："合六州铁，不足铸此错①也。"亟去之，陕抚白君欲荐之，哀吁得免。陕学许君，欲进其所著书，亦不可。然关中利害在民者，则未尝不为当事力言。少墟高弟隐沦，不为世所知者，言之当事，皆表其墓以传之。

初彭孺人葬信吾之齿曰齿冢，以待身后合葬，先生累欲之襄城招魂，而以孺人老，不敢远出，且惧伤其心，乙巳，彭孺人卒，居忧三年。庚戌，始徒步之襄城。绕城遍觅遗蜕不得，乃为文祷于社。服斩衰，昼夜哭不绝声，泪尽继之以血。知襄城县张允中闻之，出迎适馆不可，乃亦为先生祷于社，卒不得。先生设招魂之祭狂号，允中议为信吾立祠，且造冢于故战场，以慰孝子之心。知常州府骆钟麟前令鳌屋，师事先生，至是闻已至襄城，谓祠事未能旦夕竣，请先生南下谒道南书院，以发顾高诸公遗书，且讲学以慰东林学者之望。先生赴之，来听讲者云集。凡开讲于无锡、于江阴、于靖江、于宜兴，昼夜不得休息。忽静中涕下如雨，捶胸且悔且詈曰："呜呼不孝，汝此行为何事，而竟喋喋于此间，尚为有人心者乎？虽得见顾高诸公书，亦何益！"申旦不寐，即戒行，毗陵学者固留不能得。时祠事且毕，亟还襄城宿祠下，夜分鬼声大作，盖先生祝于父祠，愿以五千国殇之魂，同返关中故也。闻者异之。允中乃为先生设祭，上则督师汪公，监纪孙公，配以信吾；下设长筵，遍及同时死者。先生伏地大哭，观者皆哭，于是立碑曰义林，奉招魂之主，取其冢土西归，告于母墓，附之齿冢中，更持服如初丧。

癸丑，陕督鄂君竟以隐逸荐，先生遗之书曰："仆少失学问，又

①　合六州铁不足铸此错：错是错刀，这里借作错误的错，是唐罗绍威自悔杀牙军的话。见《通鉴》卷二六五。

无他技能，徒抱皋鱼之至痛，敢希和靖①之芳踪哉？古人学真行实，轻于一出，尚受谤于当时，困辱其身，况如仆者而使之应对殿廷？明公此举，必当为我曲成，如必不获所请，即当以死继之，断不惜此余生以为大典之辱。"辞牍八上。时先生以病为解，得旨："俟病愈，敦促入京。"自是大吏岁岁来问起居，欲具车马送使觐天子。先生遂自称废疾，长卧不起。戊午，都臣以海内真儒荐，复得旨召对，时词科荐章遍海内，而先生独以昌明绝学之目，中朝必欲致之，且将大用之，大吏劝行益急，檄属吏守之。先生固称病笃，舁其床至行省，大吏亲至榻前，从臾，先生遂绝粒，水浆不入口者六日，而大吏犹欲强之，先生拔刀自刺，陕中官属大骇，乃得予假治疾。先生叹曰："将来强我不已，不死不止，所谓生我名者杀我身，不幸而有此名，是皆平生学道不纯，洗心不密，不能自晦之所致也。"戒其子曰："我日抱隐痛，自期永栖垩室②，平生心迹，颇在《垩室录感》一书。令万一见逼而死，敛以粗衣白棺，即怀《垩室录感》以当含饭，权厝垩室，三年方可附葬母墓，万勿受吊，使我泉下更抱憾也。"当道亦知其必不肯出，不复迫之。自是以后，荆扉反锁，遂不复与人接，虽旧生徒亦罕觌，惟吴中顾宁人至则款之，已而天子西巡，欲见之，令陕督传旨，先生又惊泣曰："吾其死矣！"辞以废疾不至，特赐"关中大儒"四字以宠之。大吏令表谢，先生曰："素不谙庙堂文学，奈何强之！"乃上一表，文词芜拙，大吏哂曰："是恐不可以尘御览也。"置之。（时有宰相自负知学，遂以文采不足诮先生，君子哂之）

先生四十以前，尝著《十三经纠缪》、《廿一史纠缪》诸书，以及象数之学，无不有述，其学极博，既而以为近于口耳之学，无当于身心，不复示人。所至讲学，门人皆录其语。而先生曰："授受精微，不在乎书，要在自得而已。"故其巾箱所藏，惟取《反身录》示学者。

① 和靖：宋隐士林逋。
② 垩室：是不加涂饰的居丧的屋子。《礼记·杂记》："庐垩室之中，不与人坐焉。"

晚年迁居富平，四方之士，不远而至。然或才名远播，著书满家，而先生竟扃户不纳，积数日怅然去者；或出自市廛下户，而有志自修，先生察其心之不杂，引而进之。当是时，北方则孙先生夏峰，南方则黄先生梨洲，西方则先生，时论以为三大儒。然夏峰自明时已与杨、左[1]诸公称石交，其后高阳[2]相国折节致敬，易代而后，声名益大；梨洲为忠端之子，证人书院之高弟，其后从亡海上，故尝自言平生无责沈之恨[3]，过泗之惭。盖其资格皆素高。先生起自孤根，上接关学六百年之统，寒饿清苦之中，守道愈严，而耿光四出，无所凭借，拔地倚天，尤为莫及。

子二，慎言、慎行。慎言虽以门户故出补诸生，终未尝与科举之役，其后陕学选拔，贡之太学，亦不赴。兄弟皆能守其父之志。呜呼，先生所以终身不出，盖抱其二亲之痛，然而襄城有其父祠，鳌屋有其母祠，立身扬名，其道愈尊，斯可谓之大孝也矣。乃更为之铭以复义门。其词曰：

匡时要务，在乎讲学，当今世而闻斯言，或启人之大噱，又恶知夫世道陵夷，四维安托！架漏过日，驯将崩剥，一旦不支，发蒙振落，斯则甚于洪水猛兽之灾，其能无惊心而失魄！先生崛起，哀兹后觉，苦身笃行，振彼木铎。格言灌灌[4]，廉顽敦薄。[5]嗟江河之日下，渺一壶之难泊。谁将西归，先民可作，试看墓门，寒芒岳岳。

---

① 杨、左：杨涟、左光斗。

② 高阳：指孙承业。

③ 责沈之恨：晋桓温入洛，过淮泗，践北境，和僚属登平乘楼，眺瞩中原，慨然说："遂使神州陆沈，百年丘墟，王夷甫诸人，不得不任其责！"见《世说新语·轻诋》及《晋书·桓温传》。

④ 灌灌：灌灌犹言款款。

⑤ 廉顽敦薄：孟子说："闻伯夷之风者，顽夫廉，懦夫有立志。""闻柳下惠之风者，鄙夫宽，薄夫敦。"见《孟子·万章》。

# 应潜斋先生（扨谦）神道碑

应先生之没六十年，遗书湮没，门徒凋落且尽，同里后进，莫有知其言行之详者。予每过杭，未尝不为之三叹息也。年来杭董浦稍为访葺其遗书，以授之契家子赵一清。岁在戊辰，一清因以先生墓文为请，曰："微吾丈，莫悉诸老轶事也。"其益敢辞。

应先生讳扨谦，字嗣寅，学者称为潜斋先生，杭之仁和县人也。其父尚伦，故孝子。先生之生也，有文在其手曰八卦，左重耳，右重瞳。少即以斯道为己任。逾冠，作《君子贵自勉论》，偕其同志之士曰虞畯民、曰张伏生、曰蒋与恒，为狷社，取有所不为也。其时大江以南，社事极盛，杭人所谓读书社小筑社登楼社者，不过以文词相雄长，先生于其中稍后出，而狷社之所相淬厉者乃别有在。其母病，服勤数年，母怜之曰："吾为汝娶妇以助汝。"先生终不肯入私室。母卒除丧，始成礼。坦白子谅[①]，表里洞然。于遗经，皆实践而力行之，不以剿说。一筵一席，罔不整肃。其倦而休，则端坐瞑目；其瘄而起，则游息徐行。终日无疾言遽色。所居仅足蔽风雨，箪瓢累空，恬如也。生平不为术数之学。一日白蛇堕地，曰"此兵象也"。奉新逃之山中。

既遭丧乱，自以故国诸生，绝志进取，叹曰："今日唯正人心而维世教，庶不负所生耳。"乃益尽力于著书。戊午，阁学合肥李公天

---

① 坦白子谅：子谅犹言慈谅。

馥、同里项公景襄，以大科荐，先生舆床以告有司曰："执谦非敢却聘，实病不能行耳。"俄而范公承谟继至，又欲荐之，先生遂称废疾。盖其和平养晦，深惧夫所谓名高者。海宁令许酉山请主讲席，造庐者再，不见，致书者再，不赴，既而思曰："是非君子中庸之道也。"扁舟至其县报谒，许令大喜曰："应先生其许我乎？"先生逡巡对曰："使君学道，但从事于爱人足矣，彼口说者，适所以长客气也。"许令嘿然不怡。既出，先生解维疾行。弟子问曰："使君已戒车骑，且即至，何悫也？"先生笑曰："使君好事，吾虽不就讲席，彼必有束帛之将，拒之则益其愠，受之则非心所安也。行矣，莫更濡迟也。"异日杭守稽叔子以志局请，辞之，则曰："愿先生暂下榻郡斋数日以请益。"先生但一报谒而已。盖不为逾垣凿坏①以自异，而卒不能夺也。同里姜御史图南，以视鹾归，于故旧皆有馈，尝再致先生，不受。一日遇于涂中，方盛暑，先生衣木棉之衣，蕉萃踯躅。御史归，以越葛二端投之曰："雅知先生不肯受人一丝，然此区区者，聊以消暑，且非自盗跖来也，幸无拒焉。"先生谢曰："吾尚有绤绤在笥，昨偶感寒，欲其郁蒸耳。感君意良厚，然实不需也。"竟还之。

　　先生弟子甚多，因以楼上楼下为差，如马融例②。里中一少年使酒，忽扣门来求听讲，同门欲谢之，先生独许之曰："来者不拒，去者不追，是孟子之教也。"其人听三日，不胜拘苦，不复至，使酒如故。一日其人醉，持刀欲击人于道上，汹汹莫能阻者。忽有人曰："应先生来"，其人顿失魄，投刀垂手，汗流浃背，先生至前抚之曰："一朝之忿，何至于此！盍归乎？"其人俯首谢过而去。

　　晚年益以义理无穷，岁月有限，歉然常不足于心。康熙二十六年

① 逾垣凿坏：逾垣，用段干木避魏文侯事。见《孟子·滕文公》。凿坏，用颜阖不欲任鲁相事。扬雄《解嘲》"或凿坏以遁"，即指此。坏就是壁，一说屋后墙。
② 如马融例：汉马融"常坐高堂，施绛纱账，前授生徒，后列女乐，弟子以次相传，鲜有入其室者"。见《后汉书》本传。这里说如马融例，即马融按弟子学业水平的高下以次相传的例。

病革，尚手辑《周忠毅公传》，未竟而卒。春秋六十有九。子二。

先生不喜陆王之学，所著书二十有八种，其大者《周易集解》、《诗传翼》、《书传拾遗》、《春秋传考》、《礼乐汇编》、《古乐书》、《论孟拾遗》、《学庸本义》、《孝经辨定》、《性理大中》、《幼学蒙养编》、《朱子集要》、《教养全录》、《潜斋集》，共如干卷。其《无闷先生传》，则自述也。一清方将次第抄而传之。姚江黄丈晦木尝曰："大好潜斋，可谓人中之凤。惜所论述，未能博学而详说之，其墨守或太过耳。其足师表末俗，盖不在此。"以予观之，昔人或诮伊川宜向山中读《通典》十年，或诮象山宜赐以一监之书，或诮鲁斋为学究，是皆过情之訾，若晦木之言，不可谓非先生之良友，而近日之唯阿论学者，尤当以此语为药石。然先生之深造自得，固非随声附和者。世但知先生不喜陆王之学，而不知其与朱学亦不尽同，如论《易》则谓孔子得《易》之《乾》，老子得《易》之《坤》，虽未必然，然别自有名理可思，善学者当能知之，要以先生之践履笃实，涵养冲融，是人师也。其于经师之品，则其次也。况其发明大义，固已多矣。先生之门人曰凌嘉印文衡、曰沈士则志可，皆能传其学；曰姚洪任敬恒，有笃行。先生葬于龙井山下，今二子皆无后，一抔之土，固私淑者所当念也。

其铭曰：

遁世无闷，隐约蓬门，其身弥高，其道弥尊。荒荒劫运，剪其后昆，不朽者学，春木长苞。

# 鹧鸪先生（黄宗炎）神道表

姚江黄忠端公有子五，其受业蕺山刘忠正公之门者三：伯子即梨洲先生，其仲则所谓鹧鸪先生者也，叔子曰石田先生。梨洲学最巨，先生稍好奇，而石田尤狷，天下以三黄子称之。

鹧鸪先生讳宗炎，字晦木，一字立溪。崇祯中，以明经贡太学，其学术大略与伯子等，而崿岸几有过之。己卯，秋试不售，与叔子约以闭关尽读天下之书，而后出而问世。画江之役，先生兄弟尽帅家丁荷殳前驱，妇女执爨以饷之，步迎监国于蒿坝。伯子西下海昌，先生留龛山以治辎重，所谓世忠营者也。事败，先生狂走，寻入四明山道岩，参冯侍郎京第军事，奔走诸寨间。庚寅，侍郎军歼，先生亦被缚。侍郎之嫂，先生妻母也，匿于其家，又迹得之，待死牢户中。伯子东至鄞，谋以计活之。故人冯道济，尚书邺仙子也，慨然独任其责。高旦中等为画策，而方僧木欲挺身为请之幕府。道济曰："姑徐之，定无死法。"及行刑之日，旁晚始出，潜载死囚随之。既至法场，忽灭火，暗中有突出负先生去者，不知何许人也。及火至，以囚代之。冥行十里，始息肩，忽入一室，则万户部履安白云庄也。负之者，即户部子斯程也。鄞之诸遗民毕至，为先生解缚，置酒慰惊魂，先生陶然而醉。隔岸闻弦管声，棹小舟往听之，寻自取而调之，曰："《广陵散》幸无恙哉！"未几，侍郎故部复合，先生复与共事，慈湖寨主沈尔绪又寄帑焉。伯叔二子交阻之，不得。丙申，再遭名捕，伯子叹曰："死矣！"故人朱湛侯诸雅六救之而免。于是尽丧其资，提药笼游于海昌石门之间以自给，不足则以古篆为人镌花乳印石，又不足则以李思训、赵伯驹二家画法为人作画，又不足则为人制砚，其贾值皆有定，世所传卖艺文者是也。其词多玩世。然壬寅高元发之难，浙东震动，先生所以营护之者，不遗余力，不以前事怵，盖其好奇如此。

先生兄弟于象纬律吕轨革壬遁之学，皆有密授。既自放，乃著《忧患学易》以存遗经，著《六书会通》以正小学。雅不喜先天太极之说。其辨《先天八卦方位》曰：

邵子引《天地定位》一章，造为《先天八卦方位》，谓天地定位者，《乾》南《坤》北也；山泽通气者，《艮》西北、《兑》东南也；雷风相薄者，《震》东北、《巽》西南也；水火不相射者，《离》东、《坎》西也。夫所谓定位者，即天尊地卑而《乾》、《坤》定之义，何以见其为南北也？山能灌泽成川，泽能蒸山作云，是谓通气，何以见其为西北东南也？雷宣阳，风荡阴，两相逼薄而益盛，何以见其为东北西南也？水火燥湿违背，然又有和合之用，故曰不相射，何以见其为东西也？盖邵氏所谓《乾》南《坤》北者，实养生家之大旨，谓人身本具天地，但因水润火炎，失其本体，是故损《乾》之中画以为《离》，塞《坤》之中画以为《坎》，乃后天也。今有取《坎》填《离》之法，泯《坎》水一画之奇，归《离》火一画之偶，如所谓炼精化气，炼气化神者，益其所不足，而《离》复返为《乾》；如所谓五色五声五味，凿窍丧魄者，损其所有余，而《坎》复返为《坤》，乃先天也。养生所重，专在水火，比之为天地，既以南北置《乾》、《坤》，不得不移《坎》、《离》于东西，亦以日月之方在东西也。火中木、水中金之说，盖取诸此。然而东南之《兑》，西北之《艮》，西南之《巽》，东北之《震》，直是无可差排，勉强位置，缘四卦者，在丹鼎为备员，非要道也，奈何以此驾三圣人之《易》而上之乎！

其《辨横图》曰：

八卦既立，因而重之，得三画即成六画，得八卦即成六十四卦，何曾有所谓四画、五画、十六卦、三十二卦者？四画、五画，成何法象？十六卦三十二卦，成何贞悔之体？何不以三乘三、以八加八、直捷且神速乎？焦氏之《易》，传数不传理。其分为四千九十六卦，实统诸六十四卦，是一卦具六十四卦之占，非别有四千九十六卦之画也。两间气化，自有盈缩，阴阳或互有多少。夫物之不齐，物之情也，造化之参差，义理之所由以立也。如邵子是一定之《易》也，非不可典要之《易》也。故曰，邵子乃求为焦京而未逮者也。

其《辨圆图》曰：

邵子以《乾》一、《兑》二、《离》三、《震》四，为已生之卦，数往顺天左旋，《巽》五、《坎》六、《艮》七、《坤》八，为未生之卦，知来逆天右旋。凿空立说，分卦背驰。数当以自一而下为顺，今反以四三二一为顺；以自八而上为逆，今反以五六七八为逆。又曰：《易》数由逆成，若逆知四时之谓，然则《震》、《巽》、《兑》、《乾》，无当于《易》，是冗员也。《易》道非专为历法而设，历法亦本无取乎卦气，至日闭关，偶举象之一节耳。今必以六十四卦配入二十四气，则亦须一气得二卦有奇，而后适均也。乃自冬至之后，阅《颐》、《屯》、《益》、《震》至《临》，凡十七卦，始得二阳，已是卯半为春分矣；又阅《损》、《节》、《中孚》至《泰》，凡八卦，始得三阳，已是巳初为立夏矣。从此阅《大畜》、《需》、《小畜》而为《大壮》之四阳，是巳半为小满矣。乃阅《大有》即为五阳之《夬》，是午初之芒种，即《比》连为六阳之《乾》，是午半之夏至，六阴亦然，何其不均也。邵子盖欲取长男代父、长女代母之义。以《震》、《巽》居中，《震》顺天左行，自《复》至《乾》三十二卦，遇《姤》而息，《巽》逆天右行，自《姤》至《坤》三十二卦，遇《复》而息。夫两间气运循环，其来也，非突然而来，即其去而来已豫征；其去也，非决然而去，即其来而去已下伏，焉得分疆别界如此？

其《辨方图》曰：

方图之说曰，天地定位，《否》、《泰》反类，山泽通气，《咸》、《损》见意，雷风相薄，《恒》、《益》起意，水火相射，《既济》、《未济》，盖所谓十六事者，但取老长中少，阴阳正对，稍比诸图可观，然何不确守《乾》、《坤》一再三索之序而演之为胜也。且以西北置《乾》，东南置《坤》，又与先天卦位故武不同何也？

其《辨皇极经世》曰：

邵子所云日月星辰，水火土石，寒暑昼夜，风雨露电，性情形体，草木飞走，耳目口鼻，声色臭味，元会运世，岁月日辰，皇帝王霸，《易》、《诗》、《书》、《春秋》，似校《说卦》为详；然不知愈详而持漏疏罔愈甚。

其《辨太极图说》曰：

河上公作《无极图》，魏伯阳得之以著《参同》者也。图自下而上，其第一层曰元牝之门，即《太极图》之第五层也。其第二层曰炼精化气，炼气化神，即《太极图》之第四层也。其第三层曰五气朝元，即《太极图》之第三层也。其第四层曰取《坎》

填《离》，即《太极图》之第二层也。第五层曰炼神还虚，复归无极，即《太极图》之第一层也。方士之秘，在逆而成丹，故自下而上，周子在顺而成人，故自上而下。夫老庄以虚无为宗，静笃为用，今方士之术，又其旁门，周子之《图》，穷其本而返之老庄，可谓拾瓦砾而得精蕴者矣。但遂以为《易》之《太极》，则不可也。

自先天太极之图出，儒林疑之者亦多，然终以其出自大贤，不敢立异，即言之，嗫嚅莫敢尽也。至先生而悉排之，世虽未能深信，而亦莫能夺也。

先生酷嗜古玩。癸未，游于金陵。一日，买汉唐铜印数百，市肆为之一空，乱后散失殆尽，犹余端石红云研一，宣铜乳炉一。其后又得黄玉笛一，然终以贫不守，叹曰："夺我希世珍，天真扼我！"然入其室，陶尊瓦缶，皆有古色，已而穷益甚，守之益坚。

尝缮澹归《遍行堂集》，笑曰："甚矣此老之耄也！不为雪庵之徒，而甘自堕落于沿门托钵之堂头①，又尽书之于《集》以当供状，以贻不朽之辱。"门人有问学者，曰："诸君但收拾聪明，归之有用一路足矣。"尝解《易·离》之三曰："人至日昃，任达之士，托情物外，则自谓有观化之乐，故鼓缶而歌；不然，忧生嗟老，戚戚寡欢。不彼则此，人间惟此二种，皆凶道也。君子任重道远，死而后已，卫武公②之所以贤也。"

生平作诗几万首，沉冤凄结，令人不能终卷。晚更颓唐，大似诚斋。性极僻，虽伯子时有不满其意者。尝曰："束发交贤豪长者，不为不多，下及屠狗之徒，亦或沥心血相示。虽然，但有陆文虎万履安

① 堂头：方丈的异称。宋陈与义送秘典座胜侍者《乞麦诗》："堂头老师言语工。"
② 卫武公：卫武公年九十有五，还下令于国人说："自卿以下至于师长士，苟在朝者，不要说我老耄而不谏戒我！"于是作《懿戒》以自警。见《国语·楚语》。懿读抑，《诗·大雅》有《抑》篇，即武公所作。

二人为知我耳。"先生虽好奇字，然其论小学，谓"扬雄但知识奇字，不知识常字；不知常字乃奇字所自出。"三致意于《六书会通》，乃叹其奇而不诡于法也。

生于万历四十四年某月日，卒于康熙二十五年某月日。前孺人徐氏，后孺人冯氏。子二。葬于化安山先兆旁。

先生《忧患学易》[①]一书，其目曰《周易象词》十九卷，《寻门余论》二卷，《图学辨惑》一卷，自故居被火不存，并《六书会通》及《二晦》、《山栖》诸集俱亡。从孙千人以予铭其大父梨洲先生之墓，为能尽其平生之志，请更表先生之墓。惟是遗书既不可见，而耆老凋丧，亦更无人能言其奇节，乃略具本末，而详载其论《易》诸篇之幸而未泯者，以付千人，使勒之墓上。或曰："先生晚年尝作一石函，锢其所著述于中，悬之梁上，谓其子曰，有急则埋之化安山丙舍，身后果有索之者，其子遂埋之，而今其子亦卒莫知所在，非火也。"予因令千人祷于先生之灵以求之。呜呼，先生好奇，其独不能使遗书复出以慰予耶！

其铭曰：

逃剑铓以亡命兮，保黄箭之余生，啖野葛几一尺兮，犹能据皋比以铿铿。我过剡上兮，如闻黄玉笛之哀鸣，嗟石函其竟安往兮，徒使人惆怅而屏营！

---

　①《忧患学易》：按此书，今余姚还有稿本。

# 五岳游人（郑性）穿中柱文

　　南雷黄氏之讲学也，其高弟皆在吾甬上，再传以来，绪言消歇，证人书院中子弟，不复能振其旧德，求其如北山之有光于朱[1]，蒙斋、融堂、和仲[2]之有光于陆者，吾未之见也。慈水郑先生南溪，其庶几乎！

　　先生于黄氏之学，表章不遗余力，南雷一水一火之后，卷籍散乱佚失，乃理而出之，故城贾氏颠倒《明儒学案》之次第，正其误而重刊之。先是尊府君高州，欲立祠于家以祀南雷而不果，先生成其志，筑二老阁于所居东，以祀南雷及王父秦川观察，春秋仲丁，祭以少牢，黄氏诸孙及同社子弟皆邀之与祭，使知香火之未坠也。又言于提学休宁汪公，谋其墓田。初南雷之卒也，托志文于高州而未就，至是先生以属之予。四方学者，或访求南雷之学，不之黄氏而之鹳浦，即黄氏诸孙访求簿录，亦反以先生为大宗，盖其报本之勤而笃也。

　　顾或疑先生之学，不尽合于南雷，以为南雷当日虽与二氏多还往，而于其学则攻之甚严，今先生之喜禅，几于决波倒澜，无复堤限。南雷最斥潘氏用微之学，尝有书为万征君季野驳之，凡数千言，而先生于用微求仁宗旨，许为别具只眼。南雷《汰存录》之作，言《明史》者皆宗之，而先生言其门户之见，尚未尽化。予则以为先生

----

　　① 北山：北山，宋何基号，为黄榦弟子，于朱熹为再传，故说有光于朱。

　　② 蒙斋、融堂、和仲：蒙斋，袁甫号。融堂，钱时号。和仲，吴埙字。并为宋杨简弟子，于陆九渊为再传，故说有光于陆。

宿根实与葱岭相近，故虽儒言儒行，而圆项箸笠，居然竺先生<sup>①</sup>气象，亦尝与之反履其异同，而墨守卒不可化，此乃明人近溪复所海岸一辈。用微之学，予亦尝举其疵类以相商榷，先生不以予为非，而谓近世士不悦学，苦心如此人者，正自不可泯没，是固平情之论也。至疑南雷门户之见未化，则最足中明季诸公之病者。要之先生讲学，其泛滥诸家，不无轶出于黄氏范围之外，而其孤标笃行，持力之严，则依旧师门之世嫡也。

先生以友朋为性命，然诗酒过从，以至书简往复，无一不归于学。万编修九沙七秩，同人共祝之，先生扬觯<sup>②</sup>而前曰："吾祝公耄而益勤，不知老之将至，上以绍鹿园先生之学统，近以绍充宗先生之学统而已矣，他非所及也。"其祝陈南皋，亦以怡庭先生之薪火勉之。尝劝李东门讲学，东门谩讯之曰："今世之讲学者，特欺世以盗名耳，吾不屑为也。"东门卒，先生哭之恸曰："听君之放浪山水而终无所得，是予之罪也夫！"万磁州西郭被征，先生谓曰："按以古人出处之义，当辞之。"西郭不能从，中途而寄声曰："吾悔不用良友之言。"予在京师，先生岁必传语曰："长安声利之场，陷溺人心不少，当时时提醒之！"西行访求李二曲高弟，则友王丰川，北行求颜习斋高弟，则友李恕谷，浙中求明招丽泽之传<sup>③</sup>，则友王鹤潭，而尤服膺二曲反身之教，每与予相见，未尝不谆谆三致意焉。呜呼，先生之学如此，夫岂葱岭之徒所能收拾者乎！

家居祭祀，皆依古礼，不参以世俗之俎豆，视牲告濯，无不躬亲，未尝见其稍倦。巫觋不得入其门，家人有为非鬼之享者，举而覆之于厕。西成所入，惠及三党，竭欢尽忠，不以为厌，盖数十家待以举火。有佃人负租，询之，知为慈湖先生之后也，尽捐之。守令有愿见者，谢不往。以明经贡太学，应受籍于选部，亦不赴。先生固用世

---

① 竺先生：天竺僧初入中国，多用竺字冠其名。竺先生犹言高僧。
② 扬觯：《礼记·檀弓》："杜蒉洗而扬觯。"觯是酒器。扬觯，举其酒器。
③ 浙中求明招丽泽之传：指吕祖谦之学。

才，其综理庶务，干力精悍，乃其于势位则泊如也。自署曰五岳游人。其于五岳已历其四，独衡山未至，曰："留此有余不足之精神以还芒屩可也。"今春语余曰："明年为予八十，终当南行以毕此志。"未几而先生逝矣。

先生讳性，字义门，别号南溪，浙之慈溪县鹳浦人也。以故按察副使澡为祖，世所称秦川先生者也。以故知高州府梁为父，世所称寒村先生者也。生于康熙乙巳年十一月二十六日，卒于乾隆癸亥七月十日。其年七十有九。娶仇氏。子二：大节、中节，俱国子生。先生为其尊人治丧，未尝用世俗七七之期，至是二子守其家法。夫是说也，发之韩李二文公，以辟佛也，而先生遵之，然则诚非葱岭之所能收拾矣。所著有《南溪偶存》。葬于高州墓旁。今而后，南雷黄氏之绪言，恐益衰矣！

其铭曰：

孔耶释耶双探珠，鸿沟混合为一区。学成五岳恣所如，要其醇行老不渝。归根复命在吾儒，我铭其幽非贡谀。

# 湖上社老晓山董先生（剑锷）墓版文

有明革命之后，甬上耆耇之士，甲于天下，皆以蕉萃枯槁之音，追踪月泉<sup>①</sup>诸老，而唱酬最著者，有四社焉。西湖八子为一社，故观察赣庵陆先生宇燝、故枢部象来毛先生聚奎、故农部天鉴董先生德偁、故侍御衷文纪先生五昌、故枢部昭武李先生文缵、韫公周先生昌时、心石沈先生士颖，而桐城方先生授，以寓公豫焉。其为之职志者，昭武也；南湖九子为一社，故农部青雷徐先生振奇、故太常水功王先生玉书、故舍人梅仙邱先生子章、故评事荔堂林先生时跃、故监军霜皋徐先生凤垣、废翁高先生斗权、故征士蛰庵钱先生光绣、故武部隐学高先生宇泰、杲堂李先生文胤，其后复增以故评事端卿倪先生爰楷、故征士立之周先生元初。其为之职志者，隐学也；已而西湖七子又为一社，故征士正庵宗先生谊，香谷范先生兆芝、披云陆先生宇燝、晓山董先生剑锷、天益叶先生谦、雪樵陆先生昆，而故锦衣青神余先生盉，以寓公豫焉。其为之职志者，晓山也；最后南湖五子又为一社，故太常林先生时对、周先生立之、高先生斗权、朱先生钺，与晓山也。其余社会尚多，然要推此四集为眉目云。

晓山先生字佩公，一字孟威，鄞人。前翰林改官四川监司樾之曾孙，诸生光临之孙，高士非能先生士相之子。少而清俊，工为诗古文词，非能先生自课之。甲申之变，非能先生尚茂齿，愤甚，谓先生

_____

① 月泉：指宋吴渭所立的月泉吟社。

曰："儿曹无庸读万卷书，且挽五石弓耳。"先生抱父而泣，焚其衣巾，自是父子互相镞厉为遗民。当是时，大学士钱忠介公，故董氏婿，尚书苍水张公，亦董氏婿，故国世臣之感，兼以姻眷所连，倒庋倾筐，以相从于焦原者，董氏较诸故家独多。先生方馆于族兄推官德钦家，共参五君子之密谋。尝潜行至海上，觇诸幕府，已而烟沈潮息，相继沦丧。通判光远以自缢死，推官以兵死，农部德称兄弟父子四人以悒悒死，而先生力固首阳之节，不妄交一人，其所郁结，皆见之诗古文词。陆观察宇爝窜取故督师王公之首，藏于密室，先生岁往哭之。及葬于城北，哭之终身。杜秀才殉义，先生课其子读书，抚之如子。海宁查职方继佐最持标格，及游粤中，得交范先生兆芝，因读《湖上七子集》叹曰："吾每饭不忘佩公与披云也。"又曰："佩公真古人，兄弟更番负米，其事非能先生尤竭其力云。"

生于天启二年九月初三日，卒于康熙四十二年四月初三日。娶陈氏。子允实、允宝。孙四。葬于柳隘。所著有《墨阳内编》、《外编》、《闰编》、《晓山游草》若干卷。先生之弟徙山先生德镳，亦有高节，不愧其兄。年运而往①，文献凋残，诸社老之姓名且有不传者。予友钝轩董宏方辑《董氏家乘》，请予为晓山表墓之文，予因牵连及之，庶后之学者有所征也夫。其词曰：

南岳之遗民，西台之故人②，试过湖上之诗寮，犹令我黯然其消魂！百年过者，式此孤坟。

---

　　① 年运而往：是年华过去的意思。《庄子·天运》："老聃方将倨堂而应微曰，予年运而往矣，子将何以教我乎？"
　　② 西台之故人：指登富春山子陵钓台恸哭文天祥的谢翱，翱有《西台恸哭记》，黄宗羲为之注。（《南雷文案》卷一〇）

# 陆佛民先生（观）志

　　佛民先生姓陆氏，讳观，字宾王，浙之宁波府鄞县人也。广西布政使铨之四世孙。少于书无不窥。其学元元本本，洞悉百氏之流别。绝工诗古文词而不自表现。丙戌以后，怅然弃其诸生。其时族父观察周明先生，鞅掌戈甲间，田、荆、高、宋①之徒，旁午于庭，而先生与居相近，深坐复阁中，虽祖父忌日，俱不出临，莫得见其而者。独周明至，则纳之语，或移日而去，乃知二人之迹不相肖，而心相孚也。

　　周明尝从容问先生曰："今世之委身军持②者，以开布薤之令也。子之种种者固无恙，而何以曰佛民？"先生笑曰："非也，吾所谓佛民者，拂人也。夫吾之冥然而不有其生也，亦可哀矣，而尚奄然而未抵于死，拂孰甚焉。拂人者，佛民也。"周明曰："甚矣夫，予之昧于六书也。"

　　先生前此授徒甚多，至是皆莫得至床下，惟林都御史茧庵偶一见之。其复阁中诗文，亦惟周明与茧庵一见之。己亥，得年六十有七，病卒。周明枕之股而哭之曰："吾家五世相韩之痛，更谁与吾分此志者乎？"是日也，诸子弟来会吊者，始见其发毵毵然未有损也。皆为流涕。葬于某乡之某原。

---

　　① 田、荆、高、宋：按田为田光，荆为荆轲，高为高渐离，宋为宋子，并见《史记·刺客列传·荆轲传》。但宋子，《集解》、《索隐》、《正义》并说是县名，非人名。本文作人名用，恐误。

　　② 军持：梵语。僧人游方时所携带的水瓶。

又四年，周明竟以事死。盖自国步改易，抗开薙之命以殒生者，大江南北，所在多有。其不然者。或终身逃之岛上，独吾乡蛟川薛公白榆与先生，偃然居城市中，风波不及，须鬓依然，斯亦高蹈之一奇也。然而柴门谢客，甘心于死灰槁木以逃世网，斯尤难矣。

今先生之后甚衰，遗文散失殆尽，渐无知者。周明先生之子经异，以其事请予揭诸墓，予乃序以贻之。

# 陆披云先生（宇燥）阡表

吾乡湖上前辈，二陆最多奇节。赣庵副使之墓，志于姚江黄公，其子经异以事不备，重乞予为之碑；已而又以披云先生阡表为请，因曰："昔宋季桐庐二孙之志，晋卿、华川，先后争胜，何如子之兼之也？"予文于昔人何能为役，而惧隐德之弗曜，曷敢辞。

先生讳宇燥，字春明，别署披云，赣庵副使之第五弟也。负才自喜，俯视一切，副使风格棱棱不可犯，而先生稍济之以和，故世人亲之以为夏日冬日之分，然其刻意厉行，虽嚬笑皆归名节则一也。丙戌后，弃诸生，与丧职之徒游，荒亭木末，时闻野哭。同里杜秀才懋俊，仗义物故，先生藏其遗孤宪琦，延师教之，长为授室。宪琦赢弱，先生抚之如婴儿，苟见其色理不和，辄有忧色。华亭张阁部孙茂滋囚鄞狱中，先生百计出之。茂滋既出而病几死，先生一茶一药，无不躬亲。叶布衣谦早夭，先生养其母终身。其后茂滋旋里，甫举一女而卒，宪琦亦夭，先生每与客言之，未尝不于邑淋漓，废餐竟日。桐城方授，亦遗民之好奇者，避地来鄞，先生馆之湖楼中。授游象山而卒，先生经纪其丧，收拾其遗文，以致其家。青神余盍来鄞，亦馆于先生，以是尽丧其先世所遗之产而不顾也。副使崎岖岛寨之间，踪迹詭厓，已而终以降卒所牵，逮入牢户，家门震动，祸在不测。先生上奉家庙，下抚诸侄，神色自如，风波甫定而兄死矣。先生只轮孤翼，身益穷，节益厉，故太史葛公世振登启事，亲从争从臾出山，太史尚壮年，先生以十断句为祖道，祝之以危学士和州<sup>①</sup>之役，太史叹曰：
"吾尚可以行乎？"力辞不赴。呜呼，翘车弓乘，古人所以致畏于友
朋者，至后世盖希闻矣。先生以危行发为危言，故闻者足戒，而太史
累奉征书，卒保高蹈。先生性嗜异书，晚年家既贫，不能具写官，乃
手钞之，濒病不倦。从子官山左，令其访东莱赵隐君士哲遗书，垂
殁，尚以其书未至为恨。自弃诸生，即练衣蔬食，丛林<sup>②</sup>或以为佞佛，
争劝之披缁，先生笑不答。及遗命不作佛事，众始瞿然。少时尝买苕
娘为婢，已乃知其为宦家女，遽还之，不索其值。国难而后，倾家以
赎子女之被掠者。三郝或以急告，虽出晨炊之米应之，弗计也。然以
先生之大节言，则此特其绪余耳。

董处士剑锷评其《集》曰："先生峨冠正衿，危坐一室，焚香溉
花，意其人为右丞、苏州<sup>③</sup>一流，乃唱叹之余，则为羽征变声，如风
如雷，不知者以为诗殊其人，其知者以为人寄于诗也。"闻者以为知
言。所著《观日堂集》八卷，藏于家。

先生生于万历己未十月二十六日，卒于康熙甲子六月十四日，得
年六十六岁。娶朱氏。再娶沈氏。葬城西李家桥之原。其墓志乃自制
者。子经旦。

其铭曰：

西湖之西，乔木苍苍，康僖而后，三石争光。暨于右都，不屈
逆奄，明之世臣，吾乡所瞻。乃有高节，国亡弥厉，右都之子，副
使之弟。

---

① 危学士和州之役：元危素入明为学士，后以御史王著等论素亡国之臣，不宜列侍从，
诏谪居和州守余阙庙。见《明史》本传。

② 丛林：僧徒聚居的处所。

③ 右丞、苏州：王维官尚书右丞，韦应物官苏州刺史，并是唐代澹远一派的诗人。

# 宗征君（谊）墓幢铭

改玉①之际，吾乡诸遗老社会极盛，而湖上之七子苦节为最。七子之中，以诗言，正庵先生为最。

正庵先生姓宗氏，讳谊，字在公，原籍南直隶徽州府歙县，迁鄞。曾祖某，祖某，父某。徽俗以懋迁有无为业，起家至陶猗者，不可指屈。先生之父，亦以此豪子资，而先生之性所好独在诗。绕床阿堵，绝口不道，若婪儒然。

江东起事，议以正兵食正饷，义兵食义饷，正兵者方、王诸营是也，义兵者，孙、熊、钱、沈诸营是也。正饷之出自田赋者，既尽隶方、王。而浙东数十州县，各有义兵，但食其地劝输之饷，势既不给，尚时时为正兵所掠夺，于是遂乏食。鄞之义饷，以故太仆富推之为主，其人已迎降江上，为诸公胁之以从，则日辇兼金赂贵戚得入阁，反乾没里中所输，而出内子军中甚吝。先生慨然发其家得十万金，径送钱督师营，督师疏请奖之，且言其才宜在馆阁，监国召诣都堂，先生曰："是将以卜式出身②也。"辞不赴。

江师航海，资粮屝屦不能不仍仰之内地。先生家已落，犹货其田园奴婢之未尽者以应之，盖至是屏当一空，遂无担石之储，而先生怡然。

---

① 改玉：犹言易代。君臣步不同，所佩玉也不同。易代必易君，故易代称改玉，也称改步。语本《左传》定公五年。

② 卜式出身：汉卜式以输家财得官，和一般做官的人出身不同。见《汉书》本传。

湖上之结社也，陆披云、董晓山、叶天益、陆雪樵，皆鄞产，范香谷则定产，而蜀人余生生以寓公亦预焉。七子以扁舟共游湖上，或孺子泣，或放歌相和，或瞠目视岸上，人多怪之。

先生之诗如怪峰奇澜，嵯峨淡冽，不自人间。所著有《南轩南楼》二集、《湖上集》、《萝岩集》、《西村集》、《疗饥集》，晚年合为《愚囊稿》。删定得六卷，然此皆其《外集》，颇和平，至《内集》则无见者。

先生性狷急，尝在先赠公座中，拥炉围火，适有客至，其人颇游时贵之门，将以淡巴菰引火，先生拂然，遽曰："污吾火矣。"晚年所居仅破屋，时至绝粒，哦诗不衰。

先生生于某年月日，卒于某年月日。夫人某氏。葬某乡某原。其《愚囊稿》，今藏董生秉纯，盖周即墨证山所手书。

其铭曰：

于国有益，于家奚惜！其命虽穷，其诗则工。荒江夕照，灵禽所吊。读我铭文，如见其人。

# 范处士（兆芝）坟版文

范处士者讳兆芝，字香谷，浙之宁波府定海县人。工部员外郎我躬子也。处士少不羁，负才自异，挥霍一切，家渐困，里人多笑而远之。其妇翁谢氏为豪宗，子弟裘马炳赫，处士视之若无有，而诸谢亦以其落拓弗喜也。独其妇弟二人者严事之，处士曰，吾妇家只此二人者稍可，余俱奴才耳。时以比之赵岐。[①] 同里华职方嘿农负风节，处士宗之，一步一趋，皆以为准。职方鞅掌国难，处士助焉。戊子，翻城之役，亦牵连被囚，将行刑矣。谢征君时符，其妇叔也，以奇计脱之，遂挈家避地鄞之东偏。

处士自游江上诸幕府以来，家尽落，连遭挫折不自得，每酒阑日暮，语及平生，则怒发裂冠，弹指出血，座上人咸惴惴，惟恐其辞之未毕也。好义日益甚。华亭张茂滋被俘，陆公子披云出之狱，未能为其归计也。处士曰："在我而已。"为之治行李，设祭于阁部墓前，送之归华亭，复为之谋其家事方去。已而穷甚，乃访故人于广东，甫至而病遂不起，其从人为旁皇作归榇计。适有自慈溪至者，过之，泫然泣曰："是尝拯我于厄者，殡当于我归。"[②] 即为舆致其丧至家，然其家终不知处士之于是人所拯何事也。处士之出游也，中途遇查职方方

---

① 赵岐：汉赵岐娶扶风马融兄女。融外戚豪家，岐常鄙视他，不和他相见。见《后汉书》本传。范兆芝妇翁谢氏为豪宗，兆芝也瞧不起谢氏子弟，故人比之赵岐。

② 殡当于我归：按《论语·乡党》："朋友死，无所归，曰我殡。"何晏《集解》："孔安国曰，重朋友之恩也。"即此语所本。

舟，相得甚欢。职方携女妓一部于舟中，日邀处士过船饮酒，醉则相与卧妓侧。至其密语，人莫得而闻也。临别，与处士约，以次年同归湖上修史，而处士死。

处士生于天启甲子某月日，卒于顺治戊戌某月日。子一，基宥。女二，其长者许陆经旦，披云子也，未娶，以哭父瞽，范氏辞于陆，请更娶，陆氏不可，而女竟以毁卒。披云痛之，乃更娶基宥女，配经旦子。处士卒之十五年，其孺人卒，而谢氏二弟皆已贵，为之营护其家，重以姻好焉。处士所著《复旦堂集》及诸书，皆散佚于广东，经旦以其残稿归予，而请为之坟记，予不敢以芜劣辞。其铭曰：

虽灰其心，未瞑其睫，嗤彼皮相，目为游侠。

# 叶处士（谦）志

叶处士谦，字天益，浙之宁波卫人也。其始祖自潜山以功赐爵，世袭百户，来宁波居北郭，曾祖武略将军绅，当嘉靖时，海滨方有王直之乱，宁波东隅日被兵，城门昼闭，浮梁中断，大吏仅保郭内，武略愤甚，出家财募死士为御贼计。一日传贼至，开门叱缆径渡，遇贼先锋于七里垫，直前挥杀，贼大创而兵不继，贼踵至，武略与二子俱死之，诏晋其所袭爵为千户。时武略年仅三十六。相传其人放诞，好饮博市廛中，一旦临大节，始服其义。至处士乃以儒学起，而亦以国亡爵绝。处士为人守规蹈矩，跬步不妄。工为诗，其严格律，审流派，亦如其人。顾自谓忠节之后，不肯屈身二姓，尝曰："我家虽不敢与晋之陶氏①比大，然其为世臣①则一也。"闻者多笑之。

当是时，甬句东遗民极盛，而寓公亦多。桐城方子留、成都余生生、华亭宋菊斋，皆重处士；诗筒往来，无日不相唱和，顾蕉萃特甚。尝于夏日曝衣，持武略所遗绯袍泣曰："此茜色者，尚与当日沙场战血相映红也。今孙辈之生存，负乃祖矣。"所居不蔽风雨，其徒或为之谋徙宅，则曰："此所践者，先将军赐第之土也，弗敢易。"一时遗民共为赋《城北破庐诗》，周鄮山过之，叹曰："昔人之称东发，一餐竟日，不愿长生，今于天益见之。"时处士母在堂，束脩所入，

---

① 晋世臣陶氏：晋陶潜是大司马陶侃的曾孙，武昌太守陶茂的孙子，晋亡不仕。见《晋书·隐逸传》。陶氏是晋之世臣，叶谦以晋之世臣自比，故明亡也不肯仕。

不足供甘旨，则稍为人应诗文之请以润笔，然非其人不许也。寻病疟不起，诀其母曰："儿所恨者，以母在也。不然，儿死晚矣。"无子，葬于城北武略大墓旁。

呜呼，处士之赍志柴门，其与武略之横身马革，一也。顾不得之军师国邑之世臣，而得之草野，乃知忠孝之禀，各有所钟，数十年以来，耆老殆尽，固无能知处士之大节者，即以其诗，亦在《湖上七子集》中，而今知者鲜矣。予友董宏既属予撰《晓山先生墓版文》，更为处士请，予乃为之志，以俟他日之录遗民者。

# 周征君（容）墓幢铭

　　鄮山先生周姓，讳容，字茂三，浙之宁波府鄞县人也。曾祖某，祖某，父某。先生少即工诗，常熟钱侍郎牧斋称之，谓如独鸟呼春，九钟鸣霜[①]，所见诗人，无及之者。录其诗于《吾炙集》。国难后，弃诸生，放浪湖山，世多方之徐渭，非其伦也。

　　先生以布衣诗人名，顾其素心原不肯以山泽（之）臞[②]夸篇什者，即其救徐御史心水一事，要非东西京人物，不足语此。先生未知名时，首为御史所识，揄扬不啻口出，海氛四起，多掠资粮于内地，御史一日游山庄，为士兵突至，缚之去，寘平西将军王朝先营，索饷数万不得，囚水牢中，亲友莫敢赴。先生故常来往海上，诸营多相识者，挺身往，请之朝先，握手道故，遽释御史归，而部下大哗，谓“是必周生受赇，故来请，或力而拘，或暂而免，[③]将军乃为秀才欺邪？”朝先故武人，忽发怒，下先生狱，榜掠之，先生不屈；赖座客方君伯吕、万君旋吉，百方营护，而沈阁学彤庵亦以为言，伯吕等再请之，得放还。然先生足由是躄，尝自笑曰，“吾今且为半人”，因别署躄翁。鸣呼，由其报知己者观之，而其君臣父子之间可知也。

---

　　① 九钟鸣霜：《山海经·中山经》：“丰山有九钟焉，是知霜鸣。”郭氏《传》：“霜降则钟鸣，故言知也，物有自然感应而不可为也。”这里是以九钟鸣霜的声音，喻诗的清越。

　　② 山泽（之）臞：《汉书·司马相如传》：“相如以为列仙之侨，居山泽间，形容甚臞，此非帝王之仙意也。乃遂奏《大人赋》。”山泽之臞语本此。

　　③ 或力而拘或暂而免：意即用力拘来的人，猝然把他放掉。语本《左传》僖公三十三年晋先轸所说“武夫力而拘诸原，妇人暂而免诸国”的话。

先生踪迹遍天下，所至皆有诗，于浙最厚查方舟，于山右则申凫盟、傅青主，于江右则王于一，于闽则许有介，于山左则于公冶、纪伯紫。丧乱而后，尝尽剃其发为僧矣。未几，以母在，返初服。

晚年已倦游，适有以非意干之者，乃复出门。时里中史侍郎立斋官于京，招先生往，已而有博学鸿儒之辟，朝臣争欲荐之，先生以死力辞。

次年，卒于京邸。生于明万历己未某月某日，卒于康熙己未某月某日。得年六十有一。

初娶金氏，亦工诗。乙酉之秋，方产女，七日，喧传土寇入城，先生欲奉亲出避，而堂上徘徊不前。孺人知之曰："以吾故，使舅姑濒于危，不可；然吾亦岂可辱！"乃为《素罗之歌》，引罗自经，婢急解之，虽未绝，然已困不能起，时人叹其义烈。再娶梁氏。合葬于某村。子宛春。

先生所著有《春酒堂诗集》十卷，《文集》四卷，《诗话》一卷，乃其手定之稿，其生平秘惜之作，多付之火。因鹿岛时，著《瀚志》一卷以纪其事，今亦不传。先生有一仆甚义，先生卒时，或欲以兼金贿仆，取其《集》以去，仆固执不可。

先生最工书，亦喜画，饮酒数斗不乱，诙谐间作，辄倾一座。丁亥游闽，有以千金属一事者，挥去弗顾。太原阎征君百诗尝曰："郯山，吾家白奔山人①之俦，而诗过之。"

雍正癸丑，宛春寄予书京师，以余杭孙海门所作传乞余表阡，忽忽六年，未及掇稿。予罢官归，宛春来请益力，且言海门之文不工，然予文岂敢谓其必传耶！其赞曰：

先生之节，不愧遗民，浮海急难，几困波臣，出其余事，乃作诗人。②我铭其阡，以慰后昆。

---

① 白奔山人：是明遗老阎尔梅的号。

② 出其余事，乃作诗人：韩愈《和席八十二（夔）韵诗》："多情怀酒伴，余事作诗人。"

# 李东门（暾）墓表

　　李太学暾，字寅伯，一字东门，鄞人，杲堂先生子也。杲堂艰于得子，四十后始举太学。初堕地，面上有如小耳者数十，为系去之，稍长，右颊有瘢作鸦青色，有相者见之曰："此海外阿罗汉化身也。"

　　负才气，颇任侠。杲堂读书，雅守绳墨，不肯少有疏略，而太学不耐章句之学，通其大意而已。杲堂文词，简练组织，严于律度，而太学信笔立成。既冠，梨洲黄先生见其诗曰："是能独开生面者！"而郑丈寒村尤喜之。郑南溪、谢北溟、万西郭为《四子之集》，太学为之长。

　　性好游，春则渡钱塘，探河渚，入姑苏，游邓尉，直至花信更番[①]告毕而归。秋则观曲江潮，徘徊桐庐一带，坐待霜叶尽脱始去。至于四明二百八十峰，则其屐齿所晨夕也。其《游录》，每一年足为一《集》。

　　座上之客常满，颇不喜饮，而喜召客。其自监司牧守镇将，荐绅先生，骚雅游客，以至剑侠术士，沙门道流，参错旁午，不可究诘。四方之士至甬上，无不叩李氏，而太学倾筐倒庋，待之各以其差无爽者。百函并发，半面不忘，自朝至暮，不以为倦。善治具，其出门亦必挟客，挟客则其具连车兼舫，生者、熟者、炙者、醋者、酱者、腌

---

　　① 花信更番：风必应花期而至，所以叫作花信风。《荆楚岁时记》："始梅花，终楝花，凡二十四番花信风。"按《吕氏春秋·贵信》："春之德风。风不信，其花不盛，花不盛，则果实不生。"花信风之名，可能本此。

者、醢者、蜜者，晨凫夜鲤，春韭秋菘，莫不充牣，盖自太学逝而吾乡游人骤衰，风流顿尽。

万西郭曰："东门本用世之才，遭时不遇，以致拓落江湖，放弃诗酒，然其潇洒跌宕，要足以自豪矣。"

尤留心甬上水利，时时为当道言之。

卒年七十有五。所著《松梧阁集》，其佳处时与寒村相近云。

少时尝豫证人之社，然不喜讲学，或劝之，则曰："今世之为此者，特希世以盗名耳，吾不屑也。"语虽放诞，然亦未尝不切中近人讲学之病。

三子：长世兼，次世法，次世言，而世法尤与予善，能承先志，开雕两世未刻之集行世，且以十世通家之谊，属予表墓，愧芜文之荒率也。

# 陈南皋（汝登）墓志铭

梨洲先生讲学甬上，诸高弟皆帅其子姓以从，汉人所谓门生者也。相去七十余年，诸高弟固无存，并其门生一辈，亦零落且尽，仅有郑南溪陈南皋二人，今亦相继下世，证人书院之耆旧，不可见矣。近日后生年少，渐不知高曾之规矩，皆由于渊原之失坠，良可惧也！

南皋讳汝登，字山学，其先世出自后冈先生。南皋为太史怡庭先生之从子，大理心斋先生之从弟。其为人粹然坦然，望而知其为君子。生而为怡庭所爱，故心斋待之如同产。心斋之贵也，力践古人大功同财之义，一切恣南皋所用，不问多寡，而南皋笃于友朋之谊，见有高才而力不自赡者，倾筐倒庋以济之，甚至展转乞贷以徇之，于是士将之心斋者，必先之南皋。顾蹭蹬不遇，心斋卒，南皋骤困乏，故人畴昔有赖南皋之力，以养父母，以畜妻子，以处患难，至是晚而宦达，任其三旬九食，漠然如路人，是则予最所发指者，而南皋亦未尝形之词色也。

予于南皋为忘年之契，南皋谓予曰：“吾交游多矣，其足以接武前辈而无惭者，莫若子，顾惜前辈如东海①诸公不及见子，而使子衣食奔走，以不得遂于学。”及予罢官归，南皋日益老益贫，予时时为谋之有力者，稍资其朝夕之需，然世路局促，不能尽应也。南皋谓人曰：“吾垂老交谢山，以为六十年中畏友所未有，岂知其所以待我者，

---

① 东海：指明张弼。

亦六十年来所未有乎！"予续《甬上耆旧诗》，南皋不惜老眼，校雠兀兀。及为心斋墓碑，欣然谢曰："吾乃有以报吾兄矣。"予偶有所作，南皋未尝不知也。予援遗山溪南诗老[①]之例以推南皋，则逊谢不皇，盖其谦也。今春病不可支，予适有邗上之役，舟行迂道过之而后出郭，南皋握手而泣曰："自分不得再相见，然予不死于子里居之日，而死于子客游之日，其命也夫！"予为之流涕，及吴而讣至矣。

南皋最酖籍，闺门之内，雅多乐事，画纸敲针[②]，至老如一日。尤善觞政，酒阑灯灺，颓然白发，神明不衰。故虽其暮景之溃落，有他人所不堪，而畴昔之风流固自若。

初南皋听讲于黄氏，有《证人讲义》，后听于万季野先生之门，有《续证人讲录》，又有《竹湖日知录》及《二山老人集》。

生于康熙某年月日，卒于乾隆某年月日。三娶皆李氏。子本天。葬于某乡之某原。其子奉遗书以求志，不腆予文，聊以补素车白马之恨而已。为之铭曰：

以义落其家，以道乐其天。古心笃行，不愧为证人高弟之嫡传。

---

　① 溪南诗老：指金处士辛愿。愿字敬之，雅负高气，不能从俗俯仰。有诗数千首，常贮竹橐中。见《金史·隐逸·辛愿传》。元好问《遗山集》中，有《寄答》及《追怀溪南诗老辛敬之》等诗。

　② 画纸敲针：杜甫《江村诗》："老妻画纸为棋局，稚子敲针作钓钩。"

# 前侍郎桐城方公（苞）神道碑铭

古今宿儒，有经术者或未必兼文章，有文章或未必本经术，所以申、毛、服、郑[1]之于迁、固，各有沟浍。唯是经术文章之兼固难，而其用之足为斯世斯民之重，则难之尤难者。前侍郎桐城方公，庶几不愧于此。然世称公之文章，万口无异辞，而于经术已不过皮相之，若其拳拳为斯世斯民之故而不得一遂其志者，则非惟不足以知之，且从而掊击之，其亦恌矣！

公成进士七年，以奉母未释褐，已有盛名，会遭奇祸论死，安溪[2]方倾倒于公，力救之，幸荷圣祖如天之仁，宥死隶旗下，以白衣直禁廷，共豫校雠，令与诸皇子游。自和硕诚亲王下皆呼之曰先生，事出破格，固无复用世之望矣。然公虽朝不坐，燕不与，而密勿机务，多得闻之。当是时，安溪在阁，徐文靖公元梦以总宪兼院长，公时时以所见敷陈，某事当行，某事害于民当去，其说多见施行。虽或未能尽得之诸老，而能容之，故公之苦口，不一而足，不自知其数也。或欲荐公，则曰："仆本罪臣，不死已为非望，公休矣！但有所见，必为公言之，倘得行，拜赐多矣。"世宗即位，首免公旗籍，寻欲用公为司业，以老病力辞。九年，竟以为中允，许扶杖上殿以优之，再迁为侍读学士。孙公嘉淦以刑部侍郎尹京兆兼祭酒，劲挺，不

---

① 申、毛、服、郑：申公、毛公、服虔、郑玄。
② 安溪：指李光地。

为和硕果亲王所喜。有客自朱邸来，传王意，授公急奏令劾之，当即以公代之，公拒不可；其人以祸怵之，公以死力辞。不数日，竟有应募上劾者，孙公下狱，公谓大学士鄂公曰："孙侍郎以非罪死，公亦何颜坐中书矣。"于是孙公卒得免。人多为公危之，而王亦不以是有加于公也。寻迁内阁学士，公以不任行走为辞，诏许免上直，有大议，得即家上之。公感激流涕，以为不世之恩，当思所以为不世之报，然日益不谐于众矣。今上即位，有意大用公。时方议行三年之丧，礼部尚书魏公廷珍，公石交也，以咨公，公平日最讲丧礼，以此乃人伦之本，丧礼不行，世道人心所以日趋苟简，谆谆为学者言之，而是时皇上大孝，方欲追践古礼，公因欲复古人以次变除之制，随时降杀，定为程度，内外臣工，亦各分等差以为除服之期。（此说本之桴亭陆氏，最为有见）魏公上之，闻者大骇，共格其议，魏公亦以此不安其位。寻迁礼部侍郎，公又辞，诏许数日一赴部平决大事，公虽不甚入部，而时奉独对，一切大除授并大政，往往咨公，多所密陈，盈庭侧目于公。初公尝董蒙养斋，河督高君方在斋中，公颇自其必贵，故河督最向往公。及其违众议开毛城铺，举朝争之不能得，外而督抚争之亦不能得，而台省二臣以是下狱，公言于徐公元梦，令为上言，不应以言罪谏官，上即日出之。于是公独具疏力陈河督之愎，上颇心动，河督自请入面对，上以其平日素向往公也，以疏示之，河督大恨，亦思倾公。礼部共议荐一资郎入曹，和硕履亲王莅部，已许之矣；公以故事礼部必用甲科，不肯平署，王亦怒。会新拜泰安<sup>①</sup>为辅臣，而召河间魏尚书为总宪，朝廷争相告曰："是皆方侍郎所为，若不共排之，将吾辈无地可置身矣。"是后凡公有疏下部，九列皆合口梗之，虽以睢州汤文正公，天下之人皆以为当从祀者，以其议出于公，必阻之。公尝陈《酒诰》之戒，欲禁酒，而复古人大酺之制；以为民节用，又言淡巴菰出外番，近日中原遍种之，耗沃土以资无益之

_____

① 泰安：指赵国麟。

产，宜禁之。其言颇近于迂阔，益为九列中口实。于是河督言公有门生在河上，尝以书托之，上稍不直公，而礼部中遂有挺身为公难者，公自知孤立，密陈其状，且以病为请，许以原官致仕，仍莅书局，众以上意未置公也，适庶常散馆，又以公有所私，发之，遂被削夺，仍在书局行走。而荆溪人吴绂者，公所卵翼以入书局，至是遂与公为抗，尽窜改公之所述，力加排诋，闻者骇之。然上终思公，一日吏部推用祭酒，上沉吟曰："是官应使方苞为之，方称其任。"旁无应者。呜呼，温公退居留台，神宗方改官制，以为御史大夫，非光不可，其亦古今所同慨也夫！于是公自以精力倍衰，求解书局，许之，特赐侍讲衔归里。杜门不接宾客，江督尹公踵门求见，三至，以病辞。

乾隆十有四年八月十有八日卒，春秋八十有二。

公讳苞，字灵皋，学者称为望溪先生。江南安庆之桐城人。桐城方氏为右族，自明初先断事公以逊志①高弟，与于革除之难，三百年中，世济其美。明季密之先生尤以博学称，近始多居江宁者，公亦家焉。三世皆以公贵，赠阁学。

公之成进士也，宗人方孝标者，故翰林失职，游滇中，陷贼而归，怨望，语多不逊，里人戴名世日记多采其言，姓而不名，事发，吏遂以为公也，及讯，得知为孝标，吏议以其已死，取其五服宗人将行房诛之，刑长系公以待命，赖安溪而免难。故公自谓宦情素绝，非有心于仕进，每得一推擢必固辞，而三朝之遭遇，实为殊绝，不得不求报称，岂知势有所不能也。

伯兄舟，以高才而不寿，公伤之，推恩其子道永，得官顺天府通判，而道永之罢官，颇遭罗织，亦以公故。公又于故相为同籍，公子道章，亦得罪于故相之子，故累上计车，卒不得一售。

公少而读书，能见其大，及游京师，吾乡万征君季野最奇之，因

---

① 逊志：方孝孺。

告之曰："勿读无益之书，勿为无益之文。"公终身诵，以为名言。自是一意穷《经》，其于通志堂徐氏所雕《九经》，凡三度芟剃之，取其粹言而会通之。不喜观杂书，以为徒费目力，玩物丧志，而无所得。其文尤峻洁，未第时，吾乡姜编修湛园见之曰："此人吾辈当让之出一头地者也。"然公论文，最不喜《班史》、《柳集》，尝条举其所短而力诋之，世之人或以为过，而公守其说弥笃。诸《经》之中，尤精者为《三礼》，晚年七治《仪礼》，已登八秩，而日坐城北湄园中，屹屹（矻矻）不置；次之为《春秋》，皆有成书。间读诸子，于荀、管二家，别有删定本，皆行于世。其在京师，后进之士，挟温卷①以求见者，户外之履，昕夕恒满。然公必扣以所治何经？所得何说？所学者谁氏之文？盖有虚名甚盛，而答问之下，舌桥口噤，汗流盈颊，不能对一词者，公辄愀然不乐，戒其徒事于驰骛。故不特同列恶公，即馆阁年少，以及场屋之徒，多不得志于公，百口谤之，是则古道所以不行于今日也。

公享名最早，立朝最晚，生平心知之契，自徐文靖公后，曰江阴杨文定公、曰漳浦蔡文勤公、曰西林鄂文端公、曰河间魏公、曰今相国海宁陈公、曰前直督临川李公、曰今总宪宣城梅公、曰今河督顾公。其与临川，每以议论不合有所争，然退而未尝不交相许也。雅称太原孙尚书曰："殆今世第一流也。"及太原进家臣，而公稍疑之，尝叹曰："知人之难，谅哉！"履邸虽恶公，而知公未尝不深。一日，鄂文端公侍坐，论近世人物，文端叹曰："以陈尚书之贤也，而自闽抚入京，闻其进羡余金六万，人固未易知也。"王曰："其方侍郎乎？其强聒令人厌，然其尧舜君民之志，殊可原也。"而前此力扼睢州从祀之尚书，垂死悔恨，自以为疚心。呜呼，大江以南，近日老成日谢，经术文章之望，公与临川实尸之，虽高卧江乡，犹为天下之望。

① 温卷：唐代举人，先以自己姓名，藉当世显著达于主司，再以自己的作品献给主司，过几天再献，叫作温卷。（见赵彦卫《云麓漫钞》卷八）柳宗元有《上权德舆补阙温卷启》。

去年公卒，今年临川继之，盖无复慭遗①矣，岂不悲夫！

予之受知于公，犹公之受知于万姜二先生也。其后又与道章为同年，且重之以婚姻。予之罢官也，公豫见其兆，讽予以早去，及予归，而公又以为惜，欲留予，而不知公亦从此被撼矣。公之密章祕牍，世所未见，唯道章知之，而道章先公卒，故予亦不能举其十一也。西州之痛②，言不敢私，亦不敢讳，安得以铭为辞。其铭曰：

经说在笥，文编在笥，虽登九列，依然赍志。强聒而言，何补于事？适招多口，成兹颠霣。悬知耿耿，百年长视，老成凋丧，嗣子又逝，孰知公者，青蝇仅至③，墓门片石，秦淮之涘。

---

①　慭遗：慭，发语词。《左传》哀公十六年，哀公诔孔子说：“旻天不吊，不慭遗一老！”不慭遗犹言不遗。《礼记·檀弓》作“天不遗耆老”。

②　西州之痛：晋羊昙为谢安之甥，极为安所爱重。安死后，昙不再走西州的路。一天大醉，不觉到了州门，极为悲感，诵曹植诗“生存华屋处，零落归山丘”之句，恸哭而去。见《晋书·谢安传》。西州之痛，语本于此。但祖望非方苞之甥，在关系上，似乎比拟得不很贴切。是否有误，俟再考。

③　青蝇仅至：用三国时吴虞翻“死以青蝇为吊客”的话。见《三国志·虞翻传》注引《虞翻别传》。

# 翰林院编修赠学士长洲何公（焯）墓碑铭

国初多稽古洽闻之士，至康熙中叶而衰，士之不欲以帖括自竟者，稍廓之为词章之学已耳，求其原原本本，确有所折衷而心得之者，未之有也。长洲何公生于三吴声气之场，顾独笃志于学，其读书茧丝牛毛，旁推而交通之，必审必核，凡所持论，考之先正，无一语无根据。吴下多书估，公从之访购宋元旧椠，及故家抄本，细雠正之，一卷或积数十过，丹黄稠叠，而后知近世之书，脱漏讹谬，读者沉迷于其中而终身未晓也。公少尝选定坊社时文以行世，是以薄海之内，五尺童子皆道之，而不知其为刘道原洪野庐一辈。及其晚岁，益有见于儒者之大原，尝叹王厚斋虽魁宿，尚未洗尽词科习气为可惜，而深自歉然，以为特不贤者识小[①]之徒，而公之所得，自此益远，则世固未之能尽知也。

顾公一生遭遇之蹇，则人世之所绝少者。公天性最耿介，取与尤廉，苟其胸中所不可，虽千金不屑，晨炊未具不计也。每而斥人过，其一往厄穷，盖由于此。初受知于昆山徐尚书[②]，昆山之门，举世以为青云之藉，所以待公者甚沃，而为忌者所中失欢。戊辰校文之役，至讼之于大府，遂有下石欲杀之者。昆山谓"何生狂士，不过欲少惩之

---

① 不贤者识小：子贡说："文武之道未坠于地，在人，贤者识其大者，不贤者识其小者。"见《论语·子张》。

② 昆山徐尚书：徐乾学。

耳，夫何甚"。事乃得解。已而常熟翁尚书<sup>①</sup>亦延致之。翁之子，妄人也，公又忤之，大为所窘。及尚书受要人指，劾睢州汤文正公，满朝愤之，莫敢讼言其罪，独慈溪姜征君西溟移文讥之，而公上书请削门生之籍，天下快焉。然公竟以是潦倒场屋，不得邀一荐，最后始为安溪李相所知，相与发明大义，脱落枝叶，醇如也。于是圣祖仁皇帝闻其姓名，召见，侍直南书房，寻特赐甲乙科入翰林，兼侍直皇八子府中，然忌者滋多。三年散馆，置之下等而斥之，天下之人骇焉。寻得恩旨留，浮沉庶常间。洊历内外艰，又十年，始复以安溪荐得召授编修，然不复直南书房，忌者终无已。时箕斗交构，几陷大祸，幸赖圣祖如天之仁，兼以知人之哲，得始终曲全，然亦悕矣。方事之殷，校尉缚公马上驰送狱，家人皇怖，公入狱，眠食如故，及所司尽籍其邸中书籍以进，圣祖乙夜览之曰："是固读书种子也，而其中曾无失职觖望之语。"又见其草稿有辞吴县令馈金札而异之，乃尽以其书还之，罪止解官，仍参书局。公出狱，即趋局校书如故。是时诸王皆右文，朱邸所聚册府，多资公校之。世宗宪皇帝在潜藩，亦以《困学纪闻》属公笺疏。康熙六十一年六月九日病卒。时圣祖方有用公之意，闻之轸悼，特赠超坊局诸阶为侍读学士。

公之卒逾二十余年，而其门人陆君锡畴谓予曰："吾师遭遇之详，子既熟知之矣，其身后之蹇，亦知之乎？"予曰："未之闻也。"曰："吾师最矜慎，不肯轻著书，苟有所得，再三详定，以为可者，则约言以记之，积久遂成《道古录》如干卷，盖亦厚斋《困学纪闻》之流，乃同门有荷吾师嘘拂之力而晚背之者，窃其书去，因乾没焉，今遂不可得，是一恨也。年来颇有嗜吾师之学者，兼金以购其所阅经史诸本，吴下估人多冒其迹以求售，于是有何氏伪书而人莫之疑，又一恨也。吾师之殁，时值诸王多获戾者，风波之下，丽牲之石未具，近幸得常熟陶稚中太常许为之，而太常遽死，又一恨也。子能为补太常

---

①　常熟翁尚书：翁叔元。

之一恨否？"予曰诺。乃综述其门人沈彤所为行状而序之。

公讳焯，字屺瞻，晚字茶仙，江南苏州府长洲县人也。先世曾以义门旌，学者因称为义门先生。康熙癸未进士。曾祖思佐，祖应登，父栋，皆诸生。娶王氏。卒年六十有二。子一，寿余，诸生。葬于某乡之某原。其所著惟《困学纪闻笺》行世，而书法尤为时所传云。公与桐城方侍郎望溪论文不甚合，望溪最恶□□之文，而公颇右之，谓自□□后更无人矣。盖公少学于邵僧弥，僧弥出自□□故也。望溪争之力；然望溪有作，必问其友曰："义门见之否？如有言，乞以告我，义门能纠吾文之短者。"呜呼，前辈直谅之风远矣。

其铭曰：

天子知之，宰相知之，而竟坎壈，以尼于时[1]，穹窿山上，带草丝丝。

_____

① 以尼于时：用《孟子》"行或使之，止或尼之"的意思。见《孟子·梁惠王》。

# 阁学临川李公（绂）神道碑铭

乾隆十有五年，阁学临川李公卒于家。公以病退已十年，然海内士大夫，犹时时探公起居，以为斯道之重，公卒而东南之宿德尽矣。

呜呼，公扬历三朝负重望者四十余年，以为不遇，则亦尝受特达之知，荷非常之宠，内而槐棘，外而节旄，至再至三，有具臣所不敢望者；以为遇，则乍前而遽却，甫合而已离，磨蝎苍蝇，旁午中之。何造物之颠倒斯人一至此也！累蹶累起，卒不得志，终于肮脏以没，是则可谓痛心者矣。

公以己丑进士入词馆，授编修，即受圣祖不次之擢，超五阶为庶子，自来词馆所未有也。主试滇中浙中，凡再迁而至阁学，摄吏部侍郎兼副都，且大用矣。以辛丑校士之役，被论罢官，视永定河工，盖未及一年而已黜。世宗在潜藩雅知公，既嗣位，召还，尽复其官，时时赐独对，参豫大议。时有密勿重臣二人，礼绝百僚。亲王亦折节致敬，而公平揖之。重臣言公赋性刚愎，难共事，乃解阁部二官，但领副都。寻复以为兵部侍郎，直讲筵。视漕归称旨，旋令填抚广西。重臣终心忌之，因作《四巡抚论》，皆加丑诋，以为乱政之魁。四巡抚者，江抚杨文定公，时为滇抚，今大学士海宁陈公，时为东抚，其一则公，而蔡尚书为川抚，亦豫焉。重臣又令其私人污公以赃，卒不得。不二年，世宗思公，召为直隶总督，盼睐倍隆。公力言河东总督田文镜之殃民，既面奏之，漏三下，犹未退，又连章纠之；河督亦劾公以朋党祖护属吏之出自科第者，且举动乖张。世宗始颇直公言，将斥河督，已而稍犹豫，于是封事狎至，公虽互有所持而不胜。当是时，世宗方痛惩庙堂朋比之习，蔡尚书者素负才而专己，顾独倾心于公，会其失眷，忌公者因谮之，以为是其死友，历指其踪迹，公益诎。召入为工部侍郎，其在事方九月也，则新任直督及广抚交章劾公。初公在广抚任中，尝安插一罪苗，至是逃去，新广抚不自引咎，追劾公从前措置不善，诏使公只身前往，捕贼自赎，不得携广中一吏卒，人皆危之。公至而叛苗束身自归，有司讯之，曰："吾不可以负李公。"其事得解。时公已削夺官爵，既归，下刑部听讯，大臣议公罪应绞者十有七，应斩者六，共应得死罪二十有四。凡属吏于官项有亏者，皆令公代赔，籍其家，取其夫人之簪钏视之，皆铜器也。狱成，世益为公危，顾公处之泰然。在囚中，日读书，昼饱啖，夜熟眠，若不知有忧患者。时故甘抚胡君期恒，亦以事在系，叹曰："真铁汉也！"内外诸臣，方以全力罗织公，必欲置之死，世宗始终念公，特以其性刚，意欲痛有所摧折而后湔洗之，而复用之。乃大召廷臣，并召公亲诘责之。公正色无所挠，但言："臣罪当诛，乞即正法，以为人臣不忠之戒。"无乞怜语。是日也，天威甚厉，近臣皆惊悸，汗流浃背，恐有大处分，而公自若。（郑侍讲筼谷在班中，最为予详言之）寻奉诏恩赦公，令纂修《八旗志书》。敝车羸马，即日赴局，杜门不接宾客，重葺平生所著书。如是者八年。今上即位，召见谕曰："先帝固欲用汝。"即日授户部三库侍郎，寻改左侍郎，时颇有阻公之起而不得者，顾不一年，竟左迁詹事。

公平生以行道济时为急，用世之心最殷，故三黜而其志未尝少衰，而浩然之气亦未尝少减。然而霜雪侵寻，日以剥落，菁华亦渐耗矣。会以丁太夫人忧归，服除，又左迁光禄，寻迁阁学。时方主试江宁，一旦忽大病，神气遂支离，与人语健忘，一饭之顷，重述其言，絮絮数十度不止，扶疾还朝，诏在京调治，竟不痊，许以原官致仕，赐诗以宠其行。归而稍愈，优游里社。曾一至黄山，盖公先世自王父以上，皆休宁产也，然非复前此之伉壮矣。呜呼，公自释褐时，新城王尚书称其有万夫之稟，及中年百炼，芒彩愈出，岂知血肉之躯，终非金石，竟以是蕉萃殆尽，而要其耿耿赍志以终者，世人亦或未能尽知也。

世之论公者，谓公之生平，良蹇于遇，顾亦颇咎公之不能善用其才。公以博闻强识之学，朝章国故，如肉贯串，抵掌而谈，如决溃隄而东注，不学之徒，已望风不敢前席；而公扬休山立，左顾右盼，千人皆废，未尝肯少接以温言。故不特同事者恶之，即班行中亦多畏之。尝有中州一巨公，自负能昌明朱子之学，一日谓公曰："陆氏之学，非不岸然，特返之吾心，兀兀多未安者，以是知其于圣人之道未合也。"公曰："君方总督仓场，而进羡余，不知于心安否？是在陆门五尺童子唾之矣。"其人失色而去，终身不复与公接。然其实公之虚怀善下，未尝以我见自是。予以晚进，叨公宏奖，其在讲座，每各持一说与公力争，有时公亦竟舍其说以从予，即其终不合者，亦曰各尊所闻可矣，故累语客赏予之不阿。而世方以闭眉合眼、喔咿嚅唲、伺察庙堂意旨、随声附和，是为不传之祕，则公之道，宜其所往辄穷也。计公在九列，共事者曰年大将军羹尧、曰隆太保科多、曰桐城常熟二相公；及为直督，襄营田之役曰和硕怡亲王，公皆一无所附丽，而卒困于河督，然其终得保全者，则圣天子有以呵护之也。西崦暮齿，尚遭侧目，可悲也夫！

公之好士出自天性，故校士则蒙关节之谤，察吏则又遭钩党之诬，然而词科之役，公方待罪书局，犹谆谆问予以天下才俊，各取其所长，登之簿录，是以丙辰复受荐举过多之罚。偶取放翁诗《题楹》曰："远闻佳士辄心许，老见异书犹眼明。"盖实录也。予之罢官也，徐相国言于朝曰："今日李詹事必大作恶！"或问之，张尚书从旁答曰："此乃具体而微之李詹事也。"呜呼，予亦何足以望公，而辱诸君之推毂乎？其经术皆足以经世务，指挥所至，迎刃而解。曾一出视漕，即为清运丁积年之害，至今遵行，而惜其所至，皆未有三年淹也。生平学道宗旨，在先立乎其大者，陆子之教也。间谓予曰："吾苟内省不疚，生死且不足动其心，何况祸福！祸福且不足动其心，何况得失！以此处境不难矣。"予于诸生请业，多述公此言以告之，则泰山岩岩之气象，如在目前，一念及之，足使顽廉而懦立。今老成徂谢，后学其安所依归乎！

公讳绂，字巨来，学者称为穆堂先生。其居临川仅二世，少贫甚。读书五行并下，落笔滚滚数千言。而无以为生。尝自其家徒步负幞被之徽，又之吴，吴人或异其才，然未能振也。或言之江抚郎君，一见曰："非凡人也。"始资给之，遂魁其曹。三世皆以公贵，累赠户部侍郎。娶某氏，封夫人。子四：孝源、孝泳、孝游、孝洋，并登乡荐，而孝源为县令。孙友棠进士，翰林，今改御史。公春秋七十有八，葬于某山之某原。所著有《穆堂类稿》五十卷，《续稿》五十卷，《别稿》五十卷，《春秋一是》二十卷，《陆子学谱》二十卷，《朱子晚年全论》二十卷，《阳明学录》若干卷，《八旗志书》若干卷，皆行于世。公于雍正癸丑之冬，见予文而许之，遂招予同居。时万学士孺庐亦寓焉。紫藤轩下，无日不奉明诲，谆谆于义利之戒。公以丁忧归，予以罢官归，学士亦以丁忧归。是后一见公于江宁，则公已病甚，犹倦倦以予出处为念，即归不复相闻矣。公之历官事迹，不能悉述，且亦有事秘不能直陈者。然而予苟不言，世且无知者，乃略陈其梗概，然终不能百一也。

尝谓公之生平，尽得江西诸先正之裒冶，学术则文达、文安[1]，经术则盱江[2]，博物则道原、原父[3]，好贤下士则兖公[4]，文章高处逼南丰[5]，下亦不失为道园[6]，而尧舜君民之志，不下荆公，刚肠劲气，大类

---

① 文达、文安：宋陆九龄谥文达，弟九渊谥文安。
② 盱江：指宋李觏。
③ 道原、原父：宋刘恕、刘敞。
④ 兖公：欧阳修。
⑤ 南丰：指曾巩。
⑥ 道园：元虞集。

杨文节。<sup>①</sup>所谓大而非夸者，吾言是也。

其铭曰：

用则大受，否则卷怀，曰《亨》曰《屯》，我何有哉？所可惜者，用世之才，困顿而死，志士所哀。名山大川，千古昭回，英灵之气，长表券台。<sup>②</sup>

---

① 杨文节：宋杨万里。

② 券台：墓前甃石而成的供案。

# 翰林院编修初白查先生（慎行）墓表

初白先生之墓，方侍郎灵皋为之《志》，其弥甥沉生廷芳，复请《表》于予。犹忆初应乡举时，谒先生于湖上，时方学为古文，先生见之，喜谓万丈九沙曰："此刘原父之词也。"年来学殖荒落，惭负先生期许之意，然而知己之感，又曷敢辞。

先生名嗣琏，字夏重，别署查田，改名慎行，字悔余，别署初白。浙江杭州府海宁县人。明顺天府尹某之五世孙，赠兵部主事某之曾孙，兵部主事某之孙，赠翰林院编修某之子。先生少受业于姚江黄氏，与讲会，然所长最在诗。浙之诗人首朱先生竹垞，其嗣音者，先生暨汤先生西厓实鼎足。至今浙中诗派，不出此三家。

自先生未通籍，诗名闻于禁中，顾垂老不第。康熙壬午，圣祖东巡守，以泽州陈公荐，驿召至行在赋诗，随入京，诏直南书房，明年特赐进士出身，改翰林院庶吉士，授编修。时公族子昇以宫坊久侍直，宫监无以别之，呼先生曰老查。南书房于侍从为最亲，望之者如峨眉天半，顾其积习，以附枢要为窟穴，以深交中贵人探索消息为声气，以忮忌互相排挤为干力，书卷文字，反束之高阁，苟非其人，即不能容。而先生疏落一往，辰入酉出，岸然冷然，或应制有所撰述，立即呈稿。先生非有意先人，顾不能委曲周旋同事，于是忌者思去之，乃以武英殿书局需人，荐充校勘官，稍外之也。圣祖故眷先生，谕书成仍侍直。在局二年而竣，再入直，不数月，忽有特旨免侍直归院，先生遂以病乞假，院长揆公留之，迁延一年，先生请益力，竟归。

先生长子克建，成进士最早，后三年，先生次弟嗣瑮继之为翰林。又三年，先生入馆。又三年，嗣廷继之。克建亦入为刑部。其时查氏庭前有连桂之瑞，门户鼎盛，而先生片帆归里，萧然如老诸生，角巾野褐，徜徉湖山，当事希得一见。田父遇之，时相尔汝。[①] 克建卒官，先生益无意人世。已而大难[②]作，阖门就逮，先生怡然，抵京自陈，实不知本末。诸大臣共讯，亦喟然曰：“彼固敝屣一官者也。其弟仕京，相隔辽阔，宁复知之，倘以此株连，不亦枉乎！”乃共以其情上闻，世宗亦雅悉先生高节，特令释之并其子。嗟乎，先生之掉首于要津者，乃其所以脱身于奇祸也，诗人云乎哉！

先生所注《苏文忠公诗》五十二卷，搜罗甚富，施王二家，不足述也。《敬业堂集》四十八卷，已行于世。晚年所作者不预焉。乃为之诗以勒之。诗曰：

世皆集菀，吾独集枯，青山独往，保兹故吾。人亦有言，何不竞进，岂知明哲，置身安隐。

---

① 时相尔汝：彼此称呼不拘身份的意思。南人好作《尔汝歌》，见《世说新语·排调》。又杜甫《醉时歌》：“忘形到尔汝。”

② 大难：指查嗣廷狱。

# 翰林院编修湛园姜先生（宸英）墓表

　　湛园姜先生卒四十年，其家零落，会有诏修《国史》，临川李先生曰："四明之合登文苑者，非先生乎？不可无行实以移馆中。"予乃摭拾所闻而诠次之。而郑义门曰："先生墓前石表未具，曷即以此文为之，而移其副于史局？"予从之。

　　先生讳宸英，字西溟，学者称为湛园先生，浙之宁波府慈溪县人也。少工诗古文词，其论文以为周秦之际，莫衰于《左传》而盛于《国策》，闻者骇而莫之信也。及见其所作，洋洋洒洒，随意出之，无不合于律度，始皆心折。宁都魏叔子谓"侯朝宗肆而不醇，汪苕文醇而不肆，惟先生文兼乎醇肆之间"。盖实录也。诗以少陵为宗，而参之苏氏以尽其变。

　　当是时圣祖仁皇帝润色鸿业，留心文学，先生之名遂达宸听。一日谓侍臣曰："闻江南有三布衣，尚未仕耶？"三布衣者，秀水朱先生竹垞、无锡严先生藕渔，及先生也。又尝呼先生之字曰："姜西溟古文，当今作者。"于是京师之人来求文者，户外恒满。会征博学鸿儒，东南人望，首及先生。掌院学士昆山叶公[1]，与长洲韩公[2]，相约连名上荐，而叶公适以宣召入禁中浃月，既出，则已无及矣。于是三布衣者取其二，而先生不豫。翰林新城王公叹曰："其命也夫！"已而

---

① 昆山叶公：叶方蔼。
② 长洲韩公：韩菼。

叶公总修《明史》，荐之入局，以翰林院纂修官食七品俸，仍许与试。寻兼豫《一统志》事。凡先生入闱，同考官无不急欲得先生者，顾傿得傿失，而先生亦疏纵，累以醉后违科场格致斥。又尝于谢表中用义山点窜《尧典》、《舜典》二语①，受卷官见而问曰："是语甚粗，其有出乎？"先生曰："义山诗未读耶？"受卷官怒，高阁其卷，不复发誊。顾先生所以连蹇，正不止此。常熟翁尚书者，先生之故人也，最重先生。是时枋臣②方排睢州汤文正公，而尚书为祭酒，受枋臣旨，劾睢州为伪学，枋臣因擢之副詹事以逼睢州，以睢州故兼詹事也。先生以文头责之，一日而其文遍传京师，尚书恨甚。顾枋臣有长子，多才，求学于先生，枋臣以此颇欲援先生登朝。枋臣有幸仆曰安三，势倾京师，内外官僚多事之，如旧史之蓿山先生③者，欲先生一假借之而不得。枋臣之子乘间言于先生曰："家君待先生厚，然而卒不得大有歆助，某以父子之间亦不能为力者何也？盖有人焉。愿先生少施颜色，则事可立谐。某亦知斯言非可以加之先生，然念先生老，宜降意焉。"先生投盂而起曰："吾以汝为佳儿也，不料其无耻至此！"绝不与通。于是枋臣之子，百计请罪于先生，始终执礼，而安三知之恨甚，枋臣遂与尚书同沮先生。昆山徐尚书罢官，犹领《一统志》事，即家置局，先生从之南归。时贵之构昆山者，亦恶先生。顾昆山虽退居，其气力尚健，惓惓为先生通榜，卒不倦，则亦古人之遗也。

康熙丁丑，年七十矣，先生入闱，复违格，受卷官见之，叹曰："此老今年不第，将绝望而归耳。"为改正之，遂成进士。及奉大对，圣祖识其手书，特拔置第三人赐及第，授编修。先生以雄文硕学，困顿一生，姓名为天子所知者二十年，至能鉴别其墨迹，虽有忌之者，而亦有大老吹嘘，不遗余力，乃笃老始登一第，其遭遇之奇，盖世间

---

① 点窜《尧典》、《舜典》二语：李商隐《韩碑诗》，有"点窜《尧典》、《舜典》字，涂改《清庙》、《生民》诗"之句。

② 枋臣：指明珠。

③ 蓿山先生：严嵩奴严年最黠恶，士大夫称为蓿山先生。

所希。即登中秘，神明未衰，论者以为当膺庙堂大著作之任以昌其文；乃甫二年，而以己卯试事，同官不饬篦篓，牵连下史。满朝臣寮皆知先生之无罪，顾以其事泾渭各具，当自白，而不意先生遽病死。新城方为刑部，叹曰："吾在西曹，顾使湛园以非罪死狱中，愧如何矣！"呜呼，桑榆虽晚，为霞尚足满天，而奇祸临之，是则大造之所以厄之者毒也。

先生居家，孝友之行，粹然无间。与人交，恦惸不立城府。论文则娓娓不倦。书法尤入神，直追唐以前风格。生平无纤毫失德，故既死而惜之者，非徒以其文也。所著有《湛园未定稿》、《苇间集》，皆行世。先生之文，最知名者为《明史稿刑法志》，极言明中叶厂卫之害，淋漓痛切，以为后王殷鉴。《一统志》中诸论序，亦经世之文也。晚年尤嗜经学，始多说经之作，未及编入集中而卒。

予生也晚，不及接先生之履绚，顾世人所知者，但先生之文，而茫然于其大节，岂知常熟一事，则欧阳兖公之于高若讷①不足奇也，枋臣一事，则陈少南之于秦埙②，殆有逊之；若始终不负昆山，则又其小焉者矣。区区徒以其文乎哉！

其铭曰：

吾鄞文雄，楼宣献公，谁其嗣之？剡源、清容。③易世而起，有湛园翁，白头一第，亦已优冻。何辜于天，竟以凶终，茫茫黄土，冥冥太空。

---

① 欧阳兖公之于高若讷：欧阳修移书责高若讷为谏官不救范仲淹，是不复知人间有羞耻事，若讷怒奏其书，修亦坐贬。

② 陈少南之于秦埙：秦桧子熺学于陈鹏飞。鹏飞为礼部员外郎，熺为侍郎，鹏飞以熺所下文案多不应法，批其后不之。卒以积忤桧父子除名卒。

③ 剡源、清容：元戴表元、袁桷。表元有《剡源集》，桷有《清容居士集》，并行世。

# 郑侍读箬谷先生（江）墓碑铭

箬谷先生郑氏讳江，字玑尺，浙之杭州府钱塘县人，由康熙戊戌进士，改庶常，授检讨，同修《明史》，再参《一统志》局事，迁赞善，提督江安学政，迁侍读，以足疾乞解官。

先生读书务心得，不从事于辞华，貌寝，又不喜事威仪，望之无足动人，然胸中粹然醇然，不设城府，待人以忠信，有一得之善，好之不啻自其口出。三馆储材之地，多皈依当路以求速化，先生淡然无求，回翔书局者廿年，未尝有积薪之憾①，见于词色。门巷萧然，客至，烹茶相对而已。和硕果亲王尝欲延宾客，同官求之者如云，桐城方学士望溪以先生荐，力辞不赴。及持节江介归，方将进用，而蹇不任行，韩大夫之患堕车，盖有命焉。初先生官京师，尝欲纂注《春秋》，至是遂成之，矻矻不舍。时扶杖出与诸故人为诗社，倡酬极盛，不谓其遂卒也。

先生平日自视欿然，其在侪辈，似不能言者，故未尝轻与人言学，然而知学者莫如先生，未尝轻与人出其诗古文词，然而知诗古文辞者莫若先生。尝与予私论诸儒之学，谓"康节实出老庄之绪余，饰之以焦京之术数，世特以二程推之，遂列之六先生之目，《宋史》登之道学，可一笑也"！谓"陆王宗旨，岂可妄诋，世之拥戴朱子者攻之耳。东莱尚不敢斥陆，泾阳非王而未尝不有取于王，而蚍蜉之撼何

---

① 积薪之憾：用人如积薪，后来者居上，是汉汲黯批评武帝的话。见《史记·汲黯传》。

为乎？不谓顾亭林亦蹈此习！”又谓“蔡虚斋固善人，然惜其学之陋也。因文见道，已属肤廓，岂有因帖括讲章之文而见道者？使今世横目二足<sup>①</sup>之徒，挟《兔园册》以论学，则蔡氏为之厉也”。先生向从义门何公游，义门墨守朱学者，予意其不出师席之储胥<sup>②</sup>，不料其岳岳不肯苟同如此。其所作诗古文词，称情而出，一任时风众势之上下，确然莫能淆其本色，然细读之，正不轻下一字，大类宋范正献公淳夫，而世之以险语僻文相尚者所弗知也。临川学士穆堂尝谓予曰：“今馆阁人物渺然，如箬谷者，真正始之遗<sup>③</sup>，盖确论也。”

予陪先生杖履之末几二十年，辱待以忘年之契，尝一日数过予，引为畏友。及里居，贻书告予，约同事于《春秋》，辛酉之秋，予至杭，开樽话旧，自是不复再见矣。

生于康熙某年月日，卒于乾隆某年月日，曾祖某，祖某，父某，累赠赞善。宜人某氏。二子，长为乡贡进士。所著有《箬谷诗集》，已行世。葬于西湖之某峰。予之为斯文也，以所独知于先生者序之，逝者如可作也，其许我乎！其铭曰：

予于同馆前辈之交，方、李、谢、万暨先生，而五年来睽隔，强半老病，山河道阻。生者不可见，死者已矣，郁郁予怀，其谁与吐！

---

① 横目二足：横目二足，唯人为然。《庄子·天地》：“夫子无意于横目之民乎？”

② 储胥：积蓄以待需要叫储胥。汉武帝有储胥馆。《汉书·扬雄传》：“木雍枪累，以为储胥。”这里说不出师席之储胥，犹言不出师席之所有。

③ 正始之遗：正始，三国魏齐王芳年号。这里说正始之遗，即指代表正始时名理清言的所谓“正始之音”。王导和殷浩清言往反，导叹说：“正始之音，正当尔耳。”见《世说新语·文学》。又王敦称卫玠说：“不意永嘉之中，复闻正始之音！”见《世说新语·赏誉》。《晋书·卫玠传》中作末。

# 杭州府钱塘县教谕左丈江樵（臣黄）墓幢铭

　　江樵先生姓左氏，讳臣黄，字纪云，浙之宁波府鄞县人也。

　　国初，吾乡诸老先生以古文有盛名于天下者，莫如姜编修湛园，次之为万五河管村，而先生古文更出其上。忽而精悍劲峭如孙可之，忽而回翔纡余如曾空青、楼大防，忽而生涩如吴渊颖，从心变化，不名一家。顾湛园、管村皆游京洛，京洛之元老，输心推挹，以是得出入承明未央之庭，并参《明史》馆务，而先生落落穆穆，不求人知，其气力无由达于庙宁，亦遂无有物色之者。

　　先生口吃，其为人疏散，任本色，威仪率略。最重名节，虽先辈不肯少宽假。尝以周征君郧山未谢酬应，累讽之，一日谐之曰："商容易代受宁王表间之宠，赴谢镐京，道逢伯夷，劝其改姓，信有之乎？"征君笑而谢之。然不以为忤也。其后征君之子宛春乞予铭征君之阡，深以先生此言为憾。予谓征君大节终不愧于遗民，而先生不失为净友，并可传也。

　　累试布政司，老而得荐，北应计车，仇侍郎沧柱在馆中，自度是年必入春闱，亲过之，屏左右问所欲言，先生默不答。次日，侍郎赴锁厅①，犹留关节一纸，戒家人待左相公至密与之，先生闻之卒不往。侍郎在闱搜索先生文甚苦，及拆卷，乃知先生文固在本房，然已置下选矣。叹曰："平生浪说古战场，此之谓耶？"先生晚以选人之籍，

---

　　① 锁厅：按宋制，凡现任官应进士试，叫锁厅试。这里只是称被锁着的试场。

司教钱塘，寒毡索莫，不改其乐。弟岘，任广西学使，有资甚哆，先生不肯一分润也。所著有《江樵集》，藏于家。

先生之子如晦，尝乞予铭，予未及铭而如晦死，后十年，始铭之。其词曰：

不逢杨意[①]，肯学王维，老我布褐，洁我儒衣，试看墓下，带草离离。

---

① 不逢杨意：唐王勃《滕王阁诗序》，"杨意不逢，抚凌云而自惜"，杨意即汉武帝时为狗监的蜀人杨得意。武帝读《子虚赋》而善之，因杨得意言，相如乃被召。见《汉书·司马相如传》。

# 冯丈南耕墓碣

　　梨洲黄公之学，吾浙东英俊多出其门下，而最先推挹之者，慈水冯氏也。当是时，津抚留仙先生兄弟，首倾倒其学。跻仲侍郎以文章风节相颜行，尝有冒梨洲名致笺邺仙者，跻仲举其中误字以为疑，邺仙曰："太冲多学，当有所出。"时人传以为雅语。留仙兄弟既逝，带皇道济皆严事焉。而冯氏后起之秀，乃有崛强特出，则为南耕茂才。南耕尝闻梨洲之论，又读其所著书，不尽以为然。呜呼，以欧阳充公之学，而原父介卿皆不甚服之，古人正不以苟同为是也。南耕之学，未必皆足以匹梨洲，要其所以角逐于膏肓墨守①之间，自有不可泯没者，而惜其厄穷以死，世遂无知之者。呜呼，可悲也夫！

　　初吾乡前辈有讲经史之会，梨洲殁后，万八征君石园实主之，南耕间从讲会诸公，得其所记录，以为未尽核，多所弹驳。石园于书无所不读，然南耕所考据，证佐岳岳，莫能难也。尝谓学人言胡梅硐《通鉴注》地理之误，随口举示，如河决下流而东注，则近来释地诸儒如顾亭林、胡朏明、顾景范、阎百诗，莫能过也。顾南耕长于持辨而懒于著书，既不遇，颇怏怏。得酒即喜，剧饮、颓然，有问所疑者，随口答之，虽甚醉，井井如故。而或劝以笔记之，则曰："汝曹识之可耳，何以记为！"或言其于《春秋传地理》有成书，而总未尝

---

　　① 膏肓墨守：是学术上互争高下的比喻。膏肓是不可治的疾。见《左传》成公十年。墨守是墨翟所守的难攻的城。汉何休好公羊学，著《公羊墨守》、《左氏膏肓》、《谷梁废疾》；郑玄反之，著《发墨守》、《针膏肓》、《起废疾》。见《后汉书·郑玄传》。

出以示人，学者固请之，则曰："吾尚有所待也。"乃未几而不戒于火。晚年益自放，日穿穴于佛经，决隄倒澜，若有所悟。然南耕故儒者，其忽逃而之禅，盖有所不自得于中，而自其《春秋（传地理）》被燔，遂卒无一编半册传于后者，可悲也夫！予尝与万丈九沙偶举《通鉴胡注》之误者数条，九沙叹曰："南耕尝言之矣。"顾予及冠出游，家居时甚少，未及一见而叩其所学为可恨也。

南耕讳某，字茗园。生某年，卒某年。年若干。

晚年一贫如洗，好事者或载酒饷之，则庋佛经于阁，相对极欢，陶然而醉，客去不知，真古之狂也。

# 郑芷畦（元庆）窆石志

予少得见芷畦于万编修九沙座上，其后见萧山《毛西河集》中，盛称其治经，又见秀水朱竹垞所为作《石柱记笺序》，兼知其博物，益思见之。而芷畦以贫故游幕府，家居之日少，其后病风而归，不复出门，而予奔走南北，卒不得遂请益之志，未几而芷畦死矣。

予从其族孙振铨求其遗书，知其子先人，寡妇弱孙甚可念。逾三年，始得其《礼记绳注》，盖以续卫正叔之作也；《四礼参同》，则集杨信斋之绪者也，《湖录》则苕中文献之职志也。因叹芷畦之学如此，而一生连蹇，寄鼻息于高牙大纛之间，与所谓刑名钱谷之辈，旅进旅退，糊口代耕，视当世槐棘间人物，仅仅以数首制举文字，弋获功名，高坐危言，晏然自以为千佛名经中尊宿，可为恸哭！偶尝与临川李侍郎言而叹之。侍郎曰："是也，吾于前二十年曾识其人，知其所学而惜其不再入京也。"及诏求大科之士，侍郎辄叹曰："如郑君之博物，真其选也，而不幸死！"未几，又有诏开《礼》局，侍郎又叹曰："如郑君之治《经》，真其选也，而不幸死！"但予闻前此中州张清恪公亦雅重芷畦，欲荐之而未得，则又叹士生天地之间，求一二知己非易事，而所谓知己者，未必皆有引援之力，即有其力，又未必值其时，即值其时，而其人或不及待，斯其所以伏枥盐车①，长鸣于日暮

---

① 伏枥盐车：按在盐车上用伏枥字，虽然也说得通，而迂回费解。"骥服盐车"，语见《楚策》及贾谊《吊屈原文》，是喻用不当才，和魏武帝乐府"老骥伏枥，志在千里"的意义不同。

途远之际而无可诉也。

振铨因言其将葬，乞予为其幽宫之志，予方欲谋之有力者，开雕君书而未能，即以窆石之文为募疏焉，未知其克逮予志否也？芷畦生平著述，尚有《行水金鉴》，为河道傅君所开雕盛行，顾罕知其出于芷畦也，并附载于志中。诗文集若干卷藏于家。芷畦讳元庆，湖之归安人。

其铭曰：

康成之邃密，渔仲[①]之瑰奇，如此人才而刀笔卑栖！谁为司命，呜呼噫嘻！

---

① 渔仲：郑樵字。

# 周穆门（京）墓志铭

穆门以诗名天下五十余年，平生尝遍历秦齐晋楚之墟，所至巨公大卿，皆为倒屣，顾终于踌躇不遇而死。其人渊然湛然，莫能窥其涯涘，浑沦元气，充积眉宇，盖古黄叔度陈仲弓之流也。士无贤不肖，皆曰周先生长者，乃其中则有确乎不可拔者，而不以形迹自见。大科之役，姚侍郎三辰荐之，穆门力辞不得，应征至京，徘徊公车门下，数日称疾，卒不就试以归，莫能测也，已而始复其高。杭之诗人为社集，群雅所萃，奉穆门为职志。诗成，穆门以长笺写之，醉墨淋漓，姿趣颓放，或弁数语于其端，得者以为鸿宝。湖社风流，百年以来，于斯为盛，皆穆门之所鼓动也。尤笃于人伦之谊，其娶妇也贤，而颇不得其姑，穆门戒之曰："黄涪翁之姊文城君[1]困于洪氏，虽有三令子，莫能申也，汝其善事姑矣！"妇卒以是困悴而死。穆门事其母益孝，不敢有几微见于颜色，然私怜其妇，终身不更娶以报之。有弟已析产，乘穆门之出游而鬻其居，穆门归，更僦屋，不以一语及之。故人王、袁、许三子者死，有女皆流落，穆门赎之归，并其二从女，皆抚之如女，择婿而嫁之，以是晚景益穷。然其敦古道益挚。

穆门故鄞产，前明右副都御史莓崖先生相之后，其迁杭五世副都，于先司空公为石交，副都之孙观察，于先宗伯为姻家，故余于穆

---

① 黄涪翁之姊文城君：按黄庭坚《洪氏四甥子序》，说"洪氏四甥，其治经皆承祖母文城君讲授。文城贤智，能立洪氏门户如士大夫。盖尝以义训四甥之名，曰朋、刍、炎、羽"云云（《豫章黄先生文集》卷十六），和这里所说不同，俟再考。

门尤相爱也。近副都之后居鄞者，微不可问，穆门眷念大宗，形之癗寐。余尝为穆门言莓崖墓在太白山上，廿年以来，神道荒芜，石马眠草中，寒食麦饭，恐无举者。穆门泫然流涕曰："吾当东归买墓田，复置墓户以守之。"是后岁岁相见必及此，然诎于力，竟未能也。暮年，别自署东双桥居士。东双桥者，副都所居鄞城北坊第也。昨年予病于杭几死，穆门昕夕访视，予稍进食，穆门频赍榼来过。次年，余在越中，而穆门吴淞之讣至矣。穆门死，湖社诸人一若失其凭依者，其为人可想见也。

穆门姓周氏，讳京，字西穆，一字少穆。曾祖某，祖某，父某。娶某氏。生于某年某月某日，卒于某年某月某日，得年七十有三。葬于湖上之某山。子宸望，诸生。穆门之卒也，吾友杭堇浦为之传，序其事甚悉，厉樊榭、施竹田论定其诗，山阴令舒塈宙为之开雕，而宸望又以幽室之文属予。是不可以辞也。乃更为之铭曰：

重湖黯然，丧我祭酒，白云封之，其骨不朽。

# 沈东甫（炳震）墓志铭

　　世宗宪皇帝之举词科也，先后应召至者二百余人，予皆得与之修同谱之好，以故其人之学术文章，约略识之，而著书之多，莫如归安沈东甫。归安之沈，为吾浙西阀阅世家第一。自明时恭靖襄敏父子二尚书称名卿，近则阁学宫坊兄弟父子祖孙称名侍从，而尤以风雅领袖东南，双溪唱和之盛，读其书足以想见其门材，东甫兄弟三人，固其中之碧梧翠竹也。

　　东甫笃志古学，穷年著书，其最精者，有《新旧唐书合钞》，共二百六十卷，折衷二《史》之异同而审定之，而莫善于《宰相世系表》之正讹，《方镇表》之补列拜罢承袭诸节目，是皆予读《唐书》时有志为之而未能者，尝语东甫，可援王氏《汉书艺文志考证》之例，孤行于世者也。《九经辨字》，则小学之膏粱也。《读史四谱》，则三《通》之羽翼也。其余尚有《唐诗金粉》等书，则亦骚人之鼓吹也。《增默斋集》，其古今体诗也。予皆尝受而读之，叹其不徒博而且精也。然而一生志力，罢疲于考索之间，而古貌古心，不为时风众势之人所喜，其所著书，只堪自得，终不能一当于场屋之役。又不善问家人生产，年运而往，日以丧失，顾落落自如，大科既开，东甫与季弟幼牧，并登启事，庶几盘州、厚斋 [1] 伯仲之风。予取东甫诸书以呈户部侍郎临川李公，临川惊喜曰："不意近世尚有此人！"亟欲推

----

　　① 盘州、厚斋：洪适、王应麟。

挽之，而临川左迁，不竟其志。东甫兄弟，亦立放还。抵家尚以书寄予，不一年而遽卒，非所料也。

东甫没之六年，而嘉善钱侍郎陈群次对之际，以东甫《唐书（合钞）》奏于天子，有诏付书局。时方令史馆校勘《唐书》，诸公得之大喜，尽采之于卷中。呜呼，东甫生不得附刘向、荀勖之徒，审正《七略》、《中经》之籍，而身后犹得邀采掇之余，以肩随于应劭、如淳、薛瓒①之后，著录《四部》，俯视窦苹、董冲一辈，其亦稍可瞑目于重泉矣。

方予之南归也，道闻东甫之赴，厉兄樊榭出挽诗以示予，且曰："子亦当有文以传之。"予为之略草检之而未就也。又十有二年，予从其叔弟绎旃求其所释《水经》，绎旃之释《水经》，亦东甫所曾有事而后以授之者也。至是载书晤予于钱塘，因读其所作东甫《行略》，为之流涕。绎旃再以志事为属，亦何敢辞。

东甫讳炳震，字寅驭，世居归安之竹墩，以明经贡太学。襄敏公五世孙。曾祖钟元，以明经注籍知县，未上而卒。祖角，诸生。父雍，平阳教谕。娶姚氏。子七，孙十四，曾孙二。生于康熙己未正月十四日，卒于乾隆丁巳十二月初三日，享年五十有九。葬于某乡之某原。绎旃又以《双溪倡和续集》令予论定，予病未能及也，先以《志》复之。其铭曰：

太乙寒芒，护兹幽宫，穿中之石，亦复熊熊，东林东老，蜕笔所封。②

---

① 应劭、如淳、薛瓒：这三人所著，并为《史》、《汉》注家所采用者。

② 蜕笔所封：唐刘蜕在梓州兜率寺，聚其文而封之以为冢，作《文冢铭》。见《刘蜕集》三。

# 杭州海防草塘通判辛浦鲍君（钤）墓志铭

　　乾隆十三年闰七月十有八日，予在杭病甚，有急足以辛浦书至者，展视之，则弥留语也。其书曰："日来一病，竟入膏肓，从此化为异物，长辞左右，可为叹息！一生偃蹇，豪无可录，只操履粗堪自信，吟咏聊以自娱。而今已矣，寂寞身后，幸惟先生怜而念之。伏枕哀祈，泫然绝笔！"时予方进药，不禁失声哭，连日病为之剧，稍差，念友朋垂殁之托，不可以疾故，令其耿耿犹视于地下，乃稍取其大略而次之。

　　辛浦姓鲍氏，讳钤，字西冈，世籍云中，今为奉天正红旗人。佐命大学士承先之曾孙，其三世《传》见《国史》，有列于勋籍。辛浦年二十，即知浙江之长兴县，几十年，以病去官。寻再知长兴，亦几十年，其考最者累矣，而不得迁，最后大府以便宜擢之，为盐运嘉松分司通判，而部议又格之，于是三知长兴。盖其筮仕在圣祖仁皇帝四十六年，历三世至今上之七年，犹在长兴。大府至者皆为称屈，乃稍移之知嘉兴，又移之海宁，寻擢为草塘通判。草塘在浙中倅厅之最贫者也，以故辛浦竟得之。辛浦之为吏，不名一钱，而未尝嗷嗷以廉自见；其任事尤精密，而未尝以干力先人；其接物和平无忤，而其中有介乎不可夺者，所以一官拓落，终身不得有力者之仗庇，而辛浦未尝怨也。彭城李敏达公之督浙中也，治尚综核，百城畏之，而辛浦之癖在赋诗。每日升堂理讼狱毕，诸胥吏见其搓手注目，神采如有所得，辄私相语曰："老子诗魔至矣。"须臾，取故牍尾题之殆遍，故其生平无日无诗。彭城一日谓湖守曰："长兴令日赋诗，吾且列之弹事矣。"湖守免冠谢董率不谨，曰："当令改过而恕之"，退而戒辛浦曰："独不为百口计乎？"于是辛浦黾勉束笔庋砚者三日，谓其客曰："下官忍不可忍矣，惟大吏之所以罪之。"赋诗如故。然辛浦百事修举，部民雅诵之，彭城徐察之，而不复怒也。漕使常侍郎履坦改抚浙中，问于天门唐内翰赤子曰："浙之属吏有足语风雅者否？"曰："莫有过于长兴令者矣，且其人非但辞客已也。"故辛浦虽旅见，其礼殊绝于群吏，或留语移日。然辛浦落落穆穆，未尝以此自昵，累以才谞不胜烦重为辞。侍郎尝语之曰："少需之，吾当荐君为方面。"辛浦终泊然。每入谒，所言不出于诗文，及侍郎有事于进奉，属吏争任之，以是卒招物议，天子遣大臣莅其狱，属吏坐之，株连者累累，而辛浦高枕自如，始共叹其为不可及。

尤好士，长兴诸生王豫者，通经，工诗古文词，贫甚，辛浦虽刻苦，时时周之。豫以牵染之祸逮入京，辛浦为之经理其家。其卒也，又为之雕其《集》。盖辛浦虽交游满天下，然其心知之契甚落落，及其投分也，则必笃于始终之谊类如此。

辛浦之诗，宗法新城[1]，丰赡流丽，自然合度。随手脱稿，即自书之，以付雕工。或曰："更无待于论定耶？"辛浦笑且叹曰："吾老矣，而无子，漫为之，亦漫存之耳。"或曰："是定可以免长吉中表之累[2]者也。"所著《诗集》四十卷，别有《道腴堂文稿》、《亚谷丛书》，诸《集》立行于世。病作，遽上笺乞身于大府，不许，了然知必死，部署身后事，无一不整整，即其贻予诀别之书，已磔括生平，予文莫能有所增益也。呜呼，昔人清真澹荡之目，如吾辛浦者其庶乎！

辛浦以贻予书之次日即卒，享年五十有九。安人某氏，以其从子

---

① 新城：指王士禛。
② 长吉中表之累：唐李贺歌诗稿，贺死后，曾被他的中表投在溷中。今所传《李贺歌诗编》四卷，只是其稿的一小部分而已。见黄伯思《东观余论》。

某为后。初辛浦在日，欲卜葬于杭之南山，曰："他日湖社诸君雅集，当酹我墓。"今缘其雅意，窆之灵隐，因贮《遗集》于寺中，而予为之铭。其词曰：

嗟秋来之沉困兮，拟冥心以断文字之缘，胡力疾而破戒兮，神伤于息壤之言！故人之铭无愧词兮，长护君魂魄以绵绵。

# 右赞善崟山宋君（楠）墓志铭

予别崟山者十年。丙寅之冬，小住长洲，游灵岩，遂入天平之麓，故人陆荼坞招予于其园。闻崟山馆在木渎，村落近相接，乃访之。崟山一见狂喜，留予饭罢，同过予荼坞之水木明瑟园，清胜甲于吴中，崟山顾而乐之，而与荼坞倾倒如旧相识。烹鱼沽酒，纵谈于古藤架下。是夜，清晖如昼，崟山谓予曰："善哉子之不仕也！吾固知子非风尘中人也。然异哉子之不仕也！吾终疑子非槁项黄馘人也。"相与大笑。漏四下，止之宿，不可，竟去，相约以次年之春再会于是园，因为洞庭西山之游。及期，予未至，君亦归不数月而以病卒。

崟山为人，坦率而易直，顾其神明萧洒，别有绝俗之韵，挠之不浊。其为庶常也，一日院长集其侪而告之曰："诸君甚清苦，有厌承明之庐①者否？天子方求可以守襄阳者，吾当列上之。"崟山掩耳而走曰："斯言何为至于我哉！"院长哂而弗咎也。及校书殿中，辰入酉出，落落自喜，不乞灵于要人之门。旋受宫坊之擢，且骎骎进用，念其父年高，遂请归养。即归而无以为养，乃授徒于长洲。时下江抚军陈可斋，故同年同馆也，崟山不一过之。抚军闻其至，遣人通殷勤，崟山谢曰："吾馆去城三十里，俟有入城之便，当造谒。"然竟不入城也。吴人皆叹以为不可及。崟山虽以甘旨之故，不能不出而授徒，然

---

① 厌承明之庐：承明之庐，为汉侍臣直宿的处所，在石渠阁外。这是汉武帝给原任侍臣后出任会稽太守严助的诏书上的话。见《汉书·严助传》。

其晨昏之慕，形之梦寐。其课子也，每日授以经史之学，暇则使之习书，不令为科举之业，故年且二十而未应试，曰："吾待其学成，则此小技者易易耳。莫使八识①田中，先下稗花种子。"其论诗文最严，故矜慎不肯苟作，既成，必有邈然之致，不可以亵视者；然不轻以示人，而于予则有阿私之好云。

坌山姓宋氏，讳楠，其字曰丹林，浙之严州府建德县人也。雍正癸丑进士。累官右春坊右赞善。曾祖某，祖某，父某，勅封翰林院检讨。娶某氏。坌山生于康熙某年某月某日，卒于乾隆某年某月某日，春秋五十有二。子某。坌山之死也，其子哀其父而毁，吞金几毙，幸而甦，遂狂号而病以卒。呜呼，坌山而有罪欤？天乎，吾知其无罪也。然则何以天之祸之酷也！乃为文以哭而铭之。其辞曰：

引身以养父，乃不及终其天年，离经以课子，竟不及尽其薪传，嗟三命之荼毒兮，抱九地之沉冤，质之梁父与亢父兮，亦曰莫知其然而然。

---

① 八识：佛氏称眼、耳、鼻、舌、身、意、末那、阿赖耶为八识。这里所说的八识，是指第八识阿赖耶识。阿赖耶识中藏摄着诸法种子，故有译为藏识者，有译为宅识者，有译为种子识者。余名尚多，和此无关从略。

# 沈果堂（彤）墓版文

　　义门先生之学，其称高第弟子者，曰陈季方，曰陈少章，年来俱已陨丧，而吴江沈君果堂为之后劲。果堂为人醇笃，尽洗中吴名士之习，读书以穷经为事，贯穿古人之异同而求其至是。其为文章，不务辞华，独抒心得。顾暗淡自修，世无知之者，而果堂亦不甚求知于世。大科之役，有荐之者，始入京，方侍郎望溪、李侍郎穆堂皆称之。予亦由二公以识君。君生平有所述作，最矜慎，不轻下笔，几几有含毫腐颖之风。予以为非场屋之材，而君果以奏赋至夜半，不及成诗而出，遂南归，兀兀著书。其论文足与二陈称敌手，其穷经则二陈有所不逮也。

　　予往来江淮之上，道出中吴，必访君，君亦必出所著，倾倒就予，互相证明。

　　天子求明经之士，予以为果堂足副其选，而竟未有荐之待诏公车门下者，寒毡一席，泊如也。辛未之冬，君著《周官禄田考》方就，予自邗上归，吴之老友沈颖谷、陆茶坞、迮耕石争留予曰："果堂正盼子，欲以《周官禄田考》有所商榷。"予迫于岁暮，惧诸公诗酒留连之阻归棹也，是夜解维遽去，而寄声于茶坞曰："明春当与果堂为对床之语，并读其所新著之书。"不料及春而予有岭外之行，参辰相去，音问不接。李生师稷南来告予曰："沈先生归道山矣！"呜呼，大江南北，相望二千余里，高材之士不少，然心知之契，可以析疑义，资攻错，而不徒以春华相驰逐者，则舍果堂之外，吾未之见。苟知君之将死，当弃百事而从之，亦安忍掉头不顾，成此孤负，是则痛心者矣。

君讳肜，字冠云，苏之吴江县人。家世高门，在明中叶，有二光禄称直臣，甲申而后，有以兄弟殉国难者。曾大父某，大父某，父某。君以吴江学诸生应征。生于某年月日，卒于某年月日。无子，以其从子为后。得年六十有四。葬于吴江之某原。

尝纂吴江、震泽二《县志》，震泽故吴江之分邑也，君于二《志》，经纬分合各有法，可以为天下分邑修志者之式。

呜呼，交游凋谢，岁岁作哀挽，撰志铭，老泪为之枯竭，而予亦衰病日深，今年几死岭外，岁晏归来，一哭樊榭，再哭果堂，何以为情！乃重之以些词曰：

君于《官礼》，湛思精诣，待我论定，始以问世。昔我有言，幸防输攻[1]，墨守倘发，恐难抗锋。感君之意，愧我爽约，序君之书，以忏前诺。

---

[1] 输攻及下墨守：墨子为宋守御，公输盘九设攻城的机变，墨子九拒之。见《墨子·公输》。

# 厉樊榭（鹗）墓碣铭

余自束发出交天下之士，凡所谓工于语言者，盖未尝不识之，而有韵之文，莫如樊榭。樊榭少孤家贫，其兄卖淡巴菰叶为业以养之，将寄之僧寮，樊榭不可。读书数年，即学为诗，有佳句，是后遂于书无所不窥，所得皆用之于诗。故其诗多有异闻轶事，为人所不及知，而最长于游山之什，冥搜象物，流连光景，清妙轶群。又深于言情，故其擅长尤在词，深入南宋诸家之胜。然其人孤瘦枯寒，于世事绝不谙，又卞急，不能随人曲折，率意而行，毕生以觅句为自得。

其为诸生也，李穆堂阁学主试事，闱中见其谢表而异之，曰："是必诗人也。"因录之。计车北上，汤侍郎西崖大赏其诗，会报罢，侍郎遣人致意，欲授馆焉，樊榭幞被潜出京，翌日侍郎迎之，已去矣，自是不复入长安。及以词科荐，同人强之始出，穆堂阁学欲为道地，又报罢，而樊榭亦且老矣。乃忽有宦情，会选部之期近，遂赴之，同人皆谓君非有簿书之才，何孟浪思一掷。樊榭曰："吾思以薄禄养母也。"然樊榭竟至津门，兴尽而返。予诮之曰："是不上竿之鱼也。"呜呼，以樊榭为吏，固非所宜，而以其清材，使其行吟于荒江寂寞之间以死，则不可谓非天矣。

予交樊榭三十年，祁门马嶰谷兄弟延樊榭于馆，予每数年必过之，嶰谷诗社以樊榭为职志，连床刻烛，未尝不相唱和。已而钱塘踵为诗社，予亦豫焉，数年以来，二社之人，死亡相继，樊榭每与予太息。今年予有粤游，槐塘<sup>①</sup>以书告樊榭之病，不意其遽不起也。呜呼，风雅道散，方赖樊榭以主持之，今而后，江淮之吟事衰矣。

樊榭姓厉氏，讳鹗，字太鸿，本吾乡之慈溪县人，今为钱塘县人。康熙庚子举人。生于某年月日，卒于某年月日。享年六十有二。曾祖某，祖某，父某。娶某氏，无子以弟之子为之后。葬于湖上之某峰。所著有《宋诗纪事》一百卷、《樊榭山房集》二十卷，已行于世。又有《辽史拾遗》十卷。樊榭以求子故，累买妾而卒不育，最后得一妾，颇昵之，乃不安其室而去，遂以怏怏失志死。是则词人不闻道之过也。且王适不难谩妇翁以博一妻而樊榭至不能安其妾，则其才之短，又可叹也。呜呼，樊榭属予序其《宋诗（纪事）》、《辽史（拾遗）》二种，忽忽十年。息壤在彼，而今陨涕而表其墓，悲夫！是为铭，其词曰：

冲恬如白傅兮，尚有不能忘情之吟。人情所不能割兮，贤哲固亦难禁，只应寻碧湖之故桨兮，与握手以援琴。（樊榭苕上之故姬也）

---

① 槐塘：即汪沆。有《槐塘遗集》。

# 张南漪（熠）墓志铭

南漪读书极博。其说经皆有根据，必折衷于至是，而尤熟于史。其榷史也，尤精于地志，几几足以分国初胡阎黄顾诸老之席。其古文最嗜罗存斋，于近人则喜顾亭林，是其平生学术大略也。

浙有妄男子①者客京师，其文皆造险语奇字以欺人，而中实索然无所有。或问之，则取汉唐以来之亡书对，曰是出某本。赋诗则以用尽韵部之字为工。方余在京师时，力为人言其谬，故妄男子最恨予。及予归，妄男子始猖狂，而吾友中好奇者，亦多为所盅，莫之正。南漪入京师，见而唾曰："嘻，是不足为樊绍述、刘几作舆台②，何其无忌惮一至此也！"会妄男子正说经，南漪投以帖子，诘其经义数十条，妄男子噤不能答，迁延避去。

南漪不喜为场屋之文，故科举累失利。甲子，王侍郎晋川见其对策奇之，置之副车。丁卯，竟荐之。天子诏求明经之士，梁尚书芗林又与侍郎交登启事，故南漪久留京师。会召对之期在明年，南漪乃有金谿之行，舟至三衢，暴病返棹，抵家五日而卒。

南漪之学，固未见其止，即就其所已至者，亦自足以有传。而其平日为文最矜慎，不苟作，身后屏当其箧，不满数十篇，皆非其底蕴

---

① 妄男子：疑指毛奇龄。

② 不足为樊绍述、刘几作舆台：唐樊宗师的文苦涩，元和以后多学之。见李肇《国史补》。宋刘几的文险怪，欧阳修主试，阅其卷，以大朱笔横抹之，叫红勒帛。见沈括《梦溪笔谈》九。舆台，贱役之称。这是说妄男子的文，还不够做樊刘的仆隶。

之所在。惟《读史举正》一书，亦未及十之五，草书散乱在故纸中，予为科分而件系之，阙其所不可识者，诠次得四卷，令其子抄而传之。不然，南漪几不免有寂寞千秋之恨，是则可悲也！

南漪嗜酒，然易醉，其家与予寓隔一巷，尝与施慎甫饮予斋，正酣畅，极口论文，慎甫倾耳听之，俄而目直上视，旁皇四顾大骂，不知其所骂者何人也？余命奚奴扶之以归。南漪下阶，踣于草间，慎甫救之亦踣，骂声犹喃喃，观者大笑，由今思之，不异山阳之笛也。

南漪姓张氏，讳熷，字曦亮，杭之仁和县人。曾祖某，祖某，父某。娶某氏。生于某年月日，卒于某年月日。其年四十有七。葬于湖上。子三：埏、阶、埭。埏为诸生，属铭于予。其铭曰：

文如鄂州，厥寿亦侔，小泉翁志其幽，赠君私谥曰醉侯。①

---

① 醉侯：宋种放嗜酒，自号云溪醉侯。

# 陆茶坞（锡畴）墓志铭

茶坞姓陆氏，讳锡畴，字我田，吴人也。研北先生之子。

吴中台榭甲天下，而以水木明瑟园为最，竹垞先生所为作赋者也。其地当灵岩之上沙，经始于徐高士介白而归于陆氏。竹垞最与研北善，每游吴，必下榻于是园，故茶坞少而受教于诸尊宿，长而学于义门先生。其人伉爽，卑视一切。义门之学缜密，从事于考据最精，而茶坞不求甚解，略观大意，于师门为转手，然义门甚许之。性刚，苟所不可，直斥之如狗，及观其诗，则又柔肠丽句，渊源西昆。予尝谐之曰："君为人不肖其诗。"性嗜客，尤豪于饮，而最讲求食经，吴中故以饮馔夸四方，研北先生已盛有名，至茶坞而益上。每膳夫闻座客有茶坞，辄失魄，以其少可多否也。家居无日不召客，一登席，则穷昼继夜，虽括颈相对不厌。予于酒户亦颇为朋辈所推，然深畏茶坞之勾留，不五日即病，往往解维而遁，茶坞诮予曰："是所谓以六千里而畏人者也。"坐是，遂以好事落其家，家愈落，好事愈甚。年来世故局促，吴之富人多杜门谢酬应，无复昔时繁华之盛，而茶坞独竭蹶持之。

顾此犹茶坞之小者，生平笃于师友之谊，义门身后，遗书星散，茶坞话及之必痛心，其乞余为之表墓也，流涕读之。陶太常稚中，茶坞之心友也，亦流涕而请其志幽之文。友朋急难，无不濡首灭趾以从之，特以力不能展其志，时时仰屋而吁，而亦竟以是憔悴而殁。予之交茶坞也，以祁门马巑谷，一见即倾倒，尝曰："谢山无终老山林理"，不知其言之不验也。予游岭外，一病几死，病中梦过水木明瑟园，与君坐紫藤花下，啖莼羹，君复以酒困予，予曰："此伏波曳足壶头①时，不复与君抗也。"醒而异之，以为徼幸生还，一践此景，岂知茶坞已弃我而去乎！茶坞卒，其子尚少，吾惧明瑟之径有尘，而竹林之罏且圮也。

茶坞年六十有四。娶某氏。子一，某。其卒也，于扬州，嶰谷为之任其后事，葬于某乡之某原。

其铭曰：

四海论交，不愧孔融，坐上客常满，尊中酒不空。②一朝化去，谁其共蒿里之欢惊！

---

① 伏波曳足壶头：汉马援征五溪，营壶头。这时天很热，士卒多疫死，援也生病了，因穿岸为室，以避炎气。敌升险鼓噪，援每曳足观之。见《后汉书》本传。这里是以马援最后的失利，喻自己不能再抗酒困。

② 坐上客常满二语：孔融所说。见《后汉书》本传。

# 范冲一（鹏）穿中柱文

　　冲一生而惠，年十五，补诸生，顾自视甚高，于世人无当其意者。其初来见也，予颇思所以裁量之，冲一知予意，遽折节，益矢力于古学，良久属其友致意于予，若惟恐不相梯接者，予亟延之，则其学已大进，而容貌词气，退然非复前者之比，自是昕夕至予家相讨论。

　　甬上师友源流，自昔甲于吴越，年来耆老凋丧，无复高曾之规矩，经史沟浍，俱成断港，间有习为声韵者，亦不过街谈巷语之伎两，其中索然无有，而妄相夸大，其余则奉场屋之文为鸿宝，展转相师，一望茅苇，封己自足，要皆原伯鲁家子弟也。冲一求友于里中，城东小江里卢生配京，年长于冲一七八岁，其资器相伯仲。二人相与淬厉，得一书，则更迭读之，间有所疑，则折衷于予。学统之分合，经术之醇漓，史案之异同。文章之盛衰正变，无不了了。配京精悍，冲一济之以缜密，皆五行并下，一日可尽数卷。里中之书，不足供其渔猎，则请予借书于淮东马氏小玲珑山馆、浙西赵氏小山堂，穷年兀兀。以予所见通家子弟，甬上最乏材，若江淮后起之秀，不少奇特，然嗜学之深，罕有足与此二人抗手者。方私心窃喜，以为甬上先正，实佑启之，以振枌社之积衰，即予之老病荒落，亦或得乞灵焉，以邀将伯之助，而岂意冲一年甫二十有三，一病而死。惟予素有忧于冲一者，以冲一之年，如出水芙渠耳，而其所为诗，时时有败苇枯杨之感，予切戒之曰："是不祥之征也，当痛改之。"冲一然予言而不能自克。间尝科头而坐，视其发，种种然秃翁也，益危之，然不谓其竟不及五稔也。

今年之春，翠华南幸，予力疾迎于吴下，冲一亦至杭，见予喀血之厉也，愀然曰："方今东南文献之寄在先生，而比年稍觉就衰，愿深自调护，勿过劳以伤生。"时杭董浦方以《汉书疏证》令予覆审，冲一每见予所论定，以为在刘原父、吴斗南之上，及送驾于吴下，冲一别予河干，黯然东返。呜呼，冲一方忧予之死，而反以身后之文累予，河干握手，遂成永诀，祝予①之嗟，能无长恸！古人之负高材而不寿者多矣，以冲一较之，其殆王逢原之流亚，邢敦夫辈未能逮也。王、邢虽夭，幸赖有力者之口以传，冲一之死，谁其传之者！冲一尤笃于友朋之谊，殷勤急难，不惜竭力以济人，天假之年，岂非有用之才！予自邗上归过哭之，其父哭于堂，其母哭于户内，惨然欲绝，而配京亦流涕向予，有只轮孤翼之惧。呜呼，孰谓斯人短折若此！

冲一姓范氏，名鹏，一字冬斋，世为鄞之白檀里人。五世祖亿，暨高伯祖洪震，皆以孝子旌。曾祖某，祖某，父某，诸生。娶孙氏，先冲一卒。无子，以再从子某为后。生于某年某月某日，卒于某年某月某日。葬于某乡之某原。

冲一从予求《楼宣献公集》、《开庆四明志》，暨宛谿《读史方舆纪要》诸书者久矣，今年始从小玲珑山馆携致之，而冲一已先卒矣，因令配京陈书梓前以酹之，更为之铭其幽。其词曰：

二惠竞爽，差慰寂寥，又弱一个②，令我魂消。念兹草堂，君所横经，岁晏归来，无君履声。将行万里，出门折轴，岂只双亲，为君痛哭！

---

① 祝予：师哀弟子的死。子路死，孔子说："噫！天祝予！"见《公羊传》哀公十四年。祝有断绝义。祝予犹言丧予。颜渊死，孔子说："噫！天丧予！天丧予！"见《论语·先进》。

② 二惠竞爽及下又弱一个：齐子雅、子尾，并齐惠公的孙，故叫二惠。子雅死，晏子说："姜族弱矣，而妫将始昌，二惠竞爽犹可，又弱一个焉，姜其危哉！"见《左传》昭公三年。竞爽犹言强明，弱一个犹言死一个。

# 史雪汀（荣）墓版文

　　雪汀少即喜为诗，当是时，鄞之细湖多诗人，大率出宗正庵之门，正庵诗本师法竟陵①，稍改其面目而未洗故步也。雪汀稍悟其非，变而为山谷，已而又稍嫌其生涩，又一变而为玉川，晚乃信笔不复作意，遂为诚斋，然其实学诚斋而失之者。盖雪汀之诗凡四变，而遇益穷，才亦益落，悲夫！雪汀赋性狷，然失之怪。当其初年，高视一切，善书法，又善以篆雕花乳印石，矜贵过甚。里中黄户部又堂、张河内萼山，踵门求其篆及擘窠书，雪汀望望然不答。然其所许可，则倾倒受役使不厌，甚至藩溷之间，皆为题署，下逮童仆，亦为雕镌。故雪汀不轻过人一饭，而亦有长日过从，留连满志，乃并其人竟不自解何以得此于雪汀者。最任气，一言不合，辄成触忤。日益蕉萃，陷于非罪之缧绁者三，以此去其诸生。平生老友，大半凶终，割席自顾，孤另之甚，乃忽托末契于年少，但有登其门者，无不极口称之。里中昨暮儿以雪汀故谔谔少所可，而今忽易与也，由是雪汀之门墙骤盛。一唱十和，丹黄无间于昕夕，其欣赏淋漓，真觉所遇皆作者，于是登其门者，谓人不必学，谓诗古文词不必宗传，谓流品不必裁量，方言里谚皆供诗材，雪汀兀兀手钞，为《同声集》四十卷。吾乡吟社久替，至是忽争传雪汀之诗派，而雪汀之风格乃骤衰。

　　虽然，雪汀之生平，实有可伤者。雪汀雅精小学，喜读注疏，不

---

　　① 竟陵：指明竟陵人钟惺、谭元春的诗体。

肯唯阿先儒之说，熟精《十七史》及《文选》，其谔谔少所可也，乃其本色，虽连蹇，要不失为畸士。至于暮齿之颓唐，尽弃所学，殊非其意，是惟予为能知之。雪汀颇忧予之非议之也，故频年希过予门，间或传其有后言者，然予客游归，或过省视之，雪汀往往握手相视，欷歔而无言。呜呼，谁谓雪汀竟以垂老丧志哉！

雪汀所著有《李长吉诗注》，几三尺许，其最自负者，予弗甚许也。《风雅遗音》，以订正《毛诗》古韵，已行于世，并其《竹东集》，皆尝索予序，予未之应，雪汀以是愠，予谐之曰："论定盖有待也。"及予自粤归而雪汀卒，乃志之。

同甫之属铭于水心也，曰："一言不核，吾当于虚空中击子！"今读水心之《志》，并所序《龙川集》，令人绝痛！然正不讳同甫之短。予文岂足望水心，雪汀亦非同甫比，然而东平西靡之树，未必不待此文以瞑目，九原可作，尚据觚而听之。

雪汀姓史氏，名荣，一名阙文，字汉桓，世为鄞人，忠宣公之裔也。曾祖某，祖某，父某。娶某氏。子某，诸生，先卒。孙某。葬于某乡之某原。春秋七十有九。

其铭曰：

鸾翮不可振，狼疾[1]不可瘳。故人弹中声[2]，为君一洗磊砢勃窣之牢愁！

---

[1] 狼疾：《孟子·告子》："养其一指，而失其肩背而不知，则为狼疾人也。"狼疾语本此。但狼疾实不可解，有人说，疾当作籍，看来必有一字错误。

[2] 中声：《国语·周语》，伶州鸠对周景王说："古之神瞽，考中声而量之以制。"这里所谓中声，就是中和的声音。商声，依音序也可称中声，但商声是杀声，要洗除磊砢勃窣的牢愁，只能是中和的声音，而不能是相反地会助长这种牢愁的商声。

# 赵谷林（昱）诔

　　世宗宪皇帝修《征车故事》，诏开大科以充三馆之选，时临川李公方退闲，谓予曰："大江南北人才，大率君所熟知，试为我数之。"予因援笔奏记四十余人，各列所长，甲精于经，乙通于史，丙工于古文或诗或骈偶之学。临川喟然叹曰："使庙堂复前代通榜之列，君亦奚惭退之哉！"一日过予斋头，见有《别集》一卷，曰："谁所为也？"予曰："即前所称仁和赵君者也。"临川把玩良久，袖之以归。不阅月，而今上特起为户部三库侍郎，其于予所称四十余人，多所展转道地，而谷林则自荐之。未几，谷林之弟意林又被选，一时以为盘洲厚斋之家风也。临川左降，谷林兄弟召试于廷，报罢，而予亦去官。临川犹欲挽谷林共修《三礼》，谷林念其太孺人年高谢归，然窃谓以谷林之才，必尚有所以发其伏枥之气者，而不谓其连蹇十年，竟以病死。

　　谷林太孺人朱氏，山阴忠定公燮元曾孙女也。其所自出为祁氏，忠敏公外孙女也。壬寅癸卯之间，忠敏子班孙，以故国事谪沈阳，少妇家居，朱氏以太孺人侍之，因抚为女。谷林之尊人东白先生，亲迎实在梅里，犹及见旷园东书堂之签轴，及举谷林兄弟，时时以外家之风流勉之。不二十年，谷林露抄雪购，小山堂插架之盛，遂与代兴，为吾浙河东西文献大宗。同学之士，雨聚笠，宵续灯，读书其家，谷林解衣推食以鼓舞之。

　　自予洊丁荼苦，饥火交驱，学殖日以芜落，近更重以健忘之病，尝语诸朋好，愿自改汝南之目，退列于九等之下中，而谷林语其长君一清，谓执友中所当严事者，莫如董浦与予。陈同甫曰："吕伯恭既死，谁为知我！"予初哭谷林诗，谓其内行之醇备，问学之渊懿，而深悲其遭遇之厄穷，是固不仅以交情也；然即以吾二人之交情，又岂世俗之所可同年而语哉！

山阴金小郊，诗人也，穷老无子。慈水老友郑义门谓曰："生于我乎养，死于我乎殡。"小郊已安之矣，俄而辞之远行。谷林遇之江上，问将何之？曰："之楚。"曰："八十老人，盛暑为二千里之行，非情也。"因留之，止其家。半年而病，医之药之，死则殓之，呼其从子而归其榇以葬之。义门闻小郊之卒也，为之恸，及闻谷林之竟其后事也，为之流涕。

君讳昱，二十字功千，谷林其五十字也。先世宋宗子，居绍兴之上虞，迁杭已五世。曾大父燮英，大父鹤，皆以从兄尚书贵，累赠至吏部侍郎。父汝旭，官象山教谕，所谓东白先生者也。配陈氏。子二：一清、式清，而一清能昌君之学。女五，孙七。葬于某乡之某原。得年五十有九。所著有《爱日堂集》十六卷。一清请予诔其墓，义无所辞。年来临川老病，未知能如水心之于滕宬，为文以传之否也？乃为诔曰：

嗟乎谷林，轶群之学，华国之才，天实为之，其命不谐，有子不死，有文不朽，在尔旷然，浮云何有，而我思旧，闻篴苍凉[1]，南华堂下，不减山阳，三十六鸥，自来自去，皋复不归[2]，故人延伫。（三十六鸥，谷林亭名也，取姜白石诗中语）

---

[1] 闻篴苍凉：篴，笛古字，这是用山阳之笛的故事。

[2] 皋复不归：《礼记·礼运》："及其死也，升屋而号曰，皋！某复！"皋是发声。

# 明礼部尚书仍兼通政使武进吴公（钟峦）事状

公讳钟峦，字峻伯，别字稚山，学者称为霞舟先生。南直隶常州武进人也。

弱冠，读王文成公《传习录》悦之，继游于释氏，又习养生家言，皆悦之。已闻顾端文公讲学东林书院，执经从焉，遂尽弃所学，一意濂洛之旨。又游高忠宪公之门，而所宗主者为孙文介公之《困思钞》。是时公年尚未三十，已岳岳称人师[①]，门下江阴李忠毅公，其最著也。公累应科举不售，而忠毅以进士入台，忤逆奄，缇骑逮入京，自江阴过武进，公出逆之，留归其家饮饯，忠毅叹曰："此后莫令吾儿读书。"公曰："弗为真读书人已耳，稍读之，庸何伤！"忠毅笑曰："然则莫令从真先生读书。"因相与订婚姻而去。以明经授河南光州学正，遂举光州籍，成崇祯甲戌进士，年五十有八矣。知长兴县，时，与诸生讲学，从之者如云。顾以旱潦相仍，催科甚拙。己卯，奄人崔璘以巡视盐粮至，张甚，守令见之，蒲伏如抚按，公独不往。及以公事见，长揖不屈。璘怒而太守亦怒，中以蜚语，削籍。僕被登舟，长兴之人送之，公曰："吾宦于此有三乐：其一为蕺山先生来吊丁君长孺，得与证明所学；其一为重九日登乌瞻山；其一则丙子校士，得钱生肃乐也。"

---

① 岳岳称人师：按《汉书·朱云传》，说元帝令五鹿充宗和诸儒论梁丘贺的《易》学，诸儒不敢抗，独朱云能辩胜他，所以诸儒说："五鹿岳岳，朱云折其角。"据注，岳岳，长角貌，乃是贴切充宗姓的双关语。折其岳岳的角，也就是驳斥了他的论证。这里只是形容吴钟峦持道不屈足为人师的样子。

　　公性恬淡，既罢官，即有投老之意。宜兴再相，颇以延揽清流为事，遣所知道意，许登启事，公笑曰：“公为山巨源，请容我为嵇叔夜①；公为富彦国，请容我为邵尧夫。”宜兴不乐，公泊如也。辛巳，湔除左降诸官，补绍兴府照磨，升桂林府推官。甲申六月，闻国难，绝而复醒曰：“吾友马素修必死矣。”已而果然。南中授礼部主事，未上国亡。是年，公叔子福之，以起兵死。闽中以原官召之，迁员外郎。上书言事，权贵不喜。公曰：“今日何日，尚欲拒人言耶！”唐王将为赣州之行。公曰：“闽海虽非立国之区，然今日所急者，选锋锐进，克复南昌，联络吴、楚，以得长江，或可自固；若舍此他图，关门一有骚动，全闽震惊矣。”唐王不能用，出为广东副使。未行，闽中又亡，遁迹海滨。

　　公愤士大夫多失节，乃作《十愿斋说》：其一曰“吾愿子孙世为儒，不愿其登科第”；其二曰“吾愿其读圣贤书，不愿其乞灵于西竺之三车”②；其终曰“吾愿其见危授命，不愿其偷生事仇”。又集累朝革命之际，上自夷齐，下至逊国诸忠，为《岁寒松柏集》，而《从客问》以寄其词曰：

　　　　客有问曰：“诸君子之死节诚忠矣，然无救于国之亡也，子何述焉？”应之曰：“子不云乎？岁寒知松柏，叹知之晚也。夫诸君子皆公忠直亮之臣，较然不欺其志者也。临难而能励其操，必授命而能尽其职。使人主早知而用之，用为宰执，则如中国相司马③，而辽边息警；用为谏议，则如汉廷有汲黯，而淮南寝谋④；用

---

　　① 山巨源、嵇叔夜：山涛为选曹郎，举嵇康自代，康拒之。《文选》有嵇康《与山巨源绝交书》。

　　② 三车：佛家语。指牛车、鹿车、羊车。牛车代表大乘，鹿车代表中乘，羊车代表小乘。

　　③ 中国相司马：《宋史·司马光传》：“辽夏使至，必问光起居，敕其边吏曰：中国相司马矣，毋轻生事，开边隙。”

　　④ 汉廷有汲黯，而淮南寝谋：汉武帝时，淮南王谋反，惮汲黯不敢发，说他“好直谏，守节死义，难惑以非”。见《史记·汲黯传》。

为镇帅，则如军中有范韩，而西贼破胆，又安得有亡国事乎？惟不知而不用，即用之而不柄用，渐且惮其方正而疏之，惑于谗佞而斥之，甚且锢其党，而并其同道之朋一空之，于是高爵厚禄，徒以豢养庸碌贪鄙之辈相与招权纳贿，阻塞贤路，天下之事，日就败坏，而不为补救，及其亡也，奉身鼠窜，反颜事仇。嗟嗟，烈女不更二夫，况荐枕席于手刃其夫之人乎？若辈之肉，尚足食耶！易曰：'小人勿用，必乱邦也。'吾将以告后世人主之误于小人而后知君子者，又乌容以无述？"客又问曰："诸君子之抗节者诚清矣，曷不死之？"应之曰："《记》云：'君子谋人之国，国亡则死之；谋人之军，军败则死之。'诸君子皆不柄用，未尝与谋军国事，易曰：'介于石，不终日。'俭德避难，夫安得死之，守吾义焉耳。"曰："然则恢复可乎？"曰："事去矣，是非其力所能及也，存吾志焉耳。志在恢复，环堵之中，不污异命，居一室，是一室之恢复也。此身不死，此志不移，生一日是一日之恢复也。尺地莫非其有，吾方寸之地，终非其有也。一民莫非其臣，吾先朝之老，终非其臣也。是故商之亡，不亡于牧野之倒戈，而亡于微子之抱器；宋之亡，不亡于皋亭之出玺，而亡于柴市①之临刑。国以一人存，此之谓也。"曰："其人亡则如之何？"曰："子不见《朱子纲目》之书法乎？书曰'晋处士陶潜卒'，在宋元嘉四年。是靖节千古存，而晋未始亡也。故商亡而首阳《采薇》之歌不亡，则商亦不亡；汉亡而武侯《出师》之表不亡，则汉亦不亡；宋亡而《零丁》、《正气》②诸篇什不亡，则宋亦不亡。子谓空言无补，将谓《春秋》之作，曾不足以存周乎？"客慨然而退。

---

① 柴市：是文天祥就义处。
②《零丁》、《正气》：文天祥《过零丁洋》诗及《正气歌》，并见《指南后录》。

时有以公流离海外劝之归者，公作《止归说》谢之。

丁亥冬，监国至闽，闽中士大夫皆观望不出，公曰："出固无益也，虽然，不出则人心遂涣，以死继之耳。"乃入朝，拜通政使，至则申明职掌，言"今者远近章奏，武臣则自称将军都督，文臣则自称都御史侍郎，三品以下，不屑署也。至所在游食江湖者，则又假造伪印，贩鬻官爵，僵卧邱园，而曰联师齐楚，保守仆御，而曰聚兵十万，以此声闻，徒致乱阶。臣请自后严加核实，集兵则稽其军籍，职兵则考其敕符"。王是其言，升礼部尚书，原官如故，兼督学政。从王幸浙，所至录其士之秀者，入见于王。仆仆拜起，人笑其迂。公曰："济济多士，维周之桢①，可以乱世而失教士耶？"时朝政尽归武臣，公卿不得有所可否，公叹曰："当此之时，惟见危授命，是天下第一等事；不死以图恢复，成败尚听诸天，非立命之学也。当此之时，惟避世深山，亦天下第一等事。微幸以就功名，祸福全听诸人，非保身之学也。"姚江黄都御史宗羲，招公居四明洞天，公答之曰："故人有母，固应言归，老生从王，所在待尽而已。"遂退居补陀。

舟山师溃，公曰："昔者吾师高忠宪公，与吾弟子李仲达死奄难，吾为诗哭之；吾友马君常死国难，吾为诗哭之；吾门生钱希声从亡而死，吾为诗哭之；吾子福之倡义而死，吾为诗哭之。吾老矣，不及此时寻一块干净土，即一旦疾病死，其何以见先帝谢诸君于地下哉！"乃复渡海入城。九月初二日，与张阁部肯堂诀曰："吾以前途待公。"至文庙右庑，设高座，积薪其下，捧先师神位，举火自焚。赋《绝命词》曰："只为同志催程急，故遣临行火浣衣。"时年七十有五。仆徐甲，负骨以归。夫人刘氏。

福之字公介，公第三子。少聪颖，年十五能文。侍父之任光州，集光庠诸名士较艺，福之即与对垒。寻循例应州试，即成州诸生；寻

---

① 济济多士，维周之桢：按《诗·大雅·文王》，原作"王国克生，维周之桢，济济多士，文王以宁"。这里是剪用其语。

归应本邑童子试，即成邑诸生；从诸生应岁试，即成廪膳生；从诸廪生应贡试，即成选贡生。故自成童以至弱冠，无不以科名期福之者。福之亦雅自负，落笔不作凡近语，奥思怪字，初阅之不可句读，徐解之，法脉井然，非以艰深文浅易也。读书该博，无所不窥，而尤留心经济，感时事亟，尝上笺其父曰："天下事无非兵理处：今乱世，非将略兵法，无以处事驭人。杜牧注《孙子》云：'得其一二者为小吏，尽得其道，则可为大吏也。'今见当事统数百兵即哗矣，大吏见数十乱民即仓皇矣。有地方之责者，凡其地弁将营卒，缙绅耆老，吏胥役隶，以及盗贼土豪，无不留心著眼，以法诘纠部勒之密，密有心腹爪牙之用，则卒有事变，可以制置。"公深异其言。乙酉，常州城破，职方吴易起兵太湖，福之应之，兵败死焉。

吴氏之先，本无锡人。其远祖有以革除去御史之官归隐者，三迁至武进之横林，卒而葬焉，遂家于此。

公所著有《周易卦说》、《大学衍注》、《霞舟樵卷》、《语录》藏于家。海外有《稚山集》，在吾鄞，至今长兴人有霞舟书院。

# 明工部尚书仍兼吏部侍郎上海朱公（永祐）事状

　　公讳永祐，字爱启，别号闻玄，南直隶松江府上海人也。崇祯甲戌进士，释褐刑部主事，调选部。为人忼爽英骏，笃于朋友之谊，而中无城府，凡交际者，皆竭力奖借之，顾大节所在，则持之甚固，莫能夺也。

　　乙酉，南中大乱，预于松江夏陈诸公之师，事去，弃家航海。唐王进郎中，改户兵二科都给事中，迁太常寺卿兼原官。总制尚书张公肯堂，公同乡也，力荐公，请以为北征监军。诏公监平彝侯周鹤芝营，而郑芝龙密约降，诸将之兵不得发，鹤芝以军入海，相机进止，屯于鹭门。芝龙之降也，弃福州入东石，东石与鹭门近，公偕鹤芝流涕谏之，不能得，乃谋遣刺客杀之。常熟赵牧者，勇士也。素常谒公幕下，公召语之曰："足下往见芝龙，诡称欲降北自效者，芝龙必相亲，遂击杀之，以成千古之名。"牧欣然请行，芝龙方匆匆，牧累晋谒不得通，遂止。于是公以鹤芝之军移海坛。是时郑成功虽起兵而未集，郑彩自浙东来亦未至，而公收拾已散之人心以扶大义，海上翕然。明年正月，复海口，鹤芝之故里也，即以林学舞与牧守之。四月大兵攻海口，牧出战累胜，而大兵日益，城破，学舞牧俱死之。

　　鲁王再出师，加公刑部侍郎，监军如故。丁亥，公浮舟与张公肯堂徐公孚远至翁洲。海上之局，皆诸帅枋之，更胜迭负，强者当国，互相鱼肉。郑彩始与郑遵谦称为兄弟，已而杀之；又与周瑞为父子，不久即交恶；鹤芝亦尝称门生于彩，已而交斗；而郑成功深不喜彩；鹤芝与瑞乃兄弟，相疾如仇。此闽中诸帅之略也。黄斌卿尤猜忌，连杀荆本彻贺君尧；虽与张名振为亲家，思并其军；又欲杀王朝先；名振部将阮进归斌卿，已而又与斌卿交恶，复与名振合；名振又枉杀朝先。此浙中诸帅之略也。其中文臣左右其间，动即获咎，如熊公汝霖、钱公肃乐、沈公宸荃，皆以此死。姚江黄都御史为作《海上恸哭记》述之，而独公回翔海上，遍得诸帅心，鹤芝尤敬公，即斌卿亦与公最相得，莫知其所以然也。王至台，加公吏部侍郎，翁洲建国，以工部尚书仍兼吏部事。公令鹤芝兄弟以军屯温之三盘为犄角焉。

　　公素未讲学，至是与吴公钟峦讲顾氏东林之学，或笑之曰："有是哉，公之迂也！"①公曰："然则厓山陆丞相非耶？"翁洲破，公病甚，大帅执公呵之使跪，公衣冠挺立不屈，大兵斫其胁，大骂而死。大帅幕中有时甲者，旧尝受恩于公者也，惧大帅且枭公首，以金赂守者，窃其尸，与公仆负出城，血涔涔流不止。其仆哭曰："公生前好洁，虽盛夏不肯使汗沾衣，今乃尔耶？"其血应声止。时城中鼎沸，无所得棺，火葬于螺头门外，公家妇女亦多死者，不能得其详也。

---

① 有是哉，公之迂也：套用《论语·子路》篇子路批评孔子"有是哉，子之迂也"的话。

# 明兵部尚书兼掌都察院事钟祥李公
# （向中）事状

　　公名向中，字豹韦，号立斋，湖广钟祥县人也。崇祯庚辰进士，知长兴县，以能调知秀水。浙右素称难治，豪绅比户，把持长吏。而是时以军兴重赋役，吴民狡，施飞洒诡寄之术，奸胥上下其手，逋赋以巨万。公下令按产均徭，赀算不与，匿田不自占，及揽他人田为己产者，论如律。图其阡陌原隰于册，而实以人户，奸吏无所舞文，豪绅之奴横甚，公执法治之，不少贷。民始而怨，继而服。时时为民讲礼，不使僭逾。左光先以巡按至，属吏多所馈遗，公以泉水双罂上之，光先叹公之廉。内迁车驾主事，甫至淮上而国亡。南中晋职方郎中，巡视浙西嘉湖兵备，寻调苏松，甫至而南中又亡。

　　公与沈公犹龙、夏公允彝等起兵不克，走入浙东。公以浙中之厄于方、王也，弃之入闽，而闽中亦厄于郑氏，加公尚宝司卿。未几，浙闽相继亡。公时奉其父母以行，避兵碴城山中。丁亥，诸军次于长垣，福安刘公中藻起兵，招公同朝于王所，即拜公兵部侍郎，巡抚福宁，兼监福安军。刘公开府福安，公分军扼沙埕。刘公善治兵，能以一旅之卒，激发忠义，累战累胜。顾其部下颇多不戢，海上居民谣曰："长髯总兵，黔面御史，锐头中军，有如封豕。我父我儿，交臂且死！"公语刘公曰："是非所以成大事也。"刘公曰："是监军之任，公何嫌焉？"公乃持节召其中军将欲斩之，中军将诉于刘公，刘公曰："汝今日乃遇段太尉①也。"自是刘公军士始整肃。公在行间，衣短后衣，缚裤褶，遍历诸舶慰劳之，鲛人蜑户，勉以故国之谊，使量力输助而无所掠。福宁一带，依公如父。已而大兵攻福安，公兵少不能援，城破，振威伯涂觉突围以所部出，勷武伯章义、旧与觉以福宁来归者也，方共守沙埕而觉至，公以二将之师，护监国入浙，次于三盘。已而与定西侯张名振取健跳诸所，大兵围之，荡吴伯阮进②来援，再战皆捷，遂奉王都翁洲。晋尚书兼掌都察院。公见事不可为，而悍帅迭起，叹曰："此所谓是何天子是何节度使者也！"尝问左右曰："绝粒几日可死？"曰："七日"。公曰："何缓也？"然是时风帆浪楫，从亡诸臣，多蕉萃无颜色，而公丰采隐然，白皙如故。庚寅冬，父卒，监国令墨衰视事。翁洲破，叹曰："先帝以治行拔向中，不得死难，华亭之役，不与沈夏诸公俱死，福宁之役，不与刘公俱死，偷生七载，亦希得一当以报先帝，今已矣！先大夫在殡，老母在堂，向中不可死，然不死则辱，不如一决之愈也。我死，幸投我海中以志恨！"大兵召之不至，捕之，衰绖入见。大帅问曰："召君不来，捕君始来，何也？"公曰："召则恐谕降也，捕则谨就戮耳。"翔武而出。次日行刑者乃其旧部，遂投公于海。长子善毓从死，而太夫人傅氏、夫人蒋氏及次子善骘，有义士匿之。或以告之提督田雄，亦服公义弗究也。其后归钟祥。公之死也，得年四十有一。

予读杭人吴农祥所作公《传》，谓"公与刘公以治兵故，有旷林之争，互杀其中军将以相攻，刘公夫人劝之而止"。此妄言也。刘公于公始终无间，农祥所记明末事，半出无稽，不特公《传》也。

附文存：

　　翁洲之难，死者甚多，而左班则以阁部张公、尚书吴公、朱

---

① 段太尉：指唐段秀实。

② 荡吴伯阮进：荡吴，他书都作荡湖。本书时作荡湖，时作荡吴，应统一作荡湖。

公、李公，吾乡兵科董公；右班则安洋将军刘公最烈，时称六大忠臣。浙中修《通志》，予谓纂修诸君当别立《传》，诸君因令予具蓝本。张公、刘公、董公，予已有《碑志》，乃作《三尚书状》并《碑志》移之，然卒未立《传》也。

# 明文华殿大学士兵部尚书督师金华朱公（大典）事状

公名大典，字延之，一字未孩，浙之金华人也。世农家子。至其祖多坐殴死族人，论罪抵偿，公父凤救之，遂倾身事吏，吏左右之，得脱，公父乃终身事吏，袭其业。公少补诸生，奇穷，不以屑意，时时为里中鸣不平事。与诸长吏相搘拄，长吏恨之，中以所行不端，几斥。知兰溪县刘字烈独知之曰："此郎岳岳，非池中物。"力调护之，得免。

成万历丙辰进士。知章邱县，治最。天启壬戌，入为兵科给事中，转工科，又转兵科。逆奄用事，出为福建副使，转参议，以病去官。崇祯三年，起山东参政，备兵天津。

公身干魁杰，视瞻不常，习骑射，喜谈兵。山东适有登莱之难，遂晋右佥都御史，巡抚山东。旧抚累以招贼被辱，公至，排群议用剿。集步骑径前，贼众走。公言贼势穷必入海，当伏兵海道以邀之。朝议未许，而贼已扬帆去。晋兵部侍郎兼副都御史，荫一子。

八年，流贼焚中都，陵寝被祸，思宗哭于二祖列宗之庙，遣官祭慰，诏公以漕督兼淮抚。公抚东时，募得健卒千人，马一千五百为麾下亲军，至是许将之至庐凤，修复园陵，以总兵杨御蕃隶焉。七月，贼十三营至灵宝，中州危急。上以淮北为忧，诏公以兵二千三百，御蕃兵千五百，扼南畿要害，护祖陵。贼由上蔡入江北之太和，公与御史张任学居守，而遣列将朱子凤援太和，杨振宗援蒙城，刘良佐援怀远，振宗良佐竟却贼，而子凤战死，杀伤相当。九年正月，总理卢公象昇大攻贼于滁州，公以其兵会之，贼破，走趋寿州，公以良佐等战于蒙城却之。是年冬，贼大举入江，陪京纂严，诏公与总理王家桢合击。次年正月，公遣良佐一战于大安集，再战于庐州，三战于六安之茅墩；又遣监纪杨正莅等一战于陶城镇，再战于沙河。四月，贼窥桐城，桐城非公分地，公以事急，遣良佐与协守总兵牟文绶救之，贼败走，移兵援舒城，而分兵戍桐。当是时，制府杀贼者分三道：总理当一面，秦督当一面，总漕兼淮抚以护陵通运当一面。其余抚臣，各守所辖，往来策应。其始也，总理为卢公，秦督为洪承畴，皆称善杀贼，然二家部将如曹文诏、曹变蛟、祖大乐、祖宽皆健斗，所向有功，而公军惟刘良佐稍著劳绩，其视曹祖亦远逊，公独以身枝梧其间，指示方略，终其任，贼不再入中都，则其功也。

其后卢公以勤王入，洪督与秦抚孙公傅庭继之，皆忤枢府杨嗣昌遭排笮，公则否，论者颇以此疑公。会公以淮北五县失事，台臣争请易置，嗣昌曰："谁可代者？"卒难其人而止。嗣昌自出督师，诏公以诸军为应兵，而公自行军以来，颇不持小节，于公私囊橐无所戒，虽其后额饷多不至，赖前所入以给亲军，然谤大起，御史姜埰等言之，下法司勘问。公本用世才，自以功过不相掩，一旦对刀笔吏，簿录且不保，乃请以家财募兵，剿寇自效。当事亦多惜之者，请还其麾下亲军，使益治兵以收后效，许之。公遂以麾下居京口，大集奇才剑客，军器一切自具，治西洋火药几三百余筒。公子万化亦任侠，召募东阳、义乌材武之士以益公军。方具疏待命，而许都之变作，公从京口驰归，则都已破东阳、义乌、浦江三县，进围府治。时浙抚新任未至，巡按左光先在江上，推公主兵。公治兵于江干，鞭十人，贯三人耳[①]，祃祭即行，光先犒之，进击走都。绍兴推官陈公子龙在军，因

---

① 贯耳：是一种军刑。《左传》僖公二十七年："楚子将围宋，使子文治兵于睽，终朝而毕，不戮一人。子玉复治兵于蒍，终日而毕，鞭七人，贯三人耳。"

旧识都，遂招降之。然使非公一创之力，则亦未肯遽就抚也。公未至时，万化已以家丁御贼有功，而同里给事中姜应甲素不喜公，知东阳县徐调元亦挟旧隙，反诬万化以交通有状，于是公以纵子通贼，再被劾，有诏逮治，议籍公家以助军，会国变而止。论者以为公先在行间，虽不能无过，顾弃瑕补垢，尚应在所洗拭，至于纷社急难，挺身赴斗，而反因睢盱之隙，诬以逆党，是则立功之士，皆不能不解体者矣。

南中建国，吏部尚书徐公石麒再疏荐，不许，已而竟起为兵部尚书。御史郑瑜劾公，犹以前事故也。时阮大铖掌戎政，公不能有所展。寻以左良玉至，出督靖南兵御之，大铖亦继至，而南中亡。公方与靖南议奉弘光入浙，靖南死，部将降，公遂以亲军归，议与江上诸公奉迎监国。时则张公国维与公主金华，孙熊两公主绍兴，钱公肃乐主宁波，浙东之兵，首推此三府。监国以张公辅政，而公以阁衔建行台督师，公欲以东师由江上取杭，西师由常山通广信，而闽中诏至，张公与熊公议弗受诏，公与钱公谓宜受之，两议各有所执。主弗受者，谓监国本非有争名号之心，然一返初服，则以藩王上表，势多牵制，而闽师亦未必能协力。主受者谓不宜先立异同以启争端。其后卒主张公议。隆武闻，亦授公阁衔，公表谢。张公与公分地治兵，公辖金华、兰溪、汤溪、浦江。张辖东阳、义乌、武康、永康，而方国安等以溃兵列江上，纵暴无状，马士英入其军，人心岌岌，以故公之兵卒，未尝过严州一步。国安以诸军中公最强，又闻公家尚多财，谋袭取之，以兵至近郊大掠，遂攻金华，声言索饷四万，以报士英之起公为尚书，其悖如此。公力御之，监国以令旨召国安再四，始解去。公以江上事势且不测，谋修宋公署为行宫，迎监国驻其地。或曰："江上一危，婺中得安枕耶？"乃止。而公亦只严兵自守，不能复预进取计矣。国安卒首溃，欲执监国以降，监国航海，遂引王师攻金华。公杀招抚使，监守三月，外无蚍蜉蚁子之援，而部下士卒无叛心。御史傅岩，公姻家也，家在义乌为强宗，请尽以子弟赴援，公泣而许之，夜缒而出。部将吴邦璿者，兵部尚书兑孙也，雄健有智略，公初罢淮抚归，尝以万金托邦璿，至京有所营，甫入京而国难作，邦璿以金归，除行李所需外，无缺者，公益重之。至是挈其家与城守，公倚之如左右手。有何武者亦部将，出战最力，于是国安以大炮攻城，城中亦以火药御之，烟焰大起，声如雷。大兵虽失利，然日夜济师，而城中人渐疲，纷投坑堑，城遂陷。公麾其爱姜幼女及万化妻章氏投井死，而急过邦璿，邦璿方与武语，公曰："二将军何语？"邦璿曰："下官等皆应从明公死，然城中火药尚多，不可资人，不如焚之，以为吾辈死所。"公出袖中火绳示之曰："此固吾意。"乃共入库中环坐，宾客仆从愿从者皆从焉。公子万化尚巷战，力尽见执，有告者曰："公子死矣"，公即命从者举火，顷刻药大发如地震。王师反走辟易，多蹂践死，火止，大索公不得，乃知在灰烬中。而傅岩亦死于义乌，邦璿妻傅氏亦死。公孙都督钰以奉表入闽，亦死浦城。金华城中之民死者亦十九，而国安亦卒为本朝所诛。

公开府十余年，前则有阿附武陵[1]之嫌，后则有由贵阳进用之消，及其孤城抗命，阖门自尽，天下疑者始大白。

附文存：

> 野史流传，所记公事多谬，吴农祥为公传亦然，如云公以四万金与贵阳及专奉闽是也。农祥于公有戚属，尚不可据，予故作事状以正之。

---

[1] 武陵：指杨嗣昌。

# 明太常寺卿晋秩右副都御史茧庵林公（时对）逸事状

　　柳先生作《段太尉逸事状》，盖以补其前《状》所不备也。若陈了斋作《丰尚书状》，但叙历官而不及一事，又别成一格。前太常茧庵林公之卒，其《状》盖用了斋之例，迄今人代渐远，有不廑如太尉之脱落者。予惟公之名德，新旧两朝所并重，故为之捃摭剩余，粗备首尾，盖不得不以逸名。鸣呼，桑海诸公，其以用世之才而槁项黄馘，赍志以死，庸耳浅目，谁为收拾，其逸多矣。

　　公讳时对，字殿飏，学者称为茧庵先生。浙之宁波府鄞县人。宋名臣特进保之后。曾祖某，祖某，父某。公以崇祯己卯、庚辰连荐成进士，时年十八，授行人司行人。逾年，以使淮藩出，又逾年而居制，又逾二年而北都亡。赧王起南中，以吏科都给事中召，又逾年南都亡。踉跄归里，从戎江干，累迁太常寺卿，晋都察院右副都御史，逾年事去，杜门不出，又十有八年而终。

　　公之少也，伯兄荔堂先生喜言名节，公与上下其议论，荔堂引为畏友。执经倪文正公门，既释褐，施忠介公徐忠襄公皆重之，多所指授。常熟□侍郎□□① 闻公名，招致之，公不往。于同官，最与刘公中藻、陆公培、沈公宸荃相昵。或问之曰："冷官索莫，何以自遣？"公曰："苟不爱钱，原无热地。"时人叹为名言。其居制归里也，陈恭

---

　　① 常熟□侍郎□□：指钱谦益。

愍公、钱忠介公一见亦契之。及在科中，时局正恣其昏狂，公以输对上三摺，言"史督相可法之军江北，所以藩卫江南者也，不当使之掣肘，至于进战退守，当假以便宜。左都御史刘宗周四朝老臣，天下山斗，当置左右。翰林检讨方以智忠孝世家，间关南来，不当诬以传闻之说。"并留中不下。当是时，台省混沓，邪党过半，独掌科熊公汝霖、掌道章公正宸，清望谔谔，顾皆引公为助。阮大铖深恶之，乃嗾方国安以东林遗孽纠之，遂与同里沈公履祥偕去。

截江之役，孙公嘉绩，故公庚辰房师，挽以共事，熊公、章公、钱公、沈公交章上荐，起佐孙公幕务。每有封事，多遭阻格。中枢余公煌叹息语公，以不能力持为愧。前御史姜公垓兄弟避地天台，公以人望请召之，御史不至，其弟赴军。公力主渡江，熊公之下海宁，公实赞之，盖自丧乱以来，公之所见，其可纪者只此而已。

诸方既定，亳社终墟，而公年尚未四十，一腔热血，旁魄无寄，转徙山海。及归，家门破碎，乃博访国难事，上自巨公元夫，下至老兵退卒，随所闻见，折衷而论定之。斜日荒江，以此自消其磊块。已而征车四出，公名亦豫其中，以病力辞。有同年来访出处者，公答之曰："此事宁容南诸人耶？吾志自定，为君谋宁有殊。"同年愧公之言而止。公论人物不少假借，同里钱光绣尝讲学石斋黄公之门，其于翰林张溥、仪部周镳，皆尝师之，而学诗于□□①，公曰："娄东②朝华耳，金沙③羊质而虎皮④者也，皆不足师，□□晚节如此，又岂可师！子师石斋先生，而更名他师乎！"光绣谢之。未几咸淳诸老，凋落殆尽，而公独年逾大耋，幅巾深衣，踯躅行吟，莫可与语，于是悒悒弥甚，乃令小胥舁篮舆遍行坊市，遇有场演剧，辄驻舆视之。凡公之至，五尺童子，俱为让道。一日，至湖上圣功寺巷中，公眼已花，不

---

① 学诗于□□：此指钱谦益。钱蛰庵征君述，有"论文则师牧斋"语。

② 娄东：指张溥。

③ 金沙：疑当作金坛，即周镳。

④ 羊质而虎皮：语本扬雄《法言·吾子》，喻有名无实。

辨场上所演何曲，但见有冕旒而前者，或曰："此流贼破京师也。"公即狂号，自篮舆撞身下，踣地晕厥，流血满面，伶人亦共流涕，观者迸散，是日为之罢剧。嗣是公不复出，掩关呐呐而已。及卒，遗命柳棺布衣，不许以状请志墓之文，故皆阙焉。

先公尝曰："吾年十五，随汝祖拜公床下，自是尝抠衣请益。间问漳海黄公遗事，公所举自东厓所作《行状》外，《别传》、《哀诔》、《挽诗》、《祭文》及杂录诸遗事几百余家，其余所闻，最少者亦不下数十家，恨不能强记。又语予野史之难信者有二：彭仲谋《流寇志》讹错十五，出于传闻，是君子之过。邹流漪则有心淆乱黑白，是小人之过。其余可以类推。"先公问曰："然则公何不著为一家以存信史？"公笑不答，盖是时公方有所著而讳之。然自公殁后，所谓《茧庵逸史》者，阙不完，其《诗史》共四卷，归于予。

娶某氏。子四。葬于天井山之阳。

谨状。

# 前侍郎达州李公研斋（长祥）行状

研斋李公《天问阁集》四卷，皆丙戌以后之作也。杭人张君南漪，得之吴估书肆。侍郎于文不称作家，然而旧闻轶事，有足疏证史案者，此桑海诸公《集》所以可贵也。侍郎通籍甫一岁而国亡，顾自其为孝廉捍御里社，以至转徙鲛宫蛎屋之间，侧身军旅者十七年，《明史》既不为立传，而世亦莫知其本末。苕人温睿临虽尝为立传，然寥寥不详。予家浙东，乃侍郎从亡地，先太常公一门皆尝共事，故颇悉之。及钞斯《集》，益得以旧所闻互相考见，乃为之状，使异日补注《明史》者，有所征焉。

按侍郎讳长祥，字研斋，四川夔州府达州人也。诸生素之曾孙，永昌通判璧之孙，诸生为梅之子。生而神采英毅，喜言兵。是时献贼纵横蜀中，侍郎练乡勇躬摆甲胄，以助城守。自癸酉至壬午，贼中皆知有侍郎名。癸未选庶常，时沈自彰任吏部，方蒙上眷，荐之，谓当援刘之纶之例，破格不次用之，使备督师之选。或问之曰："天子若果用公督师，计将安出？"侍郎叹曰："不见孙白谷往事乎？今惟有请便宜行事，屏邸钞不寓目，即有金牌[1]亦不受进止，待平贼后囚首阙下，以受斧钺耳。"闻者吐舌。而同里井研[2]方为首辅，欲引之为私人，侍郎不可，故不得召见。贼且日逼，侍郎上疏，请"急调宁远镇

---

[1] 金牌：即金字牌。《宋史·岳飞传》："（秦）桧乞令飞班师，一日奉十二金字牌。"
[2] 井研：指陈演。

臣吴三桂以兵拒战，都城下有新进士袁瓃者，具将才，可令辅之。而令密云镇臣唐通，与臣从太行入太原，历宁武雁门攻其后，首尾夹击，贼可擒也"。思宗下其议，未定，密云帅已至，诡请守居庸关，则放贼直抵昌平。侍郎上疏，请急令大臣辅太子出镇津门，以提调勤王兵，皆不果行，而京师溃，侍郎为贼所缚，遭搒掠，乘间南奔。方改监察御史巡浙盐，而南中又溃。因起兵浙东，监国加右佥都御史督师西行，而七条沙之师又溃。王浮海，侍郎以余众结寨上虞之东山。

时浙东诸寨林立，顾无所得饷，四出募输，居民苦之。独侍郎与张翰林煌言王职方翊且屯且耕，井邑不扰。监军华夏者鄞人，为侍郎联络布置，请引翁洲之兵，连大兰诸寨以定鄞慈五县，因下姚江，会师曹娥，合偶山诸寨以下西陵，佥议奉侍郎为盟主，刻期将集。鄞之谢三宾告之，大兵急攻东山，前军章有功者，故会稽农也，骁锐敢战，所将五百人，皆具兼人勇，累胜大兵，以全力压之，不支被擒，拉胁决齿，垂毙犹大骂而死。时有百夫长十二人，故尝受大兵指为间，至是中军汪汇与十二人期，以次日缚侍郎入献。晨起，十二人忽自相话，奈何杀忠臣，折矢扣刃，誓而偕遁，汪汇追之不及。于是浙东沿村接落，奉檄有得侍郎者，受上赏，侍郎匿丐人舟中，入绍兴城。居数日，事益急，遁至宁之奉化，依平西伯王朝先。朝先亦蜀人，华夏曾为侍郎通好，订婚姻焉。得其资粮扉屦之助，复合众于夏盖山。一日泊舟山下，有龙挟雷电将上天，荡舟，士卒皆惧，侍郎令发大炮击之，雷电愈甚，水起立，侍郎色自如，俄而晴霁。由健跳移翁洲，则入朝，加兵部左侍郎兼官如故。侍郎言于王，请合朝先之众，联络沿海以为翁洲卫，张名振不喜，袭杀朝先，侍郎懑而免。辛卯，翁洲又溃。亡命江淮间，总督陈公锦得之京口。都统金砺，巡道沈润，力主杀之，陈独不可，释之，乃居山阴涧谷中，寻游钱唐，然大吏以为终不可测，更安置江宁。

初侍郎之在寨中也，寄孥上虞之赵氏，及寨溃，相传侍郎已殪，其夫人黄氏聚其家人谋共死。有仆妇曰文莺，夫人婢也，曰："夫人当为公子计以延李氏香火，恶可死？"曰："然则奈何？"曰："婢子死罪，愿代夫人，以吾女代公子，俟死于此，而夫人速以公子去！"夫人泣曰："安忍使汝代我死？"曰："小不忍，最害事。"速驱之。而山中有罗吉甫者，时时游侍郎门下，至是奔至曰："夫人公子，我则任之，虽以是死，甘心焉。"于是夫人抱其子亩拜吉甫，且拜文鸾。文鸾曰："夫人休矣，捕者行至矣！"甫出门，捕者至，以文鸾去。有徐昭如者，亦义士，不知夫人之脱，约死士谋要之，既乃微闻其非真也，遂止。吉甫既匿夫人，知朝先之于侍郎姻也，乃以夫人母子往，则侍郎已先在焉，相见恸哭，为言"文鸾一木讷女子，今若此！"而文鸾被逮，居然以命妇自重，虽见大府，不肯少屈，莫不以为真夫人也。时例应徙辽左，按察使刘公自宏者淮人，一日五鼓，传令启城门，命吏以文鸾就道，不得少待。或曰："刘盖怜侍郎之忠，亦壮文鸾，密取归养于家，而以囚中他妇代之云。"

而侍郎之自翁洲亡命也，又与夫人失，及居山阴，则夫人又自海上至，得再聚。侍郎既羁江宁，夫人已卒，总督马公阳礼之，而终疑之曰："是子然者，谁保之？"侍郎微闻。时江宁有闺秀曰钟山秀才者，善墨竹，容色绝世，乃娶之，朝夕甚昵。马督私谓人曰："李公有所恋矣。"未几，侍郎乘守者之怠，竟去，由吴门渡秦邮，走河北，遍历宣府大同，复南下百粤，与屈大均处者久之。天下大定，始居毗陵，筑读《易》台以老焉。予过毗陵，累访其子孙，无知者。

附文存：

侍郎《行状》如右。吾读《天问阁集》，颇疑侍郎蜀人，而其论杨武陵多怨词，甚至比之孙白谷，而委过于抚臣邵捷春，何其与众论不同软？又论周阳羡忌陈新甲而杀之，以新甲为枉死，恐亦未必然。要之大节如侍郎，不免以爱憎之偏持论，证史之所以难哉！

# 华氏忠烈（华夏及夫人陆氏）合状

　　在昔文章家无合状之体，惟《叶水心集》尝为陈同甫王道甫作合志，盖出于史之合传，予因援其例于状。但古人于夫妇之间，未有不以妇统于夫者，今双举之何也？曰："华夫人之烈，非凡为妇者所可同也。"作《华氏忠烈合状》：

　　检讨华公讳夏，字吉甫，别字嘿农，浙之宁波府定海县人也。其后迁鄞，少与同里王公家勤齐名，同受业于始宁倪文正公，已又同学于漳浦黄忠烈公，已又同参蕺山之席，已而同受知于新城黄公端伯，华亭陈公子龙，浙东社盟所称华、王二子者也。是时检讨虽诸生，而谔谔有范滂陈东之风，浙东资其清议以为月旦。

　　以恩贡入太学。乙酉六月，浙东兵起，首与董公志宁倡大议，预于六狂生之目。其奉钱忠介公书，入定海说王之仁使反旆，几陷虎穴，夫己氏①欲杀之而不克，详见予所作忠介神道碑。已而论倡义功，授兵部司务，寻晋职方主事，皆不受，请以布衣从军。悍帅枋成诸经略皆不用，然犹与陈太仆潜夫出战牛头湾，弹从头上过如雨，不退。检讨雅素劲挺，忠介亦不能尽与之合，遂谢去，是为乙酉之仲冬。又七月而江上溃。

　　是时浙东未下者，只翁洲弹丸地。顾浙东之学士大夫以至军民，

---

　　① 夫己氏：指谢三宾。《杨氏四忠双烈合状》、《屠董二君子合状》、《王评事状》、《访寒匡草堂记》并同。

尚惓惓故国，山寨四起，皆以恢复为辞。检讨谓人心未去也，而钱忠介公航海入闽，连下三十余城，闽人告急于浙，浙抽兵应之，浙之守备稍虚，检讨曰："此可乘之会矣。"谋之益急。丁亥，乞师翁洲。翁之故总兵黄斌卿无远略，犹豫不应，检讨愤责而归。未逾时，慈之大侠以冯侍御京第海上往复书泄，牵连检讨，捕之入狱。或曰："亦夫己氏所为也。"因中作《生谢》、《死谢》、《罹械》、《破械》等诗。家勤与董公德钦悉力营救出之，检讨不以为惩。谒李侍御长祥于东山，侍御曰："吾于会稽诸城邑，俱有腹心，一鼓可集，但欲得海师以鼓动声势。"检讨曰："海师不足用也，公何不竟以中土之师速举？"侍御曰："此间人颇以海师为望，因其势而用之耳。"检讨曰："愚以为海师必不可恃。"侍御曰："子其强为我行！"乃再乞师翁洲。时冯侍御京第方在翁洲，力劝斌卿，斌卿曰："我军弱，中土之助我者，可得几何？"检讨曰："布置已定，发不待时。将军何庸以寡助为忧！将军之师入蛟关，范公子兆芝，当以徐给事孚远柴楼之师会，可得六百人；将军之师至鄞江，杨推官文琦当以王职方翊大兰之师会，可得千人；王评事家勤当以施公子邦炌管江之师会，可得三千人；张屯田梦锡当以大皎之师会，可得四百人；而屠驾部献宸当以城中海道麾下陈天宠、仲谟二营之师为内应，可得千人；将军之师至慈，冯职方家桢当以其子弟亲兵会，可得五百人；将军之师至姚，李侍御长祥当已下绍兴以迟将军，其东山之寨，当有使者来，除道以俟，而张都御史煌言，当以平冈之师会，可得三百人；将军之师渡曹江，章都督钦臣以俴山之师会，可得二千人；将军之师急移小甏，合李侍御军西渡萧山，尚有石仲芳寨可得千人。将军以此众长驱入杭，百里之内，牛酒日至，何庸以寡助为忧！"斌卿犹不信，检讨益恨而激之，斌卿大怒，奋拳击之曰："吾今听子言，倘侍御爽约，吾且取子肝以饷军！"然斌卿特强许，终无出师意。检讨归，乃复令杨公文琦往。冯侍御等益劝斌卿，杨公曰："累失期，事且坏！今十一月四日，直指使者之天台，监司而下皆送于南渡，可乘虚至也。我当约诸道毕集，以待将军之楼船。东山之兵，亦以日入越。"斌卿曰："诺。"自检讨偕杨、王诸公经营恢复事，东西联络，飞书发使，口无宁晷，呕出心血数石，至是以为功有绪矣，而夫己氏又告变。夫己氏之欲杀六狂生，以阻军也，自度不为清议所容，及再降于新朝，益决裂，刊揭自言其"前此归命之早，而为王之仁所胁，今幸得反正，见天有日"。然卒不见用，乃益思所以徼功者，广行贿赂，遂得反间之力，中途赚取检讨所赉大兰帛书，尽得其详，由分守道陈谟以告之直指秦世桢，直指乃诡期不出，而密调慈水之兵以袭大兰，定海之兵以剿管江，姚江之兵以捣山东，三道之兵皆溃，急捕检讨得之。届期，翁洲兵入关，直抵鄞城东之三江口，诸道兵无一至者。海道孙枝秀严警，陈、仲二将军不敢发，斌卿知有备，亦不敢攻而去，直指乃令知府大陈刑具讯检讨，究其党与，检讨乃慷慨独承曰："心、腹、肾、肠、肝、胆，吾同谋也。"及问帛书所载杨、王、屠、董诸人，皆言其不预，知府再拷之，检讨大呼曰："太祖高皇帝造谋，烈皇帝主兵，安皇帝司饷。其余甲申乙酉殉节诸忠范公景文史公可法而下，皆同谋也。"知府三拷之，终不屈。而是日也，谢昌元亦为人所告下狱。初谢氏欲害五君子，以求用于新朝，不料枝秀之艳其富也，欲并杀之而取其室，乃使人上书告之，又使人密语检讨曰："谢氏汝冤家，可力引之，当为汝报仇。"及共讯，检讨曰："咄嗟！此乃反面易行，首先送款之人也，而谓其不忘故国，吾死不瞑矣！"谢跪旁，搏颡谢曰："长者长者！"检讨在狱中，鼓琴赋诗如平日。自称过宜居士。或问之，曰："周公之过，不亦宜乎！<sup>①</sup>何有于某！"戊子五月初二日，行刑，直指谓曰："非不欲生汝，奈国法何。"检讨曰："事成，吾不汝置；事败，汝亦不吾置也。"绝命，有白光一缕，冲天而去。监国还军翁洲，赠检讨。门人私谥曰毅烈。

生平著述最多，乱后散佚，仅存《过宜言》八卷。其狱中所订

---

① 周公之过，不亦宜乎：用孟子对陈贾语。见《孟子·公孙丑》。

《操缦安弦谱》、《泗水鼎乐府》、《对簿录》，藏于高武部隐学家，今惟《对簿录》尚有存者。

检讨夫人陆氏，有隽才，而性贞且孝。检讨被难，夫人绝粒七日不死，或曰："有姑在，何可死去？"乃日进一餐。检讨正命，夫人亲诣市纫其首于尸，负以归，既殓，复绝粒，其姑垂泪劝之，复日进一餐。已而有令，徙诸家妻子于燕。检讨之友高文学斗魁急过语曰："夫人当自为计。"夫人曰："诺！愿得褉衣以见先夫子于地下。"斗魁即以其妻所有予之。次晨起，对镜叹曰："天乎！吾不得终孝养矣！"视其瓮中尚有米，亲扫臼春之，春毕，跪于姑前曰："妇不随郎去，恐终不得事姑也。姑其强饭自爱，以保天年！"语毕，其姑哭，夫人亦哭，邻里闻者，聚观如堵墙，皆失声哭。夫人徐起，投缳堂中，既上而绝者再。时方盛暑，汗涔涔下，邻人或以杨梅一盂进曰："愿夫人尝此而后死。"夫人亦渴甚，啖之尽，以巾拭汗，复易环而绝。而检讨次子凛恩，夫人于前数日密托检讨之友林评事时跃窃出匿之，但以瘖儿闻，其家莫有知者。夫人之慷慨从容，既克从死，又克保孤，时人以为巾帼中奇男子云。其后凛恩竟育于林氏，年二十，始复姓，详见予所作《评事阡表》。有谢寅生者，亦义士也。素与检讨不相还往，至是忽讯之狱中曰："吾愿以女配公子。"检讨许之。寅生乃分以田宅而成立之。

谢氏之为枝秀所陷也，亟行赂于直指，发其贪墨事，枝秀遂罢官，谢亦多方下石以报之，而刊揭自暴其前此告变之功，并为枝秀所陷之屈，然卒不见用。

呜呼，皇朝应天顺人，同轨毕附，检讨欲以精卫之力，填阂海波，亦何可得，即令是时所图得遂，浙河如破竹，亦岂足延西崦之祚，乃一掷不中，至再至三，卒以丧元，可谓愚矣。又况重瞳受病，一往疏防，不密失身，宵人抵隙，竟漏多鱼之师，坐而受缚，同盟骈首，仇雠快心，言之可为浩叹者也。然而欲存君臣之义于天地之间，则小腆<sup>①</sup>虽顽，终贤于筐篚壶浆之辈，至于身经百炼，终不为绕指之柔<sup>②</sup>，皇朝杀其身，未尝不谅其心矣。若乃夫人之凛然大节，故国故家，均为有光，而临终妙用，才反出检讨之上，又一奇也。彼反覆如夫己氏，到今亦安在哉！

---

① 小腆：小腆犹言小主。本指殷武庚而言，见《书·大诰》。此指浙东明政权。
② 绕指之柔：《文选》刘琨《重赠卢谌诗》："何意百炼钢，化为绕指柔。"

# 杨氏四忠（文琦文琮文瓒文球）双烈（文琦妻沈氏文瓒妻张氏）合状

　　鄞镜川之杨，以文懿公大，其弟康简公冢宰碧川先生并起，五世中有四开府、三翰林、两台谏、四监司，而守牧以下无论也。时人为之歌"半壁宫花春宴罢，满床牙笏早朝归"以荣之。又六世而四忠双烈出焉，遂以收三百年世臣之局。迹其一门被歼，不可谓不惨，然而为故国增重矣。

　　四忠者：长、监纪推官赠兵科都给事中文琦，字瑶仲，号楚石；次、职方郎中文琮，字天璧；其第三弟文瑛，早卒；次、监察御史赠都察院右佥都御史文瓒，字赞玉，号圆石；次、都督府都事文球，字天琅，太仆卿美益之玄孙，泽州通判承龙之曾孙，诸生德迈之孙，监纪推官秉疈之子。秉疈字公鼎，能守文懿之教，以名节勖诸子，里中以杨太公称之。

　　推官尤喜交当世豪杰以引进其诸弟，然家贫甚。推官娶沈氏，御史以举崇祯己卯科，始娶于杭之张氏，而以其妇装为职方娶李氏。截江之役，太公亲帅诸子从军。御史初入台，力言浙闽宜合不宜分，即便主上屈节于天兴，将来无损于配天之业。时方争开读礼，多不以为然，而同里张公苍水尤出《揭》，力排之。御史乃入闽，思文召对，又力言当联络闽浙以为同仇，不当启争端。闽强而浙弱，莫若输闽饷以助浙，自足以服其心。思文然之，即赐食，撤御前灯送至邸。丙戌春，以温陵饥按视，疏发帑金三千，赈给归，而陈四难十失诸奏疏，皆名言也。思文特用为云南巡抚，力辞，请如前旨，得领饷入浙中，以图会师，郑氏尼之，不果。乃命以掌贵州道扼防建延三关，便宜行事，召募义勇。而浙东亡，仙霞告急，思文出走。方思文命御史之温陵，问知其有兄，临轩试之，对言"今日宜作马上天子，未可狃承平积习"。思文奇之，以明经上等，即授惠安训导，寻加监纪推官，视惠安诸军。至是来就御史商所向，而太公挈家至。

初张夫人尚居杭，已而道断，夫人最多智略，叹曰："干戈载道，吾当从夫以死耳。"其家力阻之，不得，潜自小鄞渡江。时两军列戍夹岸，钲鼓朝夕震，中流交斗，每日数合，飞鸟不得过，而夫人忽脱兔至，皆以为从天而下也。会江干事已不支，乃谋奉太公入闽。留职方居守，以都事从。甫至，推官御史适他出，乱兵突过之，夫人走伏草间，贼执太公以去，索万金，不则烹，都事散发狂号于路，路人怜其孝，不数日得金数千缗，赍入寨，贼以数不足，欲杀之，都事对父长恸，贼亦感动，令奉太公以归。俄而推官兄弟返，避地于泰顺之竹园，欲求思文消息，以谋扈从，卒不得，乃返甬上。

时浙地止翁洲未下，而宁、绍、台山寨大起，遥相首尾，于是有五君子之难。推官与大兰寨主王翊最善，故在五君子中，独主西南一道。张夫人谓御史曰："翁洲黄将军未可信，宜慎之！"御史亦以为然。不意翁洲未尝愆约，而华公过宜所致大兰帛书，中途为人所得，密揭告变，并列推官御史名，旁及都事，而独遗职方。时推官兄弟四人，方谋于野，闻变，或劝之逃。推官曰："吾以义动而临难不赴，且将陷父于辟，安用义为！然偕死亦无益，吾独承之。"因遣御史都事入闽，御史不肯，乃独遣都事变服走。推官就讯，慷慨无厄词，但言御史不预谋，请释之以养父，而自请速死。华公时已先在囚中，闻之泪涔涔下，而太公因橐饷传语，谓"一日未死，当一日读书"。推官以诗答父，闻者益叹太公之贤。御史亦与同难李公昭武，唱和不辍。初华公已独承帛书中事，欲尽脱诸同难，以故同难亦多不承者，而推官独不可，于是当事议坐推官而释御史。推官遂与华公同死。既

殡，张夫人谓御史曰："难犹未止，可速去！"职方亦曰："弟但去，
有我在。"御史犹豫未决，夫己氏复以贿请于当事必杀之，乃复逮
之，御史大呼高皇帝不绝以死。夫己氏尝与太公同学，少相好，长相
密也。及其反覆两朝之间，推官兄弟不复以父友事之，故祸最烈。张
夫人负御史尸，纫其首，吮其血，哭尽哀，忽曰："杨郎死忠，分也，
何以哭为！"因治棺衾皆双具，召画师至，写双影，语家人曰："吾
死矣，然吾宗刺史文人也，乞之为杨郎兄弟作传，吾死瞑矣。"刺史
者，前高唐牧德周也。年老畏祸，逡巡不敢执笔，夫人乃书遗戒曰：
"杨郎无愧于天地，无愧于国家，偷生一载，有为而然，妾今从之，
亦可无愧于杨郎。所遗二女，杨郎在囚中已为择婿矣。"闻者皆哭。
夫人拜谢于太公之前，投环被救不死，怒曰："将殡我节耶？杨郎迟
我久矣！"乃饮药少选，毒不即发，复投环而绝。夫人之父季初，故
孝子，夫人少时亦尝割臂疗父病，夫人之母，亦烈妇也，其渊源有自
云。沈夫人噭然而哭曰："吾姒烈矣，吾后之哉！"或劝之，叹曰：
"昔陈同甫之传烈女，其姊不屈而死，其妹畏死，卒受辱，诸君将陷
我为畏死之妹耶？"亦自经。监国还军翁洲，皆赠官。

　　而都事之入闽也，钱忠介公已卒，乃谒刘阁部中藻于福宁，阁
部曰："祝君为王元德之弟仲德，则老夫幸甚。"令参幕府军事。时都
事尚未娶，阁部欲婚之，曰："谢三宾仇首未悬，未可也。"阁部益重
之。次年，福宁不守，都事死之。

　　初张公苍水以争闽事，不喜御史，至是自海上贻书，谓杨氏一门
忠节如此，当日悔其参辰[1]，并以诗吊之。职方乃间行谒张公，把臂痛
哭，托以联络中土事。自是职方每岁往来海上不绝，太公亦弗以前祸
为戒，勉以善成家风，而海上之局日削，职方悲愤益甚。癸卯，太公
卒。是年，有降卒自海上言职方将引海上将赵彪为患，逮至钱塘，叹

---

　　[1] 悔其参辰：参辰即参商。见《左传》昭公元年。二星出没异时，可以喻人的不相遇。
杜甫《赠卫八处士》诗："人生不相见，动如参与商。"但按原意，当用以喻人的不睦，这里
用的是原意。

曰："吾父以天年终，吾可死矣。且吾固雁行中漏网也。"赋《绝命词》，扼吭而卒。李夫人先卒。

杨氏自戊子以来，家经再籍，寸丝粒粟无复存者。庶弟文珽、文玠暨诸侄，皆以职方故遗戍，毙于道，一门遂尽。

职方之死，葬于杭西湖之南屏，其遗意也。又十二年，而御史之同年前太仆石门曹广，葬推官父子兄弟十棺于镜川，惟都事无骨可归，招魂以附之，详见予所序《杨氏葬录》。

推官兄弟俱有《集》，御史尤多，其《奏稿》、《鸟史》、《虫史》俱不传，诗稿惟《落花吟》一卷犹存。推官《狱中诗》，职方《绝命词》，皆仅存者。

# 屠（献宸）董（德钦）二君子合状

　　呜呼！古今殉国之士，至于唐睢阳之六忠烈矣，然观张公所以语南八[1]者，惟恐同事诸君之死之不决，而许公死于偃师稍晚，遂起张公之疑，向非后死者力为表之，将竟不免于议论矣。惟段公倒用大司农印[2]，如岐如刘如何，各不相引，而卒之各相报以死。伟哉！残明吾乡戊子之难，过宜华公为之魁，顾华公所纪《对簿录》，颇若不满于屠、董二君子，而独推楚石杨公之慷慨。予详考之，华、杨之抗词不屈，良不愧张公，而屠、董之心，亦未尝有愧于许公，特其形迹之间，有须暴白者，遂不得比于段、岐一辈为可惜也。予既为华公夫妇《合状》，又为杨公兄弟娣姒《合状》，偶翻《对簿录》，惧屠、董大节之有晦也，乃更作《二君子合状》。世有韩退之，或采予文以当于嵩[3]之考证，未可知也。

　　驾部屠公献宸，字天生，鄞人。兵部侍郎大山之曾孙。推官董公德钦，字若思，鄞人，兵部侍郎光宏之孙。二家并以甲第雄于甬上称世臣。天生与若思皆负高才，讲气节。江南之亡也，若思纳衣巾于文庙恸哭，时鄞之义师尚未动。天生西向萧山，探行省消息，闻潞王

---

　　① 南八：即南霁云。

　　② 倒用大司农印：唐德宗时，段秀实和岐灵岳、刘海宾、何明礼等谋杀朱泚，倒用司农印印符，以追回韩旻追驾的兵。秀实和朱泚议事，乘间以象笏击朱泚，而刘、何等不至，因遇害。刘、何及岐也被杀。见《旧唐书·段秀实传》。

　　③ 于嵩：唐于嵩少依于张巡，及巡起事，嵩常在围中。韩愈撰《张中丞传后叙》，多采于嵩语入文。

降而归，道出姚江，则孙、熊二公已举兵。天生杖策谒军门，二公奇之，留参其军事。次日，过宜华公等，亦与若思拥钱忠介公起兵于鄞，会师江上。忠介执天生手，慰劳之曰："君可谓先平阴之役而鸣者也。"天生募义从为小营，军于瓜沥之龙王堂前，寻授车驾主事。若思亦以招军输饷，功在六狂生之亚，授监纪推官，不受。已而江上事坏，并角巾归里。

　　先是，故尚书慈水冯公邺仙兄弟，门下多奇士，至是多在大帅幕中，天生欲因其力以有所图，客颇许之。天生之居故侍郎第也，北来诸将，夺其半以为署。有海道中营游击将军陈天宠、仲谟者，北人也，冯氏诸客瞰知其有异，微说之，二人乃亲诣天生密室，屏左右言曰："吾二人故史阁部麾下也。当江都失守，阁部垂死遗言，属我辈必无负明室，吾二人敢忘之哉！将有所待而为之以报阁部也。吾观公非凡人，且一切来往踪迹，吾亦稍觉之。公若弗疑，愿效死力。"天生闻之大喜。天宠等即从衣领中出史阁部牒示之曰："倘城下有警，吾缚备兵使者以予公矣。"于是过宜频乞师于翁洲，内外合约，以复浙东。用少牢祀史阁部于天生家。陈、仲二将军预其盟。

　　会过宜以慈水大侠牵连，被逮入狱，若思与王评事石雁，悉力营救出之。已而翁洲许过宜以师期，遂欲合诸道之师大举，而天生以二将军之师为内应，若思曰："诸军既入城，吾请任其饷。"乃尽斥卖其家资以待先期，而夫己氏告变，诸道兵皆为大军所截不得进，只翁洲师次城下。陈、仲二将军秣马犹思应之，海道孙某登陴以望，骇曰："敌兵翘首望城上而不发矢，望内应也。"即调城守营兵分镇诸门，居民敢有出衢巷瞻眺者，即击杀之。陈、仲二将军不敢发。翁洲知有备，次日遽去，而城中亦莫敢有追之者，惧内变也。天生与若思走天台。

　　初五君子之聚谋也，过宜慷爽而疏，天生与若思皆戒之曰："同里中有外托气节之名，内实阴贼不可信者，宜防之。"过宜不甚用其言，至是泄之夫己氏者，果其人也。海道遣人大索，追及天生等于天台执之。过宜之入狱也，己独承其事，谓天生等皆不与谋。及大讯，甬之诸义士聚议，"亦以过宜为戎首，必不得活，而天生等皆尚可免，况过宜既独承，则天生等不妨养身有为"。乃私为之行赂于直指，而密以书告天生等，令弗为过激之语。天生与若思诺之，独楚石杨公不可。于是直指坐华杨以死，亦欲免屠、董，而为夫己氏所持，不克。天生坐狱中，谓若思曰，"过宜不用僖负羁之言①以至此也"。若思最与过宜厚，至是亦颇咎之。过宜虽巽词以谢，而不能无拂于中，故述二君子对簿之语，稍稍以畏死诮之。于是高公宇泰遣人谓过宜曰："过宜极欲同志得全，卒成王事，今何其不广乎！"过宜谢之。

呜呼，天生若思，不过明经茂材耳，非有析圭裂土之宠于前代，必当濡首没趾以相报于焦原者也。可以不为而为之，则其判一死亦可知矣。其时之不欲遽死者，不过欲图后效以万一，得当，上以为故国，下即以慰死友，非贪生也。今但取过宜《对簿录》中语，诚足见楚石之壮，而不谅天生若思之心，长逝者之屈其有穷乎！予详过宜前后之言而暴白之，亦犹李翰之例也。

天生等既不得免，卒与过宜同日死。临刑，过宜欣然谓曰："吾与二兄当共成长虹矣。"而陈、仲二将军周旋天生于难中，甚力，论者贤之。监国还军翁洲，赠天生大理寺丞，若思兵部郎中。天生夫人朱氏，贤而文，其姥恐其殉也，守之，夫人好言如平日，而潜赋《绝命词》，伺姥之归，自经以从。

① 不用僖负羁之言：僖负羁，春秋时曹大夫。晋公子重耳过曹，曹共公待他无礼貌，僖负羁谏共公，共公不听，后来晋卒修怨于曹。参阅《国语·晋语》、《左传》僖公二十三年及二十五年。这里只是借以说明华夏不听他们疏于防人的戒言，卒为谢三宾所中的意思。

# 王评事（家勤）状

戊子五君子之祸，同日死于鄞者四，而王评事石雁死于杭，其为夫己氏所中尤甚焉。

评事讳家勤，字卣一，别字石雁，浙之宁波府鄞县人也。雅持风格，博通四部，棱棱不可一世。其师友渊源，皆与过宜华公同，其子即华公婿也。黎学使博庵曰："华文苍邃，王文简净，华静穆而色宏肆，王博奥而格庄坦，华重锤炼，王尚冲夷，至崇经酌史，不眩于诸子，则朴学均也。华如泰山千仞，壁立嶔崎，王如昆冈之玉，温润缜栗，至悃愊无文，恂恂不能语，则潜养均也。"

冯尚书邺仙之主中枢也，廷评事在幕中，奏疏笔札，尽出其手。叔王称制，以选贡入太学。乙酉六月，拥钱刑部共起兵，预于六狂生之目。江上召为大理，居官甫期年而丧职。于是诸遗臣义士，日夜谋所以复故国者，而职志所归，呼吸传致，则惟华、王二家。

时议分道集兵，华氏主中甄，而屠驾部以内应之兵佐之，冯氏主西甄，而李侍御以东山之寨相援，杨氏兄弟主西南甄，则大兰之师也。评事曰："吾愿主东南甄。"乃逾姜山至管江。管江之豪施邦炌、杜懋俊等，招姜山之死士得三千人，资粮扉屦，无不毕具。评事屠牛酾酒，刺血誓师，约以翁洲水师入关，则由陆路自城下会之。诸道所集兵，未有若评事之盛者。已而夫己氏告变，直指遣谍者入管江，评事曰："耳目有异"，搜谍者，得其橛，遂斩之。鸣鼓会众，将由大嵩以入海。定海大将军常得功，已遣水师扼其入海之路，而以轻兵掩管江。施、杜请据险格斗，别令死士护评事趋翁洲，中道被执。

评事之自管江出也，有顾氏子者随之行，亦被执，其人盖狂且也。夫己氏旧识其人，密以赂入，令顾氏子进之评事，劝其多引荐绅人望以自免，评事斥之。顾氏子乃私填一纸，如高都御史父子、冯职方家桢、李仪部枢、范公子兆芝等，以与狱吏，而衣冠之祸大作。外人皆传以为出自评事，华公闻而惊曰："石雁宁有此！"讯之，乃知顾氏子所为也。

夫己氏私谓人曰："王卤一沈静渊默，猝不能窥其际，是非华子之疏衷者比也，必不可活。"未几，直指移评事之囚于钱塘，或以为有生望矣，评事曰："吾亦何望为覆巢之完卵哉？华杨施杜，不可负也。"及累讯，瞋目不复一语，遂以六月二十日死焉。门人私谥忠洁。

呜呼，忠义之名之难居也。以同心一德如五君子，累蹶累起，履虎尾<sup>①</sup>而不顾，白首同归，乃屠、董稍与华公隙末，评事亦几遭不白之诬，彼其播弄，皆出于反侧小人之手，百世而下，犹令人欲食其肉。然而忠义之人，皇天后土，鉴其心曲，所谓留吾血三年而化为碧者<sup>②</sup>，海枯石烂，不可磨灭。予作《五君子状》，发明沈屈，其庶足慰重泉之恨也夫！

评事著书满家，尤长于《经》，诸《经》皆有说，不肯苟同前人，颇过于好奇，今散佚殆尽。惟《周礼解》予曾见之。其《静远阁集》，亦无存者。

附文存：

> 是役也，谢氏第一揭帖，为董公志宁、董公德钦、王公家勤、杨公文琦兄弟、屠公献宸；第二揭帖，为华公、及慈溪冯公家桢、冯公莼、李公文缵；第三揭帖为高公斗枢父子、李公

---

① 履虎尾：语本《易·履》卦文。
② 留吾血三年而化为碧：苌弘死于蜀，藏其血三年，化而为碧。见《庄子·外物》。

枫父子、定海范公兆芝。董公志宁与杨公文球急逃得免；二冯以其子弟行赂得免；李公文缵以过宜力辨其不预得免；而第三揭帖中人皆免。董公志宁、李公文缵、范公兆芝，予皆尝表其墓。合观之，则戊子之难本末了然。（陆夫人讳玉辰。张夫人讳玉如）

# 明兵科都给事中前知慈溪县江都王公
（玉藻）事略

　　王公讳玉藻，字螺山，南直隶扬州府江都县人也。司勋郎纳谏之子。崇祯癸未进士，释褐，知浙之慈溪县事。子良[①]和平，民不扰而事集。未期年，北都亡，殉难翰林检讨汪公伟，前慈令也，公帅官吏士民哭临毕（哭临谓哭崇祯也），为位哭之三日。已而故少詹项煜以从逆亡命来，慈之冯公元飚与公皆出其门，冯氏匿之夹田桥之别业，公虽致之饩，顾甚菲。及慈之义民不容，扑而淹之桥下，公不问。明人最重闱谊，或以公为过，公曰："吾不能为向雄之待钟会[②]哉？顾惧负前日大临一哭耳。夫君臣之与师友果孰重！"闻者窀然。

　　乙酉夏，大江以南尽附，浙中百城守令，或弃官去，否则降，而公与沈公宸荃起兵，晋御史，仍知县事。公募义勇，请赴江上自效，乃解县事，以兵科都给事中往军前。公任事迈往，壮气勃勃，而江上诸帅恶之，先不予以饷，公曰："是将剚刃于我也。"乃力请还朝。其在垣中，雅持正议，又不为诸臣所喜，乃力求罢，庄太常元辰留之。丙戌夏，浙东再破，公黄冠行遁于剡溪，不肯归，久而资粮俱尽，慈民及浙东之义士时时周之。妻收遗秉，子拾堕樵，不以为苦。壮心至老不衰，每临流读所作诗，激厉慷慨，仰天起舞。庚寅，先大父尝访

---

　　① 子良：子良犹言慈良。
　　② 向雄之待钟会：钟会于狱中辟向雄为都官从事，会死，无人殡敛，雄迎丧而葬之。见《晋书·向雄传》。

之，相与语岛上事，公曰："今日当犹在靖康建炎之际耳，君以祥兴拟之，下矣。"盖其崛强如此。辛卯以后，始归故乡，卒以穷死。

呜呼！明末吾乡多贤吏，而其后以死报国者九人：前宁波府推官，则仪部黄公端伯；驾部林公之蕃；知鄞县则尚书沈公犹龙；侍郎张公伯鲸；御史王公章；知慈溪县则巡道陈公瑸；检讨汪公伟；知奉化县则给事胡公梦泰；其以乙酉受鄞县之命，不久即去，卒死国者，驾部王公之杕。（即王公章子）而公以首阳之节参之，其耿耿之心，未尝于诸公有愧也。乃文献沦胥，问之扬人，无知公者，问之宁人，亦无知公者，悲夫！前此宁之父老，其于王汪二公，盖尝为之祀，今亦废矣。予思于宁之湖上，筑祠合祀黄公以下，而以公终焉，是亦扶忠义以勖长吏之一助也。乃序公之事而表之。

# 李杲堂先生（邺嗣）轶事状

　　梨洲黄公所作《杲堂先生墓志》，于其大节卓行，略有表见而事不备，去今七十年，知者鲜矣。先生仲孙世法以为未慊，予少得之先大父赠公所述者，盖稍足，具十之三四，乃诠次而复之。先生以戊子正月预于五君子之祸，甫得脱，而尊人仪部公之丧自杭归，殡毕，是年七月再下府狱，盖夫己氏余患未已也，闻者以为必死。而先生在囚中，其所居即华公默农、杨公楚石故地，方作招魂之词以酹之，已而终得不死。自先生蒙难后，蓬藋满三径，又时时善病，或疑其壮心已尽，不知其逐日焦原，左执太行之猱，右搏雕虎[1]，盖如故也，而不大声色以泯其相。

　　庚寅，冯侍郎跻仲之难，其监军为姚江黄宗炎，刑有日矣。时倾家救之者，为冯公子道济。奔走其间者，为董农部次公天鉴。卒成其事者，为万农部履安。而先生之力亚于道济，遂出之剑铓之中。癸巳，黄冈万金事允康来吾乡，及别去，先生饯之，座客为金事筮《易》，得《暌》之六三："见舆曳，其牛掣，其人天且劓。"[2] 皆大骇。先生因固请金事且潜身甬上，金事不可，行至吴中，杨昆之变作，先生终身痛之。甲辰南屏之难，大帅搜得其所与中土荐绅往还笔札，欲按籍杀之，先生以奇计使中止，其所保护尤多。其余盖不能以毕传。

---

① 搏雕虎：李白《梁甫吟》："手接飞猱搏雕虎，侧足焦原未言苦。"
② 见舆曳，其牛掣，其人天且劓：舆曳则失所载，牛掣不得进，天，剠额，劓，截鼻。

尝有客以故宫什器求售者，先生一见其题识，流涕汍澜，不能自胜，其人亦泫然而去。燕人梁职方公狄尝曰："邺嗣将无使勾甬一片地，尽化为碧血苍磷，大是可畏！"

康熙戊午，浙之大吏，皆欲以先生应词科之荐，以死力辞。已而万征君季野亦有史馆之招，先生送之，叹曰："嗟乎，郑次都能招郅君章同隐戈阳山中，不能禁其喟然而别，从此出处之事，且有操之者。"征君以是终不受馆职。幕府以重币乞先生课其子，为诗谢遣之。

以予窃窥先生之才甚长，故能侧身忧患之中，九死不死；其所以不死者，盖欲留身有待，而卒不克，故其诗曰："采薇砠砠，是为末节，臣靡①犹在，复兴夏室。"是则先生之志也。所图莫遂，故垂死而喟然，以不得从五君子为恨，是非先生之志也。然则此九死不死者，已足扶九鼎之一丝矣。尝谓先生一身流离国难，则宋之谢翱、郑思肖；委蛇家祸，则晋之王裒②、唐之甄逢③；周旋忠义之间，则汉之云敞④，闰子直⑤。前此先生遗文未敢尽出，或有弗能知其详者，今世法既悉表而出之，读其书，得其行矣。先生私淑蕺山之学于梨洲，私淑漳浦之学于大涤山人何羲兆、吕汉蒉，顾终身未尝开讲，然其忠孝自持，则所谓真学者其人也。

---

① 臣靡：即夏遗臣靡。

② 王裒：晋王裒以父仪为司马昭所杀，生平不西向坐，表示不臣的意思。隐居教授，三征七辟都不就。见《晋书》本传。

③ 甄逢：唐甄济为安禄山父子所迫致，但终不肯受其官。子逢，幼孤，自力读书，义闻乡里。以父节行不得在国史，欲自白于京师，未果，元稹替他移书于史馆修撰韩愈，父子才显名。见《新唐书·甄济传》。

④ 云敞：汉云敞师吴章，为王莽所诛，敞时为大司徒掾，自劾是吴章弟子，收抱章尸，归棺敛葬。见《汉书》本传。

⑤ 闰子直：闰子直藏匿第五种于家数年，卒被赦，不为单超所害。见《后汉书·第五种传》。

# 钱蛰庵（光绣）征君述

六世祖奂，进士，以侍郎管江西布政司使。

五世祖瓒，进士，广西按察司副使。

祖若赓，进士，江西临江府知府。

父敬忠，进士，直隶宁国府知府。

本贯浙江宁波府鄞县芍药沚人。

公讳光绣，字圣月，晚号蛰庵。钱氏世有名德，详见《明史》及诸前辈集中碑志，不具述。先生少负异才，随侍其父侨居硖石，因尽交浙西诸名士，已而随侍游吴中、宛中、南中，因尽交江左诸名士；是时社会方殷，四方豪杰，俱游江浙间，因尽交天下诸名士，先生年甫及冠也，而宿老俱重之。硖中则有澹鸣社、萍社、彝社，吴中有遥通社，杭之湖上有介社，海昌有观社，禾中有广敬社，语溪有澄社，龙山有经社，先生皆预焉。又雅好释氏，故其讲学则师章浦，谈禅则师木叔、海岸，论文则师牧斋。友朋所严事者：夏瑗公、杨维斗、姜如农、陈卧子、林茂之、薛更生；所契好者：陈玄倩、陆鲲庭、翁坦人、黄九烟、万允康、祝月隐、徐闇公、麻孟璿、沈景山耕岩、吴次尾、沈昆铜、沈君牧、顾子方、顾星源、孙克咸、钱开少、张沁水、李叔则、陈定生、阎古古、查方舟、巢端明、金道隐、张仁庵、徐兰生、谈仲木、徐元叹、余澹心、周子佩、方尔止、陆冰修，皆魁杰不群之选，方外则参礼密云雪峤，盖其师友之梗概也。

先生本用世才，宁国分符出守<sup>①</sup>，不甚谙吏事，簿书山积，一出先生之手，老胥无所用其奸。硖中土豪吴中彦凶暴绝伦，先生广为布置，卒令有司擒而戮之。常劝漳浦以为太刚，不如用晦以参之，漳浦感其言，赠以法庐二铭。法庐，先生硖中斋名也。流寇逼京师，上书南枢史公，请急引兵勤王以救京师之困，而先以飞骑追还漕艘，弗赍盗粮，史公答以具晓忠怀，即图进发。赧王称制，先生累言于当道，深以立马量江为忧，玄倩方按河南，乃檄先生知舞阳，以亲老辞之，而力经营周仲驭于狱中。俄而南都又破，从兄忠介公方举兵江上，先生居硖中，隔一水耳，亦不赴，硖中举兵以应吴中，先生亦不预，盖先生虽为故国抱杞人之忧，而逆知时事之难以犯手，故置身局外，卒无不如其所料者。

丙戌以后，颓然自放，生平师友，大半死剑铓，所之有山阳之痛，不堪回首，遂以佞佛之癖，决波倒澜，俨然宗门人物矣。其别署曰寒灰道人。先生居吴中久，因习吴中况味，谈谐四出，必有名理。一茗一粥，非其手制，无可意者，故不轻过人食。虽皈依释氏，而旦旦啖鼋羹，作牛心炙，饮醇酒不置，以是知先生之逃儒入墨，固其宿根所近，然亦半触于时之所激，故未尝不呈露本色。梨洲黄氏申明蕺山之学，先生与谈儒释异同，两不相下，归而为诸子作复性之会，泛滥西竺，娓娓不倦。然其与浮屠法幢论素位，以为必如苏武、洪皓，方为素乎夷狄而行，并非随波逐流之谓，此则儒门之伟论也。

先生于出处之际最严，沈宫坊延嘉被荐，先生贻之书曰：“闻之梵语，修罗每膳必尝千种兼珍，末后一口，化为青泥。玉堂清梦，非复昔日兼珍，青泥滋味，恐所不免，吾兄其慎之！”宫坊故不肯出山，得先生书，谢为益友。葛学士世振被荐得辞，先生踵门以诗贺之。招抚严我公招先生，时忠介家方被籍，先生欲纾钱氏家难，往见之。及欲授以赞画，固辞得免。又有荐修玉牒者，亦拒之。几社云间宋征舆，故人也，以中书舍人随大将军宜尔德幕，欲与先生一见，托疾不往。昆山朱应鲲，亦故人也，及宰上虞，颇鱼肉故国遗民，先生面斥之。或为新通守树碑，列先生名，亟往削去之。忠介之殉也，诸弟远出未归，先生修其祭祀，祝版之词，凄怆感动行路。又访其弟妇鲍安人之为尼于吴者。每岁三月十九日，祭王忠烈公父子于天封塔寺。九月初七，祭张尚书于城西。从兄江宁推官肃凯，与先生始睦终疏，及其罹刑，惧家门不保，以幼子为托，先生力任之。故人吴余常有难，力救之。其自硖中返甬上也，构茎蕳庵，辟祓园，筑归来阁，与董户部守谕德偶、王太常玉书、高武部宇泰辈，往还酬和。晚年与宇泰为耆社，慎选遗民，九人而已，其后又增其二，山、王[1]之徒，不得与也。吴越诸野老，多以不仕养高，而牧守干谒仍被废，先生长谣曰：“昔日夷齐以饿死，今日夷齐以饱死，只有吾乡夷齐犹昔口，何怪枵腹死今日。”闻者愓然。

先生平日风流自喜，蕴籍得之性成，虽遭厄运，不为少减，然感怀家国，渐以蕉萃，遂成心疾，竟以愤懑失意自裁，戊午四月十二日也。生于万历甲寅五月初七日。孺人曹氏，副室鲍氏。子璜恭。葬于皋前山之阳。

先生自十六岁有诗集，其后或隔年一付梓人，或每年有之，曰《告情草》、《漱玉集》、《香醉轩集》、《澹鸣集》、《述祖德诗》、《秋雨删》、《萍社诗选》、《停云草》、《水盐集》、《独寐寤歌》、《白门诗》、《蕿草》，三十岁始重定之，曰《删后诗》。以后曰《纪年集》、曰《有声泪》、曰《归来吟》。其文曰《学古集》，其谈禅曰《耳耳目目集》，五十一岁又合定之，曰《从慕堂诗文》，《内集》则乙酉以前，《外集》则乙酉以后也。忠介子潜恭，以先生《集》来，予又为沙汰其繁，存其精者得十六卷。潜恭因请为之状，予乃述其大略如右。

---

① 山、王：宋颜延之为刘湛所恨，言于彭城王义康，出为永嘉太守。延之怨愤，因作《五君咏》，称述竹林七贤，山涛、王戎，以贵显不列在内。见《南史·颜延之传》。

# 阳曲傅先生（山）事略

朱衣道人者，阳曲傅山先生也。初字青竹，寻改字青主，或别署曰公之它，亦曰石道人，又字啬庐。家世以学行师表晋中。先生六岁啖黄精，不乐谷食，强之乃复饭。少读书，上口数过即成诵。顾任侠，见天下且丧乱，诸号为荐绅先生者，多腐恶不足道，愤之，乃坚苦持气节，不肯少与时嫿娴。

提学袁公继咸，为巡按张孙振所诬，孙振，故奄党也，先生约其同学曹公良直等诣瓯使①三上书讼之，不得达，乃伏阙陈情。时抚军吴公甡亦直袁，竟得雪，而先生以是名闻天下。马文忠公世奇为作传，以为裴瑜、魏劭复出。已而曹公任在兵科，贻之书曰："谏官当言天下第一等事，以不负故人之期。"曹公瞿然，即疏劾首辅宜兴及骆锦衣养性，直声大震。先生少长晋中，得其山川雄深之气，思以济世自见，而不屑为空言。于是蔡忠襄公抚晋，时寇已亟，讲学于三立书院，亦及军政、军器之属，先生往听之，曰："迂哉！蔡公之言，非可以起而行者也。"甲申，梦天帝赐之黄冠，乃衣朱衣，居土穴以养母。次年，袁公自九江羁于燕邸，以《难中诗》贻先生曰："晋士惟门下知我最深，盖棺不远，断不敢负知己，使异日羞称友生也。"先生得书恸哭曰："公乎！吾亦安敢负公哉！"甲午，以连染遭刑

---

① 瓯使：唐置铜瓯以受四方的书，称瓯院，置知瓯使。明继宋设登闻鼓，有冤者可以击鼓诉冤，六科锦衣卫轮收其书以闻，和知瓯使职掌相同，故这里仍以瓯使称之。

戮，抗词不屈，绝粒九日几死，门人有以奇计救之者得免。然先生深自咤恨，以为不如速死之为愈，而其仰视天，俯画地者，并未尝一日止。凡如是者二十年。天下大定，自是始以黄冠自放，稍稍出土穴与客接。然其间有问学者，则告之曰："老夫学庄列者也，于此间诸仁义事，实羞道之，即强言之，亦不工。"又雅不喜欧公以后之文，曰："是所谓江南之文也。"平定张际者，亦遗民也，以不谨得疾死，先生抚其尸哭之曰："今世之醇酒妇人以求必死者，有几人哉！呜呼张生，是与沙场之痛等也。"又自叹曰："弯强跃骏之骨，而以占毕朽之，是则埋吾血千年而碧不可灭者矣。"或强以宋诸儒之学问，则曰："必不得已，吾取同甫先生。"工书，自大小篆隶以下无不精，兼工画。尝自论其书曰："弱冠学晋唐人楷法，皆不能肖，及得松雪香山墨迹，爱其圆转流丽，稍临之，则遂乱真矣。"已而乃愧之曰："是如学正人君子者，每觉其觚棱难近①，降与匪人游，不觉其日亲者。松雪曷尝不学右军，而结果浅俗，至类驹王之无骨②，心术坏而手随之也。"于是复学颜太师。因语人"学书之法，宁拙毋巧，宁丑毋媚，宁支离毋轻滑，宁真率，毋安排"，君子以为先生非止言书也。

　　先生既绝世事，而家传故有禁方，乃资以自活。其子曰眉，字寿髦，能养志。每日樵于山中，置书担上，休担则取书读之。中州有吏部郎者，故名士，访先生，既见问曰："郎君安往？"先生答曰："少需之，且至矣。"俄而有负薪而归者，先生呼曰："孺子来前肃客！"吏部颇惊。抵暮，先生令伴客寝，则与叙中州之文献，滔滔不置，吏部或不能尽答也。诘朝谢先生曰："吾甚惭于郎君！"先生故喜苦酒，自称老蘖禅，眉乃自称曰小蘖禅。或出游，眉与子共挽车，暮宿逆

---

　　① 觚棱难近：觚棱，宫阙屋角的瓦脊，这里用以喻守道不阿的样子。
　　② 驹王之无骨：《史记·秦本纪》裴骃《集解》引《尸子》，说徐偃王有筋而无骨，骃谓号"偃"由此。又韩愈《衢州徐偃王庙碑》，说偃王虽走死失国，民戴其嗣为君如初，驹王章禹，祖孙相望。偃王无骨，驹王是偃王之嗣，故这里也说驹王无骨。

旅，仍篝灯课读《经》、《史》、《骚》、《选》诸书，诘旦必成诵始行，否则予杖。故先生之家学，大河以北，莫能窥其藩者。尝批欧公《集古录》曰："吾今乃知此老，真不读书也。"

戊午，天子有大科之命，给事中李宗孔、刘沛先以先生荐。时先生七十有四，而眉以病先卒，固辞，有司不可，先生称疾，有司乃令役夫舁其床以行，二孙侍。既至京师三十里，以死拒不入城，于是益都冯公①首过之，公卿毕至，先生卧床，不具迎送礼。蔚州魏公②乃以其老病上闻，诏免试许放还山。时征士中报罢而年老者，恩赐以官，益都密请，以先生与杜征君紫峰虽皆未预试，然人望也，于是亦特加中书舍人以宠之。益都乃诣先生曰："恩命出自格外，虽病，其为我强入一谢。"先生不可，益都令其宾客百辈说之，遂称疾笃，乃使人舁以入。望见午门，泪涔涔下。益都强掖之使谢，则仆于地，蔚州进曰："止止，是即谢矣。"次日遽归，大学士以下皆出城送之。先生叹曰："自今以还，其脱然无累哉！"既而又曰："使后世或妄以刘因③辈贤我，且死不瞑目矣！"闻者咋舌。及卒，以朱衣黄冠殓。著述之仅传者曰《霜红龛集》十二卷，眉之诗亦附焉。眉诗名《我诗集》，同邑人张君刻之宜兴。

先生尝走平定山中，为人视疾，失足堕崩崖，仆夫惊哭曰："死矣！"先生彷徨四顾，见有风峪甚深，中通天光，一百二十六石柱林立，则高齐所书佛经也。摩挲视之，终日而出，欣然忘食，盖其嗜奇如此。惟顾亭林之称先生曰："萧然物外，自得天机"，予则以为是特先生晚年之踪迹，而尚非其真性所在。卓尔堪曰："青主盖时时怀翟

---

① 益都冯公：冯溥。
② 蔚州魏公：魏象枢。
③ 刘因：元许衡应召，路过真定，刘因向他说："公一聘即起，不太速吗？"衡说："不如此，则道不行。"及因不受集贤学士之命，人问其故，因说："不如此，则道不尊。"见陶宗仪《辍耕录》。刘因辞官，是为道摆架子。傅山辞荐，是为民族争气节，迹相似而实不同，故耻以刘因自比。

义<sup>①</sup>之志者。"可谓知先生者矣。

　吾友周君景柱守太原，以先生之行述请，乃作《事略》一篇致之，使上之史馆。予固执先生之不以静修自屈者，其文当不为先生之所唾，但所愧者，未免为"江南之文"尔。

---

① 翟义：汉翟义，方进子。恶王莽居摄，起兵讨莽，兵败被杀。见《汉书·翟方进传》。

# 陆丽京先生（圻）事略

讲山先生陆圻，字丽京，杭之钱塘人也。知吉水县运昌子。兄弟五人，而先生为长，与其弟大行培并有盛名。吉水尝曰："圻温良，培刚毅，他日当各有所立。"

大行举庚辰进士。当是时，先生兄弟与其友为登楼社，世称为西陵体。性喜成就人，门人后辈，下至仆隶，苟具一善，称之不容口。平生未曾言人过，有语及者，辄曰："我与汝姑自尽，毋妄议他人为。"乙酉之难，大行里居自经死；先生匿海滨，寻至越中，复至福州，剃发为僧，母作书趣之归，时先生尚崎岖兵甲之间，思得一当，事去乃返。

雅善医，遂藉以养亲，所验甚多。有人病尩，梦神告之曰："汝病在肠胃，得九十六两泥可生也。"旦以告其友，友默然良久曰："嗟乎！此陆圻先生也。圻字分之为斤为土，其姓为六，合之乃九十六两土也。"即迎先生至，下药立已。由是吴越之间，争求讲山先生治疾，户外屦无算。

会庄廷钺史事发，刑部当大逆，词连先生与查继佐、范骧。三人于史固无豫，庄氏以其名高，故列之卷首，械系按察司狱，久之事白，诏释之。既得出，叹曰："余自分定死，幸而得保首领，宗族俱全，奈何不以余生学道耶？"贻书友人，封还月旦，不知所之。或言其在黄山，子寅闻之，徒步入山，长跪号泣请归。先生曰："昔者所以归，以汝大母在；今大母亡矣，何所归？"寅请一祭墓，乃从之归。会弟堵苦心痛，他医治益甚，不得已留治八月余，与弟同室卧，终不入内。既愈，遂往广东丹霞山，一夕遁去，自是莫能踪迹。寅往来万里，负零丁求数岁，卒不得，竟以是悒悒死，时称其孝。先生所著有《威凤堂集》、《诗礼二编》、《陆生口谱》、《灵兰堂墨守》，藏于家。

初，先生兄弟之并起也，大行最盛气难犯，尝与同里陈太仆潜夫以檄相攻，而先生于其间，置身事外。及国难作，大行以乙酉死；太仆至江东起兵，驻营下庄。先生亦至越与共事。次年，太仆死，先生竟以高蹈终其身。论者谓其于兄弟友朋之间，均无愧也。而予于姚江黄公家，得见先生所封还月旦之书，甚自刻责，以为辱身对簿，从此不敢豫汐社①之列。呜呼！其亦可哀也夫！

---

① 汐社：谢翱名其会友的处所叫汐社。

# 邵得鲁先生（以贯）事略

　　先生姓邵氏，讳以贯，字得鲁，浙之余姚县人也。邵氏于姚江族望中为孙、谢、王、陈亚，门材最盛。先生少与其兄以发齐名，而先生尤狷洁。当是时，陶文觉公石梁之学，盛行姚中，沈求如、史子虚、苏存方，其高弟也，顾颇参以密云、悟之禅，先生亦从之游，而独事躬行，讲求有用之学。时遭饥馑，先生与同里郑奠维诸人为义仓，桑梓中德之。

　　已而国难大作，先生欲死，以其母在，不得，遂削发为头陀，狂走入雪窦山中。妙高台僧道岩者，故鄞广文张廷宾，亦姚产，而沈史讲会中人也。先生依之，苦身持力，不与人接。鄞故都御史高公斗枢物色得之，曰："异人也"，遣其二弟从之游。周公囊云亦以僧服居白坑，时时过从。

　　已而以省母返居潭上园。黄忠端第三子泽望，志节夙与先生近，至是来同居园中，相与夜读谢皋羽《游录》而慕之曰："方今豺虎满天下，五岳之志[①]，不可期矣，四明二百八十峰，近在卧榻，当使峰峰有吾二人屐齿。"于是始遍走山中。然山寨方不靖，所在多逻卒，而二人者冠服奇古，踯躅其间，频遭诘难，顾不以为苦。一日忽入奇谷，不知所向，方茫然求故道不可得，俄而峰回路转，松梧桐竹甚盛，有鸡犬声。趋就之，只一家，中有幅巾者出曰："客从何来？"

---

　　① 五岳之志：用汉向长故事。见《后汉书·逸民传》。

则语之以宅里，笑曰："吾亦姚人也。避世居此，不虞君之涉吾地也。"乃止宿。则告曰："是石屋山也。仆故孙公硕肤监军陈从之也。孙公死海上，吾无所依，来此山中，未尝与世上人接也。"因相顾而叹曰："是真桃源矣！"泽望尝曰："得鲁自甲申后，辅颊间无日不有泪痕，其稍开口笑者，则游山耳。"未几，泽望卒，先生孑然无所向，自是益卜隘，遂弃家投四明山之杨庵。先生时尚有一妾，不忍判，先生去，亦为尼于庵中。一日之中，晨昏各上堂礼佛，此外虽茗粥不相通，久之，皆卒于庵。

先生所为诗文极多，顾身后散佚无一存者。而先生之兄以发老寿，顾于先生之大节，绝不一及，若有所讳；即族人邵廷采作《明遗民所知传》，亦不及先生一语，咄咄怪事，不可晓也。

呜呼，先生尝与王父赠公言及陈从之事，绝肖桃源，而恐其无传之者，如先生之大节，亦何减所南、圣予①，而身后竟阒然，况从之乎！予因序先生事，并及从之，先生或一笑于九原也。

---

① 所南、圣予：郑思肖字所南，龚开字圣予，并宋亡不仕者。

# 庄太常（元辰）传

庄太常元辰，字起贞，晚字顽庵，鄞人也。学者称为汉晓先生。所居在城南长沙田中。长沙田在四明洞天，所称大小韭山者皆在焉。居人讹韭为皎，又讹皎为晓，公之别署两晓山樵者以此。

公严气正性，不肯随人唯阿，下笔千言，亦倔强睥睨一切。成崇祯丁丑进士。其再试，出汪文毅公马文忠公门。释褐南太常博士，八载不迁，冷曹清望，泊如也。

甲申之变，公一日七至中枢史公之门，促以勤王。赧王即位，议选科臣，总宪刘公、掌科章公皆举公为首。而马士英势方张，欲尽致朝臣出其门下，遣私人来致意曰："博士曷持门下刺一谒相公，掌科必无他属也。"公峻拒之。是时虽东林宿老如□侍郎□□[1]，亦俯首称门下于马、阮之门，而考选诸臣能抗之者，则公一人而已。（按公《家传》言沈行人宸基，与公皆忤士英，沈由科改道，而公由科抑部，据《南渡录》，则沈公在总宪所拟，原是道，非科也，今改正）于是士英怒，或告之曰："是故刘章之私也。"遂传中旨，仅授刑部主事，恤刑江南，公论为之不平。已而士英日横，且以阮大铖故，欲兴同文之狱，尽杀复社诸公。公曰："祸将烈矣！"遽出都，且以《板》、《荡》[2]诗人之意，赋《招归》诗十章以志感。未几月而留都陷。

---

① □侍郎□□：指钱谦益。

② 《板》、《荡》：《诗序》："《板》，凡伯（周同姓，入为王卿士）刺厉王也。""《荡》，召穆公伤周室大坏也。厉王无道，天下荡荡，无纲纪文章，故作是诗也。"

钱忠介之起事也，诸乡老最同心者莫如公，破家输饷。初降臣谢三宾欲梗师，而为王之仁所胁，不得已以饷自赎。及忠介与王之仁将赴江上，三宾潜招兵于翠山，众人疑之。王明经家勤谓忠介曰："公等竟欲西行乎？何其疏也？"忠介惊曰："计将安出？"家勤曰："浙东沿海，皆可以舟师达盐官，五代钱氏尝由此道会黄晟之师，倘彼乘风而渡，北来捣巢，列城且立溃矣，非分兵留守不可。"忠介曰："是无以易吾庄公者。"于是共推公任城守事，分兵千人以属公，以四明驿为幕府。公请以家勤及林明经祚隆、王明经玉书、林明经时跃等参军事。忠介乃西行。公日耀兵巡诸堞，里人呼为城门之军。是役也，危城岌岌，赖公镇之，而三宾不敢动，乃以翠山之众迎鲁王于天台，自七月至十月，鄞始解严。

王召公入朝，晋公吏科都给事中，寻迁太常少卿，再迁正卿，仍兼吏科如故。公疏言："殿下大仇未雪，举兵以来，将士宣劳于外，炎威寒冻，沐雨栉风；编氓殚藏于内，敲骨吸髓，重以昔年秋潦，今兹亢旱，卧薪尝胆之不遑，而数月以来，颇安逸乐，釜鱼幕燕，抚事增忧，则晏安何可怀也？[1] 敌在门庭，朝不及夕，有深宫养优之心，安得有前席借箸之事，则蒙蔽何可滋也？天下安危，托命将相，今左右之人，颇能内承色笑，则事权何可移也！五等崇封，有如探囊，有为昔时佐命元臣所不能得者，则恩赏何可滥也！陛下试念两都之毁，禾黍麦秀之悲，则居处必不安；试念孝陵长陵铜驼荆棘之惨，则对越必不安，试念青宫二王之辱，则抚王子何以为情？试念江干将士列邦生民之困，则衣食可以俱废。"疏入，报闻而已。公又言："中旨用人之非，乃赧王之秕政。臣叨居科长，断不敢随声奉诏。"王不能用。自是累有封驳，夫己氏皆结内侍力阻之。而马士英又至，王金事思任等移檄拒之，又廷争之，不得。公言："士英不斩，国事必不可为。"于是公贻书同官林公时对，言"蕞尔气

---

象，似惟恐其不速尽者，区区忧愤，无事不痛心疾首，以致咳嗽缠绵，形容骨立。原得以微罪成其山野，若非自污，恐必不能免。"举朝共留之，而公决意去。

　　未几，大兵东下，公狂走诸深山中，朝夕野哭。公故美须眉，顾盼落落，至是失其面目，巾服似头陀而又稍别，一日数徙，莫知所止，山中人亦不复识。忽有老妇识之曰："是非廿四郎也耶？"廿四郎者，公小字也，叹曰："吾晦迹尚未深。"丁亥，疽发于背，勿药，谓侍者曰："吾死已晚，然及今死，犹未迟。"门生林弈隆在旁，曰："请为吾师作《大还词》以祖道反招魂可乎？"公曰，"试为我诵之"，诵曰：

　　　　"嗟乎□□□□，乃至此乎！雄虺雌蝮，蚖穴蜂壶。汹汹天狼，绥绥野狐，逐人驱驱①，白日幽都。敦脄血拇②，肝胆横屠，悬人以娱，如跖之脯。③□□□□，□□□□，□□□□，□□□□，□□□□，□□□□，嗟乎！□□□□，乃至此乎！六千君子，与白日殂，五千甲楯，与东流枯。□□□□，吾亦非吾。东方不可以居，南方不可以居，西方不可以居，北方不可以居。④阿谁不达，皋某是呼，欲返游魂，受此大污！谬哉宋玉，谥为至愚。嗟乎！□□□□，乃至此乎！往哉浩然，逃之太虚，火宅既离，毒苦可除。野葛不绊，郁䯼帝居，帝且饷公，九光五铢，小子歌此，以当《骊驹》。"

---

　　① 逐人驱驱：《招魂》中语。驱驱，疾走的样子。
　　② 敦脄血拇：敦脄，厚厚的背肉；血拇，带血的拇指。这也是《招魂》中的话。《招魂》本作"敦脄血拇，逐人驱驱些"。这里把它们拆开用了。
　　③ 如跖之脯：《庄子·盗跖》"脍人肝而铺之"，《史记·伯夷传》"肝人之肉"，按干肉为脯，日申时食为铺，这里是以人肝为干肉，和庄子铺字原意不同。
　　④ "东方不可以居至北方不可以居"四语：出《招魂》。惟《招魂》不用"居"字，东方"托"，余三方并用"止"。

公颔之者三而卒。林公时对尝曰："吾心折同里先生正得三人：其一为陈忠贞公，一为钱忠介公，其一则太常也。死生不同，然可以谓之三仁矣。"

公所著有《因园集》、《山樵编》、《信水亭吟》，今无存者。

# 周思南（元懋）传

星移物换之际，逃于西竺者多矣。然当其始也，容身无所，有所激而逃之；及其久而忘之，登堂说法，渐且失其故吾。梨洲先生有云，"不甘为异姓之臣，乃甘为异姓之子者也"。独吾乡浮石周氏批缁者三：通城佯狂以死，所谓颠和尚者也；思南沉湎以死，所谓醉和尚者也；顺德苦身持力，不入城市以死，所谓野和尚者也。是三公者，真所谓有托以逃者耶！其在和尚中，当为唐子，然而不愧孤臣矣。其志节之奇，尤莫若思南。

按思南，讳元懋，字柱础，一字德林，文穆公应宾从子也。以文穆任，累官南京右军都事屯部郎中，榷杨关，奉使蜀中，归，知贵州，思南丁内艰未赴，国难作。先生跌宕自喜，本思以文辞置身馆阁，及受门资之宠，非其好也。都御史廖大亨慰之曰："门资岂足以屈人，人自辱之耳，李卫公非自此起者乎？唐中叶宰相，无足以抗之者明矣。郎君其勉之！"先生大喜。

东江建国，先生服尚未阕，钱忠介公招之，故人徐锦衣启睿亦招之，先生固辞不出，而破家输饷，弗少吝。丙戌六月，家人自江上告失守，先生恸哭，自沉于水，以救得苏，乃削发入灌顶山中。先生故善饮，至是益日饮，无何，又不喜独酌，呼山僧，不问其能饮与否，强斟之，夜以达旦，山僧为酒所苦，遂避匿；则呼樵者强斟之，樵者以日暮长跪乞去，先生无与共，则斟其侍者，已而侍者醉卧；乃呼月酹之，月落，呼云酹之。灌顶去先生家且百里，酒不时至，又深山难觅酒伴，始返其城西枝隐轩中。每晨起，辄呼其子弟斟之；子弟去则觅他人。或其人他出，则携酒极之于其所往斟之；不遇则执涂之人而斟。于是浮石十里中，望见先生者，皆相率避匿，不得已乃独酌。先生既积饮且病，凡劝止酒者无算，大都以先生未有嗣子之说进，先生辄叱而去之，否则张目不答。先太常公尝规之曰："郎君不思养身以待时耶？"先生为之瞿然，乃不饮者三日，既出三日，纵饮如初。先生虽困于酒乎，而江湖侠客，有以事投止者，虽甚醉，辄蹶然起，一一接之无失词，倾其所有以输之，惟恐其不给也，以是尽丧其家。庚寅，呕血不可复止，竟卒。得年四十。其恭人俞氏，亦以毁相继卒。

　　前太常博士王公玉书哭之曰："德林之倔然狂放于曲蘖间，箕踞叫号，俾昼作夜，几不知身外有何天地，是何世界。舍此且不知吾身置于何地！昔人诗云：'酒无通夜力，事满五更心。'旨哉斯言，德林之所以烂然长醉，期于无复醒时以自全也。"族子齐曾曰："呜呼，叔氏之心呕为血，当与嵇绍、王琳[1]一腔热汁，合埋酿人侧，悉化为水，陶为酝，以浇天下不义男子，不尔，莫慰其心也。"同社高士韩国祚诔之曰："知雄守雌，为天下谿，知白守黑，为天下谷[2]，德林不闻，乃以身殉，悲夫！"呜呼！先生不死于丙戌而死于庚寅，不死于水而死于酒，其四年中巧戕酷贼以自蛊，其宋皇甫东生之流与！吾故以为三和尚之最苦者。

<hr />

　　[1] 嵇绍、王琳：晋嵇绍在荡阴的一战中，以身卫惠帝被射死。梁王琳以梁亡起兵图恢复，战败被杀。见各本传。

　　[2] 知雄守雌，为天下谿，知白守黑，为天下谷：按《老子》"知其雄，守其雌，为天下谿"。雄喻尊，雌喻卑，以卑自守，则人归之，如水入谿。又说："知其白，守其黑，为天下式。"白喻昭昭，黑喻默默，以默默自守，则可为天下法。这里剪用其语，而以"式"作"谷"，则以涉下文"知其荣，守其辱，为天下谷"的谷字而误。

# 陈光禄（士京）传

陈光禄士京，字齐莫，一字佛庄。其先世本奉化之朱氏，明初迁鄞，观察大年，其宗老之显者也。西皋陈氏三十六族，难以识别，故称公家为乌楼陈氏。

公少有四方之志，家事不以婴其怀。天崇之际，天下多故，遂挟策浪游湖海，北走燕云，南抵黔粤，其在滇中尤久，思得一当以吐其奇，而布衣踯躅，竟无所遇。一旦忽瞿然曰："吾堂上有老母，甚望抱孙，奈何以远游孤其望！"即日襥被归家，已而连举四丈夫子，喜曰："今而后可矣。"是时溪上二冯先生，一章中枢，一抚畿甸，大负天下人伦之望，公欲往从之，而甲申之祸作。南渡昏沓，公益悒悒不出。

画江之举，熊公汝霖荐公，授职方郎，公故与三衢总兵陈谦善，谦请公监其军。会奉使闽中，以公偕行，而唐、鲁方争颁诏事，谦以不良死，公遁之海上。郑芝龙闻公名，令与其子成功游，芝龙有异志，卒以闽降，成功不肯从，异军苍头特起[1]，公实赞之。已而熊公以鲁王至，时成功修颁诏之隙，不肯奉王，列营之奉王者，其军莫如成功强，皆不自安。公说成功，当以公义为重，成功虽不为臣，而始终于王致寓公之敬。其时会稽旧臣，能笼络成功而用之者，亦惟张公苍

---

① 异军苍头特起：《汉书·陈胜传》："胜故涓人将军吕臣为苍头军起新阳，攻陈下之，杀庄贾，复以陈为楚。"注："服虔曰，苍头、谓士卒青帛巾，若赤眉之号以相别也。"

水与公二人，楼船得以南向，无内顾之患者，其功为多。王迁公光禄寺卿（家传以为粤中所授者非），会鲁王上表粤中，沉吟良久曰："无以易公者。"成功亦欲启事于粤，公遂行。而惠潮之路中断，郝尚久之徒，阴阳向背，使车不敢出其间，迁道沿海得达，资斧俱竭，卖卜以前，粤中见之惊喜。路公振飞亦自岛上致蜡书荐之，加公都御史，公固辞不受，特赐三品敕命。三上疏陈军事，且言当通闽粤之路，粤中人欲留公不可。己丑，得归闽中。鲁王入浙，留公在闽，与成功相结以为后图。成功盛以恢复自任，宾礼明之遗臣，于是海上衣冠云集，然不过待以幕客。其最致敬者，前尚书卢公若腾、侍郎王公忠孝、都御史章公朝荐、沈公荃期、郭公贞一、徐公孚远与公，次之则仪部纪公，不以礼不敢见也。久之，见海师无功，粤事亦日坏，乃筑鹿石山房于鼓浪屿中，引泉种花，感物赋诗，以自消遣，别署海年渔长。又筑生圹于其旁，题曰"逋庵之墓"。丙申，太夫人卒于鄞，讣至岛上，诸公唁之，哭曰："此生无雪恨之日矣！"己亥，成功入江，推公参预岛上留守事务，触疾而卒。临终，谓侍者曰："吾幸得全归此土也。"齐公价人铭其墓。得年六十有五。鲁王在南粤闻之震悼，亲为文以祭之。

公喜为诗，下笔清挺，不寄王、孟庑下。及在岛上，徐公孚远有海外几社之集，公豫焉。虽心情蕉萃，而时作鹏骞海怒之句，以抒其方寸之芒角。徐公尝曰："此真反商变征之音也！"所著有《束书后诗》一卷，《唱寓》七卷，《厄言》一卷，《海年集》一卷，《海年诗内集》一卷，《海年谱》一卷。

公葬后，子式登守墓三年，挈家以归。

# 沈太仆（光文）传

沈太仆光文，字文开，一字斯庵，鄞人也。或以为文恭公之后，非也；或曰，布政司九畴之后。以明经贡太学。乙酉，豫于画江之师，授太常博士。丙戌，浮海至长垣，再豫琅江诸军事，晋工部郎。戊子，闽师溃而北，扈从不及。闻粤中方举事，乃走肇庆，累迁太仆寺卿。辛卯，由潮阳航海至金门。闽督李率泰方招来故国遗臣，密遣使以书币招之，公焚其书，返其币。时粤事不可支，公遂留闽，思卜居于泉之海口。挈家浮舟，过围头洋口，飓风大作，舟人失维，漂泊至台湾。时郑成功尚未至，而台湾为荷兰所据，公从之，受一廛以居，极旅人之困，不恤也。遂与中土隔绝音耗，海上亦无知公之生死者。

辛丑，成功克台湾，知公在，大喜，以客礼见。时海上诸遗老，多依成功入台，亦以得见公为喜，握手劳苦。成功令麾下致饩，且以田宅赡公，公稍振。已而成功卒，子经嗣，颇改父之臣与父之政，军亦日削，公作赋有所讽，乃为爱憎所白，几至不测。公变服为浮屠，逃入台之北鄙，结茅于罗汉门山中以居，或以好言解之于经，得免。山旁有曰加溜湾者，番社也。公于其间教授生徒，不足则济以医。叹曰："吾廿载飘零绝岛，弃坟墓不顾者，不过欲完发以见先皇帝于地下，而卒不克，其命也夫！"已而经卒，诸郑复礼公如故。

癸丑，大兵下台湾。诸遗臣皆物故，公亦老矣。闽督姚启圣招公，辞之。启圣贻书讯曰："管宁[1]无恙"，因许遣人送公归鄞，公亦颇有故乡之思。会启圣卒，不果。而诸罗令李麟光，贤者也，为之继肉继粟，旬日一候门下。时耆宿已少，而寓公渐集，乃与宛陵韩文琦、关中赵行可、无锡华衮、郑延桂、榕城林弈丹、吴蕖轮、山阳宗城、螺阳王际慧结社，所称福台新咏者也。寻卒于诸罗，葬于县之善化里东堡。

公居台三十余年，及见延平三世盛衰。前此诸公述作，多以兵火散佚，而公得保天年于承平之后，海东文献，推为初祖。所著《花木杂记》、《台湾赋》、《东海赋》、《样赋》、《桐花赋》、《芳草赋》、《古今体诗》，今之志台湾者皆取资焉。呜呼！在公自以为不幸，不得早死，复见沧海之为桑田，而予则以为不幸中之有幸者。咸淳人物，盖天将留之以启穷徼之文明，故为强藩悍帅所不能害。且使公如蔡子英[2]之在漠北，终依依故国，其死良足瞑目。然以子英之才，岂无述作，委弃于毡毳，亦未尝不深后人之痛惜；公之岿然不死，得以其《集》重见于世，为台人破荒，其足稍慰虞渊之恨[3]矣。

公之后人，遂居诸罗，今繁衍成族。会鄞人有游台者，予令访公《集》，竟得之以归，凡十卷，遂录入《甬上耆旧诗》。

---

① 管宁：这是以避难辽东数十年的管宁（《三国志·魏书》本传），比居台数十年的沈光文。

② 蔡子英：元蔡子英官行省参政，元亡，明太祖授以官，不受。忽一夜大哭不止，太祖知不可夺，洪武九年，命有司送出塞，令从故主于和林。见《明史·扩廓帖木儿传》。

③ 虞渊之恨：《淮南子·天文训》，"日入于虞渊之汜"，以日入比国亡，故虞渊之恨，犹言亡国之恨。

# 贞愍李先生（桐）传

贞愍先生李桐，字封若，鄞人也，学者称为侗庵先生。光禄监德继之子。生三岁而孤，事其适母董孺人，生母王孺人，皆至孝，而于适母礼节更加隆；及适母卒而所以事生母者亦如之，时人服其知礼。读书通大义，不屑数行墨。肆力于诗古文词，尤思通当世之故，讲明忠孝节行，谔谔难犯，一时多非笑之。而前辈董文敏公元宰、曹文忠公石仓、暨徐兴公、林六长、何无咎、陈仲醇诸名士，深器重之。

甲申三月十九日之变，先生于大临所，抗言国恩不可不报，请发义旅次于江干，以待抚臣勤王之举，监司卢公牧舟是之，未能应也。先生乃日号啕当事马前，并诘责诸乡老，遂遭嗔怒，且有欲除之者。尚书郯仙冯公曰：“诸公即自谓力薄，不能报国仇，奈何更杀义士！”乃邀先生至其邸呵护之。牧舟亦慰劳之，以是得免。南都昏浊，先生悒悒不得志，遁入白鸥庄，呼天涕泗，作悲愤诗，遂成沉疾。逾年而有五月十一日之变，昕夕呼祝宗有所请，疾遂笃。会浙东兵起，钱忠介公登坛叹曰：“宜急令侗庵主之。”遣使以告先生，病中霍然起，稍稍进食，乃遣长子文昶从军，忠介疏授兵部主事。自江干立国，侗庵之病稍愈，已而事渐不支，侗庵复申前请，疾复笃。六月初一日之变，侗庵曰：“吾今定死矣！”果以是月十九日卒，说者以为祈死而得死。年四十九。忠介时在翁洲，哭之恸。门人私谥曰贞愍。文昶哭谓其弟文昱曰：“汝知而父所以死乎？”葬毕，相与墨衰赴海上，崎岖军事，文昱亦授户部主事。辛亥，翁洲失守，扈王而出。九月二十六日，兄弟同日覆舟溺于海中。少子文暹曰："吾今不可以妄出。"杜门养母，其纯孝一禀先生家法云。

呜呼！桑海之际，吾乡号称节义之区。顾所称六狂生五君子，多出自学校韦布之徒，其荐绅巨公出而同之者，钱庄沈冯数人而已。年来文献脱落，虽有奇节，不能自振于忌讳沉沦之下，遂与亳社声灵，同归寂灭。予每为梓里前辈罔罗散失；六狂生辈之行实，渐以表章，而溯厥前茅，先生为首。又况文昶兄弟，以忠作孝，文暹屈节事亲，皆先生之教也，而叩之诸李，莫有知者，其亦可痛也夫！

先生尝与杨尚宝南仲、陈御史平若、陆舍人敬身，诠次同里前辈曰《甬东诗括》。又手辑先世诗文曰《衣德集》。其自著曰《侗庵集》。嗣后，先生族子郇嗣，因《诗括》，遂为《甬上耆旧诗》，因《衣德集》，遂为《砌里文献录》，则皆先河之力[1]也。

先生三子，惟文昱有允锡，抚于其叔，娶妇，然卒以无子，绝祀。其所居长松馆，自文昶兄弟死国，二妇入道，舍为梵宇，即所谓薜萝庵者也。余每过而伤之！

---

① 先河之力：河是海之源，故"二王之祭川也，皆先河而后海"。见《礼记·学记》。后人的成就，总是从前人成就的基础上发展起来的，故归功于前人的成就，往往说先河之力。

# 周监军（元初）传

周监军元初，字自一，一字立之，鄞人也。学者称为栖烟先生。文穆公应宾从子。文穆公无子，抚先生以为子，已而推恩受任，先生让于同祖昆弟，其一即刑部郎元登，其一即思南守元懋，时人贤之。及国难，刑部从亡海上，思南祝发纵酒以死，而先生从戎仗节，论者有三珠树之目。

先生少负大略，其所交好，华毅烈公嘿农、王忠洁公石雁、陆节介公周明、王太常水功、徐兵部我庸，族中则囊云，不过数人，相期以忠孝，于世俗贵介纨绮之习，蔑如也。

东江建国，先生与诸弟石公先生元越赴之，钱忠介公疏授明经，仍援文穆遗恩授郎署，先生不受，遂以白袷参军事，悍帅为梗，先生不得展其志。迨国亡，重跰入榆林，时诸公避兵者多，先生弗尽与通也；而周明、水功及囊云皆在焉，大喜，四人无日不相过从，偶不及过，则如坐针毡中。所倡和诗，务期僻思涩句，不类世间人所作，然后脱稿。经营惨淡，得之屋颠树杪之间。间亦与高僧解斋参禅，机锋横出。榆林在万山中，先生日走其间，足为之璧，亦不顾，其家累请返故居，不许，岁中唯再展文穆及所生墓道，则一至祠下，信宿而已。

先生故拥文穆遗资以输饷忠介幕府，荡其十五；戊子，力救华王二公之难，又荡其十三；至是虽行遁，尚从事于穷岛之声援，遂尽废其资。而先生操行弥厉，黄齑脱粟，麻衣草履，极人间未有之困，方陶然自得也。尝作《捉鬼者传》以寄其愤，曰："世有以善画鬼名，予以为不尽然。其以鬼之形似鬼耶，鬼不得见，于何得似？若以鬼之形似人，则人之形更厉于鬼，方日与人为祟，而人不知，人自入于祟中，而鬼亦不知，虽日进巫史操豚犬羊豕而尸之祝之，日迩日昵，且日以厉，彼画鬼者何以似之？不过似其牛首马面，瞋目露龈，夜叉罗刹，曾不能似其诪张险诐与抉人杀人一片肾肠也。吾先世有挟捉鬼之术者，每有病者延之家，见为邪魅所中，则掀髯仗剑，挺视书符：视之，若嘘者，若吸者，若吐纳者，若感召者，或如风雨奔赴，雷电飙驰者，或如坐戎车，排甲帐，献俘馘者，或如囊头三木①，撋发讯罪状②者，乃携之瓮中，仍压以符；甚者竟置之釜而烹之，否则锢之，闻其呼号痛楚之声，而病者以痊。呜呼，惜世之画鬼者不及受此术也。受此术，则无不似矣。不宁惟是，使是人在今日，必不使世上之鬼，宵行昼现，无所顾惜，一至于此！虽然，吾所虑者，鬼形日多，鬼术日巧，能治无形之鬼者，未必能治有形之鬼，即能治之，岂能尽天下而捉之，而烹之，况不知其鬼视其人，即无形之鬼，或非复曩时之状耶？虽然，安知是人在今日，其术不更有精焉者乎？"先生之文，大率皆此种也。

晚年，周明死王事，囊云亦卒，水功返城居，先生乃往来郊城之间，高武部九子之社，先生与焉。未几，诸公相继卒，先生虽离群索居，雄心未已，写扪虱图③以见志。图成，叹曰："今之江左，并桓元子④亦何可得！"年八十余，卒于家。

---

① 囊头三木：囊头，以物蒙其头。三木，加于项及手足的刑具。见《汉书·司马迁传》及《后汉书·范滂传》注。

② 撋发讯罪状：秦范雎见须贾说："汝罪有几？"须贾说："擢贾之发，以续贾之罪，尚未足。"见《史记·范雎传》。撋发讯罪状句，当本于此。

③ 扪虱图：晋王猛诣桓温，扪虱而谈当世之务，旁若无人。见《晋书》本传。此图所写即此事。

④ 桓元子：即桓温。

# 毛户部（聚奎）传

毛户部聚奎，字象来，一字文垣，鄞人也。都给事中宏之后。为人慷直刚果，有节概，少与其弟聚璧并有声，时称为西皋双凤。乙酉，豫于六狂生之列，几为降臣谢三宾所害，幸而不死，行营将士，争口求识所谓六狂生者，先生笑语之曰："夫狂者，不量力之谓也。量力则爱身，爱身则君父不足言矣，夫己氏是也。"寻参瓜里幕府，以明经授户部郎，司饷。事去，奔走山海之间，累遭名捕，行遁得免，而其家遂以此落。晚年始归。初，先生于庚寅辛卯间，与吴于蕃、管道复、汪伯征、倪端木、邘上周雪山为社，已而亡命，及其归也，死亡星散，竟以沈冥而卒。所著有《吞月子集》。六狂生之幸得终牖下者，先生一人而已，而亦无后，君子哀之。

先生诗古文词，皆倔奇，顾其家人不能为之收拾，予竭力求之，卒不得。惟先大父赠公曾录其文数篇，今存之《传》中。其作《方石铭》曰：

赤城有方山，其峦方也，取而击之，其石方也，取而碎之，至于如粟如菽，亦方也。人有以贻汪子伯征者，汪子珍而藏之，有过于袍笏而拜之。吞月子曰："世人恶方而好圆，而汪子之独好夫方也。"虽然，汪子之好夫方也，特其好之适然而方也，使山之石随所碎而皆圆，吾恐汪子之好犹是也，吾愿汪子之坚所好也。昔人有恶圆者，终身不仰视，曰："吾恶天圆。"或有喻之以天非圆者，曰"天纵不圆，为人称圆，吾亦恶焉"。呜呼，夫天，亦恶得不谓之圆也？草有芝兰，亦有萧葛，木有楩楠，亦有荆棘，鸟有鸾凤，亦有鸱鸮，兽有麟虞，亦有豺虎，且所谓萧葛荆棘鸱鸮豺虎者常多而胜，而所谓芝兰楩楠鸾凤者常少而不胜，天亦委而从之而无如何。呜呼，天亦安得而不谓之圆也？所贵乎君子之立天者有如兹，击而取之，取而碎之，至于如粟如菽而不失其方，故足好也。吾愿汪子之坚之也。汪子其毋曰："异哉吞月子以方故，至不容于世，而又以其术诳我。"爰为之铭曰："于！行义乎尔！于！全道乎尔！从心所欲，不逾乎尔！宁方为皂，毋圆为玉。夫子观象而叹，曰《恒》，君子以立不易方。"

又作《舆人皂人丐人传》，曰：

　　舆人者，南都武定桥人，不详其姓氏。乙酉之变，夫妇同日缢死。吾友吴于蕃亲见其事，为吊之。皂人者于姓，江阴人，乙酉之变，传新县官至，执役如旧，谛视良久，叹曰：□□□□□人，吾不可以为之役，遂归而缢。时新县官者，湖州李某也。丐人者，姓氏与邑里俱未详，闻贼陷北都，题诗养济院，自缢死。吞月子曰："夫舆人、皂人、丐人也，汲汲赴义若此，可异也！"噫，无异也！舆人皂人丐人，人之微者也；然而人也，人则义其性之者也，则亦有人而不舆人皂人丐人者乎？夫人而不舆人皂人丐人者多矣，不舆人皂人丐人而人者，吾未数数见也。予之为三人者立传也，拟曰《舆公皂公丐公三先生传》，既而思之，今所谓公之先生者，皆其不舆人皂人丐人者，举舆人皂人丐人而公之先生之，是不以人目之也。故从而人之。人之者，人之也。人之者，则于不舆人皂人丐人而不人之者也，不异固所以异之也。

其作《周乘六自序卷跋》曰：

　　今日何日哉！谓二三子死而不死，亡而不亡，独早自放废，以附于靡它①之义，委曰"予一介草茅臣，敢告无罪"。呜呼，薄乎云尔，亦恶得无罪也，虽然，先皇帝御极十有七载，其为三百人也者何限，其为二十七人九人三人也者何限。家博士弟子辟九牛一毛，与蝼蚁群岸然负太行而趋②，此直智尽能索，计无复之耳，非托之鸿飞冥冥为名高也。或曰，"黍不为黍，稷不为稷，僬侥嚣喑，甘心官师所不材，古人捧檄之谓何！"岂知岁寒然后识松柏，匹夫慕义，何处不勉③，敢曰独吾君也乎哉！竖儒尺寸于国家何有，皇帝以厚糈养之学官，则既国士遇之矣，中山君出亡，得二死者，昔时一壶飧之遗④也，岂其二十年廪食于天家而置之若忘，曰□□有君耶！呜呼，通周孔之书，从事仁义之说，发挥于文章帖括间、吾道在是，吾所学所行在是，一日而□之于不知何人之□，阳阳如平常⑤，则吾不知之矣。粤自制科来，师与为教而弟与为学，上与为鹄而下与为趋，佥曰是足干人主，出其金玉锦绣以富贵我者也。曰富贵我者，吾谓之君，然则不复能富贵我者，吾谓之路人耳。吾道在世，吾所学所行即在是耶！呜呼，凝碧池大会，雷海青投乐器恸哭，彼优伶则何知！舞象瞪目不拜，彼禽兽则何知！然则乘六之弃选贡如敝屣也，敢为高论以

---

　　① 靡它：《诗·鄘风·柏舟》："之死靡它。"共姜夫死不嫁，父母欲嫁她，她作此诗以绝之。这里是借作不事二君的意思。

　　② 负太行而趋：《列子·汤问》有帝命夸蛾氏二子，负太行山王屋二山，一放在朔东，一放在雍南的寓言。

　　③ 匹夫慕义，何处不勉：按原文，匹夫作怯夫。《汉书·司马迁传》："怯夫慕义，何处不勉焉。"《文选》同。

　　④ 壶飧之遗：中山君以壶飧给二人的快要饿死的父亲，二人感之，自动地来卫护中山君，中山君说："吾以一壶飧得士二人。"见《战国策·中山策》。

　　⑤ 阳阳如平常：语出韩愈《张中丞传后叙》。阳阳，无所用心的样子，见《诗·王风·君子阳阳传》。

从龚、薛、陶、张图偓之徒哉，亦俾后世毋谓不优伶禽兽若，则庶几乎！

此皆先生文章之幸存者也。先生尝自题其集曰："吾不得见之行事，不得不托之空言。"呜呼，岂知并此空言而几于不得其传也乎！

# 周布衣（西）传

周布衣西，字方人，学者称为劲草先生。定海卫人，居芦江。

少喜读书，父母怜其体羸，稍节制之。先生密藏火书室，俟亲熟睡，重举灯默识，又恐灯影外泄，以被蒙之，不至鸡三号不止，久而其被如墨。邻有艾妇，狙伺其夫，每先生至，必整衣更饰而前，或手进茗果，先生逡巡却退；久之，妇挑以微言，先生遽起，不复往，其妇愠曰："真痴儿也。"先生虽介洁，待人甚和易，言语温温。丙戌，年二十六，叹曰："杨铁崖称老寡妇[①]，今其时矣。"遂弃去举业，以教授奉母，时往来鄞之宝林，多从之游者。己亥，海师大掠鄞之东鄙，先生奉母逃深山中，猝遇盗，盗见先生母丰硕，以为富家姬，用火薰之以索金。先生抱母大恸，扑灭其火，愿以身代，贼遂挥戈斫其右之将指，几殊。旁一卒曰："是孝子也，乞舍之。"先生以是得生。自是作书甚苦。先生久寓宝林，挈家依诸生徒间，或出游，多耿耿不合，尝曰："吾于宝林，魂魄尚悬悬也！"

先生于经，则《易》、《书》、《诗》、《礼》、《春秋》、《孟子》皆有图解，于史则《史》、《汉》皆有论说，于集则唐宋杜韩诸大家皆有抄，所称《劲草亭诸编》者也。而生平心迹所寄，尤在《防秋谱》一篇，尝曰："死后，当尽取吾所著置石匣，藏之墓中，而是篇则可比之郑所南

---

[①] 老寡妇：明太祖召杨维桢纂《礼书》、《乐书》，维桢说："岂有老妇将就木而再理嫁者耶？"赋《老客妇谣》一章以见志。见《明史·杨维桢传》。

《心史》。"《防秋篇》者，世俗斗牙牌之戏也。其中有所谓至尊者，诸品皆不能抗，先生增置其色目，自天地外，帝王将相四民下至盗贼草窃之徒皆有之，而更以□□□至尊。有时世事多端，天地帝王皆不能支，独余处士以持残局，而兀然能为中流之一壶。先生自为之说，其文甚奇，周郧山见之曰："此胡文定《春秋传》也。"镇人乞先生修志，书成，请署名，力拒之。所著诗古文词，曰《痛定集》。晚年居鄞城中。戊辰，年六十八，病卒。其宝林高弟曰方伊蒿，尝欲以遗书付之，未及而卒，存于伯兄家。已而伯兄亦病，亟贻书伊蒿，令其取书以去。既至，伯兄又卒，其子勿与，已而鬻之他人，百方觅之，不可得矣。予之采诗也，求先生之《集》，遍访既无知者，仅从先生诸弟子所藏遗笈故牍，令李生昌昱汇为一卷，因诠次其可存者。至先生于诸经，最得意者莫如《春秋》。其自序云："不佞垂老，忽若于《春秋》大有所得，觉唐宋明诸儒之说，皆未合圣人之旨，尚在梦寐中，至今日而恍然。"顾其书已成四十二卷，而定哀二公未毕，临没尚以为恨，今俱佚。

先生《与周乘六书》曰：

"西自闭门深山，不乐与浮沉者为缘，一蓑一笠，愿偶麋鹿，而不知者不以为笑，即以为诅，此不足怪。至先生清风高节，自古千古，而乃惓惓于鄞人，西以为今日所断不可当者，妄欲以义士自欺也。夫何地非我朝之土，何人非我朝之民，又何仓庾非我朝之粟，不必为首阳顽民等语以自表异。所谓义士者，当为蹈海之鲁连，争帝暴秦，奋臂之陈涉，突起发难，张良之报雠，翟义之讨贼，骆宾王之草檄，谢枋得之却聘而死，否则如陈咸之闭户不出①，梅福之逃吴门为市卒②，陶潜之终身为晋征士，此虽不得

① 陈咸之闭户不出：王莽时，陈咸和其三子同归乡里，闭门不出，仍用汉家祖腊。人问其故，咸说："我先人怎会知道王氏腊呢？"见《后汉书·陈宠传》。

② 梅福之逃吴门为市卒：按梅福也是在王莽时，弃妻子去九江的。或传以为仙，或见其为吴市门卒。见《汉书》本传。这里作逃吴门为市卒，恐误。《传赞》上有"全性市门"语，则梅福当是吴市门卒。

志于今，亦当知重于后，而西皆未能也。如吾蛟川之薛白瑜、陈鸿宾、艾仲可、郑调甫诸先生，裂冠毁裳，逃名空谷，如疾风劲草，老而愈壮，庶几古人，而西则事焉而未逮也，其敢侈谈义士乎！然则若西者，其恒河之沙，九牛之毛，三秋之落叶，不足为世重轻，而甘自弃于先生者也。"

此书盖先生之自述云。

# 吴职方（祖锡）传

　　吴职方祖锡，字佩远，别号稽田，晚年亡命更名钼，浙之嘉兴县人也。吏部文选郎昌时于，而为世父贵州按察使昌期后。职方既贵公子，妇翁则少詹事徐汧也。资地鼎盛，才具尤轶群，顾瞻咳吐，令人自废。尤喜结纳豪俊，为友朋谋急难，一麾千金，曾无吝色。时中原大乱，东事又急，职方思有所以自见，剑客土豪，无不揽结，讲求出奇应变之学。又料京城必危，而思预储勤王之旅，欲身任浙西，以浙东属之许都，然约未定，其父吏部之祸作。吏部故东林复社中眉目，而首揆周延儒门下士也。居吏部要地时，昕夕出入首揆门，颇任喜怒以持铨事，遂为祁公彪佳所纠，适延儒宠衰，思宗震怒，亲讯于中左门，严刑拷讯论死，资产入官。时许都以乱死，忌吏部者，欲并陷职方于其内以尽之，徐尚书石麒力持之，得止。

　　职方家既落，痛心父难。思所以干蛊，而庙社旋亡，益不自得。江南建国，甫一年又破，时职方资产四万，在嘉兴库中，令其客经营出之。降将陈洪范方下江南，参预军事，职方旧与善，洪范谬为矢天，言其降出于不得已。倘得闲，必不肯负故国，职方大喜曰："将军能为姜伯约，吾当任饷。"即以四万资产与之。洪范既得金，实无意易辙也。而开剃之令下，职方逃身去。于是狂走，南抵滇中，东之海上，以及诸山寨水舶中，如醉如魇，总求一得当以自慰，而不知天命已去，空为愚公之移山而已。

　　未几，当道刊章名捕，四出纵迹。一子瘐死狱中。妻徐氏挈家转徒无宁日。然职方展转柳车复壁之间，既以好义知名，故亦多出大力以护之者。浙江提督冯源淮，为故相冯铨子，以所亲为都将，职方深结之。一日遇华亭徐副院孚远于芦中①，与之偕归。副院故完发，居然前代衣冠也，闾巷人稍籍籍，源淮闻之惊惧，即遣都将至职方家缉之，职方迎谓曰："有一伟人在此，足下愿见之乎？"都将曰："吾故以是而来，莫妄言。"乃故谈他事良久，徐屏左右入密室，都将见副院再拜曰："幕府有危机，公宜速去。"是夕，都将以舟送副院而告源淮曰无有，盖职方之受欺罔，如洪范辈虽多，而时或以获济。滇之亡也，郧阳十三营尚保残寨，职方重蹿赴，劝其出师挠楚以救滇，十三营已衰困，不能用。职方思入缅甸，道阻乃还。天下大定，遂无所往，然终不肯归老。南康宋之盛，亦遗民也。叹曰："斯人东西南北，所至栖栖，孰知其胸中大志，有百折不衰者。"己未，卒于山东胶州，遗命不必归附，即葬于大竹山中。其在滇时，尝任职方郎中云。

妇弟徐征君枋，以父死誓不入城，居山房者四十年。其与职方形迹不同，然交相重。征君每语及之，则曰："刘越石之流也。"

呜呼，职方遭君父之变，流离颠沛，一饭不忘，事虽不成，君子伤之。

---

① 芦中：楚伍员奔吴，至江，有渔父渡之。渔父为员取饷，员疑而潜身芦中，渔父呼道："芦中人，芦中人，岂非穷土乎？"员乃出食。见《吴越春秋》三。这里是以芦中喻亡匿者的处所。

# 徐都御史（孚远）传

　　徐都御史孚远，字闇公，明南直隶松江府华亭县人。太师文贞公之族孙，而达斋侍郎裔也。崇祯壬午贡士。方明之季，社事最盛于江左，而松江几社以经济见，夏公彝仲、陈公卧子、何公悫人与公，又社中言经济者之杰也。时寇祸亟，颇求健儿侠客，联络部署，欲为勤王之备。陈公任绍兴府推官，公引东阳许都见之，使其招募义勇，西行杀贼，又令何公上疏荐之，而东阳激变之事起。陈公心知都无他，乃许以不死，招降之，大吏持不可，竟杀都。即杀而何公疏下，已召之，公贻陈、何二公书曰："彼以吾故降耳，今负之矣。"故陈公虽以功迁给事，而力辞不赴。马、阮乱南都尤恶，几社诸公乃杜门不出。

　　南都既亡，夏公起兵，公赞之。闽中授福州推官，已而以张公肯堂荐，晋兵科给事中。闽事不支，浮海入浙，而浙亦亡。钱忠介公方自浙奔闽，相见于永嘉，恸哭，忠介复拉公同行。会监国至，再出师，公周旋诸义旅间，欲令协和共事，而悍帅如郑彩、周瑞之徒不听，公劝忠介以早去。时诸军方下福宁，围长乐，忠介望其成功，不用公言。公复返浙东，入蛟关，结寨于定海之柴楼。已而郑彩弟兄累畔换，忠介贻书于公，服其先见，卒以忧死。然公虽告忠介以引身，而其栖栖海上，卒亦不能自割，特其来往风波之间，善于自全，则智有过人者。

　　监国自长垣至舟山，公入朝从之。时宁绍台诸府，俱有山寨以为舟山接应，柴楼最与舟山声息相近，以劝输充贡赋，海滨避地之士，多往依焉。迁左佥都御史。辛卯，从亡入闽，时岛上诸军尽隶延平，衣冠之避地者亦多。延平之少也，以肆业入南监，尝欲学诗于公，及闻公至，亲迎之，公以忠义为镞厉，延平听之，娓娓竟夕，凡有大事，咨而后行。戊戌，滇中遣漳平伯周金汤间行至海上，晋诸勋爵，迁公左副都御史。是冬，随金汤入觐，失道入安南。安南国王要以臣礼，公大骂之，或曰："且将以公为相"，公愈骂，国王叹曰："此忠臣也！"厚资遣之，卒以完节还。公归，有《交行诗集》。明年，延平入白下，不克，寻入台湾。延平寻卒，公无复望，饬巾待尽，未几卒于台湾。闽中自无余开国以来，台湾不入版图，及郑氏启疆，老成耆德之士，皆以避地往归之，而公以江左社盟祭酒为之领袖，台人争从之游，公自叹曰："司马相如入夜郎，教盛览，此平世之事也，而吾以亡国之大夫当之，伤何如矣！"至今台人语及公，辄加额曰："伟人也！"公一子。郑氏内附，扶柩南还。未几，其子饿死，故公《海外集》佚不传。呜呼！明季海外诸公，流离穷岛，不食周粟以死，盖又古来殉难之一变局也。

几社殉难者四：夏、陈、何三公死于二十年之前，公死于二十年之后，九原相见，不害其为白首同归也。

蛟门方修《县志》，以公有柴楼山寨之遗，来访公事，先赠公曾预公山寨中，知之最详，予乃序次而传之。

# 推官温公（璜）传

公名璜，字宝忠，浙之乌程人也。大学士体仁族弟，生二月而孤，太孺人陆氏抚之，破屋一间无帷帐，君姑沈，老病且饿，同坐卧一板箱，种火煨粥以为食，教公读书。姑卒，哀毁如子，而公所业亦成。天启七年，有司闻于朝，诏旌其门。又一十八年为崇祯癸未，公成进士。

方体仁之贵也，门生属吏附之者如鹜，内而九列，外而开府监司，指顾可得，而公夷然自守，反与东林诸公结契，名在复社第一集。其举丙子贤书，以侍母不上计，体仁死，其家有润仁者，乡举，拆糊名得之，相顾曰："此乌程家也"，置之副科，而公无以此指之者，论者以比之史氏弥坚、弥巩。然公于体仁落落，而阁讼事，则颇不以复社之言为当。方南都《以防乱揭》逐阮大铖，公曰："阮大铖为真小人，钱谦益则伪君子，真者易知，伪者难测，斯人得志，即小臣亦当裂麻争之 ①，况同僚耶？"时人不以其言为然，而不知其言之中也。

其成进士也，年已六十，出吴给事甘来门，吴甚重之。释褐，得徽州府推官，甫之任而国难作，恒引佩刀叹曰："此身终当付汝。"又一年南京破，徽之绅士金侍郎声起兵，公竭蹶助城守，而降人黄澍为反间，引王师入。公与其孺人茅氏，呼其十四岁女，则方熟睡，问

---

① 裂麻争之：宋鞠咏向谏官刘随说："若相钱惟演，当取白麻廷毁之。"见《宋史·鞠咏传》。裂麻语本此。白麻，白麻纸。凡国家大事，及封拜将相的诏书，是用白麻纸誊写的。制敕则用黄麻纸。

曰："何为呼我？"茅曰："死耳。"公与茅引以绳，扼之而绝，孺人亦死，公拔刀自刭。

公初名以介，字於石，祈梦于忠肃公祠，忠肃入梦，为之改名，遂从焉。陆孺人有《家训》行于世。

予尝与明史局诸君言，谓明宰相中如江夏贺公，高阳孙公辈，多子弟从死不论。而以世臣死国事者，昆山顾文康公曾孙延安推官咸正、钱塘知县咸建、暨弟举人咸受，推官之子天逵、天遴，江陵张文忠公孙侍郎同敞；蒲州韩公从孙历城知县承宣、青州兵道昭宣；余姚孙文恭公孙相国嘉绩；长山刘公子都督孔和；嘉善钱公子吏部棅，从子职方旃；长洲文文肃公弟舍人震亨子乘，呜呼盛矣！乌程温氏有推官，非亲支，要亦宰相家儿也。华亭徐文贞公族孙中丞孚远，亦以从亡完节，终于海上，而温之死，尤足为其相君一洗门户之玷，是皆唐宰相世系表所逊也。方拟作《明九相国世臣传》，以昭故国之乔木，而未及，因先作《推官传》。

# 宋菊斋（龙）传

菊斋高士宋龙，字子犹，明南直隶崇明县人也。沉静博雅，有深识，补诸生，师事娄东张南郭。其时南郭方主声气之席，四方赘币，日走其门，温卷①如山，独菊斋至，讲名理，商经术，而尤留心于救世之学，南郭重焉。菊斋既不求闻于世，世亦竟无知菊斋者，独钱忠介公一见奇之，置之门下上座，谓当与昆山归庄相伯仲。

未几大乱，菊斋遂遭奇疾，狂走，信足奔进，尘雾杳冥，一往不顾，其所嬉游，怪怪奇奇②，人莫测也。老亲在堂，二子幼，皆不能治其疾，乃恣其所之。而菊斋泛海至浙中，张阁部客之，使为其孙茂滋授经，则菊斋之病愈矣。

菊斋在舟山数年，海上诸公，其唱酬风雅，虽在流离，犹有承平故态，皆重菊斋，而辛卯之祸作。凡平日所还往者皆死，菊斋奔跳绝岛中，重跰达吾鄞，以茂滋在鄞囹中也，乃与汝都督应元，陆处士宇爆等百计出之，祝发以返里门，则无家可归矣。方旁皇里社间，而闽师入江，樵苏四出，菊斋大为所窘，几不免，张侍郎苍水在军中识之曰："宋先生也。"乃得脱，侍郎为作诗慰之。因迁居太仓，以岐黄之术自给。其道大行于吴门练川鹿城之间，或戏之曰："先生遭疾久，

---

　①　温卷：唐代举人，先借当世显人，把自己的姓名，介绍到主司那里，再把自己的作品献给主司，过了几天再献，叫作温卷。见赵彦卫《云麓漫钞》卷八。温卷成了当时的风气，即当时杰出的作者也是这样，如韩愈献文于郑余庆，白居易献诗于顾况等都是。

　②　怪怪奇奇：韩愈《送穷文》："不专一能，怪怪奇奇。"

今乃能治疾耶？"

菊斋天性诚笃，跬步不敢违礼，对妻子如严宾，事亲，死生不懈。父死既葬，仓卒未祔影堂，列木主寝室中，昕夕必焚香叩首，远行必告起居，出入警凛，稍不自安，形诸梦寐，盖至性通于神明也。其子姓以讫仆隶，无不化之。言语煦煦，令人不饮自醉，故人自远方来者，虽食贫，必倾囊赠之。其寓鄞，居陆氏湖楼中。先族祖木翁、苇翁，先赠公皆与之厚。湖上人无大小，皆呼之曰宋先生。而归庄亦起兵不遂，放浪湖海，终称完节，时以为钱门二杰。

先赠公曰："菊斋与人居，未有訾议之者，盖其言行若蓍蔡，一本于诚，使世有大儒如温公，必将收之高座，而其大节，则又人所不能尽知也。"予观南宋遗民不得列于《宋史》，而百年以后，潜溪①诸公，发其隐德。呜呼！如菊斋者，讵可使其湮没无传哉！

---

① 潜溪：指宋潜。

# 陆雪樵（昆）传

　　前代故家遗俗之盛，莫有过于吾乡者也。星移物换之际，其为乔木增重者，一姓之中，大率四五人不止，高曾规矩，可以想见，湖上陆氏所称四姓之一也。吾得殉国者二焉；大行文虎先生死于刺，观察周明先生死于逮。得殉父者一焉，隐君雪樵先生死于兵。又得高士者一焉，则观察之弟春明先生也。呜呼，百六之厄，乃反为王谢世谱之光，悲夫！

　　雪樵名昆，字万原，鄞人，观察之族孙也。其父淳古翁善画，能得文章家三昧，而非屑屑绘事者流。雪樵幼而工诗，补诸生。丙戌以后，自以世受国恩，不肯复出试于布政司，淳古翁曰善，乃放浪为诗人。时春明方举汐社故事于湖上，故锦衣青神佘公生生自燕来，黄山宗正庵、蛟川范香谷、同里董晓山、叶天益皆集焉，而雪樵最少。观日楼者，春明之居也。雪樵与五人者，靡日不至，以大节古谊交相勖。语者默者，流观典册者，狂饮作白眼[1]者，痛哭呼天不置者，皆见之诗。其时评雪樵之诗者，以为吐弃一切，古穆如彝尊。雪樵之去春明仅一巷，而与正庵为比户，其唱酬为尤多。桐城方子留，畸士也，由春明以交雪樵，相得甚欢，遂居其湖楼中。已而奉其父�僦居东皋之殷隘。己亥，海上师大举，游兵至于鄞之东鄙。四月，诸盗亦乘

---

　　[1] 狂饮作白眼：用阮籍故事。又杜甫《饮中八仙歌》：“宗之潇洒美少年，举觞白眼望青天，皎如玉树临风前。”也是狂饮作白眼的例子。

间并起，乱兵猝至索饷，欲执淳古翁为质，雪樵顿首，请以身代，其父得释而饷终不副，雪樵死之，时年二十有七。呜呼，雪樵束修厉行，力固逸民之操以养其父，而卒不克，兰摧玉碎，可为伤悼！然而忠孝足以不朽矣。前辈董丈允瑶尝欲为作传而不果，其既于今，湖上七子之风流已尽，而雪樵尤为湮晦。予求其事亦有年矣，卒不能得其详，聊识其大略，以俟世有杜清碧[①]其人者。

---

　　① 杜清碧：即元初编《谷音》的杜本。事迹见《元史·隐逸传》。《谷音》收诗一百首，作者凡二十三人，无名者四人，都是元初的气节之士。

# 李梅岑（国标）小传

李国标字君龙，别号梅岑，浙之奉化县人也。高材博学，顾耿介绝俗，虽前辈荐绅先生，非深知之者，不往见。尝客天台，陈公寒山见其文极赏之，及晤其人，喜曰："李生胸中有奇气，其足重者，非徒以文。"累试布政司不售，晚以明经入太学。改步之际，始以乡贡进士入官，而事遽去。累遭挫折，然终不屈。自此益不肯妄见一人。鄞都御史林公茧庵尝访之，麦饭葱汤，相对话故国事。次日，与共游山，赋诗感慨。已而鄞高公宇泰仿汐社例，举南湖耆旧之会，慎选遗民，稍有可议者，辄弗得入，共得九人，故户部徐公振庸最长，太常王公玉书次之，然皆曰"安得梅岑来社中，吾辈当让之为祭酒"。乃相与迎之，以病辞不至，时往来六诏三石山中，樵子牧竖，皆知为李先生也。以寿终。所著《集》，李邺嗣为之序。

论曰：先大父赠公论剡源人物，陈工部纯来有绵上之节[1]，汪参军涵有田岛之义[2]，梅岑有柴桑[3]之风，今知之者稀矣！是为传。

---

[1] 绵上之节：用介之推不言禄、与母偕隐而死的故事。见《左传》僖公二十四年。

[2] 田岛之义：汉高祖即皇帝位，田横入海居岛中，高祖召之，未至自刭，高祖以王者礼葬田横。横客穿冢旁孔自刭从之。其余五百人，也都自杀。见《史记·田儋传》。这就是田岛之义。

[3] 柴桑：晋陶潜所居浔阳故里。

# 沈隐传

明之灭也，熹毅二后亡国而不失阴教之正，有光前史，而臣僚之母女妻妾姊妹，亦多并命，降及草野，烈妇尤多，风化之盛，未有过于此者，以为《明史》当详列一传，以表章一朝之彤管者也。又降而南中吴中，以及淮扬之歌妓，亦有人焉，此不可以其早岁之失身而隔之青流者也。嗟乎！流品何常，归于晚节，为士夫者可以兴矣。

予尝推广澹心板桥轶事①，不独桐城孙职方葛嫩也。于南中，得许光禄誉卿姬草衣道人，临殁，以剃刀缄衣属光禄，令其丧乱之中，得为全身之计。吴中得吴职方易姬香娘，职方殉节，主者欲收香娘于下陈，泣而对曰："相公每饭不忘故君，妾亦何忍负之，必欲见辱，有死不能。"主者肃然敬，凄然不忍，听其所之，香娘削发洁身以老。若侯朝宗所狎李氏，不肯屈于阮大铖、田仰，朝宗末路，无乃愧之。尝谓此数人者，可附葛姬以传，如王炎午、谢翱之附于文、陆。最后又得扬之沈隐。

隐字素琼，本娼家也。艳于姿，工诗，落籍归徽人夏子龙，诸生也。子龙倜傥有志行，好诗酒，不为章句腐陋之士，得隐唱和极乐。甲申之变，子龙怏怏不自得，遂与隐穷日夜酣饮不复休。或规之，子龙叹曰："此信陵君所谓饮醇酒近妇人者也。子未揣其意耶？"南都未破，而子龙已得奇疾，不可疗，遂死。属纩之日，隐凭尸而哭曰：

---

① 推广澹心板桥轶事：清余怀有《板桥杂记》一书，记南京妓院旧闻。

"天乎！其亦知相公所以死乎！"哭罢，盛饰投环棺旁，家人争救之不能得。有夏基者，子龙之族也，叹曰："子龙求死而得死，是求仁而得仁也；然而虽得之，犹恐目未遽瞑，得姬之死，或可瞑矣。"鄞故征士钱光绣赋《幽涧泉》以哭之曰："幽涧泉清，幽谷兰芬，彼美淑姬，乃倚市门。啁啾燕雀，集于梧桐，巢枝啄实，不改其容，有凤来归，爰作凤宫。嗟嗟雀兮，厉翮高翔，嗟嗟凤兮，铩羽旁皇。胡然靡吡，昊天不臧，萎身尺练，隧壑偕藏。谁谓臣能忠，乃在樵与牧！谁谓妇能贞，乃在桑与濮！皑皑雪霜，皎皎玉谷。兰不芬，芬在莸，涧水不清清者渎。噫嘘嘻兮，我为天下哭！"近日扬人修《地志》，予拟致书马君巘谷辈，令为隐立《传》而不果，乃别为之传。

嗟乎，钱尚书失身于柳如是，龚尚书失身于顾媚，以一妓而坏名节者盖有之矣，吾不为子龙立传而为隐立《传》，子龙虽贤，得隐而愈彰故也。

# 七贤（周昌会昌时邵似欧似雍姚胤昌宇昌陈自舜）传

明万历天启之交，党祸方炽，吾乡以沈文恭在揆席，故多为所染，陵夷至于奄难，士气益丧，至有列名爱书者。顾喜其家子弟，多能出而雪父兄之耻，吾得七人焉。在昔邢恕之有居实，章惇之有援，赵挺之之有明诚，坡、谷所亟许也。虽欲勿用，山川不舍[1]，圣人言之，揆之诸公之意，深不欲人道其父兄之耻以见其贤，然而是固百世孝慈所不能讳也。吾故特表而出之，使天下为父兄者，弗为败行以贻子孙之戚，而子弟之不幸而罹此者，能慎所趋则幸矣。更附之以国难后谢氏兄弟为合侍。

周侍御昌晋有弟二：昌会，字衷素，天启辛酉举人也。昌时，字乘六，诸生。御史既入奄幕，阴鸷深贼，罢官后，尚多所残害，衷素不欲与同居，偕乘六还浮石故庐中。尝叹曰："先文穆公已为故相所累，然尚无大败行，阿兄狓猖，何至于此！"衷素尝知通城县，遭寇弃官去，丙戌而后，剃发为僧，佯狂不守戒律，时人称为颠和尚，卒以困死。乘六于资序已应贡入太学，得官弃去，固守其志。其时御史尚在，亦太息曰："是不可及。"先大父赠公为耆社，乘六其一也。所为诗文，皆悲愤之音。

---

① 虽欲勿用，山川不舍：这是借《论语·雍也》孔子鼓励仲弓的话，鼓励甬上那些能盖父愆的贤子弟。意思是：不管生它的牛好不好，只要所生的牛，可以充祭祀的牺牲，就应该用它。你虽欲勿用，山川也不会舍它的。

邵尚书辅忠有子二：似欧，字之文，明经；似雍，字之尧，诸生。同产七人中称最秀。时吾乡于附奄诸家相疏斥之，并其子弟弗与还往，尚书尤为清议所恶，而之文兄弟别具志节，不以家门见外。丙戌，之文兄弟侍尚书大雷山中，微言劝尚书殉国，以盖前过，不能得。已而故王栖泊翁洲石浦之间，兄弟竭力资其扉屦。其后求周公囊云铭尚书墓，囊云直笔，无所借，之文兄弟一恸而已。嗣是故国遗民，至蛟关者，必登邵氏之堂。兄弟皆有集传于后。

姚学使宗文有从子二：胤昌，字元祚，崇祯癸酉举人；宇昌，字仲熙，崇祯丙子举人，参政之光子也。初浙党以徐廷元与学使为魁，学使隔绝复社人物，不遗余力；而元祚独与冯都御史留仙兄弟，以气节相砥砺，学使恨之，然无如之何。会遭改步，兄弟奔走山海间，遂以坎轲抑郁而卒，君子哀之。

陈御史朝辅有子一，自舜，字小同。其年稍晚出，甚愧其父之所为，以是颇不欲人称为公子。梨洲先生讲学甬上，小同从之，终日辑睿经学，兀兀不休。其人强毅方严，于名教所在，持之甚笃。生母沈氏，不得于嫡，卒于杭，小同尚少，长而补行三年之丧，致哀尽礼，隐居终身。一日，梨洲座上或言，天启时某官以某物赠奄，即御史所为也。小同为之数日不食。喜购书，其储藏为范氏天一阁之亚。

七贤之事如右，而丙戌而后，吾乡所最不齿者，无如故太仆谢三宾，其反覆无行，构杀故国忠义之士无算。三宾一子早死，顾有四孙，曰为辅、为霖、为宪、为衡，皆善读书。闻其大父之事，黯然神伤，自是遇故国忠义子弟，则深墨其色，曲躬自卑，不敢均茵①，以示屈抑。时三宾遗金尚不资，兄弟日以哦诗为事，一切不问，未几荡然，亦不以为意也。于是故国子弟，稍稍引而进之，谢氏复与簪缨之列，盖吾乡清议之重如此。为宪以举人知蓬莱县。呜呼，吾尝读江右傅平叔《湘帆堂集》，才子也；顾平叔之父御史堕奄党中，此系不可

---

① 不敢均茵：茵，车蓐。同车不敢均茵，是自卑的表现。见《史记·酷吏·周阳由传》。

湔洗之案，而平叔颇有迁怒东林诸公之意，力为父白，妄言自艾东乡死后，莫能为之辨诬者，则愚矣。东乡即存，岂能为奄党作佞乎？如七贤者，绝口不敢白其家门之事，而但力为君子以盖之，是则可悲也已。鸣呼，彼为父兄者，其谅之哉！

# 万贞文（斯同）先生传

贞文先生万斯同，字季野，学者称为石园先生，鄞人也。户部郎泰第八子。少不驯，弗肯帖帖随诸兄，所过多残灭，诸兄亦忽之，户部思寄之僧舍，已而以其顽，闭之空室中。先生窃视架上有明史料数十册，读之甚喜，数日而毕，又见有经学诸书，皆尽之。既出，因时时随诸兄后，听其议论。一日，伯兄斯年家课，先生欲豫焉。伯兄笑曰："汝何知？"先生答曰："观诸兄所造，亦易与耳。"伯兄骤闻而骇之，曰："然则吾将试汝。"因杂出经义目试之，汗漫千言，俄顷而就，伯兄大惊，持之而泣，以告户部曰："几失吾弟！"户部亦愕然曰："几失吾子！"是日，始为先生新衣履，送入塾读书。逾年，遣请业于梨洲先生，则置之绛帐中高坐。先生读书，五行并下，如决海堤，然尝守先儒之戒，以为无益之书不必观，无益之文不必为也，故于书无所不读而识其大者。

康熙戊午，诏征博学鸿儒，浙江巡道许鸿勋以先生荐，力辞得免。明年开局修《明史》，昆山徐学士元文延先生往。时史局中征士，许以七品俸称翰林院纂修官，学士欲援其例以授之。先生请以布衣参史局，不署衔，不受俸，总裁许之。诸纂修官以稿至，皆送先生覆审，先生阅毕，谓侍者曰："取某书某卷某页，有某事当补入；取某书某卷某页，某事当参校。"侍者如言而至，无爽者。《明史稿》五百卷，皆先生手定，虽其后不尽仍先生之旧，而要其底本，足以自为一书者也。

先生之初至京也，时议其专长在史，及昆山徐侍郎乾学居忧，先生与之语《丧礼》，侍郎因请先生纂《读礼通考》一书，上自《国恤》以讫《家礼》，《十四经》之《笺》、《疏》，《廿一史》之《志》、《传》，汉唐宋诸儒之文集说部，无或遗者，又以其余为《丧礼辨疑》四卷，《庙制折衷》二卷，乃知先生之深于经，侍郎因请先生遍成《五礼》之书二百余卷。

当时京师才彦雾会，各以所长自见，而先生最暗淡，然自王公以至下士，无不呼曰万先生，而先生与人还往，其自署，只曰布衣万斯同，未有尝他称也。安溪李厚庵最少许可，曰："吾生平所见，不过数子，顾宁人、万季野、阎百诗，斯真足以备石渠顾问之选者也。"

先生为人，和平大雅，而其中介然。故督师之姻人，方居要津，乞史馆于督少为宽假，先生历数其罪以告之。有运饷官以弃运走道死，其孙以赂乞入死事之列，先生斥而退之。钱忠介公嗣子困甚，先生为之营一衿者累矣，卒不能得，而先生未尝倦也。父友冯侍郎跻仲诸子，没入勋卫家，先生赎而归之。不矜意气，不事声援，尤喜奖引后进，惟恐失之，于讲会中，惓惓三致意焉，盖躬行君子也。卒后，门人私谥曰贞文。

所著有《补历代史表》六十四卷，《纪元会考》四卷，《宋季忠义录》十六卷，《南宋六陵遗事》二卷，《庚申君遗事》一卷，《河源考》四卷，《儒林宗派》八卷，《石鼓文考》四卷，《文集》八卷，而《明史稿》五百卷，《读礼通考》一百六十卷，别为书。今其后人式微，多散佚不存者。先生在京邸，携书数十万卷，及卒，旁无亲属，钱翰林名世以弟子故，衰绖为丧主，取其书去，论者薄之。

予入京师，方侍郎灵皋谓予曰："万先生真古人，予所见前辈，谆谆教人为有用之学者，惟万先生耳。"自先生之卒，蕺山登人之绪，不可复振，而吾乡五百余年攻愧、厚斋文献之传，亦复中绝，是则可为太息者矣。

附文存：

先生之《志》，姚人黄百家、闽人刘坊、吴人杨无咎皆为之。黄《志》最核。其后方侍郎为之《表》，则尤失考据。至谓先生卒于浙东（斯言不见本《表》，而见于《梅定九墓文》中），则是侍郎身在京师，乃不知先生之卒于王尚书史局中，而曰欲吊之而无由，其言大可怪！侍郎生平于人之里居世系，多不留心，自以为史迁、退之适传皆如此，乃大疏忽处也。又谓先生与梅定九同时，而惜先生不如定九得邀日月之光，以为泯没，则尤大谬。先生辞征者再，东海徐尚书亦具启，欲令以翰林院纂修官领史局，而以死辞之，盖先生欲以遗民自居，而即以任故国之史事报故国，较之遗山，其意相同，而所以洁其身者，则非遗山所及，况定九乎？侍郎自谓知先生，而为此言，何其疏也！（先生尝言遗山入元，不能坚持苦节为可惜）

# 刘继庄（献廷）传

刘继庄者名献廷，字君贤，顺天大兴县人也。先世本吴人，以官太医，遂家顺天。继庄年十九，复寓吴中，其后居吴江者三十年，晚更游楚，寻复至吴，垂老始北归，竟反吴卒焉。

昆山徐尚书善下士，又多藏书，大江南北宿老争赴之，继庄游其间，别有心得，不与人同。万隐君季野于书无所不读，乃最心折于继庄，引参明史馆事。顾隐君景范、黄隐君子鸿，长于舆地，亦引继庄参《一统志》事。继庄谓，"诸公考古有余而未切实用"。及其归也，万先生尤惜之。予独疑继庄出于改步之后，遭遇昆山兄弟，而卒老死于布衣，又其栖栖吴头楚尾间，漠不为枌榆之念，将无近于避人亡命者之所为，是不可以无稽也，而竟莫之能稽。且诸公著述，皆流布海内，而继庄之书独不甚传。因求之几二十年不可得，近始得见其《广阳杂记》于杭之赵氏，盖薛季宣、王道甫一流。呜呼，如此人才，而姓氏将沦于狐貉之口 ①，可不惧哉！

继庄之学，主于经世，自象纬律历以及边塞关要财赋军器之属，旁而岐黄者流，以及释道之言，无不留心。深恶雕虫之技，其生平自谓于声音之道，别有所窥，足穷造化之奥，百世而不惑。尝作《新韵谱》，其悟自《华严》字母入，而参之以天竺陀罗尼、泰西蜡顶话、

---

① 姓氏将沦于狐貉之口：这是说刘献廷的姓氏，将被狐貉啖尽而不传。《世说新语·品藻》："庾道季云，曹蜍李志见在，厌厌如九泉下人。人皆如此，便可结绳而治，但恐被狐狸狼貉啖尽。"狐貉语本此，而用意不同。

小西天梵书，暨天方、蒙古、女直等音，又证之以辽人林益长之说而益自信。同时吴修龄自谓苍颉以后第一人，继庄则曰："是其于天竺以下书皆未得通，而但略见《华严》之旨者也。"继庄之法，先立鼻音二，以鼻音为韵本，有开有合，各转阴阳上去入之五音，阴阳即上下二平，共十声，而不历喉腭舌齿唇之七位，故有横转无直送，则等韵重叠之失去矣。次定喉音四，为诸韵之宗，而后知泰西蜡顶话、女直国书、梵音尚有未精者。以四者为正喉音，而从此得半音、转音、伏音、送音、变喉音，又以二鼻音分配之，一为东北韵宗，一为西南韵宗，八韵立而四海之音可齐。于是以喉音互相合，凡得音十七，喉音与鼻音互相合，凡得音十，又以有余不尽者三合之，凡得音五，共三十二音为韵父，而韵历二十二位为韵母，横转各有五子，而万有不齐之声摄于此矣。尝闻康甲夫家有红毛文字，惜不得观之，以合泰西蜡顶语之异同。又欲谱四方土音，以穷宇宙元音之变，乃取《新韵谱》为主，而以四方土音填之，逢人便可印正，盖继庄是书，多得之大荒以外者，囊括浩博，学者骤见而或未能通也。其论向来方舆之书，大抵详于人事，而天地之故，概未有闻，当于疆域之前，别添数则：先以诸方之北极出地为主，定简平仪之度制，为正切线表，而气节之后先，日蚀之分秒，五星之陵犯占验，皆可推矣。诸方七十二候，各各不同，如岭南之梅，十月已开，桃李腊月已开，而吴下梅开于惊蛰，桃李开于清明，相去若此之殊；今世所传七十二候，本诸《月令》，乃七国时中原之气候，今之中原，已与七国之中原不合，则历差为之。今于南北诸方，细考其气候，取其核者详载之为一则，传之后世，则天地相应之变迁，可以求其微矣。燕京吴下，水皆东南流，故必东南风而后雨，衡湘水北流，故必北风而后雨，诸方山水之向背分合，皆当按籍而列之，而风土之刚柔，暨阴阳燥湿之征，又可次第而求矣。诸方有土音，又有俚音，盖五行气运所宣之不同，各谱之为一则，合之土产，则诸方人民性情风俗之微，皆可推而见矣。此固非一人所能为，但发其凡而分观其成，良亦古今未有之奇也。其论水利，谓西北乃二帝三王之旧都，二千余年未闻仰给于东南，何则，沟洫通而水利修也。自刘石云扰，以讫金元，千有余年，人皆草草偷生，不暇远虑，相习成风，不知水利为何事，故西北非无水也，有水而不能用也。不为民利，乃为民害，旱则赤地千里，潦则漂没民居，无地可潴，无道可行，人固无如水何，水亦无如人何。虞学士始奋然言之，郭太史始毅然行之，未几竟废，三百年无过而问者。有圣人者出，经理天下，必自西北水利始。水利兴而后足食，教化可施也。西北水利，莫详于《水经郦注》，虽时移势易，十犹可得其六七。郦氏略于东南，人以此少之，不知水道之当详，正在西北，欲取《二十一史》关于水利农田战守者，各详考其所以，附以诸家之说以为之疏，以为异日施行者之考证。又言《朱子纲目》非其亲笔。故多迂而不切。而关系甚重者反遗之。当别作《纪年》一书。凡继庄所撰著，其运量皆非一人一时所能成，故虽言之甚殷而难于毕业，是亦其好大之疵也。又言圣王之治天下，自宗法始，无宗法，天下不可得治，宜特为一书以发明之，是则儒者之至言，而惜其书亦未就。

予之知继庄也以先君，先君之知继庄也以万氏，及余出游于世，而继庄同志如梁质人王昆绳皆前死，不得见，即其高弟黄宗夏，亦不得见，故不特继庄之书无从踪迹，而逢人问其生平颠末，杳无知者。因思当是时，安溪李阁学最留心音韵之学，自谓穷幽探微，而绝口不道继庄与修龄，咄咄怪事，绝不可晓。何况今日去之六七十年以后，□□□并其出处本末而莫之详，益可伤矣。近者吴江征士沈彤独为继庄立传，盖继庄侨居吴江之寿圣院最久，诸沈皆从之游，及其子死无后，即以沈氏子为后，然其所后子，今亦亡矣，故彤所为传，亦不甚详。若其谓继庄卒年四十八，亦恐非也。继庄弱冠居吴历三十年，又之楚之燕，卒死于吴，在壬申以后，则其年多矣，盖其人踪迹，非寻常游士所阅历，故似有所讳而不令人知，彤盖得之家庭诸老之传，以为博物者流，而未知其人，予则虽揣其人之不凡，而终未能悉其生平行事，乃即据《广阳杂记》出于宗夏所辑者，略求得其读书著书之概，因为撮拾而传之，以俟异日更有所闻而续序之。

予又尝闻之，万先生与继庄共在徐尚书邸中，万先生终朝危坐观书，或瞑目静坐，而继庄好游，每日必出，或兼旬不返，归而以其所历告之万先生，万先生亦以其所读书证之，语毕复出。故都下求见此二人者，得侍万先生为多，而继庄以游罕所接。时万先生与继庄各以馆脯所入，钞史馆秘书，连甍接架。尚书既去官，继庄亦返吴，而万先生为明史馆所留，继庄谓曰："不如与我归，共成所欲著之书。"万先生诺之，然不果。继庄返吴不久而卒，其书星散，及万先生卒于京，其书亦无存者。继庄平生讲学之友，严事者曰梁溪顾畇滋、衡山王而农，而尤心服者曰彭躬庵。以予观之，躬庵尚平实，而继庄之恢张殆有过之，惜乎不得尽见其书以知其人，更二三十年，直泯没矣。世有如晁子止陈直卿者，倘附存其《新韵谱》之目，而以予所述其书之大意志于其后，犹可慰继庄于身后也。继庄书中所述大兵征俄罗斯及王辅臣反平凉文，俱极可喜。

继庄之才极矣，顾有一大不可解者，其生平极许可金圣叹[①]，故吴人不甚知继庄，间有知之者，则以继庄与圣叹并称，又咄咄怪事也。圣叹小才耳，学无根柢，继庄何所取而许可之？乃以万季野尚有未满，而心折于圣叹，则吾无以知之。然继庄终非圣叹一流，吾不得不为别白也。

---

① 圣叹：即金喟，清诸生。曾评阅《西厢记》、《水浒传》、《左传》、《史记》、《离骚》、《楞严经》、《唐诗》等书，称为七才子书。其中《西厢》、《水浒》二书，风行一时。后以《哭庙文》被杀。见《研堂见闻杂录》。

# 萧山毛检讨（奇龄）别传

归安姚薏田秀才谓予曰："西河目无今古，其谓自汉以来，足称大儒者只七人：孔安国、刘向、郑康成、王肃、杜预、贾公彦、孔颖达也。夫以二千余年之久而仅得七人，可谓难矣。吾姑不敢问此七人者，果足掩盖二千余年以来之人物与否，但即以此七人之难，而何以毛氏同时其所极口推崇者，则有张杉、徐思咸、蔡仲光、徐缄，与其二兄所谓仲氏及先教谕者，每述其绪论，几如蓍蔡，是合西河而七，已自敌二千余年之人物矣。抑西河论文，其自欧、苏而下俱不屑，而其同时所推崇，自张、蔡、二徐外，尚有所谓包二先生与沈七者，不知其何许人也，竭二千余年天下之人物，而不若越中一时所出之多，抑亦异哉！"予笑而答之曰："是未闻吾生赠公之所以论西河也。西河少善词赋，兼工度曲，放浪人外。陈公大樽为推官，尝拔之冠童子，遂补诸生。顾其时蕺山先生方讲学，西河亦尝思往听之，辄却步不敢前。祁氏多藏书，西河求观之，亦弗得入。已而国难，画江而守，保定伯毛有伦方贵，西河兄弟以鼓琴进托末族，保定将官之，而江上事去，遂亡匿。乃妄自谓曾预义师，辞监军之命，又得罪方、马二将，几至杀身，又将应漳浦黄公召者，皆乌有也。已而江上之人有怨于保定者，其事连及西河，而西河平日亦素不持士节，多仇家，乃相与共发其杀人事于官，当抵死，愈益亡命，良久，其事不解，始为僧渡江而西。乃妄自谓选《诗》得罪王自超，撰《连箱词》得罪张缙彦以致祸，皆事后强为之词者也。乃其游淮上，得交阎征士百诗，始闻考索经史之说，多手记之；已而入施公愚山幕，始得闻讲学之说，西河才素高，稍有所闻，即能穿穴其异同至数万言，于是由愚山以得通于乡之先达姜公定庵，为之言于学使者，复其衣巾。顾以不善为科举文，试下等者再。时萧山司教者，吾乡卢君函赤，名宜，怜其才保护之，然惧其复陷下等，卒令定庵为之捐金入监，未几得预词科。顾西河既为史官，益自尊大无忌惮。其初年所蹈袭，本不过空同、沧溟之余，谓唐以后书不必读，而二李不谈《经》，西河则谈《经》，于是并汉以后人俱不得免。而其所最切齿者为宋人，宋人之中所最切齿者为朱子，其实朱子亦未尝无可议，而西河则狂号怒骂，惟恐不竭其力，如市井无赖之叫嚣者，一时骇之。于是自言得学统于关东之浮屠所谓高笠先生者，而平日请教于愚山者，不复及焉。其于百诗则力攻之，尝与之争，不胜，至奋拳欲殴之。西河雅好殴人，其与人语，稍不合即骂，骂甚继以殴。一日与富平李检讨天生会于合肥阁学[①]座，论韵学，天生主顾氏亭林韵说，西河斥以邪妄，天生秦人，故负气，起而争，西河骂之，天生奋拳殴西河重伤，合肥素以兄事天生，西河遂不敢校，闻者快之。若其文则根柢六朝，而泛滥于明李华亭一派，遂亦高自夸诩以为无上，虽说部院本，拉杂兼收以示博。顾西河前亡命时，其妇囚于杭者三年，其子瘐死，及西河贵，无以慰藉其妇，时时与歌童辈为长夜之乐，于是其妇恨之如仇，及归，不敢家居，侨寓杭之湖上。浙中学使者张希良，故西河门下也，行部过萧山，其妇逆之西陵渡口，发其夫生平之丑，詈之至不可道，闻者掩耳，疾趋而去。先赠公之言如此。”

顾先赠公在时，西河之《集》未尽出，及其出也，先君始举遗言以教予，于是发其《集》细为审正，各举一条以为例：则其中有造为典故以欺人者（如谓《大学》、《中庸》在唐时已与《论》、《孟》并列于小经）；有造为师承以示人有本者（如所引《释文》旧本，考之

---

宋椠《释文》，亦并无有，盖捏造也）；有前人之误已经辨证，而尚袭其误而不知者（如邯郸淳写《魏石经》，洪盘洲胡梅硐已辨之，而反造为陈寿《魏志》原有邯郸写《经》之文）；有信口臆说者（如谓后唐曾立《石经》之类）；有不考古而妄言者（如《熹平石经春秋》并无《左传》，而以为有《左传》）；有前人之言本有出，而妄斥为无稽者（如《伯牛有疾章集注》，出于晋栾肇《论语驳》，而谓朱子自造，则并《或问》、《语类》亦似未见者，此等甚多）；有因一言之误而诬其终身者（如胡文定公曾称秦桧，而遂谓其父子俱附和议，则籍溪致堂五峰之大节，俱遭含沙之射矣）；有贸然引证而不知其非者（如引周公朝读《书》百篇，以为《书》百篇之证，周公及见《囧命》、《甫刑》耶？）；有改古书以就己者（如汉《地理志》回浦县乃今台州以东，而谓在萧山之江口，且本非县名，其谬如此）。先君皆口授之，予因推而尽之，葺为《萧山毛氏纠谬》十卷。乃其集中最后有《辨忠臣不死节》文，则其有关名义，尤可惊愕。其谓夷齐亦不得为忠臣，但可为义士，乖张已极。夫忠臣固不必皆死节，亦几曾见忠臣之不应死节者，况西河自溯道统得之高笠先生，而高笠之师凌台贺氏以布衣死明季，则是其师传即已乖谬，西河之师之何也？及溯其本意，则专为《续表忠记》而作，谓其以长平之卒，妄列《国殇》[①]，而冒托其名以作《叙》，故辨之。《续表忠记》者，即吾乡卢函赤所作，前曾保护西河者也。其所作《记》本不工，其所序事亦间有讹者，然谓以长平之卒妄列，则其《记》中所立《传》，俱属有名之人，而况是《记》，俱经西河校定，而后出以问世，其《序》文则直用西河手书雕入册中，其字画皆可验。且西河前在卢门，感其卵翼之恩，执弟子礼，不廑如世俗之称门生者，虽既贵寓杭，犹时时遣人东渡问讯，而忽毁之于身后，并其《序》亦不肯认，且因此《序》而发为背道伤

---

① 长平之卒，妄列《国殇》：这是说以降卒为死国烈士。秦将白起，曾坑赵降卒数十万人于长平，见《史记·白起传》。

义之论。及叩之函赤之子远，则流涕曰："是殆为畏祸故也。前者西河固尝有札来，谓京师方有文字之祸，先师所著，勿以示人，则是《辨》必其时所作无疑也。"予乃叹曰："有是哉，畏祸而不难背师与卖友，则临危而亦诚不难背君与卖国矣。忠臣不死节之言，宜其扬扬发之而不知自愧也。"

抑闻西河晚年，雕《四书改错》，摹印未百部，闻朱子升祀殿上[①]，遂斧其板，然则御侮之功亦馁矣！其明哲保身亦甚矣！乃因述赠公之言而附入之，即以为《西河别传》。

虽然，西河之才，要非流辈所易几，使其平心易气以立言，其足以附翼儒苑无疑也。乃以狡狯行其暴横，虽未尝无发明可采者，而败阙繁多，得罪圣教，惜夫！

---

① 朱子升祀殿上：清康熙五十一年二月丁巳，诏宋儒朱子配享孔庙在十哲之次。见《清史稿·圣祖本纪三》。

下编

# 大金夫人（章钦臣妻金氏）庙碑铭

今东越人盛传所云大金娘娘之祀，里俗，凡以巾帼成神者即呼之曰娘娘，盖前督师孙公硕肤部将都督章公钦臣之夫人金氏，予故改称之曰大金夫人，而其为之碑也，则以友人陶燮之请。

初孙公于改步之际，思为即墨之守，驻师江干，与同里熊公汝霖、宁之钱公肃乐、沈公宸荃，及观察巡道于公颖，称五家军。都督，即侍郎正宸之宗也，而在孙军。孙公欲以火攻下钱唐，故有别营司火攻事，而以都督领之。已而江上破，都督散军亡命，其后卒以起应山寨，军败见执死之，夫人例应没入旗下，将发遣，夫人谩骂不屈，问官始恐之以斩，再恐之以磔，夫人曰："死则死耳，吾不可辱！"问官大怒，竟磔之，而行刑者见夫人饶姿色，不无亵语，夫人骂愈甚，刑毕而其人暴死。夫人遂时时降神。东越居民尸祝之。余礼部若水为之传，王詹事遂东之女玉映为之诗。吾闻都督被执时问官怜其忠也，欲令巽词求免，而已为之道地，都督亦思留身有为，将从问官之意，而夫人力争之，遂死。

呜呼，都督良非爱死者，而留身有为之说，常足以误人，此张中丞所以戒南八[①]也。夫人之见卓矣！顾都督之问官，仁人之有心者也，夫人之问官，则天下之妄人耳，然都督之问官，识者或忧其误志士于

---

① 张中丞所以戒南八：张中丞即张巡。睢阳城陷，贼欲降南霁云，霁云未应，张巡呼霁云说："南八！男儿死耳，不可为不义屈。"霁云笑说："欲将以有为也。公有言，云敢不死！"便不屈。见韩愈《张中丞传后叙》。

一箦，而夫人之问官，适以成其烈，斯则天之所以有待而愈显也。更为之诗当《迎神之歌》。其诗曰：

　　越水汤汤，曹江之濑兮，越山峨峨，南镇之寨兮。孝娥死家，烈妇死国兮，孝娥死于波臣，而烈妇死磔兮。二千年来，遥辉映兮，女星之墟，芒寒色正兮。孝娥烈妇，庙貌相望兮，只惭黄绢[①]，莫能相尚兮。

---

　　① 黄绢：汉蔡邕读《曹娥碑》后，题"黄绢幼妇，外孙齑臼"八字于其上，即"绝妙好辞"的隐语。见《世说新语·捷悟》。可见《曹娥碑》文的不易及。

# 尚书前浙东兵道同安卢公（若腾）祠堂碑文

　　明故兵部尚书督师同安卢公，讳若腾，字牧舟。尝持节巡守浙东兵备，驻节吾乡，迁去需次，次年而北都亡。南都命以都御史抚凤阳，未行，南都又亡。闽中晋独座，逾年又亡。公漂泊天末，以一旅思维国祚，卒死绝域，天之所废，莫能兴也。公家闽中之同安，而二十年栖海上，邱园咫尺，掉头不顾，深入东宁，几如陈宜中之死暹罗①，蔡子英之投漠北，故乡坟墓且如此，况吾乡特其幕府所在，能必其魂魄系之也哉？虽然，忠义之神明，固如地中之水，无往不彻者也，而况吾乡之遗爱，尤有不可泯者。

　　公驻宁时，以天下方乱，练兵无虚日。已而有雪窦山贼，私署年号，潜谋引东阳作乱之徒，乘机窃发，公不大声色，授方略于陆太守自岳而定之，故婺中涂炭，而甬上晏然。其抚循罢民，尤为笃挚。稍暇，则与士子雅歌投壶，论文讲业。迄今百年，浙东人思之不能忘，而吾乡尤甚。初合祀于蔡观察报恩祠中，寻卜专祠奉之。

　　方公以思文之命，抚军永嘉，甫至而事势已瓦解，徘徊镇下关，尝浮海至翁洲，因间行入大兰诸山寨，吾乡父老壶浆上谒，公垂涕而遣之。及海上之局，同袍泽者，吾乡巨公最盛：阁部则钱公止亭、沈

---

　　① 陈宜中之死暹罗：宋井澳之败，陈宜中欲奉益王入占城，不果，便自居占城不返。元军攻占城，宜中又走暹罗，因死在暹罗。他一生临难苟免，和元蔡子英的投漠北而死，人格上完全不同。这里不过是为了他们都是亡国之臣，死于域外，而牵连书之而已。见《宋史·陈宜中传》及《明史·扩廓帖木儿传》。

公彤庵，列卿则冯公簟溪、张公苍水、陈公逋庵，台省董公幼安、纪公衷文，皆以中流击楫之踪，与公最睦。诸公沦丧殆尽，晚岁独与苍水同事最久。尝见林门有间使至，寄声问曰："贺监湖边，棠树生意，得无尽乎？"然则甬上之为桐乡①，固公身后之所勿谖也。

呜呼，公膺六纛之任，盖在国事既去之后，虽丹心耿耿，九死不移，更无可为，前此一试于吾乡者，不足展其底蕴也，而已足垂百世之去思。故曰：亡国之际，不可谓无人也。《明史》开局以来，忌讳沉沦，渐无能言公之大节者，聊因祠记而发之。

---

① 桐乡：桐乡，代表遗爱所在地。汉朱邑曾为桐乡啬夫，有遗爱在民。邑死，子遵遗嘱，葬于桐乡。桐乡民共为邑起冢立祠，岁时祭祀不绝。见《汉书·朱邑传》。

# 桓溪旧宅碑文

予先世家桓溪之上，故搜索溪上文献最详。尝谓鄞之山水，自四明洞天四面有二百八十峰，其在鄞者居多，然莫如溪上之秀。舒龙图尝以慈溪、桓溪、蓝溪称为三溪，予谓鼎足之中，当推桓溪者，以本色也。句章城址邈矣，溪上之山，其脉甚远，溯自四明山心之杖锡，迤逦而出，大小皎之幽深，石臼之清奇，天井之闲静，响岩之明瑟，或起或伏，穹穹窿窿，其中药炉茶灶，琼枝玉木，鸡犬俱别，不可名状。溪上之水，发源四明山中，及放乎兰浦而下，它泉汩汩，一碧如洗，蕙江环其背，春深而绿阴夹岸，秋老而绛叶满沚，千篙竞发，缩项之鳊，时出丙穴①，虽山阴道上之泉，不足比美，句余灵淑之所荟萃也。而吾鄞诸叟之卜筑其间者，亦于此最多，故游人迁客亦最盛。

自唐贺秘书为开荒诗老，其高尚泽今尚存。宋丰清敏公，则蕙江其故居也。陈尚书以忤蔡京归，于密岩结冥庵。南渡而后，魏文节公自焦山来，筑碧溪庵于石臼，为觞咏地。而张监军良臣自大梁来，亦卜居焉。三径密迩，其时文节东阁之客，甲于江东，王季彝之诗，白玉蟾之仙，柴张甫之侠（张甫名崖，见《剡源集》），葛天民之诞，皆

---

① 缩项之鳊，时出丙穴：杜甫《解闷诗》："即今耆旧无新语，漫钓槎头缩项鳊。"也作缩颈鳊，皮日休《送从弟归复州诗》"殷勤莫笑襄阳住，为爱南游缩颈鳊"，也作缩头鳊。苏轼监洞霄宫俞康直郎中所居《四咏诗》，"一钩归钓缩头鳊"。又《文选》左思《蜀都赋》，"嘉鱼出于丙穴"。丙穴在汉中沔阳县北，有鱼穴二所，常以三月取之。丙是地名。见《赋》注。这里是借用。

以魏、张之友来溪上。又未几时而楼宣献公别业在焉。宣少师之别业亦在溪上，而乡里以其人不甚重，故弗称。咸淳间，安秘丞刘以忤贾似道亦居溪上，日赋诗。而王尚书深宁园亭，多在城东，其溪上小园，则晚年所为也。东发黄先生亦别署杖锡山居士，其寓溪上最久。清容谓溪上盛时，碧瓦朱甍，羣笋鳞比，望之如神仙居。呜呼盛矣！

予家先世文词之学，实自义田宗老六公发之。其时正及接楼、王诸叟之风采，至今取所传《家集》读之，虽所造深浅不同，然莫不循循有前辈师法。夫山川之秀，必赖人物以发之，不然，则亦寂寥拂抑而不自得。以溪上之山川如此，人物如此，数百年以来，忽变而为樵童牧叟荒江野烧之场，流风遗韵，澌灭殆尽，欲求当日诸老踪迹不可得，岂不惜夫！

予自放废以来，复从宗人求一隙地，筑室其间，思为溪上田父，以充圣世之幸民。因念汉宣城太山有庙，多名士集其中，荆州刺史为立《冠盖里碑》，唐之衡阳有《儒林文学碑》，以志其一州人物。今吾溪上之盛，实无忝焉。乃为文勒石，树之旧宅之旁，后生晚辈，不及见前哲之风流，得此碑犹可追溯而想见之也。

# 先侍郎（全元立）笏铭

吾家自明季丧乱以来，累世之图章法物，丧失殆尽，独先侍郎尚留一牙笏，曾王父而降，珍之以为宗器。呜呼，是郑公甘棠之遗也。

先侍郎事永陵[①]，风节卓绝，适有诏入直西内草玄，侍郎以为不可，乃逊词以母老愿南迁侍养，时同里袁文荣公应徙南院，闻侍郎之有此请也，亟祈要人愿得入直，侍郎即代之南，而文荣从此驯致大位。予考当时翰詹诸臣，鲜有不以青词进者，但得入直，宫袍一品，立致要津，至南院则左迁也。桂洲[②]以侍西苑得宰相，垂老不肯戴道冠[③]，遂为分宜[④]所挤；新郑[⑤]属华亭[⑥]求撰文不得，既登揆席，因修怨焉。荐绅先生几莫能自重者，其时有阳明讲学高弟，尚不能辞此席，特稍于其中寓讽谏，而时论已难之。南充陈文端公以却桂洲代草青词之举，见重一时，则先侍郎之甘心于远出，而皭然不滓，足与日月争光也已。荆石作墓志略叙其事，而《明史》失之。

呜呼，宋孙威敏公不读温成册，元吴文正公不撰佛经序，史家皆以为大节，诚以先侍郎视之，其何歉焉。尝观宋元以前，史臣多能阐人之生平，苟有可传，必从而纪之，后世之人劣于古，而史又多所

---

① 永陵：指明世宗。

② 桂洲：夏言。

③ 不肯戴道冠：明世宗赐夏言香叶束发巾，不受。见《明史·夏言传》。

④ 分宜：指严嵩。

⑤ 新郑：指高拱。

⑥ 华亭：指徐阶。

失落，岂好善者稀欤？晚年去位，时相盖以为椒山之党也。夫不媚天子，其肯媚权门乎哉？吾闻笏之为言忽也，古人所以书思而对命也，有所受于君则记之，有所指画于君则用之。当时侍从诸公，宁有都俞之名言①，要不过斋宫之谬语，依样葫芦，其登之鱼须手版，适足为辱，则夫先侍郎之笏，真中流之一壶矣。乃为之铭曰：

　　嗟我孙子，惟先人是似，莫以躁进而佞鮀②贻刺。不见白雪，超然尘滓，纵复投闲，吾道自充。其究伊何，不过不作公，试看遗笏，有光熊熊！

① 都俞之名言：犹言嘉谋嘉猷。都俞，并是唐虞君臣论政时的发语词。
② 佞鮀：祝鮀之佞，见《论语·雍也》。鮀或作佗。

# 涧上徐先生（枋）祠堂记

俟斋先生丁国难，乙酉避地汾湖，已而迁芦区，丁亥戊子在金墅，癸巳以后，来往灵岩支硎间，己亥居积翠，及定卜涧上，遂老焉。先生故不入城，及老于涧上，并不入市，长年禁足，唯达官贵人访之，则避去，莫知所之。既卒，门人即以草堂为祠。

涧上居天平之麓，其地平远清胜，灵岩一带，俱在望中。吾友陆荼坞之水木明瑟园，仅隔一水。予过明瑟，未尝不肃拜先生之祠。荼坞因属予为记。

先生风节之高，具见于诸家《志传》，不待予之文而著，而予得一言以蔽之者，以为昔人处此，虽陶公尚应拜先生之下风，非过也。今吴下好事贤者，方议衰资新此，并买祭田以绵春兰秋菊之泽，其意甚善。而予窃欲增置栗主，合食于先生者，得三人焉：其一曰南岳大师储公，其一曰山阴戴先生南枝，其一曰嘉善吴先生稽田。盖先生之得安于涧上也，皆储之力，其身后则皆南枝之力。是时以开府汤文正公之贤，欲致一丝一粟于先生且不可得，而储公独能饮之食之；以漫堂宋公之风雅，致赙襚于先生，其子以先生遗命不受，而南枝独能殡之葬之，则二公之为先生素心也，亦已笃矣。储公之贤，先生《集》中言之，不一而足，而南枝未有及焉，吾故欲引而齐之，使并食于一堂，亦旧史之例也。乃若稽田，其生平踪迹，颇与先生相反，而实为同德，盖二公故郎舅也，稽田抱刘琨祖逖之志，而又欲雪其王褒之耻，故终身冥行，不返家园，而先生终身不出庭户，其道交相成也。是以先生之初避地于汾湖、于芦区，以依稽田，及于金墅，则稽田依先生，因共往来灵岩支硎间。已而又同居于积翠。及定居涧上，稽田每自北来，但过先生而不入其家，先生《集》中呼远公者，皆稽田也。稽田一生逐日，奔走中原，不得稍泄其志，死葬胶东，以明其蹈海之愤，以白不愿首邱之恨，是非《大招》、《广招》①之所能致也。而吾以为先生之祠，依然首阳一片净土，可以归其魂，使起先生而告之，必以为然，且由是而知先生之高蹈，非石隐者流也，荼坞曰："善哉，子之言也。吾当偕同志诸君举而行之。"爰即诠次其语而题之壁。

---

①《大招》、《广招》：《大招》，或称屈原所作，或称景差所作。又明谢肇淛曾作《广招赋》。

# 访寒厓草堂记

寒崖草堂在鄞南湖上，所谓小江里者，故职方骆先生精舍也。其地盖已累易主。乾隆辛未，诸生卢镐假馆授徒于其地。予叹曰："三十年以来，求职方之子孙以访其轶事而不可得，则求其诗文而不可得，则求其邱墓而表之而又不可得，年运而往，里中之知职方者希矣。今过其草堂，其安可默然而已！况其石阑花畤，风流宛在，是固东篱之遗也。"乃为之记。

职方讳国挺，字天植，寒崖其五十字，故诸暨人也。居鄞甫二世，有殊材。当是时，其东邻李氏方贵盛，忠毅公镇三藩，一门子弟多隽士，而职方以诸生崛起，名甚盛，里人引而齐之曰李骆，不以势位甲乙也。鄞士尚节义，职方所与为素心者，曰华公夏、王公家勤、陆公宇燝、高公宇泰，风格相伯仲，而东江事起，左右钱忠介公，破家输饷，遂为六狂生之亚。降绅夫己氏欲杀之，亦与六狂生等。忠介浮海，戊子，又有五君子之难，夫己氏欲株连先生，而帛书<sup>①</sup>中无其名，乃散流言，谓待翻城之后，尽籍诸荐绅家以赏军，盖激众怒以害之。华公闻而叹曰："如此则国人皆曰可杀矣！天植之肉，其足食乎！"竟被逮讯，久之得脱，而家遂中落。于是柴门土室，不接一客，蕉萃三十余年以卒。然每年五月初二日，必致祭于石伞山房，为华公也，而配以杨屠董诸公。六月二十日致祭于石雁山房，为王公

---

① 帛书：指大兰帛书。

也，而配以施杜诸公。西台东台，呜咽之声相接，逻舟虽过不怵也。尝夜宿草堂，恸哭惊四邻，门人皆起，先生尚未寤，旦而问之，则曰："梦见苍水相语于荒亭木末之间，不觉失声！"因作《寒崖纪梦诗》。所著有《寒崖草堂集》。骆氏本自诸暨来，无族属，一子传之一孙，秘其《集》不肯出，以多嫌讳也，乃未几而其子卒，其孙又卒，骆氏遂无后，其《集》竟不知所之。呜呼，其可痛也！职方之拳拳于华玉诸公如此，今孰为职方念及者乎！百年以来，诸公之或死或生，不必尽同，而其趋则一，吾乡遂以成邹鲁之俗①，其功大矣。是非世俗之所知也。此予之所以过草堂低徊留连不能自已也。

---

① 邹鲁之俗：孔子鲁人，孟子邹人，后人因以邹鲁代表礼教昌盛的地区。

# 梅花岭记

　　顺治二年乙酉四月，江都围急，督相史忠烈公知势不可为，集诸将而语之曰："吾誓与城为殉，然仓皇中不可落于敌人之手、以死，谁为我临期成此大节者？"副将军史德威慨然任之。忠烈喜曰："吾尚未有子，汝当以同姓为吾后，吾上书太夫人，谱汝诸孙中。"

　　二十五日城陷，忠烈拔刀自裁，诸将果争前抱持之，忠烈大呼"德威"，德威流涕不能执刃，遂为诸将所拥而行，至小东门，大兵如林而至，马副使鸣騄、任太守民育，及诸将刘都督肇基等皆死。忠烈乃瞋目曰："我史阁部也。"被执至南门，和硕豫亲王以"先生"呼之，劝之降，忠烈大骂而死。初忠烈遗言："我死，当葬梅花岭上。"至是德威求公之骨不可得，乃以衣冠葬之。

　　或曰："城之破也，有亲见忠烈青衣乌帽，乘白马出天宁门投江死者，未尝殒于城中也。"自有是言，大江南北，遂谓忠烈未死。已而英霍山师大起，皆托忠烈之名，仿佛陈涉之称项燕。吴中孙公兆奎以起兵不克，执至白下，经略洪承畴与之有旧，问曰："先生在兵间，审知故扬州阁部史公果死耶？抑未死耶？"孙公答曰："经略从北来，审知故松山殉难督师洪公果死耶？抑未死耶？"承畴大惭，急呼麾下驱出斩之。呜呼，神仙诡诞之说，谓颜太师以兵解，文少保亦以悟大光明法蝉脱[①]，实未尝死；不知忠义者，圣贤家法，其气浩然，长留天

　　---

　　① 悟大光明法蝉脱：按文天祥诗有"谁知真患难，忽悟大光明"之句，说他"遇异人指示以大光明正法，于是死生脱然若遗矣"。这不过是看透死生的意思，并没有说悟此法可以蝉脱。

地之间。何必出世入世之面目，神仙之说，所谓为蛇画足。即如忠烈遗骸，不可问矣！百年而后，予登岭上，与客述忠烈遗言，无不泪下如雨，想见当日围城光景，此即忠烈之面目，宛然可遇，是不必问其果解脱否也，而况冒其未死之名者哉？

墓旁有丹徒钱烈女之冢，亦以乙酉在扬，凡五死而得绝，时告其父母火之，无留骨秽地，扬人葬之于此。江右王猷定、关中黄遵岩、粤东屈大均为作《传》铭《哀词》。顾尚有未尽表章者：予闻忠烈兄弟自翰林可程下，尚有数人，其后皆来江都省墓。适英霍山师败，捕得冒称忠烈者，大将发至江都，令史氏男女来认之，忠烈之第八弟已亡，其夫人年少有色，守节，亦出视之，大将艳其色，欲强娶之，夫人自裁而死。时以其出于大将之所逼也，莫敢为之表章者。呜呼，忠烈尝恨可程在北，当易姓之间，不能仗节出疏纠之，岂知身后乃有弟妇以女子而踵兄公①之余烈乎？梅花如雪，芳香不染，异日有作忠烈祠者，副使诸公谅在从祀之烈，当另为别室以祀夫人，附以烈女一辈也。

---

① 兄公：夫兄。

# 紫清观莲花塘记

宋尚书丰清敏公之故居在桓溪，既贵后，在月湖，而其园在城西，清敏身后，筑紫清观以奉祀。元时丰氏他徙，其地为人所侵，布政公于明正统中，自定海归鄞，失其故居，卜之，遇《丰》之《革》，喜其与姓符，次日访得紫清观于城西，遂复先业，其事甚奇。昆山叶文庄公登之《水东日记》，历传学士考功父子中兴甚盛。考功晚年以放荡废，家日落，其后建昌虽以甲第继之弗能振，于是丰氏遂衰，而紫清观不可问。观本附郭，绕观三里，皆曲塘妙莲，弥漫水中，甲于四明，盖犹丰氏之物也。呜呼，人心畏暑，水而摇风，清敏所以折巨奸者，以《咏莲》之诗著，则是莲也，关乎元祐党人之逸事，盖比之指佞之草，而清敏又尝领乡郡（黄金事杨教授皆以清敏尝知明州，而《宋史》无之，殆出于《丰氏世谱》，然当是领乡郡），是即其甘棠也。

七百年以来，光景长新，过斯塘者，宛然岩岩谔谔之风裁，园虽亡，其人如在焉。古人之足为莲重者，茂叔之学统，清敏之风骨。茂叔之行藏，非若清敏之时也，故茂叔之所寄托，其言浑然，而清敏则侃然，要所谓出淤泥而不染，其志同洁，其行同芳。清敏之后，为吾乡四姓之渠，名德接踵，监仓太平二公之忠节，吏部父子之讲学，定城之吏治，至有明而为布政、学士二公之直谏，俱不愧于花之君子，清敏之泽远矣。

今丰氏之子孙，萧寥衰替，盖亦极盛之后难继欤！荒郊斜日，游人增感，然而清敏之莲，非仅其子孙之所当护惜者也。理义以为雨露，名节以为风霜，瞻仰旧德，其必有肃容而至者矣。

# 枝隐轩记

城西浮石，明尚书周文穆公之居也。文穆群从子孙多贤，故当易代之际，争求完节，以不愧世臣。而枝隐轩者，思南知府元懋德林所构也。思南嗜酒，其庋轩中者，皆酒器，大小罍瓶，不可数也。轩外平畴所种者，皆秫也。轩旁有厨有库，顾无长物，所列者则罂瓶之属也。思南不问室家事，宾客至，先通名，其所问者，客之能饮与否也？客云能，则又问之，谓其得久留此间饮与否也？数日之间，或不得伴，则遣人招之；或以事辞，则亲往强之；或不遇，则穷之于所往；终不得，则四出别求其人；必不得，则樵者牧者渔者皆执而饮之；所执之人醉，犹以为未足，则呼云而酹之，其觞政然也。午夜思饮，猝无共者，则或童或婢皆饮之，童婢或不能饮，则强以大斗浇之，犹以为未足，则呼月而酹之，其日之余也。然有招之饮者，皆不赴，或以酒过其轩，则又必问其人为何人而后入之。自丙戌以后五年，其醉乡之日月也。一日坐轩中，忽大呕血，笑云："此吾从麴车酝酿而成之神膏也，非病也。"呕不止，饮亦不止，随饮随呕，此其所以死也。

死之日，有父老人哭于轩，不知其为何许人也。其哭云："人固有以不良死者，有以良死者，夫夫也[1]，其在良与不良之间者也。"或

---

[1] 夫夫也：夫夫犹言这个丈夫。《礼记·檀弓》："曾子指子游而示人曰，夫夫也，为习于礼者，如之何其裼裘而吊也！"

问之，则曰："吾于文穆之家得三人焉：江都君，以不良死者也；囊云，以良死者也；夫夫也，江干之破，自投于水，浮沈一里有余，而为人救之守之，不得遂其志，欲从江都君而不得者也。旋闻其入鹳顶山中，翦发为头陀矣，顾以为不得溺于水，当溺于酒。山中得酒甚难，乃返轩中日饮，卒以溺于酒而死，欲从囊云而不得者也。不死于水而死于酒，是非不良死也；然其死于酒，犹之死于水，非良死也。孔子谓殷有三仁，周氏之三人，犹此志也。"江都君者，乙酉殉难忠臣志畏也。囊云者，故香山知县齐曾也。

或曰："思南所最喜与饮，为轩中老伴者，尚有二人；其一为茂材昌时乘六，弃明经而不就，其一为元辰世臣，亦诸生而自放者，皆其同志也。"

思南卒后九十余年，同里全生过是轩而记之，溯酒人[①]，伤节士也。

---

① 酒人：《周礼》有酒人的官。这里是指爱喝酒的人。语出《史记·荆轲传》。

# 不波航记

陆周明先生兄弟，有屋数楹，附近贺秘书祠下，真隐观湖心寺俱当其前，众乐亭峙其左，碧沚斜映，其后楼之旁有桥，桥之旁有栅，湖水入焉。登楼一眺，湖之胜可尽也。其名曰"不波航"。

考是航为宋澄清亭址，先生尊人大廷尉公始筑涵虚阁，而先生兄弟广之。周明自江上归，姚江王侍郎悬首城西门，周明纂取以归，藏之密室，每逢寒食重九，辄招邀同志祭之，航中放声恸哭，哭毕，各有诗记之，虽家人莫知其谁祭也。张尚书之死，周明已卒，春明之设祭，亦必于是航焉。其素往来是航者，持禁甚严，稍涉山、王①之嫌者，辄被拒。只高武选隐学、王太常水功、宗征君正庵、董隐君晓山、叶隐君天益、范公子香谷，及先生族子雪樵、吾家诸祖木翁苇翁，而桐城方尔止、华亭宋菊斋、成都余生生为寓公，其时唱和最多，周顺德囊云矢不入城，然每遥和其作，三寓公既散，李征君昭武、朱隐君柳堂与先赠公，亦屡集其中。

呜呼，是航虽小，谢皋羽之西台也。逻舟之所不过，中流之所不移，甲乙丙之所不讳，沧桑抢攘之际，是航之所维者大矣。自耆老相继凋丧，昔年诗筒所集，化为酒垆，舆夫皂隶喧呶其下，湖光亦为之黯然，岂知当日固朱鸟之所集乎？

---

① 山、王：山涛、王戎。这里是代表贵显的人。宋颜延之作《五君咏》，述竹林七贤，山涛、王戎以贵显被黜。见《宋书》本传。

周明先生子经昪，乞予为记，逡巡未作，而经昪亦化为异物矣。适辑湖上蕞书，为践此诺，百年而后，更不须张孟兼辈之考索也。

# 旷亭记

　　山阴祁忠敏公之尊人少参夷度先生，治旷园于梅里，有淡生堂，其藏书之库也，有旷亭，则游息之所也，有东书堂，其读书之所也。夷度先生精于汲古，其所钞书，多世人所未见，校勘精核，纸墨俱洁净。忠敏亦喜聚书，尝以朱红小榻数十张，顿放缥碧，诸函牙签如玉，风过有声铿然，顾其所聚，则不若夷度先生之精。忠敏诸弟，俱以诗词书画，潇洒一时，日与宾从徜徉亭中。忠敏之夫人，世所称大商夫人者，工诗，其女郎湘君，并工诗，亦时过此园。

　　忠敏殉难，江南尘起，几二十年。吾乡雪窦山人与公子班孙兄弟善，时时居此园，顾其所商榷者，鲛宫虎斗之事，其所过从者，西台野哭之徒，不暇留连光景，究心于儒苑中矣。公子以雪窦事戍辽左，良不愧世臣之后，而旷园之盛，自此衰歇，今且陵夷殆尽，书卷无一存者，并池榭皆为灌莽，其可感也！

　　仁和赵征士谷林，其太君朱氏，山阴襄毅公女孙，祁氏之所自出。祁公子东迁，夫人年少，日夕哭泣，其家为取朱氏女甥，使育之以遣日，即谷林太君也。方谷林尊公东白翁就婚山阴，其成礼即在祁氏东书堂中。是时淡生堂中之牙签尚未散，东白翁艳心思得之，太君泫然流涕曰："亦何忍为此言乎？"东白翁嘿而止。蹉跎四十余年，谷林渡江访外家，则更无长物，只旷亭二大字尚存，董文敏公之书也。乃奉以归。谷林小山堂藏书，不减宅相，其中亦多淡生旧本。泊花池槛之胜，尤称雄一时。乃商于予，欲于池北竹林中构数椽，即以旷亭名之，以志渭阳之思，以为太君当新丰之门户，以慰东白翁之素心，其意良美，乃为文以记之。

# 山阴县西北葛仙人洞记

浙东山水之附稚川以名者最多，然不可信。山阴县西北六十里，有葛仙人洞，则宋末南康高士葛庆龙也。洞中云雾清瑟，古薜斑驳，使人神骨清洌，洞前有一石像，即庆龙也。洞中有石鹤轩然，则王主簿理得镌以侍庆龙者也。洞旁多长松修竹，风味潇洒，然在山阴道中，尚非绝胜，而其所以得名，则但以庆龙故。

予考庆龙字秋岩，又号寄渔翁，又号江南野道人，晚号飞笔仙人，及老，卜葬于山阴。又号越台洞主，即指是洞也。南康人。早年尝入匡庐学浮屠，称琦书记，不乐，中更为道士，卒返于儒。潜溪闻之皋羽，以为即庐山人者非也。放浪江湖中，巨公名卿酒徒剑客，多与之游。（以上采《霏雪录》中语）其诗务出不经人道语，甚者钩棘不可句。[1] 酒酣落笔，飒飒不自止，皆鹏骞海怒，欻起无际，然为人简躁，喜面道人过，一有所忤，即发泄无留隐。人亦知其磊落无他肠，然多疏之。嗜闻音乐，又不甚解。居一室，杂悬药王磬铃，醉后自扬扇撼之，闭目坐听，殷殷有声，至睡熟扇堕乃罢。（以上见《潜溪集》）

初庆龙流寓鄞之南湖延庆寺，其为诗尚操唐律，喜精整，有《什一集》，然多不自收存（以上见《清容集》），则潜溪所云庆龙诗乃其晚年之变境也。

---

① 钩棘不可句：意即文辞艰涩不可读。钩棘字，见韩愈《贞曜先生墓志铭》。

晚尤落魄，依王主簿居。每游石洞，见樵猎过者，必祝以为有神，庆龙乃刻已像洞前，称洞主。（见《潜溪集》）年逾七十，儿齿童颜，终岁不澡沐，肌体清洁，衣无蚤虱，风日清美，辄乘笋舆游天衣云门诸胜。（《霏雪录》）将死，遗言"葬我当于是洞，且用仪卫鼓吹为导，使樵猎祝我如山神"（《潜溪集》），故至今人称为葛仙。

予求庆龙所著集，既不可得，于诸书中，见所载《庆龙诗》，似非其至者。求其如潜溪所云奇气横发，欲骑日月而薄太清者，未之见也。庆龙以其才，忽而释，忽而道，忽而儒，其究也，慕为仙为神，非果好怪也，遭时之乱，胸中殆有耿耿不可下者乎？而皋羽诸公，未尽为之表白，然则庆龙之不尽见者，岂徒其诗而已哉？

老友五岳游人郑性同游，闻予言曰："然，请记之，吾将勒石于洞，以为庆龙慰重泉之灵，且庆龙固亦吾乡之寓公也。"爰序次而畀之。

# 笠山图记

东浙山阴之临浦，有小山焉，盖一卷石之多①也。予友徐君廷槐世居其地，从而名之曰笠山，因以为字。

雍正庚戌秋，君以新进士需召见，与予密迩邸舍，蹇驴短褐，朝夕过从，乃出旧所绘图属予作记。君为伯调先生之孙。少以文章雄于海内，珠盘之会，所至倾倒其群。然而天性冲夷淡荡，遗弃一切，是以公车老困，仅得一第，即谢选人之籍，乞改广文以归。论者惜之！不知君之得于山水者深，固不以盈虚屑屑也。

虽然，会稽古来山水之窟，笔床茶灶，所堪枕流漱石之区，目不暇接。其最著者夏后氏之穴，《周官》淮海作镇之山，于越之台，右军太傅修禊之亭②，秘书敕赐之宅③，残宋之攒宫，皋羽白石冬青之寺，抱遗老人之居，青藤④之阁，皆至今存。君以笠山崛起雄长其间，振部娄而成松柏⑤，可谓壮已！

山阴故予先人旧里，有枌榆桑梓之遗，屐齿往返，一岁数至，独

---

① 一卷石之多：说其山之小。《礼记·中庸》："今夫山，一卷石之多"，说山的初时，不过一区区石之多而已。

② 修禊之亭：即兰亭。

③ 秘书敕赐之宅：指唐秘书监贺知章之宅。

④ 青藤：明徐渭号。

⑤ 振部娄而成松柏：部娄，小阜。"部娄无松柏"，见《左传》襄公二十四年，是小国无贤材的比喻。今笠山虽小，而有贤材如徐廷槐，则部娄有松柏了，故说振部娄而成松柏。

于笠山未到。兹披君图，并读自序，《蒹葭》、《秋水》之慕，约略得之。迩者笠山已束驾将行，西风朔雁，即以此当离亭之句。笠山归，其扫三径以相待，吾当乘春波南下，过问伯调先生遗书，再话春明旧雨时也。

# 唐陈拾遗（子昂）画像记

　　蜀人自古多文章，汉之司马相如、王褒、扬雄，皆蜀人也。文章之衰，至六朝而已极，唐初未有以变之，而首思复古者陈拾遗，亦蜀人也。太白溯诗之流变，则推拾遗之高蹈①，昌黎亦称其善鸣②，终唐之世，必以复古之功，归之先河之祭，拾遗之所就亦伟矣。虽然，以拾遗之才，自足千古，何以不自爱惜，呈身武后之朝，贡谀无所不至，丈夫之文，妇人之行，可为浩叹！垂拱四杰③，与拾遗生同时，其文则所谓时风众势之文也，拾遗则所谓古学也。义乌一《檄》④，为唐室中兴之先声，拟之博浪沙之椎，足以震报韩之胆。予尝谓东汉以后无文章，诸葛公《出师表》足以当之；六朝无文章，渊明《止酒》诸诗、及韩显宗《答刘裕书》足以当之，而《归去来辞》尚非其最；唐初无文章，义乌之《檄》足以当之，皆天地之元气，而不以其文之风调论也。拾遗虽有高蹈之文，如其秽笔何！且拾遗以此自结于武后，不特用之不甚达，抑亦终不免于祸，悲夫！以此知降志辱身之终无益也。予于同里竹湖陈氏，得见拾遗之像，清脿轶俗，不问而知为俊人，叹其才之高而一失足成千古恨也，酹以一樽而记之。

----

　　① 高蹈：按韩愈《荐士》诗，有"国朝盛文章，子昂始高蹈"之句，非李白语，作者殆误记。

　　② 善鸣：见韩愈《送孟东野序》。

　　③ 垂拱四杰：垂拱，唐武后年号。四杰：王勃、杨炯、卢照邻、骆宾王。

　　④ 义乌一《檄》：骆宾王，义乌人。曾为徐敬业作《讨武曌檄》。

# 宋文宪公（濂）画像记

宋文宪公之学，受之其乡黄文献公、柳文肃公、渊颖先生吴莱、凝默先生闻人梦吉，四家之学，并出于北山鲁斋仁山白云之递传，上溯勉斋以为徽公世嫡。予尝谓婺中之学，至白云而所求于道者，疑若稍浅，观其所著，渐流于章句训诂，未有深造自得之语，视仁山远逊之，婺中学统之一变也。义乌诸公师之，遂成文章之士，则再变也。至公而渐流于佞佛者流，则三变也。犹幸方文正公为公高弟，一振而有光于先河，几几乎可以复振徽公之绪，惜其以凶终未见其止，而并不得其传。虽然，吾读文献文肃渊颖及公之文，爱其醇雅不佻，粹然有儒者气象，此则究其所得于经苑之坠言，不可诬也。词章虽君子之余事，然而心气由之以传，虽欲粉饰而卒不可得。公以开国巨公，首唱有明三百年钟吕之音，故尤有苍浑肃穆之神，旁魄于行墨之间，其一代之元化，所以鼓吹休明者欤！予于故京兆胡丈鹿亭宝墨斋，得拜公像，苍浑肃穆亦如之，乃益以信词章之逼肖其人，而经术之足重也。

呜呼，公初膺高皇帝殊眷，儤直内廷，宫袍侍晏，至尊为之强酒，至赋《醉学士歌》，可为遭际之隆。及其晚年失契，万里西行，垂老投窜于栈阁之间，亦已悲矣。君子所以致叹于永终之难也。

公之谥，赐于世宗之代，诸家皆曰文宪，而是轴独称为文穆，当以质之博物君子。

# 方文正公（孝孺）画像记

逊志先生以十族殉让皇，孙枝一叶出自二百年而后，诚不意其遗容尚有存于世间，乃知成祖之所以澌灭先生者无所不至，顾世人之所以保护而流传之者亦无所不至。

旧史谓先生预于削夺宗蕃之策，又尝有反间燕世子之策，柽亭陆氏辨之，谓先生之诗，拳拳欲化刑名之士，归之伊周，则固不以当时所施行为然矣。予谓先生岂特不预此策，抑必尝争之而不能得者。当时先生但侍讲幄，不足以阻齐、黄之庙算也。革除之口所以汙先生者，方且有叩头乞哀之说，况其余乎？迨南中赐谥，科臣李清引"得正而毙"之语，遂谥文正。闽中赐祠，又命以姚广孝像跪下，先生虽稍吐气，而明社遽亡，在天之灵，非所愿也。

近来多以先生宜祀学宫，累请未得，先生之应祀，人皆知之，将来必有行之者。试读先生《幼仪》，则圣功之始也；《宗仪》，则正家以为治国之本，王道之基也；《杂诫》，则君子体事咸在之功也。其力排释氏，则高出于潜溪师传百倍者也。《深虑论》，则经世之名言也。先生而不应祀法，谁其克应之者？

呜呼，先生之初见潜溪也，潜溪赠之以诗，比于周之容刀[①]，鲁之璠玙，倾倒至矣！然则公之像足登于东序，足图于明堂，何幸得

---

① 周之容刀：宋濂《送方生（即孝孺）还宁海》诗："生乃周容刀，生乃鲁璠玙。"容刀，容饰之刀，见《诗·大雅·公刘》。

瞻仰而贮藏之也。是轴神气如生，粹然春温，令人想见容刀璠玙之善于形容，《逊志集》中亦有摹本，弗逮也。顾疑先生之状貌，亦清癯一辈，而其麻衣入哭，抗词不屈，何其健也！是殆所谓大勇若懦者非耶？

# 张督师（煌言）画像记

　　吾乡传张督师画像者颇多，其《遗集》卷首亦有之，而神气骨相各不同，先伯母自黄岩归，予以叩之，则曰："无一肖者，尝闻先公于甲辰钱唐狱中曾写一像，当有存者，汝曷访之？"予乃贻书访之万九沙先辈，而九沙曰"有之"，因摹寄焉。先伯母曰："是已。"予遂取姚江黄先生之《志》，杨征士遴之《记》，及吴农祥《传》读于旁，先伯母曰：

　　"惟吴《传》舛戾无可信者。然吾所记轶事，虽耄忘十九，尚有足以补黄、杨之阙，汝其识之：先生生平不执宿见，画江之役，闽中以诏书至，张公国维、熊公汝霖谓不宜开读以阻军气。朱公大典、钱公肃乐恐启争端，相持未下。当时庶僚疏论此事者，李侍郎长祥与先公右张，而杨侍御文瓒右朱，先公即出《揭》立排杨，由是相为水火。及议遣大臣入闽，先公方以翰林兼行人，请得辅行以折闽人之诘难；已而杨之兄弟娣姒，一门死义，先公在海上贻书汝诸祖，以为愧良友，寄三诗吊之，今其牍尚有存也。舟山之陷也，张名振初闻大兵三道并出，自以习熟形势，谓蛟关天险，不可旦夕下，乃悉其锐师，奉王扬声趋松江，以牵舟山之势，是时先公亦为所拉，同在行间，不料荡吴失守，以火攻死，一夕昏雾，大兵毕渡，名振已抵上海，闻变遽还，则不及矣。谓其轻出则可，谓其奉王以逃则误也。是时名振老母爱弟妻子俱在城中，卒以一门殉，使其逃，则何不尽室而行乎？甲午，名振邀先公入长江，诚意伯刘孔昭亦同行，或言'孔昭先朝巨奸，岂可与共事？'先公曰：'孔昭之乱南都，擢发不足罄其罪，然当赵之龙辈迎降恐后，独全军出海，则尚有可录者。今托同仇之义以来，疾之已甚，恐其为马士英之续也。'闻者醭焉。乙未，名振病卒，遗令以部卒来属，先公麾下始盛。郑氏遣人来通好，先公言监国乾侯之辱，郑氏修唐藩颁诏之隙也。然郑氏不肯负唐，吾又岂敢负鲁，故虽与郑氏合从而终为鲁，郑氏亦谅先公之诚也，以公谊相重焉。是时郧阳山寨有所谓十三家军者，滇事之急，先公尝遣吴职方祖锡往说之，令出兵挠楚以救滇而不克。壬寅而后，先公贻书汝诸祖，以事不可为，欲散其军，然日复一日，以王在也，直至甲辰王薨而后，决计入山，故《采薇》之吟，自此而始。先公有从弟从军海上，入山以后，不知所终。闻有冒其名至钱唐者，为诸遗民所诘而去。"

先伯母之所传如此。是时年八十矣，牙齿俱脱，悬画像于房，喃喃然且泣且语，每语又于邑，闻者皆泣下，而督师之须眉亦浮动纸上。予时年十八，据觚而听，听已即记之，然其文草草未就也。未几，先伯母返黄岩，逾年而卒。雍正己酉，始重为诠次，而记之画像之首。欧公记王彦章画像，多正《旧五代史》之谬者[①]，予文虽劣，亦不为无补也。

---

① 欧公二语：欧阳修作《王彦章画像记》，多据彦章孙睿所录《家传》，以补正《旧五代史》的漏误。

# 义武将军戴少峰（尔惠）画像记

　　"既进酒，复高歌，愁不去，奈君何！睨我床头三尺青萍在，宝芒窜彪吼立波。君不见义武将军目掣电，紫石眉棱反猬面，奋身跃马靖烟尘，穿龈裂眦垂百战。阵云深处胥涛奔，匹夫一怒日星变，天心奖乱坤轴倾，痛哭归来年已晏。丈夫热血冻不翔，徒尔企脚蜗庐望屋梁，整袂驰思凌八极，羊肠折轴川无航。北人闻名来相召，叠坏灭趾埋声光，贞心寄在丹心里，初服炫躬何辉煌。吁嗟乎，何日扶桑旭光炳，朝霞飞丽云台影！"此屈瓠山樵高公斗枢《题戴少峰画像》句也。

　　予初读《钱忠介公家传》，言忠介倡义时，大会城隍庙，有戴少峰者，布衣也，举手一麾，三四千人皆从之，相与拥忠介赴巡按署，遂以举事，故忠介《叙倡义情由疏》，于诸绅衿外，列诸义民，而以少峰为首，盖亦六狂生之亚。及读高氏之诗，乃知少峰以百战官至将军，殆有勇有才者。江上失守，曾膺新命而不赴，然问之戴氏，莫有知之者。

　　一日与客语及之，则曰："其人尚有后嗣在卒伍中，可呼而问之。"予大喜，亟令客挽之以来。其日，有捧遗像一轴过我者，阅其题字，则屈瓠山樵句也。予叩其详，则曰："先人是轴，江上初归时所作，高氏之诗，亦在是时。其后山寨大起，先人复出而预之，遂以一门殉焉，仅一孙逃得脱，吾父也。"又言"先人善以孤骑突入大营，军士见之辟易，莫能当者，然卒以此死"。又曰："先人殉后，家门零落，混迹军籍，独有遗像，以高都御史题，世宝守之。然过从无长者，谁为见之？不意今日得蒙表章！"是高氏之诗，只得少峰中年事迹，而其后卒为沙场之鬼，则今日所闻也。呜呼，义乌黄文献公去崖山时未远，考索遗闻，苏刘义之子已在卒伍，况于其三世之后乎？

少峰之像，苍颜微须，鹄立，双眉蹙不展，旁挂一印，侍者挟剑睨之，衣祩尚烂然。呜呼，此固文山《幕府列传》中人也。

少峰为兄弟四进士之后，名尔惠。

# 先侍御（美闲）画马记

先侍御府君苇翁，讳美闲，字吾卫，先宫詹公孙，而非堂先生子也。非堂先生善书，以余技作绘事，侍御之书亚于非堂，而画马独入神品。侍御生而不凡，王母杨恭人奇之，以为是汗血种也，小字之曰驹郎。陆大行文虎严事非堂，故侍御为大行婿。侍御既承家学，又追随妇翁，以名节自励，高冠长剑，崚崚谔谔，虽一贫如洗弗恤。国难既作，从戎江上，累授侍御监军，已而东归。有大将来据宫詹宅为马厩，侍御愤甚，中夜焚其厅事，由是日郁郁。

侍御画马，其蓝本实出松雪之遗，至是讳之，或有不知而及之者，则叱曰：“吾所师者，宋遗民龚圣予父子之马也，尔既不知，其莫视吾画！”时比之明初九龙山人①之画竹，然山人所为，特出于好奇，而侍御胸中别有所不适。嗣是遂秘不示人。或有赚之者，辄盛称圣予之人以及其画，侍御欣然，出其得意之笔以赠之，而旧时箱箧所贮，有出于松雪者，悉焚之。其实圣予之马，世无传者，侍御特重其人而已。

其时甬土多畸士，陆副使宇燝、杨职方文琮、李都事振玘，慈水则魏山人耕，皆与侍御相晨夕，终岁奔走山海间，思然故国之灰。壬寅除夕，刊章名捕，诸畸士皆豫焉。次年，送禁省狱中。五月八日，闻将庭讯，侍御仰天叹曰：“吾不可辱！”是夕暴卒。葬于非堂先生

---

① 九龙山人：明王绂号。善画山木竹石。见《明史·文苑传》。

墓旁。

陆孺人最孝，非堂晚景甚困，病后思酒不得，孺人以女红易佳酝日进之。《非堂集》中有《和杜公病橘韵》诗，以慰新妇者也。每侍御画马，孺人从旁为布景，然自其家被籍，所著《百尺西楼集》无存者，而所画亦希。

侍御于先赠公为三从兄。长子宗然，亦有志节。陆大行《环堵集》散失，搜访存之，终身不求闻达。无后。

# 冬心居士（金农）写镫记

　　吾友钱唐金君寿门，畸士也。其博学好古似杨南仲，古文词似孙可之，诗似陆天随，其磊落似刘龙洲，洁似倪迂，尤喜狭邪之游似杨铁崖，而其痴甚笃，远似顾长康，近似邝湛若，以故奔走江湖间，所际会亦不少，而年过五十，拓落如故。

　　初浙中学使者帅公兰皋，尝以寿门应词科之檄，力辞不就，而蹇驴之都下，或问之，则曰："吾特欲观征车中人物果何等耳。"数月，橐中金尽始归。

　　寿门所得苍头，皆多艺：其一善攻砚，所规枋甚高雅，寿门每得佳石，辄令治之，顾非饮之酒数斗，不肯下手，即强而可之，亦必不工。寿门不善饮，以苍头故，时酤酒，砚成，寿门以分书铭其背，古气盎然，苍头浮白观之。其一善矾东绢作乌丝，尝游镫市，择其品之最高者买归，以乌丝界之，清瘦有寒芒，请寿门作分书其上，则石湖诗中所称吴镫不足道也。于是寿门虽穷愁，时时有户外之屦，或以砚，或以镫。其铭砚之多，遂成一集，而其寓扬也，则镫之行为尤盛。

　　夫以寿门三苍之学，函雅故，正文字，足为庙堂校石经，勒太学，不仅区区铭砚已也，而况降趋时好，至于写镫，则真穷矣。虽然，吾观寿门穷且老，顾其著述益深湛，其平昔所嗜好，一往而情深如故也，则诚不能不谓之痴之至者。

　　冬心居士者，寿门五十所别署也。

# 江浙两大狱记

本朝江浙有两大狱：一为庄廷钺史祸，一为戴名世《南山集》之祸，予备记其始末，盖为妄作者戒也。

明相国乌程朱文恪公尝著《明史》，举大经大法者笔之，已刊行于世，未刊者为《列朝诸臣传》。国变后，朱氏家中落，以稿本质千金于庄廷钺。廷钺家故富，因窜名己作刻之，补崇祯一朝事，中多指斥昭代语。岁癸卯，归安知县吴之荣罢官，谋以告讦为功，借此作起复地，白其事于将军松魁。魁移巡抚朱昌祚，朱牒督学胡尚衡，廷钺并纳重赂以免。乃稍易指斥语重刊之。之荣计不行，特购得初刊本上之法司，事闻，遣刑部侍郎出谳狱。时廷钺已死，戮其尸，诛弟廷钺。旧礼部侍郎李令晰曾作《序》，亦伏法，并及其四子。令晰幼子年十六，法司令其减供一岁，例得免死充军，对曰："子见父兄死，不忍独生。"卒不易供而死。《序》中称旧史朱氏者，指文恪也。之荣素怨南浔富人朱佑明，遂嫁祸，且指其姓名以证，并诛其五子。松魁及幕客程维藩械赴京师，魁以八议仅削官，维藩戮于燕市。昌祚尚衡赂谳狱者，委过于初申覆之学官，归安乌程两学官并坐斩，而二人幸免。湖州太守谭希闵莅官甫半月，事发，与推官李焕皆以隐匿罪至绞。浒墅关榷货主事李尚白闻阊门书坊有是书，遣役购之，适书贾他出，役坐其邻一朱姓者少待，及书贾返，朱为判其价，时主事已入京，以购逆书立斩，书贾及役斩于杭，邻朱姓者因年逾七十，免死，偕其妻发极边。归安茅元锡方为朝邑令，与吴之镕、之铭兄弟尝预参校，悉被戮。时江楚诸名士列名书中者，皆死。刻工及鬻书者同日刑，惟海宁查继佐、仁和陆圻，当狱初起，先首告，谓廷鋐慕其名列之参校中，得脱罪。是狱也，死者七十余人，妇女并给边。盖浙之大吏及谳狱之侍郎，鉴于松魁，且畏之荣复有言，虽有冤者，不敢奏雪也。之荣卒以此起用，并以所籍朱佑明之产给之。后仕至右佥都。桐城方孝标，尝以科第起官至学士，后以族人方猷，丁酉主江南试，与之有私，并去官遣戍，遇赦归。入滇，受吴逆伪翰林承旨，吴逆败，孝标先迎降得免死，因著《钝斋文集》、《滇黔纪闻》，极多悖逆语。戴名世见而喜之，所著《南山集》，多采录孝标所纪事，尤云鹗、方正玉为之捐资刊行。云鹗、正玉及同官汪灏、朱书、刘岩、余生、王源皆有《序》。板则寄藏于方苞家。都谏赵申乔奏其事，九卿会鞫，拟戴名世大逆，法至寸磔，族皆弃市，未及冠笄者发边。朱书、王源已故免议。尤云鹗、方正玉、汪灏、刘岩、余生、方苞以谤论罪绞。时方孝标已死，以戴名世之罪罪之。子登峄、云旅，孙世樵，并斩。方氏有服者，皆坐死，且剉孝标尸。尚书韩菼、侍郎赵士麟、御史刘灏、淮扬道王英谟、庶吉士汪份等三十二人，并别议降谪。疏奏，圣祖恻然，凡议绞者改编戍。汪灏以曾效力书局，赦出狱。方苞编旗下。尤云鹗、方正玉免死，徙其家。方氏族属止谪黑龙江。韩菼以下，平日与戴名世论文牵连者，俱免议。是案也，得恩旨全活者三百余人。康熙辛卯壬辰间事也。

# 庆历五先生书院记

有宋真、仁二宗之际，儒林之草昧也。当时濂洛之徒，方萌芽而未出，而睢阳戚氏在宋，泰山孙氏在齐，安定胡氏在吴，相与讲明正学，自拔于尘俗之中，亦会值贤者在朝，安阳韩忠献公、高平范文正公、乐安欧阳文忠公，皆卓然有见于道之大概，左提右挈，于是学校遍于四方，师儒之道以立，而李挺之、邵古叟辈，其以经术和之，说者以为濂洛之前茅也。然此乃跨州连郡，而后得此数人者以为师表，其亦难矣。而吾乡杨杜五先生者，骈集于百里之间，可不谓极盛欤！

夷考五先生皆隐约草庐，不求闻达，而一时牧守来浙者，如范文正公孙威敏公，皆抠衣请见，惟恐失之，最亲近者则王文公。乃若陈（执中）、贾（昌朝）二相，非能推贤下士者也，面亦知以五先生为重。文公新法之行，大隐石台鄞江已逝，西湖桃源尚存，而不肯一出以就功名之会，年望弥高，陶成倍广，数十年以后，吾乡遂称邹鲁。邱樊缊褐[1]，化为绅缨，其功为何如哉！五先生之著述，不传于今，故其微言亦阙。虽然，排奸诋奄，谠论凛凛，丰清敏之劲节也；急流勇退，薰月蘋风，周银青之孤标也；再世兰芽[2]，陔南[3]弗替，史冀公父

① 邱樊缊褐：邱樊，是未做官的人所居。缊褐，是未做官的人所著。

② 兰芽：喻佳子弟。韩愈《殿中少监马君墓志》："幼子娟好静秀，瑶环瑜珥，兰茁其芽，称其家儿也。"兰芽语本此。

③ 陔南：犹言南陔。《南陔》，《诗·小雅》篇名，是孝子相戒以养的诗。有其义而无其辞。西晋束皙《补亡诗》："循彼南陔，言采其兰。"

子之纯孝也（史冀公简为鄞江先生高弟，事母最孝，实开越公之先，或谓其作吏用杖者，旧《志》之谬也。越公为西湖先生高弟，再世与丰清敏公同门）；婴儿乐育，以姓为字，陈将乐、俞顺昌之深仁也（陈㧑、俞纬，其历官之事略同。《四明七观》载俞而遗陈，盖漏也），杀虎之威，同于驱鳄，姚夔州之异政也；于公治狱，民自不冤[1]，袁光禄之神明也；一编麟经，以绍绝学，汪正奉之丰潚也（汪正奉《春秋》，实与孙明复齐名，容斋称其丰潚不施，而近《志》妄谓其官阁学）；金橘不知，萧然诗，叶望春先生之清贫也。即以有负门墙如舒信道者，其人不足称，而文辞终属甬上名笔，则五先生之渊源可知矣。嗟乎，岂特一时之盛哉？故国绵绵，凡周之士，奕世衣冠，人物历久不替，终宋之代，如楼、如黄、如丰、如陈、如袁、如汪，其出而揩拄吾乡者，必此数家高曾之规矩，燕及孙子，然后知君子之泽[2]，虽十世而未艾也。五先生之讲堂皆已不存，即鄞江桃源二席，亦非旧址，予乃为别卜地于湖上而合署之。睢阳学统，至近日而汤文正公发其光，则夫薪火之传，幸勿以世远而替哉！

---

① "于公"二语：《汉书·于定国传》："于定国为廷尉，民自以不冤。"
② 君子之泽：孟子说："君子之泽，五世而斩，小人之泽，五世而斩。"见《孟子·离娄》。这里说十世未艾，是极言其泽之长。

# 泽山书院记

东发先生本贯定海，其后徙于慈溪，晚年自官归，复居定海灵绪乡之泽山，榜其门曰泽山行馆，其室曰归来之庐；已而侨寓鄞之南湖，已而迁寓桓溪，自署杖锡山居士，已而又避地同谷。然先生殁后，其子孙多居泽山者，盖先生慈溪旧宅，在鸣鹤乡之古窑，其去泽山甚近故也。泽山本名栎山，先生始改名焉。元至正中，学者建泽山书院以祀之，其去行馆十里，不久而毁，黄氏后人礼之复建焉，今废矣。《日钞》旧椠，藏于院中，亦不复存。予谓当复行馆之址，而以泽山书院名之，以从先生之旧，定海诸公皆以为然，请予记之。

先生讲堂在山南，望江阻海，环植松菊，最称一方之胜，王翔龙诗所云"高风河影动，斜月竹身寒，潮海秋声阔，山林客梦安"是也。然其为定海重，不在此。朱徽公之学统，累传至双峰、北溪① 诸子，流入训诂一派，迨至咸淳而后，北山、鲁斋、仁山② 起于婺，先生起于明，所造博大精深，徽公瓣香，为之重振。婺学出于长乐黄氏，建安③ 之心法所归，其渊源固极盛，先生则独得之遗籍，默识而冥搜，其功尤巨。试读其《日钞》诸经说，间或不尽主建安旧讲，大抵求其心之所安而止，斯其所以为功臣也。西山为建安大宗，先生独深惜其晚节之玷，其严密如此。

---

① 双峰北溪：双峰，饶鲁。北溪，陈淳。
② 北山、鲁斋、仁山：北山，何基。鲁斋，王柏。仁山，金履祥。
③ 建安：指朱熹。熹侨寓建安郡。

婺学由白云以传潜溪，诸公以文章著，故倍发扬其师说，先生独与其子弟唱叹于海隅，传之者少，遂稍暗淡。予尝谓婺中四先生从祀，而独遗东发，儒林之月旦有未当者。抑不独从祀之典有阙，《宋史·儒林》所作《传》，本之《剡源墓表》，其于先生之学，无所发明，清容则但称先生之清节。呜呼，圣人所以叹知德之鲜也！

先生之祀于慈，在杜洲六先生书院中，其祀于鄞，则予所建同谷三先生书院中，泽山之祀，乃其专席，故详其学之有功于圣门者。先生之子皆醇儒，当附表之。呜呼，颜何人哉，希之则是。吾愿过斯堂者，其勿自弃也。

# 甬上证人书院记

证人书院一席，蕺山先生越中所开讲也，吾乡何以亦有之？盖梨洲先生以蕺山之徒，申其师说，其在吾乡，从游者日就讲，因亦以证人名之。

书院在城西之管村，万氏之别业也。先生当日讲学，颇多疑议之者：虽平湖陆清献公尚不免；不知自明中叶以后，讲学之风，已为极敝，高谈性命，直入禅障，束书不观；其稍平者，则为学究，皆无根之徒耳。先生始谓学必原本于经术，而后不为蹈虚，必证明于史籍，而后足以应务，元元本本，可据可依，前此讲堂锢疾，为之一变。其论王、刘两家，谓皆因时风众势以立教，阳明当建安格物之学大坏，无以救章句训诂之支离，故以良知之说，倡率一时；乃曾未百年，阳明之学亦复大坏，无以绝葱岭异端之夹杂，故蕺山证人之教出焉。阳明圣门之狂，蕺山圣门之狷，其评至允，百世不可易也。

然先生之学极博，其于象纬图数，无所不工，以至二氏之藏，亦披抉殆尽，浅学之徒，遂有妄诋以驳杂者，不知先生格物务极其至，要其归宿，一衷以圣人之旨，醇如也。夫学必于广大之中求精微，倘以固陋之胸，自夸击尽疵类，何足道哉！平生流离颠沛，为孤子，为遗臣，始终一节，一饭不忘君父。晚年名德岿然，翘车所不能致，遂为前代之完人。其为躬行，又何歉焉！

先生讲学于语溪，于海昌，于会稽，然尝谓光明俊伟之士，莫多于故乡，故著录之中有独契。而吾乡自隆、万以后，人物稍衰，自先生之陶冶，遂大振，至今吾乡后辈，其知从事于有本之学，盖自先生导之。

万君承勋，先生之孙婿也，请予为书院作记，谨述其大略以归之。

# 天一阁藏书记

南雷黄先生记天一阁书目，自数生平所见，四库落落，如置诸掌，予更何以益之。但是阁肇始于明嘉靖间，而阁中之书不自嘉靖始，固城西丰氏万卷楼旧物也。

丰氏为清敏公之裔，吾乡南宋四姓之一，而名德以丰为最。清敏之子安常。安常子治，监仓杨州，死于金难，高宗锡以恩恤。治子谊，官吏部，以文名。谊子有俊，以讲学与象山慈湖最相善，亦官吏部。有俊子云昭，官广西经略。云昭子稌，稌子昌传，并以学行为时师表。而云昭群从，曰芑曰蒝，皆有名。盖万卷楼之储，实自元祐以来启之。自吏部以后，迁居绍兴，其后至庚，六迁居奉化；庚子茂，四迁居定海；茂孙寅初，明建文中官教谕；寅初子庆，眷念先畴，欲归葬父于鄞，而岁久，其祖茔无知者，旁皇甬上，或告之曰："城西大卿桥以南紫清观，吉地也。"庆乃卜之，遇《丰》之《革》，私自喜曰："符吾姓矣。"是日适读元延祐《四明志》云："紫清观者，宋丰尚书故园也。"庆大喜，即呈于官请赎之，并为访观中旧籍，得其附观圃地三十余亩，为邻近所据者，尽清出之，遂葬其亲，而以其余治宅。庆喜三百年故居之无恙也，作《十咏》以志之。而于是元祐以来之图书，由甬上而绍兴，而奉化，而定海者，复归甬上。庆官河南布政，庆子耘，官教授，耘子熙，官学士，即以谏大礼拜杖遣戍者也。丰氏自清敏后，代有闻人，故其聚书之多，亦莫与比。迨熙子道生，晚得心疾，潦倒于书淫墨癖之中，丧失其家殆尽；而楼上之书，凡宋椠与写本，为门生辈窃去者，几十之六，其后又遭大火，所存无几。范侍郎钦素好购书，先时尝从道生钞书，且求其作《藏书记》，至是以其幸存之余，归于是阁，又稍从弇州互钞以增益之，虽未能复丰氏之旧，然亦雄视浙东焉。

初道生自以家有储书，故谬作《河图石本》、《鲁诗石本》①、《大学石本》，则以为清敏得之秘府；谬作《朝鲜尚书》、《日本尚书》，则以为庆得之译馆，贻笑儒林，欺罔后学，皆此数万卷书为之厉也。然则读书而不善反，不如专己守陋之徒，尚可帖然相安于无事，吾每登是阁，披览之余，不禁重有感也。

吾闻侍郎二子，方析产时，以为书不可分，乃别出万金，欲书者受书，否则受金，其次子欣然受金而去，今金已尽而书尚存，其优劣何如也。

自易代以来，亦稍有阙佚，然犹存其十之八，四方好事，时来借钞。闽人林佶尝见其《目》，而嫌其不博，不知是固丰氏之余耳。且以吾所闻，林佶之博亦仅矣。（临川李侍郎穆堂云，吉人盖曾见其同里连江《陈氏书目》，故为此大言）

---

① 《鲁诗石本》：丰坊伪造。详见黄云眉《古今伪书考补证》。

# 二老阁藏书记

　　太冲先生最喜收书，其搜罗大江以南诸家殆遍，所得最多者，前则淡生堂祁氏，后则传是楼徐氏，然未及编次为目也。垂老遭大水，卷轴尽坏，身后一火，失去大半，吾友郑丈南溪理而出之，其散乱者复整，其破损者复完，尚可得三万卷。而如薛居正《五代史》，乃天壤间罕遇者，已失去，可惜也。[①] 郑氏自平子先生以来，家藏亦及其半，南溪乃于所居之旁，筑二老阁以贮之。

　　二老阁者，尊府君高州之命也。高州以平子先生为父，以太冲先生为师，因念当年二老交契之厚也，遗言欲为阁以并祀。南溪自游五岳还，阁始成，因贮书于其下，予过之，再拜叹曰："太冲先生之书，非仅以夸博物，示多藏也。有明以来，学术大坏，谈性命者迂疏无当，穷数学者诡诞不精，言淹雅者贻讥杂丑，攻文词者不谙古今，自先生合理义象数名物而一之，又合理学气节文章而一之，使学者晓然于九流百家之可以返于一贯，故先生之藏书，先生之学术所寄也。试历观先生之《学案》、《经说》、《史录》、《文海》，睢阳汤文正公以为如大禹导山导水，脉络分明，良自不诬。末学不知，漫思疵瑕，所谓蚍蜉撼大树[②] 者也。古人记藏书者，不过以蓄书不读为戒，而先生之语学者，谓'当以书明心，不可玩物丧志'。是则藏书之至教也。

---

　　① 薛居正《五代史》已失去，详见黄云眉《邵二云先生年谱》。

　　② 蚍蜉撼大树：韩愈《调张籍》诗："蚍蜉撼大树，可笑不自量。"

先生讲学遍于大江之南，而瓣香所注，莫如吾乡，尝历数高弟，以为陈夔献、万充宗、陈同亮之经术，王文三、万公择之名理，张旦复、董吴仲之躬行，万季野之史学，与高州之文章，惓惓不置。南溪登斯阁也，先生之薪火临焉，平子先生以来之手泽在焉。是虽残编断简，其尚在所珍惜也，况未见之书累累乎？昔者浦江郑氏，世奉潜溪之祀①，君子以为美谈，今后郑犹先郑也，而更能收拾其遗书，师传家学，倍有光矣。"《书目》既成，爰为之记。

---

　① 世奉潜溪之祀：宋濂尝馆于郑氏，见《宋濂集》及吴沈《华萼轩记》、申屠澂《半轩集序》。

# 丛书楼记

　　扬州自古以来，所称声色歌吹之区，其人不肯亲书卷，而近日尤甚。吾友马氏嶰谷半查兄弟横厉其间。其居之南，有小玲珑山馆，园亭明瑟，而峍然高出者，丛书楼也。迸叠十万余卷。予南北往还，道出此间，苟有宿留，未尝不借其书，而嶰谷相见寒暄之外，必问近来得未见之书几何？其有闻而未得者几何？随予所答，辄记其目，或借钞，或转购，穷年兀兀，不以为疲。其得异书，则必出以示予。席上满斟碧山朱氏银槎，侑以佳果，得予论定一语，即浮白相向。方予官于京师，从馆中得见《永乐大典》万册，惊喜，贻书告之。半查即来问写人当得多少？其值若干？从臾予甚锐。予甫为钞宋人《周礼》诸种，而遽罢官。归途过之，则属予钞天一阁所藏遗籍，盖其嗜书之笃如此。

　　百年以来，海内聚书之有名者，昆山徐氏①、新城王氏②、秀水朱氏③，其尤也。今以马氏昆弟所有，几几过之。盖诸老网罗之日，其去兵火未久，山岩石室，容有伏而未见者，至今日而文明日启，编帙日出，特患遇之者非其好，或好之者无其力耳。马氏昆弟有其力，投其好，值其时，斯其所以日廓也。

　　聚书之难，莫如雠校。嶰谷于楼上两头，各置一案，以丹铅为商

---

① 昆山徐氏：徐氏藏书有传是楼。
② 新城王氏：王氏藏书有池北书库。
③ 秀水朱氏：指朱彝尊。曝书亭即其藏书处。

榷。中宵风雨，互相引申，真如邢子才思误书为适者。珠帘十里，箫鼓不至，夜分不息，而双镫炯炯，时闻雒诵，楼下过者，多窃笑之。以故其书精核，更无讹本，而架阁之沈沈者，遂尽收之腹中矣。

半查语予，欲重编其《书目》，而稍附以所见，盖仿昭德、直斋① 二家之例。予谓鄱阳马氏之考经籍，专资二家而附益之。黄氏《千顷楼书目》，亦属《明史·艺文志》底本，则是《目》也，得与石渠、天禄② 相津逮，不仅大江南北之文献已也。马氏昆弟其勉之矣！

---

① 昭德、直斋：晁公武、陈振孙，并为目录家。
② 石渠、天禄：并为汉代的藏书阁。

# 春明行箧当书记

　　昔广东邝舍人湛若有嗜古之癖，其生平所聚琴剑鑪钵之属，充栋接架，皆希世之珍也。然贫甚，时或绝粮，即以所有付之质库，及不时有余资，又复赎之而归，如此者不一而足，湛若皆为文以记之，世所传《前当票序》、《后当票序》者是也。予考六经三史之书，无有当字，湛若所作，得无蹈梦得《九日》题诗[①]之惧；然而《尔雅·释诂》以来，公羊子之齐语[②]，得登于经，而扬氏《方言》列之子部，文人翰墨所寄，即自我成典据，亦正无伤。

　　予生平性地枯槁，泊然寡营，其穿穴颠倒而不厌者，不过故纸陈函而已。年来陆走软尘，水浮断梗，故园积书之岩，偶津逮焉而不能暖席。特篷窗驿肆，不能一日无此君[③]，家书五万卷中，常捆载二万卷以为芒屩油衣之伴。舟车过关口，税司诸吏来肢篋者如虎，一见索然，相与置之而去。雍正癸丑，献艺于仪曹之贾，货不中度，南辕已有日矣。俄而因他事留滞不果，长安米贵，居大不易，于是不能不出

---

① 梦得《九日》题诗：唐刘禹锡作《九日诗》，欲用糕字，以经书中无其字，因不敢作，其实《周礼·笾人》所掌的餈，就是糕，故宋宋祁有诗说："刘郎不敢题糕字，虚负诗中一世豪。"

② 公羊子之齐语：公羊子传《春秋》，喜用齐语。例如《公羊传》"始灭昉于此乎""登来之也""搏闵公绝其脰"之类，昉、登来、脰并是齐语。昉作适解，登来犹言得来（齐人称求得为得来），脰就是颈。

③ 此君：晋王徽之指着竹说："何可一日无此君！"见《世说新语·任诞》。这里是指书而言。

其书质之，适监仓西泠黄君闻予之有是举也，请归之于其邸。

夫托书之难也，稍不戒而污类因之，又其甚者，或阙佚焉，苟非风雅者流，如臧荣绪之肃拜[①]，颜之推之什袭，不敢过而问之，爱书如黄君，予庶可以高枕而无虑乎！

虽然，牧斋晚年，丧其宋椠之《汉书》，三叹于"床头黄金尽，壮士无颜色"之语，是书与予，所谓山河跋涉之交也，一旦主人无力，使其为寓公，流转于他氏，惘惘然离别可怜之色[②]，不异衡父之重去于鲁，而予之伫立而目送之者，殊难为怀。因援湛若之例，书其语以束黄君，固以备息壤之成言；抑念青毡故物，归来未知何日，亦聊以自遣也。

黄君之邸，与予有十里之遥，过此以往，萧晨薄暮，偶有考索，策蹇驴而为剥啄之声者，非予也耶？鸡黍之请，自此殷矣。

湛若桑海大节，光芒箕尾，是以游戏之笔，流传俱为佳话，至予之文，其何敢与之争雄长哉！

---

　　① 臧荣绪之肃拜：臧荣绪酷爱《五经》，常以孔子生日，陈《五经》拜之。见《南齐书》本传。

　　② 惘惘然离别可怜之色：语本韩愈《送殷员外序》。

# 小山堂祁氏遗书记

二林兄弟聚书，其得之江南储藏诸家者多矣，独于祁氏淡生堂诸本，则别贮而弆之，不忘母氏之遗也。

呜呼，吾闻淡生堂书之初出也，其启争端多矣。初南雷黄公讲学于石门，其时用晦[1]父子，俱北面执经，已而以三千金求购淡生堂书，南雷亦以束脩之入参焉。交易既毕，用晦之使者，中途窃南雷所取卫湜《礼记集说》、王偁《东都事略》以去，则用晦所授意也。南雷大怒，绝其通门之籍，用晦亦遂反而操戈，而妄自托于建安之徒，力攻新建，并削去蕺山《学案》私淑，为南雷也。近者石门之学，固已一败涂地，然坊社学究，尚有推奉之，谓足以接建安之统者，弟子之称，猖猖于时文批尾之间，潦水则尽矣，而潭未清[2]，时文之陷溺人心，一至于此，岂知其滥觞之始，特因淡生堂数种而起，是可为一笑者也。然用晦所借以购书之金，又不出自己，而出之同里吴君孟举，及购至，取其精者，以其余归之孟举，于是孟举亦与之绝。是用晦一举而既废师弟之经，又伤朋友之好，适成其为市道之薄，亦何有于讲学也！今二林与予值承平之盛，海内储藏毕出，卫湜、王偁之本，家各有之，二林亦能博求酉阳之秘，可以豪矣，而独惓惓母氏先河之爱，一往情深，珍若拱璧，何其厚也！

---

① 用晦：吕留良字。

② 潦水则尽矣，而潭未清：语本王勃《滕王阁诗序》。这里是用以喻吕留良之学的影响，久而未绝。

　　夫因庭闱之孝而推而进之,以极其无穷之慕,其尽伦也,斯其为真学者也。虽然,盖宽饶落平恩侯之居[①],仰屋而叹曰:"是堂阅人多矣!"祁氏之书,其飘零流转而幸而得归于弥甥,以无忘其旧也,亦已悕矣。今幸得所归,吾愿二林子弟,聪听彝训,世克守之读之,使祁氏亦永有光焉。

　　二林曰:"善,是吾毋所欲言也。"于是乎书。

---

　　① 盖宽饶落平恩侯之居:平恩侯,指汉宣帝皇太子外祖许伯。落作始解,即庆其成的意思。事见《汉书·盖宽饶传》。

# 胡梅磵（三省）藏书窖记

南湖袁学士桥，清容之故居也。其东轩有石窖焉。予过而叹曰："此梅磵藏书之所也。"宋之亡，四方遗老，避地来庆元者多，而天台三宿儒预焉。其一为舒阆风岳祥，其一为先生，其一为刘正仲庄孙，皆馆袁氏。

时奉化戴户部剡源亦在，其与阆风正仲和诗最富，而梅磵独注《通鉴》。按梅磵之注《通鉴》凡三十年，其《自记》，谓宝祐丙辰既成进士，即从事于是书，为《广注》九十七卷，《通论》十篇。咸淳庚午，从淮壖归杭都，延平廖公见而韪之，礼致诸家，俾以授其子弟，为著《雠校通鉴凡例》。廖荐之贾相。

德祐乙亥，从军江上，言辄不用，既而军溃，间道徒步归里。丙子，避地浙之新昌，师从之，以孥免，失其书，乱定反室，复购得他本注之。讫乙酉冬，始克成编。丙戌，始作《释文辨误》。梅磵以甲申至鄞，清容谓其日手钞定注，己丑，寇作，以书藏窖中得免。

当是时，深宁王公方作《通鉴答问》及《通鉴地理释》，亦居南湖，而清容其弟子也。顾疑梅磵是书，未尝与深宁商榷，此其故不可晓，岂深宁方杜门，而梅磵亦未尝以质之耶？

要之梅磵是书成于湖上，藏于湖上，足为荷池竹墅之间增一掌故，而以带水之间，两宿儒之史学萃焉。薪传未替，湖上之后进所当自励也。先生所著《江东十鉴》、《四城赋》，清容比之贾谊张衡，后世不可得而见，而是书则其毕生精力之所注。

其初释褐，尝为慈溪县尉，为郡守厉文翁所劾去。及丧职后，居鄞久，爱甬上之土风，拟卜居焉。其时正仲亦欲留甬上，皆不果，而先生之孙世佐，卒承遗志来卜居，则是窆也，不当但以寄公之踪迹目之也。

# 移明史馆帖子一

横云山人撰《明艺文志稿》，专收有明一代之书，其简净似为可喜。然古人于艺文一门，必综汇历代所有，不以重复繁冗为嫌者，盖古今《四部》之存亡所由见焉。班氏于《春秋》诸《传》，以驺氏之无师，夹氏之无书，尚证诸册，愍古学之失传也。《师旷》六篇，显然为后人因托，不敢轻去，阙所疑也。是以王子邕《家语》之非旧本，师古必注之《汉志》之下，而欧公谓《水经》作于郭璞，正不嫌与《隋志》异同。《汉志》所有，至隋而佚其半，《隋志》所有，至唐而佚其半。其卷数或校前《志》而少，则书之阙可知；或校前《志》而多，即未必伪，要其书之搀改失真可知。汉代以《七略》为本，隋以《七志》、《七录》，唐以《开元书目》，宋以《崇文》、《中兴》两书目，天下图籍至繁，岂无逸出于山林草泽之间，而必以内府所藏核之，防作伪也。世道降而人心坏，虽在翰墨，俱思舞诈，以耸一时。汉之《百两尚书》[①]，宋之《三坟》，在前代已不少，而明尤甚。前辈议明《文渊阁书目》，不详撰人姓氏，不详卷帙，其为荒略，固无可辞。然正嘉之间，有伪作《正始石经》者，托言中秘所得，而不知其为《书目》之所无，其妄立见，则虽荒略，亦自可宝矣。即如崔氏

---

① 《百两尚书》：汉张霸所传百又两篇的《尚书》。《汉书·儒林传》："世所传百两篇者，出东莱张霸，分析合二十九篇，以为数十；又采《左氏传》、《书叙》为作首尾，凡百二篇。篇或数简，文意浅陋。成帝时，求其古文者，霸以能为《百两》征。以中书校之，非是。"

《十六国春秋》<sup>①</sup>，晁公武所未见，马氏《通考》已去其目，而有明中叶缀集成书，出于秀水项氏，斯亦不可不详者也。常熟钱尚书言内府尚有吴谢承《后汉书》，其友曾裔云及见之，后为德清方少师取去，斯言吾未之敢信，而阎征君言，曾见之于太原，为明永乐间刻本，信或有之，必伪书也。萧山毛检讨所引《经典释文》，皆称旧本，又不知其为谁氏之藏也？姚江黄征君有宋薛居正《五代史》，不戒于火，近人有诡言其书尚在者，及详诘之，则穷矣。年运而往，赝本乘之，征文不足，征献不足，后辈之无识者，必相惊以为是羽陵<sup>②</sup>酉阳中物也。下走于此，有忧患焉，而不自知其为杞人之固，故窃谓前史之例，有未合者此也。

　　况《艺文》自宋以后，俱无羕也。刘宋《符瑞》等篇，远溯于周、汉，杨隋《食货》诸作，旁及于梁、陈，古人宏雅不群之材，大都以述旧闻、补逸事为尚。今姑弗及于唐宋以前，而即以完颜蒙古两朝，其登天禄入石渠者，不知几何，弃而不录，得毋为诸史家所笑也？然考《明史·艺文》原志，出自黄征君俞邵，虽变旧史之例，而于辽、金、元诸卷帙，犹仿宋、隋二《志》之例，附书于后，南宋书籍之未登于史者，亦备列焉。横云又从而去之，而益简矣。今文渊阁前后所修《书目》具在，所当疏通证明匡谬补遗之处，此固秉史笔者之事。秣陵焦氏之书<sup>③</sup>，原为《国史》起见，然其《序》谓以大内之书归之《四部》，而实则与三馆之《目》，全不相符；又其舛戾极多，不可用也。其文渊阁之所无，而见于各家《书目》者，附录于后，此在前史诸《志》固有成例，如汉、唐二《志》，凡为内府所本有而不可以登于正史，或本无而增入者，一一注明于下，以志慎也。倘如横云山人所作，则此等义例，一切灭裂殆尽矣。班

---

① 崔氏《十六国春秋》：《十六国春秋》托名崔鸿作，钱大昕《十驾斋养新录》、王鸣盛《十七史商榷》及全祖望《答史雪汀书》并言其伪。

② 羽陵：羽陵为古代藏书之地，见《穆天子传》。

③ 秣陵焦氏之书：指焦竑所撰《国史经籍志》。

氏而后，言《艺文》者，莫善于《隋》，欧公《唐志》亦佳，紊乱而无章者，无若《宋》也。轶《唐》、《宋》而侔《汉》、《隋》，是在史局诸公为之。

# 移明史馆帖子二

《艺文》不当专收本代之书，幸不以愚言为妄，然即以本代之书言之，亦大费考证也。

《新唐书·艺文志》，凡前代所已有不复措一辞者，以《汉》、《隋》两家在耳。其于三唐图籍，必略及其大意，而官书更备，凡撰述覆审删正之人皆详载焉。是故于《永徽礼》，则著许敬宗、李义府擅去《国恤》之谬，以叹大臣不学无术，为典礼无征之自；于《开元礼》，则载张说不敢轻改《礼记》之议，以嘉其存古之功；于《则天读录》，具书为刘知几、吴竞所重修，而知直笔之所由存；于《六典》，据实言李林甫所上，而知《会要》以为张九龄者，盖恶小人之名而去之。是皆有系于一代之事，而不徒以该洽为博。至于《别集》之下，虽以明经及第，幕府微僚，旁及通人德士，皆为详其邑里，纪其行事，使后世读是书者，得有所据，以补《列传》之所不备；而丹阳十八诗人，连名载于包融之末，拟之《附传》。其中载邱为之居丧，可以见当时牧守惠养老臣之礼，滕珦之乞休，可以见当时职官给券还乡之礼。典则遗文，藉此不坠，斯岂仅《书目》而已者。

有明一代，艺文极繁，然《太祖实录》，已为杨士奇芟改失实。至纂修书传会选诸臣姓名，因其中有殉让帝难者，尽削去之，则文籍之不足凭如此。冯涿州再相，奋笔改《熹朝实录》，而刘若愚《酌中志》或去其黑头，爰立《伎俩》一卷为之讳，则篇第之不足凭如此。是皆本志所当严核者也。先儒之著不备见，窃钞旧书以为大全，《通鉴》未有成编，遽就所见以续《纲目》，略举其意，以见一时儒臣之概可也。《蒙存浅达》，实为讲章滥觞，非经解也。《小山》、《天台》诸《集》，兼及经艺，又非复《文鉴》所录之旧体也。是又风会之变，不可不加别白者也。或疑如此或过于繁，不知但准《唐志》之例，固非若马氏《通考》之盈篇接幅也。或又疑草野孤行之本，未可登于正史，然观《唐志》，则熊执易之《化统》，西川帅武元衡欲写进而不果者亦在焉，以是知核之而无伪者，皆不妨于著录也。特是采摭既多，宜防疏漏，如《汉志》庄匆奇、严助之驳文。[①] 然则旁搜博采，而又弗令遗误，以资后人之讥弹，则庶几乎其可矣。

---

① 《汉志》庄匆奇、严助之驳文：《汉书·艺文志》：常侍郎《庄匆奇赋》十一篇，《严助赋》十一篇。师古注："《七略》云，匆奇者，庄夫子子，或言族家子，庄助昆弟也。"又注："上言庄匆奇，下言严助，史驳文。"

# 移明史馆帖子三

　　史之有表，历代不必相沿，要随其时之所有而作，如东汉之《宦者侯表》，唐之《方镇年表》，辽之《外戚世表》，此皆历代所无，而本史必不可少者也。只《属国表》，则世多以为契丹起幽、云之地，统领诸藩，故特详其撰述，似为历代所无庸，而不知古今皆应有之，盖属国之为中国重甚矣。其兴废、传袭、琐屑之迹，虽有列传可考，而眉目非表不著。又其中有交推而旁见者，尤必于表观之。请以往事为准：汉武谋通西域以断匈奴右臂，而于是乎有夜郎。昆明之师，其后三十六国既附。漠北遂以衰弱。然至新莽之世，匈奴中振，西域复阻。班定远之得成功者，再值两单于之乱，不能与汉争西顾也。岂知西域定而东胡炽，乌丸、鲜卑，遂至虎视袁、曹之间，举足左右，中原倚为轻重。是故匈奴内徙，鲜卑北据，两者皆为六朝之累。唐之军威所以能及百济、渤海而遥者，以突厥既灭也。开元之末，吐蕃、回纥，盛于西北，蒙诏盛于西南，安、朱之乱，颇仗西北两番同仇之力；然自是遂为国患，凤翔、泾原之师，防秋无一岁宁。南诏虽时拒命，不甚为中土忧，乃大中以还，河湟反为职方所有，而卒之拘兵以酿庞、黄[①]之祸，亡唐室者，反在蒙诏。夫立乎百世之下，执遗文坠简以观往事，蛛丝马线，正于原委棼错之中，求其要领，然苟得一表以标举之，则展卷历历在目矣。

---

① 庞、黄：庞勋、黄巢。

有明一代，初则王保保未靖，频劳出塞之师，其后榆木川之丧，土木之狩，阳和之困，九重旰食，不一而足，而朝鲜之易姓，交趾之频失，倭人之内犯，是皆东南大案，所当特书者也。滇粤亡而投缅甸，闽瓯失而窜东宁，以视夫延禧之余历，大石之残疆，约略相同。而日本乞师，安南假道，其与求援高丽，通使回鹘之举，又无不酷肖者。斯皆当依《辽表》之例，为之《附录》。其他荒远诸国，则自三保太监下西洋以后，多有至者，不过书其贡献之期，而亦原不必详也。且夫有明疆场，其既得而复弃者，朵颜之三卫也；有自弃以贻患者，受降城之遗址也；有暂开而复废者，东江之四岛也。庙算边防，俱得括之于《表》，夫岂徒夸《王会》之浮文[①]哉？《辽、金、（元）三史》，世人多置之自郐以下无讥之列，岂知其中体例，固自有可采者，乃任耳而弃目，岂不惜夫！

---

　①　夸《王会》之浮文：《汲冢周书》有《王会解》一篇，叙述成周大会诸侯及四夷的隆重典礼。

# 移明史馆帖子四

《辽史》于《属国》之外，又有《部族》一表，诸国所以识其大者，诸部所以识其小者，大小虽有不同，然但取其有关于一代之故，则某所谓随其时之所有而作之者也。

西南黎、犵狫、猺、獞、獠之种，大昆、小叟，随地险为都聚，盖亦四裔之未成国者。然而南中诸郡拒命，则诸葛不敢北征；山越为梗，孙吴为之盱食；洗夫人累世立保障之功；而彭士然亦仗节于十国；不可以其小而忽之也。考之前史，多附入《四裔传》中，盖以其类相从。

有明循蒙古之制，置宣慰、安抚、招讨、长官四司，其始皆隶验封，以布政使领之，其后半领武选，以都指挥使主之，盖取文武相维之意。三百年来，史册所书洞主、酋长之事，颇与诸国相等。始于麓川之役，而渐且相踵而起，甚至于勤枢辅，戕抚镇，瞰省会，震动半壁，八百、老挝，朝贡竟绝，播州、水西，懂而克之，以是知三宣、六慰、抚驭之难也。迨至国命寄于蜗角[1]，鲁阳之戈，更能几时？黔国世镇之亡也，以定洲之乱也，缅甸援师之绝也，以孟定之携也。有明末造，宗祀之歼，未尝不于土司有累焉。其中勤王殉节，如秦良玉龙在田辈亦多有之，皆前史所希闻也。

秀水朱竹垞检讨，以其事之关于明者繁，乃请别作《土司传》，

---

① 蜗角：和下文"蛮触之争"，并见陆大行《环堵集序》"小朝廷如蜗战"句注释。

不复附之《外国》之末，谓其虽非纯属，然已就羁縻，乃引而近之也。土官蛮触之争，大抵起于世袭，或有司失所以治之，遂成祸端。而前史谓蜀中土司，有事多主剿，黔中土司，有事多主抚，封疆之议多右蜀，庙堂之议多右黔，是又关其域内军力之强弱，一时财赋之丰歉而出之者。推之西南诸省，可概见矣。

愚故欲仿《辽史·部族》之例，别为立表，取前人所著西南土司《簿录》诸种以为稿本，亦有始末简略，但须具之于表不必传者，兼足为全史去芜文之一节。观《唐书》于羁縻诸州，以其频经丧乱，虽不能详，亦附之《地志》，则颠末完具者，其立表宁过焉。

# 移明史馆帖子五

　　《宋史》分《道学》于《儒林》，临川礼部若士非之。

　　国朝修《明史》，黄征君梨洲移书史局，复申其说，而朱检讨竹垞因合并之，可谓不易之论。惟是《隐逸》一传，历代未有能言其失者。

　　少读《世说》所载向长、禽庆之语，爱其高洁，以为是冥飞之孤凤也；及考其轶事，则皆不仕新室而逃者，然后知其所谓富不如贫，贵不如贱，盖皆有所托以长往，而非遗世者流也。范氏不知其旨，遂与逄萌俱归逸民。于是后之作史者，凡遇陶潜、周续之、宗炳之徒，皆依其例，不知其判然两途也。向使诸君子遭逢盛世，固不甘以土室绳床终老，而沧海扬尘，新王改步，独以麻衣苴履，章皇草泽之间，则西台之血，何必不与苌弘同碧？《晞发》、《白石》之吟①，何必不与《采薇》同哀？使必以一死一生，遂岐其人而二之，是论世者之无见也。

　　且士之报国，原自各有分限，未尝概以一死期之。东涧汤氏②谓渊明不事异代之节，与子房五世相韩之义同，既不为狙击震动之举，又时无汉祖者可托，以行其志，故每寄情于首山易水③之间，可以深

----

　　① 《晞发》、《白石》之吟：谢翱、林景熙的诗。

　　② 东涧汤氏：即宋汤汉，笺释陶诗者。

　　③ 首山易水：首山即首阳山。易水，燕太子丹送荆轲入秦处。陶潜诗有"积善云有报，夷叔在西山"之句，而《咏荆轲》诗，又说"惜哉剑术疏，奇功遂不成！其人虽已没，千载有余情"。故这里说寄情于首山易水之间。

悲其遇，斯真善言渊明之心者。倘谓非杀身不可以言忠，则是伯夷商
容，亦尚有惭德也。盖不知其人，当听其言，抗节不仕之徒，虽其忧
谗畏讥，嗛嗛不敢自尽，而郁结凄楚之思，有不能自已者。至若一邱
一壑，寄托于《蛊》之上九①，其神本怡，则其辞自旷也，是不过山泽
之癯，而岂可同年而语哉？《唐书》入甄济、司空图于《卓行》，盖
以宋景文之有学，尚泥旧例如此。夫谯玄、李业之归于《独行》，亦
范《史》之谬，后世不必以为准也。《卓行》之传非不佳，而二公非
元德秀、阳城之伍，儗人固各有其伦矣。

惟《宋史·忠义传序》有云："世变沧胥，晦迹冥遁，能以贞厉
保厥初心，抑又其次，以类附从。"斯真发前人未发之蒙。然而《列
传》十卷，仍只及死绥仗节诸君，未尝载谢翱、郑思肖只字。如靖康
时之褚承亮，誓不仕金，而只列之《隐逸》，则又何也？夫惟欧公以
《死节》、《死事》立传，则不能及生者，若概以《忠义》之例言之，
则凡不仕二姓者，皆其人也。

前辈万季野处士尝辑《宋季忠义录》，附入《遗民》四卷，论者
韪之。因念兴朝应运，亳社为墟，而一二吞声丧职之徒，纪《甲子》，
哭《庚申》，表《独行》，吟《老妇》，如汪泚徐枋辈，不可谓阳春之
松柏，无预于岁寒也。幸生不讳之时，阐潜表微，于今为盛，而使苦
心亮节，不得表见于班管，甚者如刘遗民、孙郃，竟为史臣之所遗，
是后死者之愧也。博讨于《忠义》、《卓行》、《隐逸》之科，而归之于
至是，愿进不佞而教之，幸甚幸甚！

---

① 《蛊》之上九：《易·蛊》之上九："不事王侯，高尚其事。"

# 移明史馆帖子六

《忠义列传》宜列抗节不仕者于后，愚固已言之矣。兹偶与客语灵寿傅氏《明书》，谓其中尚有一例可采者。

从断代为史以来，无以因国死事之臣，入易姓之史者，有之，自《晋书》之嵇康始。深宁[①]以为中散义不仕晋，甘以身殉，今使《晋书》有其传，是中散之耻也。斯言足以扶宇宙之元气。作《宋史》者有见于此，乃援欧公《五代史》中《唐六臣传》之例而反用之，作《周三臣传》[②]一卷于末，以明瞠眼诸公之节，是盖欧、揭之徒，巧于位置，故其《传》立而不能以深宁之论加之。

《元史》于殉难臣僚，业已专传哀然，可无原父第二等文字之消，而其仗节于顺帝逊位之后，尚有多人，史稿成于洪武之初，多失不录，如扩廓不当与张、李同传，陈友定不当与张、陈同传，是犹其显焉者。至伯颜子中之拒命，则太祖所欲致之而不得者也。戴良之被囚，则太祖所欲夺之而不能者也。蔡子英之逊荒，则太祖所欲留之而不敢强者也。王冕以兵死，永福山道士以刭死，叶兰以不受荐死，原吉制圹铭以待尽，铁厓书李黼榜进士以志怀，李一初序《青阳集》，恨不得效一障之用[③]，而丁鹤年宣光[④]纶旅之望，至死不衰，淮张亡后，

---

① 深宁：王应麟。

② 《周三臣传》：三臣，指韩通、李筠、李重进。

③ 效一障之用：在塞上要险之处，别筑城以防寇叫障。汉武帝使博士狄山乘障防匈奴，月余，匈奴斩山头而去。见《汉书·张汤传》及注。效一障之用，就是说效一小部分的防敌之用。

④ 宣光：明时元裔昭宗年号。

张宪变姓名佣于僧寺，要之皆非明臣也。太祖当干戈草昧之际，即能以扶持名义为念，观其于扩廓守节，叹赏不止，以为"天下奇男子"，大哉王言，所以培一代忠臣义士之泽。而不转盼而有壬午之家难[①]，诸臣之骈首者，甘心于十族之逮，瓜蔓之钞[②]；以至甲申失守，残山剩水，奉四藩而不替，皆此一语启之。然则附《元遗臣传》于《明史》，亦太祖之所许也。

傅氏之书谫劣，不为著述家所称，其《补元臣》亦未备，要其所见则佳耳。

---

① 壬午之家难：壬午为建文四年。家难，指成祖起兵夺取建文帝政权。

② 十族之逮，瓜蔓之钞：方孝孺十族之逮，见野史，朱彝尊以为不可信，见彝尊《史馆上总裁第四书》。瓜蔓钞是景清事，见《明史》本传。

# 奉浙东孙观察论南宋六陵遗事帖子

昨谒幕府，蒙以南宋六陵遗事下问，卒卒未竟其语。冬青之举，为世人所艳称，然只唐玉潜、林白石耳。同时预其事者，虽不能一一著姓氏，如王修竹、郑宗仁凿凿可考，谢皋父则阴移冥转其间，草窗纪陵使罗诜事，虽与诸公不相谋，要亦先后奔走是役者也。独《厓山志》所云余则亮，尚当阙之以俟考。明初既返穆陵遗骼，建双义祠于乡大夫祠之左以祀唐、林，已而移之陵右，凡有事于六陵，即并及之。夫其祠之是也，而惜其于同义诸公有未尽者。

某尝走攒宫山下，摩挲宋学士碑文，所有享殿周垣，虽已摧残殆尽，尚有约略可寻之迹，而遍问樵夫牧竖，独失祠址所在，为之茫然。当时江南旧臣官上都者不少，曾不能出一言以保桥山弓剑[1]，至使杨髡纵其滔天之恶，玉匣珠襦，狼籍殆尽，诸君子以朝不坐、燕不与之身，为故君护龙髓，恒星昼陨七度，山南逾垣折足，几陷虎口，百世而下，即分麦饭一盂以酬明德，其亦谁忍替之。

乃更有大不平者：杨髡西番谬种，原属豺虎不食之余，而同恶泰宁寺僧，则攒宫首祸所启也。兹者西泠道上，虽至五尺之童，争毁杨髡遗迹，凿飞来峰之塔，折六一泉之像，甚者贻祸地藏，波累天女；而泰宁殿宇，近在陵寝之侧，岿然独存，佛灯鱼鼓，不随麟辟邪石马

---

① 桥山弓剑：桥山有黄帝冢。黄帝骑龙上天，小臣不得上，都持着龙髯。龙髯拔堕，堕黄帝之弓，百姓乃抱弓与龙髯号。见《史记·封禅书》。后人因以弓剑代表天子附葬遗物。李白《飞龙引》："鼎湖流水清且闲，轩辕去时有弓剑。"这里是指南宋六陵中葬物。

并泯，茂陵秋风，犹余磨剑之辈，岂特冬青灵鸟，将共杜鹃泣血，山鬼有知，亦应发指。夫祠祭载在有司，今唐、林祠宇，鞠为茂草，则兴废举坠，是明使君之所以修典礼也。逆僧故址，犁其地而潴之，抑亦厉风教之一端也。合当日扶义之群，使共食于一堂，正明使君之所以表幽潜也。沧桑岸谷，又历数百祀而遥，四山风雨之地，一望苍茫，然而向兰亭以鸣咽，索真帖于谁家？[①]诸君子之魂魄，犹在此间，其奈何过而莫之问也！敢以告之执事，幸勿以其迂而弃之。

---

①　索真帖于谁家：王羲之《兰亭》真本传徽之，徽之传七世孙智永。智永传弟子辩才。辩才本，贞观中归禁中，后入昭陵。见程大昌《考古编》八。

# 柬万丈孺庐问徐巨源事实书

昨趋侍高斋，欲以新建巨源征士之死为问，而座有他客，不及言。巨源之死，世多言其通家一先达，素为巨源所薄，夜遣人刺杀之，其实非劫币贼也。敬亭沈高士耕岩之孙樗崖，述其先世之言，亦以为然。

然愚窃有疑者：使巨源死于同里之怨家，不应牧斋《诔》中竟不为微及之。况以所闻于夫己氏之为人，虽有愧于不事二姓之言，而尚非显然灭裂行检者。是时江西云扰，前有杨、万之师，后有金、王之难，巨源以前代贵公子，崭崭持风节，足侧焦原，手搏雕虎，其濒死者数矣。其懂而免于死者，非巨源计之所及也。使夫己氏欲杀巨源，即稍一举手间，当已无可漏之网，顾乃计不出此，迟之又久，直至承平以后，翘车束帛，贲于其门，而方为剚刃之举，何其拙也！故窃意以夫己氏之于巨源，其相恶不必言，及其死也，哀巨源者，遂以弓影之疑加之。桑海之际，志士之危如朝露，如世所传，固多有之，而以巨源之踪迹言之，则似有未尽然者。当是时，长洲徐隐君昭法亦遭此劫，几殒其生，巨源之死，乃夫己氏之不幸也。执事于桑梓文献之传，其见闻必有独核者，未审以为然否？

# 答诸生问南雷学术帖子

南雷自是魁儒，其受业念台时，尚未见深造，国难后所得日进，念台之学得以发明者，皆其功也。兼通九流百家，则又轶出念台之藩，而窥漳海之室，然皆能不诡于纯儒，所谓杂而不越者是也。故以其学言之：有明三百年无此人，非夸诞也。

惟是先生之不免余议者则有二：其一，则党人之习气未尽，盖少年即入社会，门户之见深入而不可猝去，便非无我之学①；其一，则文人之习气未尽，不免以正谊明道之余技，犹留连于枝叶，亦其病也。斯二者，先生殆亦不自知，时时流露，然其实为德性心术之累不少。苟起先生而问之，亦必不以吾言为谬。

过此以往，世之谤先生者，皆属妄语，否则出于仇口也。当湖谓夏峰与先生自是君子，惜其教学者不甚清楚，此盖有朱陆之见存，故云。然当湖之弟子，其卓然可传者安在？并未见有万公择、董吴仲其人者，以是知轻议前辈之难也。

若谓先生以故国遗老，不应尚与时人交接，以是为风节之玷，则又不然。先生《集》中盖累及此，一见之余若水《志》，有曰："斯人生天地之间，不能一无干涉，身非道开，难吞白石，体类王微，尝资

---

① 无我之学：《论语》："子绝四：毋意，毋必，毋固，毋我。"何晏《集解》："唯道是从，故不有其身。"这就是无我之学。和佛家无我之说不同。

药裹①，以是叹活埋土室之难也。"一见之郑平子《序》，有曰："王炎午生祭文丞相，其风裁峻矣！然读其《与姚牧庵书》，殷殷求其酬答，盖士之报国，各有分限，正亦未可刻求也。"是可以知先生之所以自处，固有大不得已者。盖先生老而有母，岂得尽废甘旨之奉？但使大节无亏，固不能竟避世以为洁。及观其《送万季野北行诗》，戒以勿上河汾太平之策②，则先生之不可夺者，又确如矣。是固论世者所当周详考核，而无容以一偏之词定之者也。

先生始末，见于予所作墓碑，已尽矣；惟是所以备他山之石者，则本不应见之碑文，故因明问而详及之。

---

① "体类王微"二语：宋王微《报何偃书》说："至于生平好服上药，起年十二时病虚耳。所撰《服食方》中，粗言之矣。自此始信摄养有征，故门冬昌术，随时参进，寒温相补，欲以扶护危羸，见冀白首。"见《宋书》本传。

② 勿上河汾太平之策：黄宗羲《送万季野贞一北上诗》："不放河汾声价倒，太平有策莫轻题。"上太平策，用王通事。

# 答诸生问榕村学术帖子

榕村在《圣祖》、《世宗实录》中，应有《传》，外间未之得见，然《实录》亦不甚详于学术也。榕村之学术，即其相业可以相见。倘谓其能推崇朱子，足接坠绪，则梼昧无知之言已。

榕村于明儒中稍立门户者，皆加力诋，其于同里，尤诮石斋，具见其《语录》中。其从弟广卿，尝为述其言曰："石斋之人则经也，其书则纬也。"予笑而答曰："君家相公之书，其貌则经者，其人则纯乎纬者也。"广卿失色而去。榕村又言石斋虽遭大用，岂足靖天下之乱？予谓石斋风节有余，干略诚然不足，但榕村承眷之久，所以补天下之治者几何？以是诮石斋，得无有目而不见其睫者乎？榕村大节，为当时所共指，万无可逃者。其初年则卖友，中年则夺情，暮年则居然以外妇之子来归，足称三案，大儒固如是乎？卖友一案，闽人述之，过于狼藉，虽或未必然，而要其暧昧之心迹，至不能自白于清议，则亦约略有惭德矣。夺情一案，有为之辨者，谓前此昆山徐尚书深妒榕村之进用，谗于圣祖，言虽不遽信，然深被廉察，由院长左迁瓯使，故榕村惧甚，不敢更乞归。但昆山虽忮，愚谓圣祖之时不应有此，恐出榕村文过之口。外妇之子，其一以游荡陨命京师，其一来归承祧。何学士义门，其弟子也，亦叹曰："学道人乃有是！"其余则未易殚述。吾乡陈大理心斋尝令漳浦，以为所苦莫如相门子弟，应接不暇。故予尝谓石斋之学，即万不如榕村之醇，而似此数者，则闽中三尺童子，有以信石斋之不为，斯则榕村有所不及也。

虽然，此犹以其躬行言之；即以其经术论，惟律吕历算音韵，颇称有得，其余亦不足道。而以筹算言图书，则支离之甚者。言互体更谬，不合古法。榕村自夸其《明文前选》之精，曰一乡一国士子，有能熟于此者，可以永免兵火之灾。呜呼，相公纸尾之学，所以成中和位育之功 ① 者，尽在于此。然则固《兔园》制举之本领耳。晚而取欧罗巴国之技术，自夸绝学，以为是月窟天根之秘也，石斋恐不免嘻其笑矣。

近日耳食之徒，震于其门墙之盛，争依附其学统，殊为可悲！愚故不禁其哓哓焉。

---

① 成中和位育之功：《礼记·中庸》：“致中和，天地位焉，万物育焉。”位就是正，言天地各得其正。

# 奉万西郭问魏白衣《息贤堂集》书

　　闻近得魏白衣《息贤堂集》，不胜狂跃！沧桑抢攘，文献凋落，至有并姓氏不得传者，何况著述？先生惓惓忠孝，出茶铛药灶间物，亲加拂拭，苌弘碧血，不至荡为冷风野马[①]，即此足扶宇宙一重元气。兼闻白衣有从孙子良，能以表扬先世为念，但以遗事湮没，莫可考索称恨，是亦金陀居士[②]流亚，尘世中所不多得。记前此陶四律天，言渠里中有白衣《集》，即再拜托以访购，蹉跎许久，未得消息，何幸先生已慊我求。所下问白衣死事颠末，在拙著《沧田录》中，原有略节一通，但苦不甚详悉，要其大略则可考耳。

　　按白衣原名璧，字曰楚白，世籍慈水，以赘婿侨归安，遂充归安学弟子。后改名耕，别字白衣，又改名更，称雪窦山人。白衣少负异才，性轶荡，傲然自得，不就尺幅。山阴祁忠敏公器之，为遍注名诸社中。其诗远摹晋魏，下暨景纯游仙[③]，支遁赞佛，游行晋宋之间；近律纯祖杜陵，已复改宗太白。尝言诗以达情，乐必尽乐，哀必尽衰。一切樗蒲六博，朋友燕酬，城郭之所历览，金石之所辨索，有触于怀，不期矜饰，务达而止，此见于竹垞《诗话》所述者。居吴兴别鲜山中，为晋高士沈桢避地。所居有渡曰息贤，因以自题其寓。既丁国难，麻鞋草屦，落魄江湖，遍走诸义旅中。当是时，江南已隶版图，

---

　　① 野马：春时泽中的游气。《庄子·逍遥游》："野马也，尘埃也，生物之以息相吹也。"
　　② 金陀居士：岳飞孙岳珂号。珂著有《金陀粹编》、《吁天辩诬集》，讼其祖被害之冤。
　　③ 景纯游仙：《文选》录郭璞《游仙诗》七首。

所有游魂余烬，出没山寨海槎之间，而白衣为之声息，复壁飞书，空坑仗策，荼毒备至，顾白衣气益厉。方张司马败北时，延平出海，大江路断。司马踯躅，计无所之，白衣遮道上书，犹陈金陵形势，请招集散亡，入焦湖为再举计，语在司马《北征纪略》与屈翁山《成仁录》。司马既遁，当道颇闻白衣前策，游骑四出，刊章名捕，白衣亡命潜行，望门投止。家大父怀所知诗，有"廿年热血埋鸳井，万里桑田寄柳车"之句，即白衣也。癸卯，以海上降卒至，语连白衣，白衣遁至山阴，入梅里祁氏园。时忠敏子班孙，谋募死士为卫，间道浮海，卒为踪迹所得，缚到军门，抗词不屈，死于会城菜市。同时与班孙匿白衣者，山阴李达杨迁，并戍边外。事定，山阴张杉葬之西湖。

白衣之死，先张司马一年，竹垞西河两《集》可考。先生以为甲辰因司马事同殉，则未尽合。其生平诗有《前、后集》，仆所见者不过数十首，未知先生所得，乃全豹否？

是时与白衣最善者，始宁钱霍，当世所称魏、钱者也。其《集》，仆曾见之。古诗亦摹太白，顾近体颇不佳。为人风概，仿佛白衣。其后以事相继死。前此陶四言其里中本已刊就，乃讳其名，而以他姓填之，合魏、钱为一《集》。逻舟有过，托祭鲁公，月表特书，借名季汉 ①，是亦情理之常，不足致怪。特是黎邱幻影，或遭鱼目之混，此则我两人之所同虑者。当俟觅至，取先生书雠对，为一定本，以付子良。先生其存仆此札，以当白衣小传也可。

---

① 逻舟有过四语：谢翱《晞发集》卷一〇《登西台恸哭记》，不称信公而称鲁公，不称季宋而称季汉，并是忌讳隐语。

# 奉九沙先生论刻《南雷全集》书

　　九沙先生函丈：别后血疾稍纾。奈七月中忽感毒气，胸中有如魂礧之不可下者，又大病；八月间冒寒，又大病；至重九后，略就平复。晤从君西郭，备致悬悬，感荷不既！

　　闻越中富人有肯梓梨洲遗书者，适丁先生《南雷文约》告成之会，可谓天幸。但愚以为梨洲之《集》，淘汰不可不精；梨洲经史诸书，网罗不可不备。向读梨洲《文定》第四五集，其间玉石并出，真赝杂糅，曾与史雪汀言黄先生晚年文字，其所以如此者，一则渐近崦嵫，精力不如壮时，一则多应亲朋门旧之请，以谀墓掩真色，苟非严为陶汰，必有择焉不精之叹。但古人文集，原赖有力高弟为之雠定，而后当世得无间词，如李侍郎之于韩吏部，方侍读之于宋学士[①]；亦有多历年所，始得一私淑艾以传，如虞山之于震川者。方今坛坫凋零，问黄竹浦高足，舍先生其谁归？《文约》之书，我知其不愧于古也。

　　至若梨洲一生精力，原不在区区文词间，以某固陋所见闻，其在经学，则有若《易学象数论》、《授书随笔》、《春秋日食历》、《四书私说》诸种；其在史学，则有若《待访录》、《行朝录》、《思旧录》、《汰存录》、《从政录》，以至《西历假如》、《测望》诸种。其所未闻见者，尚应多有。此皆石渠、天禄所当列牙签、登玉轴之物，而翻以流通未广，海内学者或不及知有是书。夫茫茫大造，苍狗白云，转盼

───────────

　　① "李侍郎方侍读"二语：指李汉于韩愈，方孝孺于宋濂。

间无所不至。故以列代《艺文志》考之，《汉书》所载，至唐而去其什九，《唐史》所载，至宋而又去其十九。李长吉锦囊之秘，或至投之溷中，陆君实填海之编①，只可问之劫火，所仗斯文未丧，得有心世道者，出而搜拾之，庶前辈一生肝血，不与尘草同归澌没耳。倘先生不以妄言而斥之，请与南溪西郭，共谋此举，某虽陋劣，当涤研秉烛以从焉。

予乡先生如杨镜川、丰人翁都有经学。丰氏《五经世学》，先王父云曾见之，今舍间只有《鲁诗世学》一书，而其余虽博访，已不可复得；若镜川《五经私钞》，则片纸无存者。（纯按杨氏丰氏所著，先生后皆访得。此书盖作于雍正初年先生弱冠时）此某所以太息旁皇，于海内有心志士，而不能不大声以呼也。今秋从书贾得吴草庐《春秋纂言》，是书海内不可多购，以玉峰徐氏之力，求之无有，而某得之，不敢自秘，请以公诸同好。程泰之《禹贡图论》，刘三吾《书传会选》，俱奉上。

江云渭树，何时为尊酒之游，临缄茫然！

---

① 填海之编：宋陆秀夫在海上时，记益王、卫王事为一书，甚详，授礼部侍郎邓光荐传之。及光荐死，其书存亡不可知。见《宋史》本传。这里说填海之编，只是用精卫衔西山的木石以填东海的神话（《山海经·北山经》），来说明著书的意图，而非书名。书名或为《海上日记》，见下《与卢玉溪书》。

# 与卢玉溪请借钞《续表忠记》书

　　玉溪先生函丈：不晤四阅月矣。邗江辽阔，遥望悬悬！每从李元音家信中，询道履消息，知近日兴居佳畅，天祐灵光，为鄞江护硕果，幸甚！某前者再四敦请，欲为弗庵先生《续表忠记》三集钞一副墨，蒙先生亦以见许，而终未拜赐。某知先生所以迟疑者：一则名山秘乘，或多嫌讳；一则都尉史编，非其人不可妄传，所当迟迟以俟桓谭、侯芭[①]者流，斯二者皆是也。虽然，某窃有一说于此。

　　尝闻诸毛西河曰："天地间奇物，久抑郁而不彰，必为物怪。"故勿谓好书可必传也。当其始或未必流布，迨迟之久，光芒掩于牙签缃轴之中而莫之展，则其怒气或能召风雷，致水火，遂为大造收还，以为化工之用。彼郑所南井底铁函，浸以三百年之枯泥而不朽，明《逊国记》之传，得之萧寺承尘者，此天幸耳。不然者，则以陆君实之《海上日记》，邓光荐之《填海录》，吴立夫之《桑海录》而或不传。不特此也，以谢承、华峤诸公之《汉书》，以何彦鸾、孙盛诸公之《晋志》，裴子野、魏澹诸公之《南北史》而或不传。夫其不传，乃是书之不幸也。其以日星河岳之书，而听其浮沈湮没，至与草木俱腐，则后死者之咎也。以某之不才，自分何足传前辈之书，其为先生所嗤固宜，然终愿先生之勿深阒也。

---

　　① 桓谭、侯芭：桓谭常称扬雄书以为必传。侯芭常从扬雄居，受其《太玄》、《法言》。见《汉书·扬雄传》。

若夫嫌讳之虑，则采薇叩马[1]诸公，何害应天顺人之举？即或少有当避忌处，不妨及今稍为商酌，如近世魏征君冰叔、黄征君梨洲诸《集》，其间多空行阙字，可援比例，不必过为拘忌。明野史凡千余家，其间文字多芜秽不足录，若峥嵘独出，能以《史》、《汉》手笔，备正史之蓝本者，纪事则梅村《绥寇纪略》，列传则《续表忠记》而已。梅村之书，被邹南溆改窜芟削，非复旧观，《表忠记》则全豹未窥，均为遗憾。若以鄙言可采，不加弃斥，所望归帆得假受业。先生亦老矣，一旦风波意外，遗书孰问，令我曹抱杞宋之悲[2]，斯则所大惧者也。是以不避唐突，顿首上请。

---

① 采薇叩马：并是伯夷叔齐事，见《史记·伯夷传》。

② 杞宋之悲：孔子说："夏礼，吾能言之，杞不足征也。殷礼，吾能言之，宋不足征也。文献不足故也。足则吾能征之矣。"杞宋之悲，犹言故国文献不足之悲。

# 答九沙先生问史学士诸公遗事帖子

　　史文惠教诸子孙，从游于杨、袁二先生之门，又延沈先生之弟季文于家，故其诸子孙虽有大堕家声者，然亦多以不附宗衮有声者。《宋史》罣漏，漫无考索，故如固叔、南叔、定叔，风节一例而不能备录为可惜也。

　　固叔于同叔为共产。吴鹤林草其《阁学告身》，有曰："在熙宁则如安国之于安石，在元祐如大临之于大防。其帅潭州也，平土寇，兴义仓，蔚为能吏。以劝其兄辞政，不见听，遂奉祠禄以老，几二十年。"而《宋史》略焉。然《四明志》中尚载之。定叔为文惠从子，最不为同叔所喜。交游之来言时事者，辄退之。释褐宁海县尉，罢归不出。陈和仲曰："予外家赫奕宠荣，蝉鼎相望①，独舅氏尝罢逡退，闭门求志，行吟空山，有诗数卷，宣患难之所志。"则定叔一尉宁海，即以贝锦②受困者也。其《自乐山吟》，则宋梅硐所开雕，称以为"耿介拔俗之语，潇洒出尘之作"。其人如此，《宋史》或以其官小略之，而《四明志》亦无传焉。然郑千之《文献集》中尚有之。朝奉大夫守之，字子仁，则文惠长孙也，方叔之子。心非叔父所为，主管绍兴府千秋鸿禧观，中年避势远嫌，退居月湖之松岛，著《升闻录》以寓规谏。诏书累起之，力辞不出，杜门讲学，又学古文于楼攻愧。同叔

---

　　① 蝉鼎相望：蝉冠鼎食者相望，意谓显达的人很多。
　　② 贝锦：《诗·小雅·巷伯》："萋兮斐兮，成是贝锦，彼谮人者，亦已太甚！"锦文如贝，故曰贝锦。谮人者构人之罪，也和女工织锦一样。

每有所为，必曰："弗使十二郎知否？"宁宗御书"碧沚"二字赐之，斯则仅见于《清河书画舫》，及《史氏家传》而已。故愚以为苟有作者，改撰《宋史》，则此三公者，岂在南叔之下而可略之？然此特不附同叔之子弟也。其后嵩之为相，则固叔少子宾之，方以敷文待制，转运湖北，未老遽乞休，归老沧州。"沧州"，固叔引身时所居，亦宁宗御书也。是当附之固叔之后者。南叔之孙蒙卿，以传朱子之学，《宋史》入之《附传》。而蒙卿弟芳卿，博学著书，仕至司户参军，元人改授不赴；其时尚有世卿，损之子也，亦不仕元。皆当附之蒙卿之后者。璟卿死于嵩之，《宋史》见之《嵩之传》中。璟卿无子，从子综伯为后。宋亡，叹曰："时事如此，修身齐家以俟太平可也。"综伯从弟彦伯，亦遁迹不出，皆当附之璟卿之后者。

　　呜呼，固叔以下诸公，当日不能不为宗衮所抑，而今则反以此而使人推求其轶事，则甚矣显晦之不足为重轻也。

# 与沈征君彤论《沈氏家传》书

清门世泽之盛，中吴世家所不易得，辱示《家传》，不禁肃然起畏也。独叶星期作《君庸先生传》，则多诬者，不敢不告之足下，速为改正。

《传》谓袁督师崇焕拥兵不朝，中枢募人入其营探之，先生应募，予以兵骑，却之，只身前往，说督师曰："公前杀毛帅，人言籍籍，当亟入朝！"督师许之曰："明日即请觐。"先生又言城中人恐惧，当俟宣诏而后入，督师又许之。先生复命中枢。次日，宣督师入，赐貂玉。再见，即缚下狱。以此为先生之功，何其悖也！

大兵以己巳之十月，分道入京，所经自龙井关大安口，其地原非督师所辖，而闻警赴援，千里勤事，此固有功无过者也。其抵京也，即时召见，奉有温旨。其时督师与满桂分御大兵。广渠门之战，督师亲执枹鼓，斩获千人，六王子伤焉，而督师亦集矢肋下，于是以夷伤多，请移营入城休息。而是时中官素不与督师相能，毛帅之客，从而煽之，以图复仇。辅臣钱公龙锡，则督师之内主，而中官尤深恨之者。相聚而谋，欲以倾督师者及辅臣。而大兵亦忌督师之能，思以反间去之，于是纵降卒归，谓督师将为内应，中官实其言曰："此入城休士之奏所由至也。"庄愍大惊，而督师罹重辟矣。曹公能始谓关口遣师助御，在敌未入口之先，迎敌克捷，在已迫畿之后。其所以雪督师者甚至，夏公彝仲言亦略同。邝舍人湛若于粤中追理督师死事，复官赐谥，而本朝档案出，备书反间之语，于是督师之冤大白。夫督师以求入城被遣，而今谓其拥兵不朝，异矣。且督师抵京即入见，又何有于中枢之探乎？满武愍亦尝入城小休，特不以所部入耳。

　　亡国之后，稗史杂出，有漫以不经之语为案者，此正堕晋鄙门客<sup>①</sup>之术中。星期亦薄有名，不期史学荒陋如此！君庸先生好兵任侠，原属同甫稼轩一流人物，其逆知天下有事，造渔船千艘以防未然，卒使舍人兄弟，得资之以举义师，即此足以传矣。后人不必妄为乌有之事以诬之也。至于崇祯贤良辟召之举在乙亥，而庚辰特用，又是一事，先生之荐而不就，系乙亥，非庚辰也。盖无不一误者。敢敬陈之，而弗我罪焉否？

---

　　① 晋鄙门客：晋鄙门客，受秦王金，为秦王毁公子无忌于魏王，魏王信之，使人代公子将。公子谢病，饮醇酒，多近妇女以卒。见《史记·信陵君传》。崇祯帝信反间而诛袁崇焕，也和魏王信晋鄙门客而疏信陵君一样。稗史不了解当时反间情况，而各以传闻实其记载，故曰，此正堕晋鄙门客之术中。

# 说杜工部《杜鹃诗》答李甘谷

承问古今之笺《杜鹃行》者，纷纷异同，当何所主？愚反覆此诗，当系玄宗劫迁南内，肃宗不朝而作。首四句故为错落，不欲显其意也。其曰："我昔游锦城，结庐锦水边，有竹一顷余，乔木上参天，杜鹃暮春至，哀哀叫其间，我见尝再拜，重是古帝魂。"盖指玄宗之去国，虽奔窜蒙尘，而蜀人戴之无贰心也。其曰："生子百鸟巢，百鸟不敢嗔，仍为馁其子，礼若奉至尊。"盖指肃宗在灵武，李、郭诸将为之尽力，番戎亦皆助顺，一如所以事玄宗也。其曰："鸿雁及羔羊，有礼太古前，行飞与跪乳，识序如知恩。圣贤古法则，付与后世传，君看禽鸟性，犹解事杜鹃。"盖指玄宗还京，都人聚观涕泣，及居兴庆宫，父老过之，多呼万岁是也。其曰："今忽暮春间，值我病经年，身病不能拜，泪下如迸泉。"盖指玄宗逼迁而崩，肃宗以病不临丧是也。盖国家君臣父子之际，难以讼言，而又不忍默而已，故托之杜鹃。况前此玄宗幸蜀，正与望帝有关，会晚年遭变，工部自叹远羁蜀中，不得维持调护于宫闱之间也。夫百鸟因杜鹃而奉其子，而为杜鹃之子者反漠然，则百鸟不若矣。

前人解此诗，亦有指南内之事者，特未能逐句阐明其意。或更疑玄宗崩于辛丑，而工部以乙巳至云安，其事相隔已至四年，颇于是岁不合。然予尝读李端叔《姑溪集》，则云："工部追念开元之盛，屡见于诗，及张、李劫迁，上皇遽尔殂落，流传至蜀，固已逾时，且为尊者讳，亦不敢遽形篇什，迨至云安有触于杜鹃，因不觉言之淋漓至是耳！"其论可谓先得我心者。今并录之，以复足下。

# 答胡复翁都宪论义山《漫成五章》帖子

辱示《义山漫成五章笺释》，以为义山生平出处自叙之略，故隐词以寄意，实发前人所未发，顾尚令梼昧覆审其间，因取《唐史》及本集证之，则亦略有足以引申尊意者。

义山蒙负恩无行之谤，长洲朱长孺始暴白之，谓"义山之为令狐绹所恶者，以其就王茂元、郑亚之辟，而二人为李卫公之党故也。当时党论，牛曲李直，义山之去就不可谓非，且卫公虽恶绹父楚，而于绹则固尝有补阙之任矣。绹因其失势而力排之，如此险人，而必始终依之，是且流为八关十六子①而后不为负恩，不为无行也！"其论核矣。然不知义山于《漫成五章》中，已自道其心迹也。首二章谓沈宋王扬，不过属对之能，而志其归依于李杜。盖自喻其少年虽学章奏之文于令狐楚，而非其所愿，诚如执事之所解矣；然其归依不徒在李、杜之文章，而推本于其操持，则有慕于太白之忤中官，少陵之每饭不忘君父，而感叹于苍蝇之惑，以致伤于异代之同遇者，情见乎词，是非徒以文章言之也。中二章谓茂元以将种克继家声，拟之征虏，而其择婿，则自比于右军，且喜其能用己于草莱，亦诚如执事之所解矣；但其所云偏师裨将，则当是茂元会讨泽潞时，盖茂元帅河阳，是全军、非偏师，是大使、非裨将也。若讨泽潞时，则何弘敬、王元逵为

---

① 八关十六子：《旧唐书·李逢吉传》："朝士代逢吉鸣吠者，时号八关十六子。张又新等八人居要列，而胥附者又八人。有求于逢吉者，必先经此八人纳赂，无不如意者。"

招讨，茂元特偏师耳，裨将耳，其时义山在军中为之草檄，故喜其能用草莱也。然其云，"不妨常日饶轻薄"，则又指令孤辈诽谤之口，以见茂元能为国讨贼，岂真缔交浪子者？而己之非轻薄亦可见矣。此正与次章操持之说，互相剖晰者也。末章以张、郭比卫公亦良然，但其赋此诗，恐是因杜惊之再复维州而发。方文宗时，卫公复维州，牛僧孺以开边衅抑而阻之，卫公深以为恨。大中三年，惊卒复之，而卫公亦即于是年卒矣。维州为西番要地，复之本非黩武，而即所以和戎，特见阻于党人之门户；今惊成卫公之志，而卫公卒不及见也，故垂泪而伤之。义山赠惊诗有曰："人言真可畏，公意本无争。"亦即此诗之意也。合而观之，则义山生平沈屈，历然可见，然向非执事发其蒙，则亦无从遽考也。

　　义山闺房诸诗，盖其所以招轻薄之论；然考其《悼亡》后，柳仲郢予以乐籍，而义山固辞，以为"早岁志在玄门，此都更敦凤契，南国妖姬，丛台①妙妓，虽偶涉于篇什，实不接于风流，乞从至愿，赐寝前言，使国人尽保展禽②，酒肆不疑阮籍"③。则又可以见诸诗之未足定其生平也，并请质之。

---

① 丛台：赵武灵王之台，在邯郸。见《汉书·邹阳传》注。
② 国人尽保展禽：展禽，即《诗·小雅·巷伯传》所谓"妪不逮门之女，国人不称其乱"的柳下惠。妪，可作"以体怀之"解。不逮门，即不及门，谓无宿处。
③ 酒肆不疑阮籍：阮籍邻家妇有美色。当垆沽酒。籍常从妇饮酒，醉便眠于旁。其夫始很猜疑，伺察终无他意。见《世说新语·任诞》。

# 《姜贞文先生集》序

莱阳二姜先生之集：贞毅所著，久已开雕行世，虽非足本，然即《敬亭》一《集》，亦见崖略。贞文所著，其家尝鸠工矣，以嫌讳未果，沈埋且九十余年。乾隆丙寅，予至姑苏求之，其孙本渭欣然曰："是先人未遂之志也。"尽出所藏，请为论定。予诠次得诗七百余首，厘为八卷，附以文一卷，年谱墓志之属一卷。今本渭缮写成编，予得副墨焉。

予于前辈之负大节者，乐观其遗文，盖欲从其语言以想见其生平风格。以所闻二姜先生之为人也：贞毅敦重朴诚，严凝不苟，交游亦落落，所得北方刚毅之气为多。而贞文才调横生，少年跌宕，文史遍于白下、吴下，尝与孙武子、方密之诸公来往坊院间，倾筐倒庋以为娱乐。贞毅沉静渊嘿，泊然思深，而贞文剧喜事，其视闭眉合眼之徒，若将浼焉。盖其性一静一动，其才一愿一敏，即其遗文，宛然如遇。是以贞毅自甲申而后，颓然不复与世事，江东尝再以兵部侍郎手诏起之，竟不赴；而贞文应召而出，奔走姚江相公 [1] 幕中，几为方国安所杀。贞毅自戊子而后，沈冥尤甚；而贞文尚时时探五岭消息，见之歌哭。要其根柢忠孝，造次颠沛，百折不挠，以归洁其身者，是则同。贞毅文胜于诗，其所为奏、疏、记、序，笔力甚高，不从东京以后入手，尤爱其《沈给事传》，虽班固无以过。贞文诗胜于文，其信

---

① 姚江相公：指孙嘉绩。

手所之，如怒蛟，如渴骥，非复绳墨所可检束，及其谐声按律，又无不合昔人者。予尝读林都御史茧庵之《哭贞文》也，曰"子犯归黄土，重耳未还时"。呜呼，读是《集》者能无泫然流涕也哉！当贞文在世时，论定其诗者，曰杜茶村、曰张稚恭、曰余淡心、曰彭大宾、曰叶圣野，本渭颇以为未尽，故更以属予，且使为之《序》。

予维二姜先生避地吾乡时，先太常公父子实昕夕过从，而东丹山有先生尊人忠肃公之祠，以是时哲昆作令于此，江东所敕建也。予方议为重修，而以先生兄弟配享，且勒其在吾乡诗于石，爰附记于序末。

# 《张尚书集》序

尚书诗古文词，皆自丁亥以后，才笔横溢，藻采缤纷，大略出华亭一派。明人自公安、竟陵狎主齐盟，王李之坛，几于厄塞，华亭陈公人中出而振之，顾其于王、李之绪言，稍参以神韵，盖以王、李失之廓落也。人中为节推于浙东，行其教，尚书之薪传出于此。及在海上，徐都御史阁公故与人中同主社事，而尚书壬午齐年也，是以尚书之诗古文词，无不与之合。虽然，尚书之《集》，日星河岳所钟，三百年元气所萃也，而予以艺苑之卮言，屑屑考其源流之自，陋矣！

呜呼，古来亡国之大夫，其音必凄楚郁结，以肖其身之所涉历，盖亦不自知其所以然者也。独尚书之著述，噌吰博大，含钟应吕，俨然承平庙堂巨手，一洗亡国之音，故阁公之序，欲以尚书所作而卜崦嵫之可返<sup>①</sup>，此其故良有不可解者。岂天地间伟人，固不容以常例论耶？当是时，以蛎滩鳖背为金汤，以鲛人蜑户为丁口，风帆浪楫，穷饿零丁，而司隶威仪，一线未绝，遗臣故吏，相与唱和于其间，其遇虽穷，其气自壮，斯其所以为时地之所不能囿耶？

呜呼，尚书之《集》，翁洲鹭门之史事所征也。吾闻尚书既被执，籍其居无所有，但得笺函二大簏，皆中原荐绅所与往来，送入帅府，荐绅辈惧，遣说客请帅焚之，帅府亦恐摇人心，如其请，投之一炬。火既息，有二残册，耿耿不可爇，左右异而视之，则尚书之《集》

---

① 崦嵫之可返：喻国运的可挽。崦嵫，日所入处。

也，说客因窃置怀而出，遂盛传于人间。

　　呜呼，尚书之身可死，《集》不可泯，杀其身者梁父亢父，所以成一代之纯忠，存其《集》者，祝融、吴回①，所以呵护十九年之心气，夫孰非天之所为哉？乃为诠次审定其奏、疏、书、檄诸种，曰《冰槎集》，其古今体诗曰《奇零草》，曰《采薇吟》，其己亥纪事曰《北征录》，共十二卷，附以《乡荐经义》一卷。予又为作《诗话》二卷，《年谱》一卷，以详其《集》中赠答之人与其事云。

---

　　① 祝融、吴回：并火神名。

# 董户部《揽兰集》题词

董户部官江东，其不屈于悍帅，南雷先生作志铭详之矣，于其《揽兰集》则略焉，岂知户部之大节，读其《集》尤令人泪淫淫下也！户部少受业于漳海，讲学大涤山房中，其所著《易学》，盖犹漳海之绪言也。倪文正公见其文，大称赏之。七上公车不第。会稽之栖，令之司饷，几至杀身，国亡遁迹荒郊。甬上遗民极盛，诗文亦极盛，顾或笔力不足达其悲愤之意，至于慷慨淋漓，莫有过户部者。屈、宋之骚，陶公之诗，方、谢之游记，皆荒唐绵渺，故谬其词，未尝敢颂言不讳也，而户部恣其胸中所欲言，是在古今亡国大夫文字中独成一格，不只同时诸公所不逮也。

户部于是《集》，晚年手书，装潢极精，题之曰《揽兰帖》，未尝示人。其孙胡骏藏之箧中，而胡骏出游，是《集》为人携去，予访之未遇，偶于陆丈书库中得其稿本，磨糊漫漶，亟喜而钞之。其《五哀诗》、《七哀诗》、《舟山九歌》、《六烈传》，文笔最壮，余亦皆哀艳之作为多，可当江东一小史也。

呜呼，由丙戌迄甲辰，户部之偃息衡门者一十九年，孰知其昕夕悲恸如此者乎！而户部犹痛自刻责，谓"当时陈玄倩、余武贞奋愤自溺，何死不可共殉，靦颜一误，谬于千里，中夜耻之！"抑何其报国之欿然常不足也。王留之辈其亦可愧死也矣！

姚江邵给事之詹之仕江东也，诸野乘中无称焉，今读户部挽诗，盛称其建义之功，借箸之策，钱塘既破，悲愤发疽而死，哭之甚哀，是又一异闻也。并纪之，以质越中之熟于旧事者。

# 陆大行《环堵集》序

陆大行遗集，散佚于兵火之余者，其嗣子携入京，未几亦卒。族父友仲先生，故大行外孙也，时亦客京，亟携之归，以与其孙。又数十年而其家索予为序。

向尝闻之南雷先生，以为先生盖陈同甫、辛幼安之流，其古文词，鹏骞海怒，意之所极，穿天心月胁而出之，苦其才多，使天假之年，自见涯涘；诗皆志意所寄，媚势佞生，市交游而作声色者，未尝以片语污之。及读先生遗集，虽奇零非完本，然想见其磊落英奇，如遇之眉宇也。

先生尝言明季士习之坏，以为："少读书吴中，朋友亲昵，署其刺曰友而止。未几而概名以社，犹无乖于丽泽①也。未几而更益以盟。其后唼名者日多，踖事者日出，闻声肸蚃②，皆以此称谓，张大其声气。其盟主几若齐秦之欲自帝于东西，署置同事，名曰首勋，摈排异己，谓之屏放，狂惑至此，播为乱气。若澜倒堤决，莫之堙塞。而登莱孔有德之难，渠魁遂亦以此相招集，流寇因而效焉。夫人必身无乱气而后可以理天下之乱，故尝驰书宣城沈眉生相期禁绝，而狂惑不可户喻，可叹也！"呜呼，由先生之言推之，盖隐然比当时坛坫之徒于盗贼，至以此动色相戒，明季士风，可以想见；而先生以布衣诸生，

---

① 无乖于丽泽：犹言符合朋友讲习的意义。丽泽，谓两泽相连，有朋友讲习之象。见《易·兑》。

② 闻声肸蚃：蚃，应声虫。肸，布响。此虫应声最捷，故响能四布。

窃窃然怀天下之忧，是岂徒抽青俪白求之文字间者欤？

先生之死也，以冯千户之刺也。当是时，小朝廷如蜗战[①]，武人大君，莫可婴也，故朱阁部且死于方国安之手，顾尚书死于贺君尧，即董户部守谕亦几死于王之仁，以先生之芒角，岂得免乎？吾又叹有明之儒者，大率迂阔而乏才，使得如先生者，早据时位而有为，未必无补于天下；乃以三舍斋长，困于贤书，垂老得售，而沧海扬尘，书生报国，不能以赤手搏虎狼，身名与之俱毙，岂不悲夫！

先生之文六卷，诗二卷，予稍为沙汰其应酬之作，定为文四卷，而诗无所删焉。先生尝与先宗伯公子非堂先生读书竹洲，其后订为婚姻，而集之得存，亦以吾家，则序之者莫予若也。

---

① 小朝廷如蜗战：《庄子·则阳》："有国于蜗之左角者，曰触氏，有国于蜗之右角者，曰蛮氏，时相与争地而战，伏尸数万，逐北，旬有五日而后反。"这里说蜗战，即蜗角上的蛮触之战，喻残明政权中群臣的勇于私斗。其在《移明史馆帖子四》中所说的"国命寄于蜗角"及"土官蛮触之争"云云，也本于这个寓言。凡是这个寓言所喻的对象，都含有藐小的意义。

# 梨洲先生《思旧录》序

　　予尝谓文章之事，不特藉山川之助，亦赖一时人物以玉成之。蔡侍郎梁村因数古人享此遇者，莫如欧阳兖公，盖其当有宋极盛之时，扬历真、仁、英、神四朝，一时名流，皆极九等人表[①]之最，而兖公尽收之于文字间，是不特昌黎、柳州所无，即东坡、南丰亦稍逊之。梨洲先生产于百六之际，其生平磨蝎之宫、野葛之饷，有为世人所不堪者，而百年中阅历人物，视兖公有过之而无不及，斯又一奇也。先生以忠端公为之父，以蕺山先生为之师，当髫髻时所追随称父执者，莫非膺、滂、蕃、武[②]之徒，稍长游证人书院，秘淑者洛、闽之门庭，见知者杨、袁之宗派，或告以中原文献之传，或语以累朝经制之略，耳濡目染，总不入第二流品目。会庙堂兴绍述之论[③]，祭酒诸生，俱挂党人之籍，父不肯帝，子不肯王，以禁锢之碑，为通家之谱，苟有范温、陆棠之徒，隳家世而丧师传者，望尘自遁，不敢复前。盖先生之学问气节，得于天者固有不同，要其渊源之自，则相半焉。

　　至于三辰易运，从亡不遂如邓光荐，从戎不遂如王炎午，蛎滩鳌

---

　　① 九等人表：《汉书》有《古今人表》，分人物为九等：上三等，上上为圣人，上中为仁人，上下为智人，中、下亦各三等。但只列古人，未列今人。梁玉绳有《人表考》，蔡云、黄云眉并有补考。（详见黄云眉《续蔡氏〈人表考校补〉》）

　　② 膺、滂、蕃、武：李膺、范滂、陈蕃、窦武。

　　③ 兴绍述之论：宋哲宗时，章惇为相，复行新法，治旧党罪，史称绍述之政。

背，呼文、陆①，谒张、陈②，相与吞声而泣血，又一时也。风波既定，家居奉母，则尝以讲经自给，东维③以论文为生，灵光岿然，长谢鹤书④，河汾弟子⑤，多出而为岩廊之器，而先生亦已老矣。

先生碑、版、传、状文字最多，其《思旧录》，则其追怀朋好，杂录见闻，肠断于甘陵之部，神伤于漳水之湄，缠绵恻怆，托之卮言小品以传者也。以先生之撰述言之，《学案》、《文案》，如山如河，是录其渺焉者，然先生百年阅历，取精多而用物宏，于此约略见之。在他人则分先生之一节，皆足以豪。兖公当其盛，故哆兮者如春，先生当其衰，故噫兮者如秋。世有读先生之书者，方信予言之非夸也。

① 呼文、陆：文天祥，陆秀夫。
② 谒张、陈：张世杰、陈宜中。
③ 东维：杨维桢。
④ 鹤书：是征聘的书。孔稚珪《北山移文》："鹤书赴陇。"
⑤ 河汾弟子：王通讲学河汾之间，房玄龄、杜如晦、魏征、李靖等皆其弟子，但其实不可信。详见拙著《古今伪书考补证·文中子》条。

# 《雪交亭集》序

前武部高公檗庵《雪交亭集》十二卷，桑海间著述也。自甲申以后，分年为纪，至于癸巳而止。又有《特纪》、《附纪》，凡忠臣义士烈妇皆有小传，并录其人诗文之有关大节者，而一时哀輓之作有关其人者亦预焉。

雪交亭者，前阁部张公鲵渊之寓亭，在翁洲。其左为梅，其右为梨，每岁花开，连枝接叶如雪。阁部正命，亭亦圮，而浙东亡国大夫，眷念不置，故姚江黄都御史梨洲，以名其亭于姚之黄竹浦，武部以名其亭于鄞之万竹屿中。

武部生平著述极多，其诗古文词为《肘柳集》；其三度狱中，得琴法于华公嘿农，为《琴谱》；而所考证乡里故事，为《敬止录》。《敬止录》部帙尤巨，今闻氏所作《鄞志》，辨黄公林，辨大禹庙，皆本于武部。顾藏于家，无副本，尽蚀于蠹。《琴谱》亦不传。独《肘柳集》尚无恙。而《雪交亭集》手稿，在陆先生春明家，虽高氏亦不知有是《集》也。雍正戊申，予求故国遗事，从陆氏得之，为之狂喜。其后奔走京洛者十年，乾隆戊午，乃招武部之孙石华观之，石华肃拜手泽，摩挲百遍，潸然涕下，因请钞所有《肘柳集》见遗，以易钞此《集》。予曰诺。然石华年已八十，两手不仁，家贫甚，不能蓄写官，虽有此约，未及践也，而石华亦卒。其子以大故，无暇及此，又不肯出其书。将来《肘柳集》之得传与否，尚未可定，则是《集》也，武部之婆心碧血所成，其可不广钞以传之哉？

武部之大节，读是《集》者，如将遇之，顾所纪止于癸巳。其后如滇中死事诸公，海上从亡诸公尚多，武部卒于康熙初年，当必有《续集》，而今不可得见矣。呜呼，故国乔木，日以陵夷，而遗文与之俱剥落，征文征献，将于何所，此予之所以累唏长叹而不能自已也。

# 《杲堂诗文续钞》序

　　李君甘谷出其王父杲堂先生未行之《集》，诠次开雕，令予任覆审之役，予喟然叹曰："先生是《集》之得传也憛矣！"

　　谢皋羽之卒也，自其《晞发集》、《游录》而外，皆以殉葬故不存；郑所南沈《心史》于井底，三百年而始出，近布方韶父之裔孙，逢人顿首，求其先《集》足本而不可得。皋羽之幸而存者，《冬青》之岁月，《西台》甲乙之姓氏，尚成疑案；所南之幸而得出者，或且以为姚叔祥之赝本，由此观之，韶父之《集》之遇也难矣。皋羽弃家客死，所南无后，其零落良不足怪；韶父之后人贤矣，而其生已晚，斯其所以为好事之恨也。残明甬上诸遗民，述作极盛，然其所流布于世者，或转非其得意之作，故多有内集，夫其内之云者，盖亦将有殉之埋之之志而弗敢泄，百年以来，霜摧雪剥，日以陵夷。以予所知董户部次公、王太常无界、林评事荔堂、毛监军象来、高枢部隐学、宗征君正庵、徐霜皋、范香谷、陆披云、董晓山，其秘钞甚多，然而半归乌有。予苦搜得次公、荔堂、披云三家于劫灰中，水功、隐学尚余残断者存，而象来、正庵、霜皋则不可得矣。然诸公犹非其绝无者，若骆寒崖、李玄象、高废翁则竟不可得，即以李氏而言，戒翁、岩叟，其与先生共称三李者也，皆无完集得贻于今。呜呼，诸公之可死者身也，其不可死者心也。昭昭耿耿之心，旁魄于太虚，而栖泊于虞渊咸池[①]之间，

---

　　① 虞渊咸池：《淮南子·天文训》："日出于旸谷，浴于咸池。"又"日入于虞渊之汜"。

虽不死而人未易足以知之，其所恃以为人所见者此耳。此即诸公昭昭耿耿之心也，而听其消磨腐灭，夫岂竟晏然而已乎！勃菀烦冤，且将有所凭以为厉，非细故也。

甘谷表章旧德，尽发羽陵之藏，加以疏证，使后世昭然见先生之大节，讨论文献者，不至有《冬青》岁月《西台》姓氏之疑，叔祥赝本之患，韶父后人之痛，予盖为之喜而不寐者数日。幸逢不讳之朝，《采薇》、《采芝》之音，得以不终湮没，其亦贤子孙之乐也。

甘谷去年一病几死，病中之拳拳惟此《集》，予曰："子能以此为念，不须观广陵曲江之涛也。"及其愈也，始决意开雕，然则先生之《集》之得传也悕矣！

# 《耕石老人诗集》序

　　耕石老人姓李氏，名文纯，字一之，又字姬伯，鄞人也。鄞之砌街李氏，明室世臣。国难后，先生从父仪部，预于五君子之祸殉义，其嗣子文胤懂而得脱。同时九宗子姓，枢部文昶，农部文昱，从亡而死。枢部文缵亦以预五君子之祸几死。评事文爔、参军允智，坎壈以老。先生同在诸公入幕之列，顾别具保身之智，不罹其难。寻匿影奉化之求村，事定始复入城，亦不轻见一人，其所唱酬，止于兄弟。时人称为戒庵先生。

　　集中之诗，以五律为长城①，深入唐人之室。自其少时侍父宦蜀，即为抚军都御史旷昭所赏，订忘年交。晚岁律益细。顾身后散失者十之五，今仅存《瓢贮》四卷，当时贮之于瓢者也。

　　先生尝自叹曰："昔人恨无知己，欲以青蝇为吊客，吾犹嫌其闹；未若枯竹顽石，相与赏心，风味殊不恶。"而先大父赠公谐之曰："青蝇岂仅嫌之而已也？夫北都之青蝇，阳羡、乌程、武陵、韩城、井研②是已；夫南都之青蝇、贵竹、怀宁③是已；夫越都之青蝇，戚畹之张、毛，阁臣之田、谢是已。是营营者，乘时而化，不可方物，或

---

　　① 以五律为长城：唐秦系和刘长卿善，以诗相赠答。权德舆说："长卿自以为五言长城，系用偏师攻之，虽老益壮。"见《新唐书》本传。

　　② 阳羡、乌程、武陵、韩城、井研：阳羡，周延儒，乌程、温体仁，武陵、杨嗣昌，韩城、薛国观，井研、陈演，并为明季宰辅。

　　③ 贵竹、怀宁：贵竹、马士英，怀宁、阮大铖，并为南明福王时权臣。

为枭为獍，或为鬼为蜮，方当投畀豺虎，尚忧不食，而谓但移床以远之，闭门以拒之耶？如吾戒庵者，犹忠厚之论矣。"先生为之欷歔流涕，相对不语者竟日。

予读先生之诗，冲和雅淡，绝无怨悱之音，然亦尚有不能自禁者：如新乐府《秦舞阳》一篇，托辞于荆卿之降秦，以诋故国诸臣之改节；《哭华嘿农》、《王卤一》诗二篇，消魂于山阳之笛；至若潮回京口，风利石头，日月重开，山川一洗，则犹向丁鹤年《海巢》中有宣光纶旅之盼焉，夫孰谓其守枯竹顽石以老者？虽以是瓢为中流之一壶可矣。读毕，因述先赠公之语以序其端，茫茫桑海，想见欷歔流涕时也。

# 《句余土音》序


吾乡诗社其可考者，自宋元祐、绍圣之间，时则有若丰清敏公、鄞江周公、孅堂舒氏，而寓公则陈忠肃公、景迂晁公之徒预焉。建炎而后，汪太府思温、薛衡州明龟、王宗正珩，相与为五老之会，以孝友倡乡里敦庞之俗，而唱酬亦日出。乾道、淳熙之间，丞相魏文节公杞、史文惠公浩并归田，张武子、朱新仲、柴张甫，皆其东阁之彦，寓公则王季彝、葛天民之徒预焉。绿野平原，篇什极盛。庆元、嘉定而后，杨文元公、袁正献公、楼宣献公，寓公则吕忠公，多唱和于史鸿禧碧沚馆中。顾诸公以道学为诗，不免率意。独宣献不在其例耳。同时高疏寮、史友林别有诗坛，则从事于苦吟者也。史枢密宅之兄弟，偕郎婿赵侍郎汝楳辈，在湖上又为一社。咸淳而后，甬上之士不见用，礼部尚书高衡孙、军器少监陆合、知汀州汪之林而下四十余人，一月为一集，顾其作少传者。宋之亡也，遗老自相唱酬，时则深宁王公为主盟，陈西麓尤工诗。寓公则舒阆风、刘正仲之徒咸预焉。已而有陈子羍、郑奕夫、徐本原、章垒诸君嗣之。清容学士之家居也，鹿眠山人哀以兄弟相应和，而蒋远静辈皆为故家之良。其后则郑以道、蒋敬之、王遂初称继霸焉。是宋元三百年中吾乡社会之略也。

人代日远，征文征献，谁有若正考父其人者。[①] 然而豪芒流落，

---

① 正考父三语：正考父，是孔子先代，历任宋戴、武、宣三君，见《左传》昭公七年。孔子感到宋的文献不足征，若正考父，便不会有此感了。

尚可收拾。予尝欲为李杲堂前辈补《甬上耆旧录》，首于此三致意焉。

　　明之诗社，一举于洪兵部，再举于屠尚书，三举于张东沙，四举于杨沔阳，五举于先宫詹林泉之集，是则杲堂序之详矣。六举则甲申以后遗老所会。林评事荔堂有九人之序，寓公余生生有湖上七子之编，高隐君鼓峰有石户之吟，其中诗称极盛，而尚未有人辑而汇之者。承平而后，诗盟中振。郑高州寒村、周即墨证山、姜编修湛园、董秀才缶堂、舒广文后村诸公为一辈，胡京兆鹿亭、张大令蓼山诸公又为一辈，虽其才力各有所至，未尽足以语古人，然要之高曾之规矩所寓也。

　　数年以来，前辈凋落，珠槃①之役，将以歇绝。予自京师归，连遭茶苦，未能为诗。除服而后，稍稍理旧业，与诸人有真率之约。②杯盘随意，涞洵数举。而有感于乡先辈之遗事缺失，多标其节目以为题，虽未能该备，然颇有补志乘之所未及者。其敢谓得与于斯文，亦聊以志棼社之掌故，未必无助乎尔。会予又将有索食之行，未能久预此良会；同社诸公，因衷集四月以来之作，令予弁首，予为述旧闻以贻之，而题之曰《土音》，以志其为里社之言也。

---

① 珠槃：古代诸侯盟时盛牛耳的器。见《周礼·天官·玉府》。
② 有真率之约：用司马光真率会故事。

# 厉太鸿《湖船录》序

雍正己酉，吾友厉二太鸿相遇于扬，以所辑《湖船录》示予，且令弁一言于其首。是年，予入京师，东临碣石，以观沧瀣。辛亥南下，太鸿方卧病，不得一握手。明年，予复北辕，转盼五载，偶过唐丈南轩座上，则太鸿之书在焉，不禁枨触于平山之诺，因辄濡笔为文以寄之。

西湖为唐宋以来帝王都邑，一举目皆故迹，太鸿搜金石之遗文，足以证史传，访池台亭榭之旧事，足以补志乘，而独拳拳于兰桨桂棹之间，繁举而屑数之，说者以为是骚人之结习，学士之闲情也。虽然，太鸿之志，则固有不尽于此者。江南佳丽，西湖实出广陵、平江之上，至若高、吕妖乱<sup>①</sup>，法云、山光诸寺为墟，淮张割据，虎邱亦遭城筑，独西湖自开辟以来，并无血瀑魂风之警，画舫笙歌，不震不动，是固浮家泛宅之徒所不能不视为福地者。然而时值雍平，人民丰乐，相与征歌选舞，穷极胜情，泛桃花者除不祥，投楝叶者观竞渡，妖姬操栌，歌儿荡楫，唱《河女》，和《竹枝》，当斯时也，鹿头燕尾，亦共匆忙，而舟子声价，俱为雄长；若其运会稍涉陵夷，则冶游渐复阑散，败艘萧寥，聊备不时之需，即有行吟之客，憔悴来过，落日荒江，不觉减色。是以李文叔记《洛阳名园》，以验中州之盛衰，

---

① 高、吕妖乱：高是离骈，吕是愚弄高骈的妖人吕用之。事详罗隐《广陵妖乱志》。

而魏鹤山谓花竹和气，足征民生安乐者，其即太鸿之志也夫！

　　嗟夫，太鸿以掞天之才，十载不上计车，荷衣槲笠，流连于摇碧之斋，不系之园，而予历陆风尘，未有宁晷，太鸿睹兹文也，其能弗动劳人之念哉！

# 《宋诗纪事》序

厉征士樊榭以所著《宋诗纪事》百卷，索予为序。樊榭所见宋人集，于朋辈中为最多，而又求之诗话画录，山经地志说部，虽其人无完作者，亦收其片词只句以传之，盖辑春之功十年。

宋诗之始也，杨、刘诸公最著，所谓西昆体者也，说者多有贬辞，然一洗西昆之习者欧公，而欧公未尝不推服杨、刘，犹之草堂之推服王、骆 [1]，始知前辈之虚心也。庆历以后，欧、梅、苏、王数公出，而宋诗一变，坡公之雄放，荆公之工练，并起有声，而涪翁以崛奇之调，力追草堂，所谓江西派者，和之最盛，而宋诗又一变；建炎以后，东夫之瘦硬，诚斋之生涩，放翁之轻圆，石湖之精致，四壁并开，乃永嘉徐、赵诸公，以清虚便利之调行之，见赏于水心，则四灵派也，而宋诗又一变；嘉定以后，《江湖小集》盛行，多四灵之徒也，及宋亡，而方、谢之徒，相率为急迫危苦之音，而宋诗又一变。盖此三百五十年中，更番间出，如晋楚狎主齐盟，风气皆因乎作者而迁，而要莫能相掩也。然而诗之为道，盖性灵之所在，不必谓大家之落笔皆可传也，即景即物，会心不远，脱口而出，或成名句，则非言门户者所能尽也。樊榭之为是，盖意存乎收罗废坠，故荟萃唯恐有遗，正

---

① 草堂之推服王、骆：王、骆即王勃、骆宾王。杜甫《戏为六绝》诗："杨王卢骆当时体，轻薄为文哂未休，尔曹身与名俱灭，不废江河万古流。"这便是杜甫的推服王骆。杜甫文学的成就，非王骆可比，而杜甫依然推服王骆，故用以比欧阳修的推服杨刘。杨刘即杨亿、刘筠。

以见诗之有得于风雅之遗者，旁搜远取，不必尽在大家，而又得因其诗以传其人，使不与草木同朽，则亦表章之功所寄也。既各为其人小传，使得知其姓氏里居，爵位世系，又采前人诗话以附之，其中有足以补史氏之阙者，岂非艺苑之津梁乎？而作者之心亦苦矣。予于《永乐大典》中，见宋人集为世无者，尚百数十家，樊榭闻之大喜，亟贻书令予钞录，以补其所不足，予既诺之，而左降出都矣，事或有待，姑先以此行世也。

# 《汤侍郎集》序

前吏部侍郎西崖汤公，以诗名世者四十余年，其《怀清堂集》，生前未及编次，身后门下士王君雪子收拾之，得二十卷，而汤氏后人陵替，遗书散佚，并是《集》亦为人所赚而有之。前浙抚吏部侍郎昆圃黄公，罢官侨居吴中，闻之怅惋，为追理而得之，复以归诸汤氏，钞副本藏家，而命予弁首。予闻侍郎为掌科，出视河南学政，清苦无双，河南之士，类至今犹交口颂其廉，及入为少宰，回翔槐棘之间，声名反减于前。说者谓侍郎以二十年伟望，深荷圣祖眷睐，谛观晚节，不无惭德；又或者谓侍郎暮年善病，门旧弟子，因其宸眷之隆，窃以自营其私，呜呼，大臣之末路，最为难保，一有疏虞，百口莫雪，虽欲为之鉴原，终何辞于责备，此可以为君子岁寒之戒也。

虽然，以国朝之诗宿言之，百年以来，海内所共输心者，莫如新城，若吾浙中之所共敛衽者，莫如秀水，二家之外，无或先于侍郎者，此非一人之私言，天下之公言也。善乎昆圃前辈之言曰："侍郎勋名操履，他年国史自有定论，吾辈可弗深求，但平情而言，欲谓非文苑之渠，词人之杰，谅不可得，则听其生乎著述，流落散漫，宁非后死之愧！羊叔子自佳耳，亦何与人事[1]，此乃木强无情之言，不可训也。"时座客闻此言，皆共为歔欷于邑久之。

抑予又闻侍郎之引进后学，亦自有不可及者。岁在庚子，里中厉

---

① "羊叔子自佳耳"二语：晋王献之语。见《世说新语·言语》。

征君樊榭以计车北上，侍郎观其诗深赏之，置酒殷勤，因扫榻欲延之邸中。樊榭为人孤僻，次晨遽束装，不谢而归。说者服侍郎之下士，而亦贤樊榭之不因人热。呜呼，侍郎当日奔走幕府者如云，小生下士，或以不得梯接为恨，一坏未乾，空庭可张雀罗，盖有荷其卵翼之恩，官至独座，而漠然视其子弟若路人者。独昆圃以骚雅之僻，与雪子、樊榭及予数人，留连痛慨，空堂相对，执卷蹰躅，可为长叹者也。

# 《杨企山文集》序

同年杨编修企山，不相见者七年，癸亥之冬，遇于江都，出其诗古文词如干卷，令予为之序。

向尝与临川李丈穆堂数词苑掌故，百年以来，一门祖孙父子，相继官翰、詹、坊、局者，天下之大，不过十家：江南则武进杨氏最先，次之溧阳史氏、桐城张氏、常熟蒋氏、长洲韩氏；浙中则钱唐徐氏、归安严氏、沈氏；直隶则静海励氏；近日江南又得长洲缪氏，而其余无有也。杨氏一门，四世七人，其登一甲者二人，尤为希遘。虽然，今世词苑之以资地自雄，自有明始也。而词苑文章之诮，亦自有明始。洪、永以后，东里、蒙泉、西崖、守溪、匏庵、圭峰诸公，质有其文，一本高曾之规矩，过此以往，渐以就衰。荆川、大洲、南沙不过数人，其后词苑之作，几不复为通人所寓目。澹园、石篑思为中流之一壶，而才力不足以语乎古；苍霞、黄离春容大雅之音，而根柢稍浅，鸿宝、石斋以学行重而弗尽醇，蒙叟力追八家而累于排比，词苑文章之难有如此，乃知浪负清华之选者，其已多也。

圣朝鼓吹休明，诸老先辈之以文鸣者盛矣，予生也晚，所及者似少屡焉。望溪、石源、穆堂之次，其以经学史学发为文章，农先学士其人也。企山亲禀学士之教，涵濡酝酿，盖已有年，其不为世俗之文章所汩没，而卓然有得于汲古者，行且为词苑吐奎娄①之气，而一洗

_____

① 奎娄：二十八宿白虎七宿的首宿为奎宿，次宿为娄宿。奎主文章，仓颉效象，见《初学记》二一引《孝经援神契》。

《折杨》、《皇荂》①之耻，使后世有如巽岩李氏作词苑年表者，不仅仅以累叶花砖，夸西清系胄之盛，而以克绍其家声为难，是则企山之资地也。企山之作，其才宏肆，其法谨严，其气息舂容而大雅，由是而进之陶铸万有，贯穿一切，吾未有以测其所至，其足为诸老先辈之替人无疑。

予初入京，即荷学士过情之奖，得聆论文之绪，十年拓落，已见二毛，顾瞻玉堂，如在天上，企山其勿以吾言为妄，然卒勿以充同直诸公胡荽之语也。

---

①《折杨》、《皇荂》：《折杨》、《皇荂》（音花），古代的俗歌曲。《庄子·天地》："大声不入于里耳，《折杨》、《皇荂》，则嗑然而笑。"

# 《春凫集》序

吾友钱塘符君药林，浙中诗人所称七子者也。其《西湖纪事诗》，久行于世，至是次其宦游以后诸作，题之曰《春凫小稿》，而问序于余。

昔东坡之论诗，谓李、杜以海涵地负之量[①]，凌跨百代，古今诗人尽废；然而魏、晋以来，高风绝尘，亦自此衰；盖李、杜之诗不可几，其神明魄力，足以尽诗之变，而不善学者袭之，亦足以失诗之真。自是而还，昌黎、东野、玉川、阆仙、昌谷，以暨宋之东坡、山谷、诚斋、东夫、放翁，其造诣之深浅，成家之大小不一，要皆李、杜之别子[②]也。然而流弊所极，丛篇长语，或为粗厉噍杀之音[③]，或为率易曼衍之调，吊诡险诞，无所不至，永嘉四灵，欲以清圆转流一种，变易风气，而力薄不足以胜之。

故予言诗，自盛唐而后推三家：柳子厚不可尚矣；次之则宛陵；次之则南渡姜白石。皆以其深情孤诣，拔出于风尘之表，而不失魏、晋以来神韵，淡而弥永，清而能腴，真风人之遗也。乃药林之言诗，则与予同，其生平嗜好，寝食于白石，而惜其所作之不尽传。今观《药林集》中诗，当其至处，几几欲登白石之堂而夺其席也。

---

① 海涵地负之量：喻量之大。韩愈文本作海含地负，见《南阳樊绍述墓志铭》。

② 别子：诸侯庶子。

③ 粗厉噍杀之音：《礼记·乐记》："是故其哀心感者，其声噍以杀。"又"其怒心感者，其声粗以厉"。噍作急解。

药林初以大廷尉休宁汪公之荐，观政户部，沈滞数年，乃有监仓之任，得以廪粮所余，迎养两尊人于京邸，未期年而遽丁内艰，贫不能扶衬以归，可谓穷矣。而其诗之春容骀宕，超然自得，绝不为境所束，是岂可以近世诗人目之欤？爰即书之以序其集。

# 董高士晓山《墨阳集》序

吾乡故国遗民之作，大率皆有内外二集，其内集则秘不示人者也。转盼百年，消磨于鼠牙鱼腹之中，虽外集亦什九不传，况内集乎？

董先生晓山，湖上七子之一也。七子之后人，大率皆夷落，不复得列于清流，独先生三世以来，门户诗书之泽未绝，予求得其《墨阳集》而论次之，然《内集》亦不可得见矣。

予读周即墨证山之《序》曰："君子读书，明于古今之故，遭时自斥，一无所表暴，以穷以老，所恃以见其意者，诗若文耳。而又只此破帽芒屦舟车风雨之际，一二蕉萃之士，往来赠答，览山川之陈迹，风物之变幻，悄然以思，傥然以赋，而生平之意固不在焉，斯亦仅得其粗者矣。今世且无知之者，又安望他日读其书而谅其不言之意邪？虽然，晓山亦自存其意耳，固未尝蕲后世之知之也。使蕲后世之知之，则又晓山所不取也。"即墨之文，可谓善言先生之意者，予固无以益之，但就其言绎之。则知即墨虽与先生至契，顾当时亦似未得《内集》而读之者，使其得见之，《黍离》、《麦秀》之音，足以感天地而泣鬼神者，吾知非此《序》之所能尽也。呜呼，志士之精魂，终古不朽，而莫为宝之，使冥行于太虚，而人莫得见，则后死者之恨也。

当是时，吾乡诗人极盛，论者谓郯山以才胜，其力雄，呆堂以学胜，其词赡，而配之以巽子，以为诸家之魁。林都御史茧庵独沉吟曰："巽子尚踏省门，不在遗民之列，尚未足侪于二家。"良久曰：

"晓山以韵胜，其格超。"时人以为知言，而亦因见吾乡前辈论人之严。

先生大节，详见于予志墓之文，故此不复备。世有以不得见先生之《内集》为憾者乎？但观予志墓之文以及此《序》，其亦可以想象而大略得之矣。

# 《爱日堂吟稿》序

　　予与谷林定交且二十年，江湖之邮寄，京洛之追寻，家园之止宿，分题刻烛，良亦多矣，妄不自揣，以为当在地丑德齐之间。及其下世，始尽取其集读之，其气穆然以清，其神油然以莹，其取材浩乎莫穷其町，其别裁盖非一师一家之可名也。乃喟然自愧，以为曩者特管中之窥，不料其所造一至于此！

　　昔人之论诗者，梅圣俞主于勤，吕居仁主于悟，杨廷秀主于变，夫不勤何以能悟，不悟何以能变，其归一也。三家之言，可包举也。而予更有进于此者，诗固《三百篇》之遗也。苟其无豫于人伦之旨，则虽百计求工，要不过世俗之诗。谷林之为人也，事亲以孝，待兄弟以友恭，御下以慈，接友朋姻戚以厚，可谓有得于温柔敦厚之教者矣。时与命乖，征车之役，不得待诏承明未央之廷。临川詹事将处以三礼书局一席，谷林眷怀寝门，拂衣竟返。放翁有云："外物不移，方是学者"，斯其人矣。晚年稍为客所负，家事渐绌，顾怡然不以挂胸，日益聚书矻矻，可谓和平之极致矣。

　　所居小山堂，池馆之胜，甲于钱塘，竟日游息其间，岩壑之流止，花草之菀枯，澄观嘿验，不必远穷屐齿，而化机已毕具于胸中，然则谷林之诗之日进而上，盖有由。然而区区荟萃之富，澄汰之严，渊源之邃，与夫诸老先生之所夸为秘传者，犹其末焉者也，而予也何足以望之！乃为之序其端。

# 《宝瓶集》序

　　竹町居士陈授衣以诗名大江南北者几三十年，而不遇，其遇益塞，其诗愈工，顾竹町之诗愈工，而其心愈歉然有所不足。余谓其心之歉然有所不足者，此其诗之所以工也。请言竹町之为人也，古心而笃行，方严醇雅，造次不苟，有儒者气象。故其为诗亦绝无险诐之习，夸诞靡曼之音，狭隘僻陋之肠，破碎之句，而一出之以和平温厚。取材自汉魏以至宋、元无不到，而归宿于中唐。年逾五十，手不停披，含毫渺然，会心自远，吾疑其胸中所造，殆有得于学道者，故其诗之工如此，而竹町逊谢曰："吾未能也。"

　　予每客扬州，馆于马嶰谷斋中，则与竹町晨夕，竹町居东头，予居西头，余方修《宋儒学案》，而竹町终日苦吟，时各互呈其所得。因念世之操论者，每言学人不入诗派，诗人不入学派，吾友杭堇浦亦力主之，余独以为是言也，盖为宋人发也，而殊不然。张芸叟之学出于横渠，晁景迂之学出于涑水，汪青溪、谢无逸之学出于荥阳吕侍讲，而山谷之学出于孙莘老、心折于范正献公醇夫，此以诗人而入学派者也。杨尹之门而有吕紫薇之诗，胡文定公之门而有曾茶山之诗，湍石[1]之门而有尤遂初之诗，清节先生之门而有杨诚斋之诗，此以学人而入诗派者也。章泉、涧泉[2]之师为清江，栗斋之师为东莱，西麓

---

　　① 湍石：喻樗，号湍石，尤袤是其弟子。

　　② 章泉、涧泉：宋赵蕃、韩淲，并为刘清之弟子。所谓学道而工诗者，大江以南推二泉，就是赵章泉和韩涧泉。

之师为慈湖，诗派之兼学派者也。放翁、千岩得之茶山，永嘉四灵得之叶忠定公水心，学派之中，但分其派者也，安得以后世之诗，歧而二之，遂使《三百篇》之遗教，自外于儒林乎？赋诗日工，去道日远，昔人所以箴后山者，谓其溺于诗也，非遂谓诗之有害于道也。竹町之诗既工，而其胸中所造有近乎道，其歉然不自足也，殆将有更进而致精焉者。曾氏之瑟未希①，而颜子之卓如有立矣，吾知其不仅仅以诗人终也。

竹町属余为序者且十年矣，今冬又话别于扬，江空岁晚，暮云落叶，满目皆诗材也，而余叨叨于道术之分合，得无笑其迂乎？

---

① 曾氏之瑟未希：《论语·先进》："鼓瑟，希"，因为曾点在考虑怎样对孔子的话，所以瑟音少了。这里是说明作诗无害于道，曾氏之瑟未希，而颜子之卓如有立矣，意谓陈授衣诗未绝吟而道已有立了。

# 《修川小集》题词

　　杭兄董浦董志局于海昌，得绝句共百首，请予为之引。董浦之诗之工，不待余言，顾余甚有念于海昌者，得因董浦之诗而一及之。

　　海昌，故文献之窟也。董浦拜无垢[①]之祠，式持正[②]之里，搜录查职方《罪惟》诸篇[③]，岂仅骚人之游录哉？而樊侍御光远者，杨文靖公高座弟子，乃无垢之畏友也，学录不传，微言安在！尚有识其讲堂，荐以溪毛[④]者否？职方《东江轶事》，已渐澌灭，而姚监军炳庵弃家长往，以黄蘗为西台，化为精卫，尚有道其姓名者否？抑又闻安阳许侍郎之令海昌也，延姚江黄先生设皋比，招致高材生，雅歌释奠，中吴徐侍郎果亭扁舟涉江，来问证人之学，安阳则传《三易洞玑》[⑤]之旨，岂无薪火之殂，足为里社兴起者乎？是皆群雅之材所当及也，董浦其更为我访之。

---

　　① 无垢：宋张九成，钱塘人，尝谪南安军，自号无垢居士。

　　② 持正：宋施彦执，海昌人，张九成之友。著《北窗炙輠》二卷，朱彝尊、全祖望并有跋，而祖望尤推重其书。

　　③ 查职方《罪惟》诸篇：查继佐著有《罪惟录》。

　　④ 溪毛：《左传》隐公三年，"涧溪沼沚之毛"，毛就是草。

　　⑤ 《三易洞玑》：此书为黄道周所著。

# 《莺脰山房诗集》序

　　国朝诸老诗伯，阮亭以风调神韵擅场于北，竹垞以才藻魄力独步于南，同岑异苔，屹然双峙，而愚所心醉者，莫如宛陵施侍讲之诗。宛陵至性深情，化才藻于何有，而孤行一往，无风调之可寻，所谓酸咸之外，别有领会，说者以莱阳宋观察同称，非其伦也。在昔都官手笔[①]，实使欧、苏诸巨子低头下拜，岂地气所钟，世有之欤？迩来海内之言诗者，不为齐风，即为浙调，兼两专车[②]，如相契约，而宛陵一唱三叹之音，庋阁已久，予虽大声言之，而世人莫之听也。

　　中吴王君梅沜，独深以予言为然。梅沜之诗，其取材也精，其就律也细，清和温润，匠心独运，盖兼前人之长，而别有闲情逸气，出于行墨之表，未尝屑屑描抚之迹，震川所谓得西子之神，而不徒以其颦者也。其为人如其诗，清淡洁供，萧然绝俗，所至焚香烹茗，拥卷长吟，五月而披羊裘，三冬而衣皂褐，梅沜不以介意，犹且修饰牙签，检点研席，长笺短札，一签题俱不苟，偶有伧父唐突其间，则蹙然如浼。然而凤泊鸾飘，漫漶怀中之刺[③]，东华冠冕之场，拓落牢愁，

----

　　① 都官手笔：指宋尚书都官员外郎梅尧臣的诗。
　　② 兼两专车：满一车为专车，一车以上为兼两。《国语·鲁语》："吴伐越，堕会稽，获骨焉，节专车。"注："骨一节，其长专车。"《后汉书·吴祐传》："此书若成，则载之兼两。"注："车有两轮，故称两也。"
　　③ 漫漶怀中之刺：祢衡怀名刺无所适，至刺字漫灭。见《后汉书》本传。

不知者以为元之尚白①，其知者以为瑟之非竽②也。予自庚戌之秋，读《莺脰山房集》而心契焉。去年再至白下，偶及宛陵之论，不觉促膝相近，赏音同调，而又转叹菖歇之嗜③，无怪其为时所外也。

梅沜属予为序屡矣，荏苒缁尘，未及裁答，秋风伏雨，况味萧寥，信笔书此，聊以申平日樽酒细论之旨云尔。

———————

① 元之尚白：说所长未达所求。《汉书·扬雄传》："时雄方草《太玄》，有以自守，泊如也。或嘲雄以玄尚白。"师古注："玄，黑色也。言雄作之不成，其色犹白，故无禄位也。"

② 瑟之非竽：说所长不合所求。韩愈《答陈商书》："齐王好竽。有求仕于齐者，操瑟而往立王之门，三年不得入。叱曰，吾瑟鼓之，能使鬼神上下。吾鼓瑟合轩辕氏之律吕。客骂之曰，王好竽，而子鼓瑟，瑟虽工，如王不好何！是所谓工于瑟而不工于求齐也。"

③ 菖歇之嗜：菖歇，即菖蒲菹。《韩非子·难四》："屈到嗜芰，文王嗜昌蒲菹。"

# 《祝豫堂诗集》序

秀水祝君豫堂来京，以所著《绿野庄诗》索予为序，诺之两年而未就。乙卯秋，豫堂试北闱甫毕，遽为关东之游。予问之曰："何不少待？"豫堂曰："吾之游不过百五十日。倘得捷耶？归来正及春试之期；不捷，买棹南归可也。"达哉豫堂之言！请即以之序其诗。

今馆阁中言诗者，共推江右万先生孺庐为第一。尝过予邸，四顾壁间，独长哦豫堂《清明游陶然亭诗》，以为冲融骏雅，有唐贤《三昧集》之遗，则豫堂之诗之工，固无待乎予之费辞。然古今人工文字者，类有借乎山川之助以昌其气。关东国家王业所基，而列圣飞龙之地也。游邠、岐者，慨然于稼穑艰难，为周家粒我烝民[①]之始，过汧、渭者，穆然于《车辚》、《驷铁》[②]，为秦人履至尊而御六合之阶。则豫堂之行，瞻仰长白山弓剑之脉，周游于大都之壮丽，婆娑三卫之故圩，纵观秀岩旅顺诸城，而遥望夫鸭绿之巨浸，以想见国家草昧经纶之略，作为诗歌以志其盛；其小焉者，貂、狼、狐、豹之产，参、杞之植，瑰奇灵异，百珍交错，皆中土之所未见，而诗人独得之材也。是豫堂之归，其诗必有更进于此者，目前之诗，

---

① 粒我烝民：后稷播植百谷，才得以谷养我众民，语见《诗·周颂·思文》。

② 《车辚》、《驷铁》：并是《诗·秦风》篇名。《车辚》，美秦仲始大，有车马礼乐侍御之好。《驷铁》，美秦襄公始命，有田狩之事，园囿之乐。襄公是秦仲孙。始大，谓国始大。始命，谓始命为诸侯。

未足以穷其变矣。

于观今日之朋试于京者，如豫堂之才，不可多得，吾固知其必遇。豫堂虽不及亲预鹿鸣之席，其所得有多焉者也。豫堂行矣，吾将酌沧涞之酒以待子，新诗肰篋，当并约万先生共读之。

# 文说二首

作文当以经术为根柢，然其成也，有大家，有作家，譬之山川名胜，必有牢笼一切之观，而后可以登地望。若一邱一壑之佳则到处有之，然其限于天者，人无如之何也。唐、宋八家而后，作家多，大家不过一二。周平园、楼攻愧力为恢张，微近于廓，水心则行文有蹊径，同甫尤多客气，其余瘦肥浓淡，得其一体而已。有元一代，规矩相承，而气魄差减，明初集大成者惟潜溪，中叶以后，真伪相半。虽最醇者莫如震川，亦尚在水心伯仲之间。独蒙叟雄视晚明，而拟之潜溪，逊其春容大雅之致，此又有随乎国运而不自知者。语曰："文章天地之元气"，岂不信哉？

扬子云之美新，贻笑千古，固文人之最甚者。余如退之《上宰相书》、《潮州谢上表》、《祭裴中丞文》、《京兆尹李实墓铭》；放翁《阅古泉》、《南园记》；西山《建醮青词》，皆为白圭之玷。就中言之，放翁二《记》尚有微词，然不如不作之为愈也。水心应酬文字，半属可删。吾故曰："儒者之为文也，其养之当如婴儿，其卫之当如处女。"

# 读《魏其侯传》

太史公浅人也，其以窦婴与田蚡合传，三致意于枯菀盈虚之间，所见甚陋。凡太史公遇此等事，必竭力形容之，虽曰有感而言，然不知婴、蚡之相去远矣。

汉之丞相，自高、惠以至武、昭，其刚方有守，可以临大节者，只四人，王陵、申屠嘉、周亚夫及婴也。故予尝谓亚夫当与婴合，而婴不应与蚡合。亚夫与婴并以讨七国有名，其功同，并以争废太子见疏，其大节同，并不得其死，其晚景亦同。婴之《传》中，但当序其讨七国，争太子，崇儒术，以见其长，而于其末，略叙其为蚡所陷以死。至于灌夫等事，则别见之《蚡传》可也。蚡本不应立《特传》，但当与后此之淳于长同附《外戚传》中可矣。

婴有临大节之勇，而惜乎其不学，虽崇儒术而未尝有得，向能杜门养晦以息机，则淮南之祸，蚡必族，蚡既族，婴必再相，婴得再相，必能引进汲黯之徒有大节者而与之共事，不亦善乎？乃以牢落之故，丧其身于灌夫，此则吾所以为婴惜也。

虽然，三代以后，人才难得，终汉之世，其可以继此四人者，元帝时萧望之，武帝时王商，哀帝时则王嘉，望之与嘉，又稍参以儒术，其余皆不足以当临大节之一语。然则婴岂可与蚡同《传》哉？

# 跋《岳珂传》

鄂王诸孙，倦翁最有声于时，其《礼记》之学，则为卫正叔以后第一；其《桯史》诸种，则多足以备《宋史》之遗；其《玉楮集》则为嘉定一名家。若其《上吴畏斋启》，拳拳以开禧兵隙为寒心，力言招伪官，遣妄谍，无补于事，允称志识不群者矣。

然予考张端义奏疏劾史相国弥远，城狐社鼠，布满中外，朱端常、莫泽、李知孝、梁成大之在台谏，袁韶之在京畿，郑损之在西蜀，冯榯之在殿岩，吴英之在许浦，岳珂、杨绍云、郑定、蔡廙之在四总，借天子之法令，吮百姓之膏血，外事苞苴，内实囊橐，何居乎倦翁而亦预此列也！《宋史》于《鄂王附传》甚略，而《徐鹿卿传》：珂守当涂，制置茶盐，自诡兴利，横敛百出，商旅不行，国计反屈于初。命鹿卿核之，吏争窜匿，鹿卿宽其期限，躬自钩考，亲得其实。珂辟置贪酷吏，开告讦，以罔民没其财，民李士贤有稻两千石，囚之半岁。鹿卿悉纵舍，而劝以其余分诸民，皆感泣奉命，珂坐是罢。又《杜杲传》，珂为淮东总领，杲以监崇明镇事隶之，议不合求去，珂出文书一卷曰："举状也。"杲曰："比而得禽兽，虽若邱陵弗为。"珂怒，杲曰："可劾者文林，不可强者杜杲。"珂竟以负芦钱劾之，朝廷察其无亏，三劾皆寝。又《袁甫传》，珂以知兵财召，甫奏珂总饷二十年，焚林竭泽，珂竟从外补。然则珂直掊克忮深之小人，得无有愧于乃祖乎？

倦翁生平，颇景仰朱子，具见《桯史》所录，其所为不当至此，抑或色取而行违者耶？本传所以寥寥，殆亦有所讳而然，偶与吾友厉二樊榭言之，为之太息。

# 书《明辽东经略熊公传》后

明启、祯间，东事之坏，如破竹之不可遏，一时大臣，才气魄力，足以搘拄之者，熊司马一人耳。古称温太真挺挺若千丈松，虽磊砢多节，自是足用。[1]司马之卞急忼厉，盖亦此种。用人者贵展其才，原不当使一二腐儒，操白简以议其旁也。

关门再出，庙堂诸公忌其有所建白，乃以全不解兵之王化贞，漫夸六十万兵平辽，为之掣肘。时江侍郎秉谦，力陈"经臣不得展布尺寸，反使抚臣得操节制之柄，必误国事。不幸言而中矣，当国者苟有人心，即寸斩抚臣以谢经臣，犹且不足，反以不能死绥罪之，是犹束乌获之手足，使力不胜匹雏者代之任重，及蹶而偾，则曰是亦获有同咎可乎！"

爰书将定，枢辅孙公承宗、大司寇乔公允升、太仆周公朝瑞、刑曹顾公大章，皆援议能议劳之例；而太仆凡四上疏，褒如充耳。独怪大司寇王公纪、大中丞邹公元标、都谏魏公大中，亦皆力持以为当死，是则予之所不能解者。

有明三百年，以文臣能任边疆之事者，惟曾襄愍公铣并司马耳。曾死于西，熊死于东，英雄之所遇一也。

---

[1] 温太真三语：按称温峤为千丈松，未见。《世说新语·赏誉》："庾子嵩目和峤森森如千丈松，虽磊砢有节目，施之大厦，有栋梁之用。"大概作者误记和峤为温峤吧。

# 《节愍赵先生传》纠谬

　　节愍赵先生之死，世传之者皆谬，予从华公嘿农、高公隐学二《集》中考得之，世无欧阳公，孰为王彦章核实者乎？作《纠谬》。

　　丙戌六月，江上失守，先生题诗案上曰："书生不律难驱敌，何处秦庭可借兵？只有东津桥下水，西流直接汨罗清。"誓死不食，其家多方解慰，不能得。顾先生以曾借友人金未偿为愧，委曲措置得之，次日晨起，袖所作《历试经义》，纳衣巾于文庙，诣友人家返金。友人熟知其贫，讶其返之速，叩之，先生笑不答，即往城东跃入江水。渔舟惊集救之，江流湍急，浮尸竟去，力追仅得及焉。其家故知其以祈死出，遣人四辈迹之，及之江上，渔人辈询其故感叹，乃共以酒灌之，荡其喉，扼其胸使出水，探其袖中纸累累，而友人亦至，为之惊泣，良久得醒，舁之还家。肤孔间血潸潸然，张目不语，仍不食，其家计无所出。先生故授经太白山中，与其徒徐生相得，至是闻先生事，来视之，因强舆先生入山，欲令食不可，则为谬语以慰之。或曰"李侍郎长祥克绍兴矣"；或曰"翁洲大将黄斌卿奉监国来恢复矣"；或曰"石浦大将张名振奇捷矣"；或曰"四明山寨下慈溪矣"。先生闻之，即进食，如是者半年，谬语渐穷，而先生病亦稍愈，间出山中，问樵子辈以近事，则循发示之曰："天下大定，更何问焉？"先生大恸踣地，更不复食，至冬尽困甚，气息奄忽而逝。盖先生殉节颠末如此。今所传，乃谓先生投水即死，死而莫知其由，途人过之，有及其哭文庙中者，乃得其故，不知其绝命词盖已出矣。又由死而生，复延半年，则谓其投水即死者尤误也。

予观志士之死，亦各有其地与其时，文山叠山其前事也。有明之季，蕺山先生不死于绝粒而死于水；漳浦先生绝粒者再不死而死于刑；寒山先生投水投缳者四不死，兴兵一年而卒死于水；郑御史为虹不死于自刎而死于刑。均之死也而不遽死，不如此，不足以显其节之奇也。惟是先生以朝不坐燕不与之身，可以无死，而乃要之于必死，则更奇矣。

先生私谥节愍，亦华、高二公所定云。

# 辨李国桢事

明甲申以后死事诸臣传，传闻异词，多不可信，然无若李国桢之妄者。

先是怀宗念寇祸亟，用人屡不效，思委任勋卫曰："毕竟是吾家世臣。"于是使魏国徐弘基、成国朱纯臣、襄城伯李国桢，分掌两都兵柄，而国桢得京营总督。国桢不晓军务。京营兵数十万，旧例，每一堞，守兵五人，战兵列近畿要地。国桢省军费，每五堞置一人，其余散遣居乡，战兵反居城内。事亟，九门昼闭，守兵不得入，战兵不得出，国桢遂束手无措。贼入城，遽降于贼帅张能。能索金缯数万，国桢唯唯，归寓而所居已为他帅入踞，一无可得。贼怒，搒掠之，两胫俱折，以荆筼抬之，国桢不胜痛楚，夜解带自缢死。或盛以柳棺，置道旁，血淋漓于地。见者指曰："此李总督也。"北平王锦衣世德尝亲见其事而记之。

弘光定六等逆案，尚书解学龙秉笔，国桢在降贼诸臣之列。及阮大铖更定，南京诸勋卫为之请，谬称殉义，俨然赠爵赐谥矣。

前此京城未破时，都院李邦华请南迁，实为国桢所阻，见南都姜阁学曰广《疏》中。《野史》不知，反谓国桢力请南迁。又云："帝后葬日，自缢其旁。"考左侍郎懋第《北使密钞》，及赵吏目一桂《纪事》二书，载帝后之葬甚详，初不及国桢一字，然世犹以当日谥议与野史所载为疑，予故为按其实而历辨之。

# 记许都事

　　许都之祸，交口称其诬屈，而陈公大樽、何公悫人、徐公暗公言之尤甚。大樽身在行间，至以杀都为负，辞给事之擢弃官去。暗公尚责大樽不能力争。而悫人为职方，荐都知兵，俞旨之下，在都死后数日。南都史公时亦以檄召之。故黄南雷、吴梅村、毛西河所言，皆祖诸公之说。独吴征君庆伯以为不然，言"都本无奇才，特以喜结市井无赖得人心，健儿侠客暨方外之不逞者皆归焉。都所结多，不能给，遂肆劫夺。至宣平之官库，亦为所掠。又假中贵之符召兵，事发，自知不免，遂反"。果如此，则都不容诛矣。窃疑华亭诸君子以立功自喜，误信都或有之，史公更历事多，岂有不审其才行而遽为檄召之理？庆伯之父中允，预于讨都，官司声罪之词，容有过实，而庆伯亦遂诋之已甚。总之都既揭竿为贼，则下流蒙谤，终难洗雪，但尚让张元洊非端士，设得如史公者驾驭之，亦或可收其用，而有司复为激变，此纷纷之论所以尚为之惜者也。

# 记石斋先生批钱蛰庵诗

石斋先生在南都，学人称为诚明先生，盖用昔人以加之横渠者也。吾乡钱蛰庵尚少年，以通家子请业，取所作诗求先生点定。先生批其卷首曰："诗甚可观，然其中有赠女校书作，近来此等习气，皆元规之尘[1]也。"钱氏至今藏之。明人放浪旧院，名士多陷没其间，虽以范质公、吴次尾、方密之、姜如须、冯跻仲、黄太冲亦不免焉。主玄趾为戢山先生门下，尤狎于此，又狎伶人梁小碧，小碧以此名重一时。诸公赖有后来所造，不至终为此累耳。读方望溪先生拒顾媚事[2]，真可谓峨嵋天半，复然独绝者矣！予选《甬上耆旧集》，就钱氏求蛰庵诗，获见先生手批之语，为肃然再拜而记之。

① 元规之尘：这是以尘污喻当时狎妓的恶习气。晋王导以扇拂尘说："元规尘污人。"见《世说新语·轻诋》。元规，庾亮字。
② 方望溪先生拒顾媚事：见《望溪集》卷九《石斋黄公逸事》。

# 题陶丈《紫筼集》

紫筼先生文，未能洗尽华藻，然酷肖范蔚宗，同时罕其匹，顾为人㟁岸，不能少受屈折，前辈多畏之，不甚为吹嘘也。

昆山徐学士领《明史》，廷致天下之士，四明万丈季野任考索，颇委紫筼以文，故是《集》多《明史》诸《传》。其时紫筼尚年少，未通籍，而阎丈百诗辈皆忘年交之，已而卒为忌者所排，与昆山绝。

其同里翁尚书亦知之。紫筼成进士，一日在翁邸，翁之子骄而汰，辱何丈义门子众中，紫筼愤甚，请翁出以正谊责之，翁护其子，颇不以紫筼言为然。紫筼长揖竟出，且谓之曰："明公之力，不过使陶生不为翰林，请从此辞！"已而紫筼果不与馆选。其谒铨得昌化，在穷岛中，竟卒于官。

紫筼之入粤也，谓义门曰："吾今岂复望进取，但竭抚字之力，以求无负于国，他年幸得报政归，读书授徒，更尽其能事于文，借手以见万、阎诸先生足矣。"然卒不遂其愿而死。而昌化人至今，感其惠政不衰。

先生之子正一、正靖，皆与予交，而正靖尤厚，今亦死矣，为题于其《集》之后。

# 书毛检讨《忠臣不死节辨》后

　　萧山毛检讨奇龄有三大《辨》：其一为《忠臣不死节》文，异哉其言也！忠臣不必尽死节，然不闻死节之非忠臣也。世知检讨之文，由于卢镇远宜所作《续表忠记》，而不知其所以然。

　　镇远，予同里先辈也。初任萧山教官，其时检讨以亡命之余归里，得复诸生名籍，怨家不能忘情，多相龃龉，而又以制举荒落，连试下等，镇远独奇其才，拂拭之备至，检讨亦感之甚，其所谓师弟，非寻常学舍中人比也。镇远所作《续表忠记》，其初集为赵给事吉士所雕，二集为程上舍某所雕，皆与检讨论定而出者，即令检讨为之序。今所雕乃检讨手书本，字画甚拙，可覆审也。镇远迁官而卒，检讨志墓，亦载其事。

　　已而京师有戴名世之祸，检讨惧甚，以手札属镇远之子曰："吾师所表章诸忠臣，有干犯令甲者，急收其书弗出也。"其子奉其戒惟谨。乃检讨惧未止，急作此《辨》，而终之曰："近有作《续表忠记》者，猥以长平之卒，滥充国殇，而假托予序，恐世人不知，将谓不识名义，自我辈始，故不可无辨。"又改其《志墓》之文曰："公之《续表忠记》，假予为序。"呜呼，何其悖欤！检讨不过避祸，遂尽忘平日感恩知己之旧，斯苟稍有人心，必不肯为；而由此昌言古今忠臣，原不死节。夫负君弃国与夫背师卖友，本出一致，检讨之心术，尽于斯文，检讨之生平，尽于斯文，其诩诩然落笔时盖可想矣。检讨所作《镇远墓志》底本，并其手札，至今犹藏卢氏，其子尝流涕出以示予，予因为记之。若以《续表忠记》言之，其纪事诚有未核，文亦多不工，虽予不敢以其同里为之辞，特检讨亲为之序而反覆如此，其心原不为书之是非起见，则可骇也。天门唐庶常建中曰："君姑置检讨而弗问，盖谅其非本心耳。"予大笑而颔之。

# 信陵君论

信陵君之贤，至使汉高祖易代慕之，良亦难矣。其初破秦军以存赵也，得之侯嬴，其再破秦军也，得之毛公、薛公，皆知人之效也。顾独失之虞卿子。

全子曰："是举也，当魏齐之亡走于赵而已失之，不待虞卿之至也。"魏齐、魏之相也，又魏之诸公子也。夫以诸公子之亲，加以相之重，而使秦人一言，而竟惴惴乎不能保其头，即谓齐之庸有以招强国之侮，而以二千里之魏，信陵之才，不能保其公子与相之头，则辱甚矣。鲁仲连之语辛垣衍也，曰："吾将使秦王烹醢梁王"，衍惊其言，仲连引纣之烹九侯鄂侯以证之。吾以为仲连之证犹疏也，何不曰，"前者魏未帝秦，秦犹能取魏公子及相之头，夫公子，王之骨肉也，相、王之左右手也，同为王而不能庇其骨肉与手，既帝之，而何难烹醢其身乎？"吾不知是时衍将何辞以对也。且谛观秦之肆暴于六国也，固挟其坚甲利兵以摧人，亦半挟其虚声恫疑恐喝以下人。六国之懦也，坚甲利兵尚未至，而已为其虚声所劫，此其所以亡也。彼和氏之璧，其不重于公子与相之头明矣，渑池一击之缶[1]，其不重于公子与相之头又已明矣，蔺相如以身当之，而秦遂不能有加于赵，其气足以抗之也。秦以其气加人，人亦以其气抗之，而秦遂讪然而沮，以是

---

[1] 渑池一击之缶：秦王与赵王会于渑池，秦王要赵王奏瑟，赵王奏了，蔺相如请秦王击缶，秦王不肯，相如盛气迫之，秦王不得已为一击。直到会毕，秦终于占不到赵王的面子。见《史记·廉颇蔺相如传》。

知秦之亦无能为也。何也，以气遇气，有勇者胜，此七国时之风习然也。且相如之抗秦也，以匹夫入虎口而抗之，若信陵是时，则据吾国而抗之，不似相如之危也。计不出此，使魏齐走赵，平原仗义留之，及平原被绐，见留于秦，虞卿复以魏齐来归，而信陵犹迟疑不敢纳焉，不可以为丈夫矣。

予尝为信陵计，是时莫若留魏齐令无他往，而治兵待于境上，以书答秦曰："魏齐、下国之公子，而寡君之相也；无忌亦忝公子之末，而与闻寡君之国政者也。范雎则王之相也。秦王为其相，他国之王孰不为其相？今王以己之相而求寡君之相，即魏齐不足惜，寡君之相足惜，下国之公子亦足惜，寡君不堪其辱！王必欲齐，请以师见！"吾知秦必不敢再索魏齐，亦不敢战。至若平原之素行，其他不如信陵，而是举则在信陵之上。夫平原之与魏齐，越境之交耳，其始之留之也，尚不足为平原异，及其被绐见留于秦，而侃侃曰："贵而为友者为贱也，富而为交者为贫也。魏齐者、胜友也，在固不出也；今又不在。"此其言有相如之风矣。是时秦虽不肯出平原于关，然其气已屈，使赵王能用虞卿之言，必不捕魏齐，而使廉颇赵奢李牧之徒以兵叩关，问罪于秦曰："魏齐魏之公子而又相也，平原君寡君之弟而又相也。范雎则王之相也。秦王为其相，他国之王孰不为其相？今王以己之相，而絷寡君之相以求魏相，寡君不堪其辱！王必不出平原君于关，愿以师见！"吾知秦必不敢害平原，亦不敢战。然则是举也，信陵能行之，魏可以自强，赵能成平原之美而行之，赵可以自强；而惜乎其皆不能，以遂秦之暴，以示六国之弱，以是知六国之必亡也。嗟乎，他人不能，则亦无足责耳矣；信陵君之贤而亦不能，是可惜也！非特交臂失一虞卿而已也。宋之困于金也，函韩侂胄之首以予之，执田俊迈以予之，其人良不足惜，不知国体之辱，士气之自此而不振也！

# 诸葛孔明入蜀论

眉山苏氏曰："孔明弃荆州而入蜀，吾知其无能为。"

子全子曰："谬哉苏氏之言也！荆州之为江左重也，谁不知之？虽然，由西北以取东南，则荆州为要，得荆州而江南不可保；由东南以取西北，则荆州非其地也。当是时，曹氏据中原之形胜，十有其九，由荆州以取襄阳，不过得宛洛，其地四战，即得之，江南亦不能以兵守之；倘谓由荆州以窥武关，撼长安，则甚难，桓温之攻符氏是也。蜀之为土也，嵯峨天险，宜不过自守之区，而为长安之背，高祖尝用之以取三秦。以长安之固，岂蜀之所能争，而长安有事，则蜀之力能为患。昭烈之入蜀，长安十部甫归曹氏，张鲁未亡，正关中可取之机也。其时欲制曹氏，当以蜀中窥长安为正兵，而游军从荆州以缀宛、洛，故周瑜为孙权画策，急以取刘璋、并张鲁、结马超为上，甘宁亦主其议，而孙权谓使曹氏得蜀，荆州必危，英雄之所见审矣。不然，孙氏方捷于荆，何不径由江陵北向，而顾为此迂图哉？其后孙氏不能得蜀，故终吴之世，不能得志于魏。况孔明曷尝弃荆也？荆州本非刘氏之有，而江左君臣，亦无推心刘氏之诚，吕蒙之徒，日相窥伺，夫人又从中主之，古无借人之地足以成王业者，此孔明得蜀之后，所以不欲裁抑法正也。吾则谓孔明之失，正在不能弃荆以起孙氏之衅，而蜀遂之不振，何也？孔明《隆中》之策，本欲兼荆、蜀以为家，有蜀又有荆，两军并出，良为可恃；然孙氏既索荆，则其势已与刘氏分，况荆本孙氏所取，今据之而不返，其曲盖有归矣，曷若慨然以荆州还之孙氏，则邻好尚可保，而以全力由汉中以挠长安，彼十部之余，必有响应者。况马超以宿将正在蜀，即不能尽得长安，而要之长安必危。孙氏既得荆，亦必进而图襄阳，则曹氏之势，大分矣。曹氏知兵，故其弃汉中也，急徙武都氐于天水，诚惧汉之挠长安也。计不出此，乃使前将军日结怨于吴，而浪用兵于魏，卒不闻汉中之一甲一矢应之于西以相犄角也；不但西师寂然，而荆军之出，疾呼夷陵、上庸之援，竟亦不至也，可以谓之知兵乎？刘封固庸材，然孔明何不见及此也？夫得宛、洛之地千里，不如长安之一郡一县也，何其瞀欤！迨白帝之役，赵云亦谓当急据河、渭上流，以图关东，不当从事荆、吴，则荆州之不必力争也明矣。"

　　或曰："前将军之出师也，魏人将迁都以避之，宛、洛震动，何子过之深也？"

　　曰："魏人恐其挟天子而去，故欲迁以避之，迁帝也，非迁都也。魏人之都在邺不在许，即使汉人得许，亦未能窥邺也。而况徐晃已至，宛城之内应已平，前将军之兵已折，即无糜芳辈，亦败而归耳。然即襄阳可得，许都可至，挟天子以攻曹氏，而彼以幽、冀之地自固，亦不能挟其颈而笞其背，不如得长安之为万全也。是说也，蜀人廖立盖尝言之，而苏氏未之知耳。"

　　或曰："然则襄、邓不足恃，而宋之南，李忠定诸公皆欲都之，何也？"

　　曰："为其近汴梁也。宋人不甚争长安，以逼于西夏耳，则势必由襄、邓以入宛、洛矣，言各有所主也。"

# 谢安论

　　王、谢齐名，其人亦相似。王敦之难，导不能抗也，而能巧自异于敦，然不过待敦之死而已。使敦不死，遂成其篡，导将如之何！桓温之难，安不能抗也，而能婉自异于温，然不过待温之死而已。使温不死，遂成其篡，安将如之何！敦与导为兄弟，导之心，或别有不可知者，安则非其比也。特其才不足以讨乱，节不足以拒逆，于是累改九锡之文，以冀事缓而变生，其亦憃矣。向令安才足以讨乱，节足以拒逆，则温以九锡之文至，从而声其罪，加以六师可矣，岂不毅然大丈夫所为耶？淝水之捷，千古以为安之才，吾以为是役也，符坚失律，使安得以成其名，盖亦幸而胜耳。安之拒桓冲勤王之师，盖其矫情镇物之能事，非果有成算也。安能令元成淝水之捷，何以不能令元乘胜直取秦之国乎？厥复进师黎阳，不能复京、洛，并可以知元之才矣。

# 杜牧之论

　　杜牧之才气，其唐长庆以后第一人耶！读其诗古文词，感时愤世，殆与汉长沙太傅相上下。然长沙生际熙时，特为庙堂作忧盛危明之言，以警惰窳；牧之正丁挽季，故其语益蒿目槌胸不能自已，而其不善用其才亦略同。

　　牧之世家公相，少负高名，其于进取本易，不幸以牛僧孺之知，遂为李卫公所不喜。核而论之，当时之党于牛者，尽小人也，而独有牧之之磊落，李给事中敏之伉直，则虽受知于牛，而不可谓之牛之党。卫公不能别白用之，概使沈埋，此其褊心，无所逃于识者之责备，而其勋名之不得究竟，至有朱崖之行，亦未尝不由此。然在牧之则不可谓非急售其才而不善其用者也。

　　卫公讨泽、潞，牧之上方略，卫公颇用其言，功成而赏弗之及，卫公诚过矣；然古之人有成非常之功，裂圭封之，而飘然辞去者，牧之独弗闻耶？亦何用是怏怏为也！且卫公虽未能忘情于门户之见，而其相业，则虽怨仇之口不能没，牧之所为诗，其于卫公深文诋之，是何言欤？近世海盐胡孝辕，谓牧之年未五十，四典专城，亦不可谓之牢落，其言良是。长洲何焯不以为然，果尔，则是必为邓仲华[①]而后

---

　　① 邓仲华：东汉邓禹，字仲华。刘秀即位，拜禹为大司徒，那时禹年还只二十四。见《后汉书·邓禹传》。按《南齐书》及《南史·王融传》，融躁于名利，自恃人地，希望三十内做到公辅。官中书郎时，曾抚案叹着说："为尔寂寂，邓禹笑人！"这里说杜牧必为邓仲华而后可，也就是说杜牧和王融一样地躁于名利。

可也。且牧之自湖州入为舍人，唐之舍人，乃入相之资也，其时卫公已退，牧之之大用亦不远矣，而读其应召时诗，何其衰之甚耶！殆亦长沙赋《鵩》之征也。非所谓不善用其才者耶？

　　呜呼，天下之难得者才也，仅而生之，而或有人焉抑之，或又不能随时知进退得丧，急求表见而反自小之，是非特其人之不幸也，天下之不幸也。吾愿操大钧之柄者，其无以成见为用舍，舂容而陶铸之；而负瑰奇之器者，其无以一掷不中，遂蕉萃而丧其天年，其庶几乎！

# 宋澶渊亲征论

明括苍王交山，著论力诋寇莱公澶渊之役，以为"天子外建诸侯以为疆场，内置宰臣以为辅弼，天子但垂拱而治，疆场有事，诸侯当致其力，朝廷不宁，宰相当任其责，必欲天子亲征，则将焉用彼相矣。幸而契丹请和，车驾坦道而南，苟或失驭，不惟河北沦于敌境，而天下之事去矣。莱公即远迁，何救于国？"

子全子曰："是论也，明人多取之，盖有惕于英宗之北狩而信之也。虽然，是固未可同年而语矣。以莱公之忠，岂不知万乘之不可以轻出，顾是行非得已也。当是时，契丹之横甚矣！宋之不竞又已甚矣！以金瓯无缺之天下，鞭箠四裔，亦当沛然有余，乃兵锋一抵河上，而重臣皇然请幸成都者有之，请幸金陵者有之，推情论事，其不能有制胜之将可知矣，其不能有运筹之相可知矣，所恃者莱公耳。以莱公之才，赫然整大师而出，其有契丹亦有何虑，而必奉天子以出者，盖王钦若之徒可畏也。以莱公在朝，尚且费口舌以争之，甚至出之天雄而后成行，向使钦若居中，则虽出国门，明日有从中牵制之者，不特不能为裴度，而且为李纲。故反覆思之，惟有挟天子以亲征，则六军在吾掌握，而瀹瀹讻讻之徒无所预；且又足以壮士气而寒敌人之胆；不惟壮士气也，亦使天子亲履行阵，有以知敌人之可御，而恍然于望风请迁者之可斩，盖一举而众益备焉。自是契丹亦果慑于天子之神武，不复犯边，莱公之善算为何如乎！盖莱公之所以遏寇者，早已了然于方寸，不过借天子以杜群口，充其志，方且欲为百年之计以大创之，此固非为孤注之说者所能晓也。至若有明之事，则非其伦也。总戎而出者，谁为莱公其人乎？环卫之长，谁为高武烈王其人乎？王振之力排群议，必欲其君亲出，盖欲车驾道经其第，一幸为荣，此其所见，安得不偾事乎？莱公本一书生耳，千军万马，赤白之羽交错，而乃与杨大年饮博自如，是非漫无成算而故为无惧者也。持此以比有明之事，则所谓不知而妄论者也。"

# 刘锜论

刘太尉晚年御完颜亮无功，世多议之，或谓其有雅量，无英略，或谓其狃于顺昌之胜，或谓其用从子，是皆出于虞允文之徒所造谤，其实非也。

正隆入寇，声势虽盛，然其才非兀术比也。淮东出师，以全军委托，非顺昌五千人比也。太尉能破兀术于顺昌，而不能保淮东，此固世所不信也。然当时之致败，则非一端：和议已久，军士弛不堪用，一也；诸宿将皆死，余无可共功名者，顺昌所备只一城，太尉一人足办之，而至是则非一人之力所能，二也；中朝先无战意，急而谋之，三也；而太尉又病，故不克有功。

且此中本末，尚不止此也。完颜亮之初发，遍问诸将，莫敢当太尉者，乃曰"我自当之"，及太尉出淮东，而亮反以大军自淮西，太尉之所遇者其支军也。当时淮西之迎敌者为王权，望风辄遁，亮遂至采石，欲渡江；太尉方在淮东，相持未下，而江上事急，中枢日以符促太尉还军保江，于是不得不还，由盱眙而江都，而瓜步，以中枢之符日至，太尉固未尝败也。假令王权稍能守淮西二十日，太尉可以不归，而亮亦毙矣。太尉既还，淮东自失，不得委过于太尉也。

吾闻太尉初渡江而北也，已病，日食脱粟，中使以医至，叹曰："我本无病，止缘国家边事，必不肯先发制人，以至败坏，忧愤至此！"中使因述自今必不中制之旨，太尉即瞿然而起，具奏建大将旗鼓往盱眙，谓诸将曰："诸公坟墓在北者，宜具拜扫之礼，此行当为诸公建节。"既至，与金人夹岸，无日不战。中使至者，见虏势盛，皆震悚，太尉曰："惟以死报国耳。"其壮如此。及还瓜步，尚遣人自京口取家属至，谋以死守，而中枢促愈甚，太尉亦病愈甚，用两人扶掖坐肩舆中，神气尫悴，其子无马，使人负之。然尚慰谕居民，以大军在江北，决无可虞，不须惊皇。呜呼，可谓鞠躬尽瘁，死而后已者也。读史至此，犹欲从而议之，则无复人心者也。

乃若允文杨林之胜，张皇已甚，吾以《中兴遗史》考之，是日亮以五百人试十七舟于江，允文以十舟击破之，则捷奏中所云杀贼无算者妄也。亮于次日弃采石而趋瓜步，亦岂以允文之胜，盖亮素畏太尉之军，及闻其以病退，而瓜步已下，故遂思合势以进，非因败而走也。时李显忠尚未至，杨林小捷，不为无功，然亮军极盛，岂肯因五百人之挫而遽走？假使亮次日不去，金师竟渡，未卜允文如何应之？乃会逢其适，遂从而夸大之，且谓太尉闻之，自称愧死，不已过乎？且使亮不死，复从瓜步临江，未卜允文如何应之？而耳食者以虚声言史事，妄加褒贬，其可信耶？夫允文致身宰相，以是捷也。及其既相，亦尝有经略关陕之说，卒无尺寸之功，岂非狃于杨林之役耶？然则奈何以之讥太尉哉！古今之称奇捷者，赤壁也，淝水也，杨林则绝非其伦，而因欲以之盖太尉，则其无识者矣。

# 明毅宗南迁论

崇祯甲申之难，遗臣故老，争叹息于南迁之议不行，而李明睿遂伪为《请南迁疏》以自夸炫，予不以为然也，作《明毅宗南迁论》。

不必问天子之可以迁幸与否，但当问迁幸之有济与否。天子为四方之主，无所往而非吾土，此以平日之迁幸言也。若干戈及京师，委而去之，九庙之钟虡，列祖之法物，听其存亡可乎？故操死守之说以待勤王者，亦是也。然而事有万不得已，则与其偕亡，不若暂为迁幸以谋兴复，四方亦谅我之衷而不遽谓非也。独明毅宗之事，则又不然。

毅宗之时，文臣如范倪、戚臣如刘巩，皆无尺寸之柄，只可一死以自明，而掌禁卫兵如李国桢，宦寺如曹化淳，其能扈卫翠华，捍牧围而无恐乎？倘用冯抚军元飏之策，由海道行，则抚军转盼且为部下尽夺其兵，挺身南走矣，抚军忠笃有余，而应变非才也，况出没波涛之中乎？倘有陆道行，则山东大将乃刘泽清也，其跋扈非一日矣。呜呼，是时而谋迁幸，不特无郭子仪之徒，亦并无李怀光其人者，不特无杨复光之徒，亦并无高力士其人者，倘冒昧而一出，不为五将山中之符坚，则即福王之前车也。以毅宗之刚为何如，而肯陷其身于不测，非徒无济，反以增辱乎？毅宗所以能不辱者，惟其于事势筹之至审，故决于一死而恐后也。

曰："然则宋靖康之事若何？"

曰："宋之与明不同。靖康之被围，李忠定、种忠宪未能竟其用也，而敌已退，倘如李、种之谋，敌固不敢再至，即不用其谋以再召敌，而李不远黜，种不死，尚可复用之以支吾，惟委之何栗之徒，所以亡也。向使靖康之时，远而避之，或长安，或襄、邓，谋国者之不臧，岂能令金人之不至？建炎之远窜，方且至于海上，而不足以退敌何也！然则忠定操固守之说者，其见卓矣。自有论固守之非者，而或且于景泰之事，是徐有贞而非于谦，不已谬乎！盖毅宗虽欲迁而不可者也。"

# 武王不黜殷辨

或有问于予曰："谢叠山《上刘丞相书》，谓'纣之亡也，以八百国之师不能抗，夷、齐二子之论，武王太公廪廪无所容，急以兴灭继绝谢天下，殷之后遂与周并王。使三监淮夷不叛，则武庚必不死，殷命必不黜，殷之位号必不夺，微子未必以宋代殷而降为上公也'。如叠山言，则是殷周之际有二王并立也，有诸？"

予曰："子亦尝知天人之旨乎？以有天下者之子孙而言，是祖宗所世守也，斯即一成一旅，不可轻以予人，是固在人之见也。自天言之，则国非一家之私也，虽继世嗣统者，或未尝不为之少恕，而至于贯盈，则讫其命而非为过，是以为之臣者，得应天顺人而取而代之。故使武王未尝黜殷，则必受辛之恶未绝于天，确然有不当黜之义，而渡河之举，反为逆节。当黜而黜，武王固已奉天命而行之，安有东帝西帝之谬，而见于大圣人之世者？"

或曰："殷周固不得并王，使武王诛商之后，立武庚继殷，而退就藩服，不称尊号，迨小腆自作不靖，然后不得已而黜其命，岂不更善？"

予曰："为斯言者，总有一武王非圣人①之论横于胸中，而疑乎黜殷之非者也。夫令武王果执臣节，亦必不立武庚，何也？受辛之恶，不止蔡叔，而有天下之与有国，又不可同年而语也。罪人之余，断无君临万方之理。或求微子于逊荒之中而立之，以箕子、微仲、商容、

---

① 武王非圣人：苏轼有《武王论》，说武王非圣人。

胶鬲之徒左右而先后之，武王退居于镐，不必别为善后之计也，岂俟立之监而置之辅哉？武王之所以不出此者，洞见夫天人之故，革命而无所嫌也。既不出于此，受辛既死，姑封其后以主既屋之社，以延六百年之祀可也。其不迁之异地者，以累世之宗庙陵寝在焉，此武王之仁也。说者以南巢之放，未尝封夏后于故都，夫圣人之事，亦岂必相袭乎？且子将以伯夷之事，果有之与否？叩马之辞，虽未足据，而不食周粟，则古今所传也。使殷实未尝黜，则粟固未属周也，伯夷诬武王矣。”

曰：“然则叠山何以有此言也？”

予曰：“叠山当元人既下江南，思延宋祚，特有为言之也。不然，曾是民无二王之旨，而儒者乃未之闻也哉？”

# 破惑论

　　吾乡城东钱氏，世有贤者，顾多佞佛。清溪以宗门讲学，宁国逃禅更甚，忠介虽稍减而未净，蛰庵则浑身陷入矣。忠介夫人董氏，在太仓日，礼法华，蜡光成青莲，有如来璎珞宝相，结跏其上，见者惊异。余曰："此痴绝而成此幻景也。夫人当久病，心气所注，尝有鬼神临之，皆此类耳。非果有志壹动气之征也。"同时海岸仪部礼洛伽，见大士现身天际，霓幢露葆，讶为蜃市，既而悟曰："此大士也。"余曰："此乃真蜃市也。海岸初一念不错，而转念附会之，妄矣。"大都斯人神明之感，足以造一切光景，见尧于羹，见舜于墙，见文王于琴，见周公于梦，非果尧舜文周尚有可见，思之既切，遂有此耳。然则如来大士之见，亦犹此矣。

# 李甘谷五十序

甘谷去年秋，以脾泄病甚，医师视之，皆曰不治；即亲友望问，见其状者，亦皆曰不治。予谓老友陈丈南皋曰："甘谷无死法。"南皋蹙额应曰："固幸其然也。但病甚剧，奈何！"予曰："砌里李氏，在吾乡盖文献之职志也。自栎轩、楝塘以来十余世矣。宾父子年封若戒庵昭武，世其学弗替，而呆堂先生集其成。其中若侍御之清望，黔抚之懋勋，仪部农部之死事，李氏之名德，固不仅以文章，而呆堂以晞发吾汶之风节，出而绍之，又能以文章发明先世之忠孝，斯其立言所以独尊。况是时也，李氏之难亟矣，呆堂以一身支柱其间，使九宗七族，得保于飘摇簸荡之中，其功尤巨，是又积庆在风节文章之外者也。呆堂传之东门，东门传之甘谷，一线之寄，旧德是凭，当有所以昌大之者，而谓如啬夫之丧之有是理乎？张安世悬记丙吉之有瘳[1]，古人不我欺也。且甘谷之生也，其先太孺人梦有菊花盈谷，菊恬而寿，所谓传延年者也。寒香晚节，正未有艾，故曰甘谷无死法。"于是南皋浮白起舞曰："善！"

已而甘谷之病，绵延九死，浃岁而果愈。今年秋，坐蜗庐被除松梧阁开云岭，招予与同社诸公，寻去年《句余土音》之盟。逾月，其五十生辰也。南皋令画师为写菊英图。甘谷曰："吾今将悟无生之

---

① 张安世悬记丙吉之有瘳：按汉丙吉当封博阳侯，病重，宣帝忧他不起。太子太傅夏侯胜说吉未获报而病重，非死病。后病果愈。见《汉书·丙吉传》。这里说是张安世，疑误记。也许别有所据。

妙[1]，以祛浮生之累，神游于无何有之乡。屏当一切，惟是膏肓之痼，不能尽疗者，此枯吟之积习也。其为我论定之！"予曰："夫槁木死灰，别窥夫义山法海之界，洞彻元微，此寒山、石门[2]二氏之诗境也。"鸢鱼之飞跃，沂雩之风咏[3]，旷然天放，此击壤江门儒者之诗境也。两者俱非仅诗人之诗，而其中有别。儒者虽一物不足以婴其心，而无一息不求尽其心之所当为，正非二氏之遗弃世事者比。甘谷行年五十矣，杲堂之薪传所萃，侍御、黔抚以来之门户所膺，栎轩、楝塘以来之弓裘所托，天之所以不死甘谷者，谓其所当为者重且艰也。非谓冥心忘机，仅博一悟于茶铛药灶之间，以尽八义三变之能而已。欧王争秋菊落英之说，解之者曰："落、始也。"甘谷之所以丕承旧德者，方自此始。前此之诗虽工，未足以尽其境也。请即以此为甘谷寿。

予与甘谷为十世通家兄弟，先赠公遭易代之厄，尝向杲堂先生假馆而居，非寻常交好比也。畴昔少年追随长者，均有碧梧翠竹之声，今俱老大矣，力追先正，以永终誉，愿与同社诸公镞厉之！

---

① 无生之妙：道家言长生，佛家言无生。

② 寒山石门：唐寒山子的诗，有闾丘胤所编的《集》。宋释德洪的诗，有门人觉慈所编的《石门文字禅》十六卷。

③ 沂雩风咏：孔子学生曾点自言其志说："暮春者，春服既成，冠者五六人，童子六七人，浴乎沂，风乎舞雩，咏而归。"见《论语·先进》。曾点的话，反映了高旷的儒者的胸襟，也反映了高旷的儒者的诗境。这种儒者的诗境，和遗弃世事的二氏的诗境是不同的。

# 钱芍庭七十序

老友芍庭钱先生，以今年杪春为七十庆辰，诸子顿首乞言于予。古无祝年之礼，有之自末世，其言大率浮诞不可道，故予于应酬文字，十九束阁，而祝年其尤也。至于芍庭则不禁有焉。

五百年来甬上系家，莫如杨、张、屠、陆四姓，而钱氏以名德起而齐之。导源子纪善，大子方伯，又数世而为临江使君之直节，清溪观察之讲学，宁国使君之大孝；于是明社且屋，则有若太保忠介公、暨其弟检讨、枢部、监纪、其子尚宝之破家殉国，而钱氏亦以此覆巢毁室，至于东西逃窜，不可复支；然且寒灰、邂村、让水诸老之固穷，支守柴桑之节，各以变徵之音，鸣于汐社；而又有东庐征君以雄才出而重支门户，而钱氏之破碎于沧桑者，始得复畴曩之盛。芍庭则清溪先生之冢孙，东庐先生之子。予于诸老皆不及侍，仅得交芍庭兄弟，雅不愧王、谢后人之目。

二十年前，芍庭五十，其仲弟春圃尚无恙，同人集于正气堂下，共为诗以寿之。时予年少，齿于席末，曾未几时而春圃死，其少弟盲隐以废疾不能出，诸钱之衰日甚。芍庭只轮孤另，行吟于荒江寂寞之滨，欲以三旬九食之余，支东庐先生当日之旧，良亦苦矣。然芍庭不以老而衰，不以蕉萃而丧气。及予采诗之役，甬上文献星散，芍庭为予佽助，陆走重山，水浮绝壑，其所得最多。岁时佳日，烹鸡酯酒，必与同人唱酬为乐，而以予之表章其先世之大节也，尤倾倒不能自已。呜呼，以近日衣冠之式微，求如芍庭者，岂不为故家之眉目哉！诸子试以吾文为尊人诵之，并以闻之盲隐以为何如？

# 董钝轩六十序

董氏于余家，在前代并称朱轮华毂之望，其中师友之渊源，科名之谱系，姻眷之缔连，不可以指屈也。年来甬上乔木消沉，新秦子弟，日以狈猖，而甲第之凌夷，至于莫来莫往，亦不独董氏为然。予罢官归，诸董耆旧如晨星，其昕夕过从者，只钝轩兄弟三四人。钝轩之少子秉纯，年甫逾冠，颇有志于稽古，来问学。今年七夕，钝轩之六十也。秉纯先期邮书至杭，乞予言以奉觞。

余念钝轩壮时，随其先公永昌使君北走燕岱，东至莱海，南抵滇云，西游华岳，其时董氏方当鼎盛[①]，钝轩负奇气斩斩，所与往还，大半骑马试剑之豪，胸中不肯以闭目合眼之书生自待。年运而往，永昌官海风波，家门摧荡，钝轩亦复蹭蹬不遇，返智于拙，抑才于恬，置身于槁项黄馘之中，所有诗歌，聊以自遣，何其困也！

世无苏子瞻，谁识陈季常？世无吕伯恭、叶水心，谁知陈同甫、王道夫？钝轩虽欲不杜门息憧，亦何可得。况复一二交游，相顾俱无善状，即数年以来过从老友，南皋以穷死，芍庭三旬九食，甘谷巽亭长年病惫，予亦频岁奔走江淮之上，诗酒风流，渺然契阔。秉纯即欲乘初度之良辰，为高堂谋燕喜，吾恐其击破唾壶反增感慨也！

---

① 方当鼎盛：鼎盛鼎贵的鼎字，若照一般作"当"字解（见《汉书·贾谊传》及《贾捐之传》注），则这里"方""当"等字为复；但以鼎火的上炎，喻盛喻贵，意亦可通。

　　虽然，穷达命也，枯菀时也，而吾曹之所以自立者，非命之所能缚；钝轩其借此暮景之消廖，益励其进修之坚忍，是则吾枌社契家诸兄弟，所可籍手以无惭先人之旧德者。秉纯方有志于学古，其不以吾言为迂，则啜菽饮水，莫非《白华》之洁[1]也已。

---

　　[1]《白华》之洁：《诗·小雅·白华》篇有二：一为周人刺幽后的诗；一为和《南陔》相同，有其义而亡其辞的笙诗。笙诗，《诗序》："白华，孝子之洁白也。"

# 祭苍水张公文

呜呼，十九年之旄节，此日全归，三百载之瓣香，一朝大去。汉
皇原季布，圣朝之大度如天，柴市殓文山，异世之孤忠若一。为问南
屏深处，孤魂已为忠武、忠肃[①]之邻，试看朱鸟飞来，野祭半在重三、
重九之日。惟兹粉社，虽甲乙之侣无存，瞻彼蛎滩，顾萝茑之遗未
替。适逢忌日，薄荐生刍，溯遗事于七十八岁之遥，若存若殁，夸丰
功于三十一城之捷，可涕可歌。固知此志之长存，更幸熙朝之不讳，
重歌《薤露》，以当《平陵》。[②]

---

① 忠武、忠肃：岳飞、于谦。
② 重歌《薤露》，以当《平陵》：汉翟义为东郡太守，以王莽篡汉，举兵诛之，不克，
见害，门人作《平陵东歌》以怨之。见《乐府解题》。张煌言的殉国，和翟义的起义不成，
有同样的悲哀，故说重歌《薤露》，以当《平陵》。《薤露》，说人命奄忽，如薤上之露，是古
挽歌名。

# 剡源二哀有序

予尝穷六诏诸山水之胜，各为词以侈之，然皆宋、元以前语为多。载思因国之季，陆观察周明募兵寨在榆林，周贞靖囊云草瓢在小盘谷，是二迹者，皆足为剡源称重，而又皆鄞产也，乃补述之，以为他日图经之据。

榆林风景兮清且嘉，山人住其中兮餐流霞。在昔宋、元厄会兮遭阳九，公棠置砦兮劳防守。三百年来兮龙蛇争，不惊草寇兮惊义兵。弹丸兮海角，只手支天兮力薄，乃有夸父兮奋戈，不远邓林兮逐逐，我祖兮我父，王世相韩兮登系谱，购力士兮无椎，访沧海君兮无所。碧血兮浸滛，耿耿兮此心！此心兮不移，肯与崦嵫兮俱沉！（观察初立寨时，本为冯王二督师犄角。两公军败，观察尚思支吾，久之军溃）我过遗寨兮吊故迹，嗟土花兮如墨，呼空谷兮萧寥，聆荒溪兮于邑！谁谓洞天兮不幸，屠云割瀑兮遭薄命，彼忠孝兮所过存，纵历劫兮非病。吁嗟乎，芳魂兮其可招，犹凛然兮山之皋！

草瓢大于斗，吾发之所储，披缁不传衣，此意将何居？试瞻雪窦兮密迩，有故相兮登堂（谓林阁学增志也），生徒兮云集，我独掉头兮别有行藏。不为异姓之臣兮，肯为异姓之子①，笑彼逃禅者流兮，久假不归而忘所止。白云兮一锄，苍松兮一笠，爱泉流兮齿齿，跣

---

① 不为异姓之臣二语：本黄宗羲《南雷文案·七怪文》。

足而前兮宁病涉。长斋兀兀兮，不关佛祖之法轮，时或返我村居兮，不妨一过夫细君。步悬崖兮有奇木，拾野烧兮得余材，斫为养和兮拥为炉，山灵亦怜我之寡谐也。吁嗟乎，榧湾榧树犹如故，邈高风兮其谁溯！

# 后　记

　　这部遗稿《鲒埼亭文集选注》，是先师黄云眉教授在五十年代作成的。《文史哲》一九五八年第二期曾刊载过这部书的《前言》，而全书未及出版。黄先生不幸于一九七七年二月二十日病逝，山东大学党委与历史系领导对他的遗著十分关切，命我襄助整理。齐鲁书社出版了云眉先生《史学杂稿续存》，并重印了《古今伪书考补证》、《韩愈柳宗元文学评价》、《史学杂稿订存》，现在付印出版的这部书，是先生遗著中最后问世的一部书。

　　黄先生是史学界公认的明史专家，一生所经历的治学路程极其辛勤而又曲折。他早年，读的是"旧学"，走的途径是：广览四部，由经而史，发而为文。继承其乡先辈之学，尤以考证为先，目的无非是求真而已。显然，在此期间，浙东学派，特别是黄梨洲和他的私淑高弟全祖望对他的影响是较深的。一九三一年，他撰《明史编纂考略》。一九四一年为"藉减南冠之恨"，发愤始撰其名著《明史考证》。一方面固然是为了探索《明史》成书的渊源，补苴明末清初史料的不足，反复研究了全祖望的全部著作；而另一方面，在当时民族灾难临头的历史条件下，确实受到了《鲒埼亭集》的感染，激发起他的民族观念和爱国情操。就此而言，在云眉先生的前期学术思想中与治学态度上，全祖望的影响是很明显的。解放以来，黄先生执教山东大学，熏沐革命理论，孜孜研读马列主义和毛泽东同志著作，倍感实事求是为治学之第一要义。他谆谆教导同学，要以马列主义、毛泽东思想为指导，紧密联系实际，史论结合，言必有据，切忌臆测空论之文与无目的之繁琐考据。为此，他极力推崇全祖望及其所著《鲒埼亭集》。除规定此书为钻研明史入门的参考书之一外，并以此书为例，勉励同学明确治史的目的，要"经世致用"，写作要像全祖望那样"文史并茂"，特别要注重"史德"云云。由此可见，他之所以选注全祖望的文集，并非一时偶然的兴趣，而主要是为表彰全祖望的治学精神与治学态度。当然，全祖望所处的历史环境和我们所处的时代是截然不同的，全祖望在其作品中所反映出来的局限性，我们要以马列主义为指导做出适当的分析批判，这是不言而喻的。然而，我们不能苛求于前人。陈垣先生，也是推崇全祖望《鲒埼亭集》的一位老前辈，在其《治史遗简》与《史源学杂文》中，同样也要求后学，以是《集》为底本，晦者释之，误者正之，作为练习史源学的基本功。而更为重要的，陈老之所以大讲特讲《鲒埼亭集》，也是为了"正人心，端士习"。途殊而归同。我想，云眉先生的这部《选注》，应该是对我们学习研究历史的人有帮助的。

在整理这部遗稿的过程中，曾得到山东大学党委和历史系领导的支持。齐鲁书社编辑部同志对书稿进行了认真细致的校阅，付出了辛勤劳动。黄师母徐飞卿先生和黄先生幼子黄汉充同志也给予了指导帮助。限于自身水平，整理工作中所发生的疏漏和舛误之处定所难免，深感有愧于师门，尚祈读者不吝赐正为幸。

潘群

一九八二年十一月敬跋

于母校山东大学历史系